Julio Verne

MIGUEL STROGOFF

Copyright © EDIMAT LIBROS, S. A.
C/ Primavera, 35
Polígono Industrial El Malvar
28500 Arganda del Rey
MADRID-ESPAÑA

ISBN: 84-9764-550-2
Depósito legal: M-20860-2004

Colección: Clásicos de la literatura
Título: Miguel Strogoff
Autor: Julio Verne
Traducción: Cesión Editorial Nauta
Título original: *Michel Strogoff*
Estudio preliminar: Rocío Pizarro

Diseño de cubierta: Juan Manuel Domínguez
Impreso en: COFÁS

IMPRESO EN ESPAÑA – *PRINTED IN SPAIN*

JULIO VERNE

Por Rocío Pizarro

Julio Verne nació el 8 de febrero de 1828 en la ciudad francesa de Nantes, en la época en la que esta villa todavía podía presumir de la herencia de la pasada prosperidad de su puerto y de su gran actividad comercial. La madre de Julio, Sophie Ayote, se casó en 1827 con un joven procurador que atendía al nombre de Pierre Verne. El matrimonio tuvo cuatro hijos, dos niños y dos niñas, de los cuales Julio Verne era el mayor. Se cuenta que en la ceremonia del bautizo un familiar se acercó al padre y le dijo: «Será poeta como tú —puesto que éste coqueteaba con la poesía en sus ratos de ocio—; y bromista y cariñoso como Sophie». A lo que el señor Verne opuso: «Mi hijo será procurador como yo». Hecho en el que se afanó toda su vida. Julio Verne compartió con su progenitor desde muy pequeño la afición a la poesía, pero se distanciaba de éste en la finalidad del arte de componer versos. Pierre Verne, poeta aficionado, utilizaba la poesía como acompañamiento obligado de cumpleaños, bautizos y otras celebraciones familiares, pero no admitía, sin lugar a dudas debido a su fuertes creencias católicas, que ninguno de sus hijos se dedicara exclusivamente a los placeres fáciles, entre los que incluía la vida de artista. Este padre austero exigía de sus dos hijos varones una férrea disciplina y una total dedicación a un oficio que hiciera de ellos hombres de provecho. Para su hijo mayor, Julio, deseaba, desde el momento mismo de su nacimiento, que fuera procurador como él. Julio en ningún momento se planteó dedicar su vida a desempeñar tales labores, si bien es verdad que tuvo que obedecer a su padre e ir a estudiar Derecho a París. Tal vez esta obediencia fuera una forma de desobediencia, puesto que sabía que la única manera de conocer París y entrar en contacto con el mundo artístico era que su padre le financiara su estancia en esta ciudad, y esto sólo ocurriría si accedía a estudiar en la universidad. Pero esto es adelantarnos mucho a los acontecimientos. Julio se crió en un ambiente familiar en el que se le inculcó el respeto por la palabra escrita y las habilidades oratorias. También sabemos que el padre de Julio se preocupaba por estar al tanto de todos los descubrimientos científicos de su época e intentaba transmitir todos sus conocimientos y entusiasmo al resto de la familia. En aquella época proliferaron las revistas de tipo didáctico que leía toda la familia. En estas publicaciones se podían encontrar los últimos descubrimientos e inventos de toda clase y también podían hallarse regularmente relatos geográficos con ilustraciones y artículos de ciencia destinados a los inexpertos. Verne desde muy pequeño sentía fascinación por las máquinas y por ello se escapaba junto a su hermano durante las vacaciones, que normalmente trascurrían en Chantenay, para ver el funcionamiento de las máquinas de una fábrica situada en esta población. Julio Verne en sus *Recuerdos de infancia y juventud* se enorgullece de haber crecido...

> *... entre la barahúnda marítima de una gran ciudad de comerciantes, punto de partida y de arribada de tantos viajes de altura... con la imaginación, trepaba a los obenques, llegaba hasta las cofas, me asía al tope de los masteleros.*

Sólo una vez se atrevió el pequeño Julio a subir a un barco cuyo vigilante hacía la guardia en una taberna cercana.

> *¡Tomo una driza y la meto en su polea!... ¡Qué dicha!... ¡Me parece que el barco se va a separar del muelle, que va a soltar amarras, que se desplegarán las velas de los mástiles y que yo, timonel de ocho años, lo haré surcar al mar!*

Como podemos comprobar, ya a la temprana edad de ocho años Julio era un niño ávido de aventuras, amante de las máquinas y que soñaba con realizar viajes hacia destinos desconocidos. Otra muestra más de su interés por los viajes y las aventuras es el hecho de que su lectura favorita era *El Robinson suizo*, una acaramelada historia para niños que se alejaba por su falta de rigor y de calidad literaria de la obra de Defoe, *Robinson Crusoe*. El mito de Robinson lo acompañará siempre, bajo una u otra forma, a lo largo de su trayectoria literaria.

A la edad de nueve años entra en la escuela elemental católica Saint-Stanislas. Obtuvo menciones honoríficas en Griego y Geografía y el último año que cursó en este colegio (1839-1840), en Latín y en Canto. Recordaba el mismo Julio que, antes de que se sintiera atraído por la literatura, lo que más le gustaba era la Geografía. Al terminar su período de instrucción en Saint-Stanislas empezó a asistir al Seminario Menor de Nantes, donde se aseguraba a los padres una educación sólida y basada en los firmes preceptos del cristianismo. Siendo un adolescente escribió un relato con matices irónicos basándose en su experiencia en este seminario. El seminario era un buen internado, dependiendo con qué se compare:

> *Comparado con un asesino, un ladrón es un ángel... Los demás colegios donde inculcaban la ciencia a los jóvenes prosélitos que acudían a enterrarse en aquellas cavernas de pedantería no valían para nada... Entre dos nulidades menester era elegir la menor.*

El joven Verne pone en boca del superior de aquel internado las siguientes palabras:

> *Nuestra casa se divide en dos categorías muy diferentes: los laicos y los eclesiásticos. Los eclesiásticos tienen media beca y los laicos pagan el doble. Unos pagan por otros.*

Como ya hemos señalado, la poesía era, no sólo para el padre sino también para toda la familia Verne, una tradición familiar, entendida casi como una obligación. Padres e hijos, hermanos, tíos y primos se dedicaban e intercambiaban poemas a la menor ocasión. A nuestro joven autor este arte no le parecía una mera obligación familiar, sino un medio de expresión necesario para verter todo lo que en él se hallaba contenido. Julio empezó a componer versos con doce años, unos versos malísimos, como él mismo confesó años más tarde. Sus amores de adolescencia sirvieron de inspiración al enamorado Julio. Casi toda la información obtenida de este período se debe a unos cuadernos de notas que contienen borradores de los poemas que dedicó a jovencitas de Nantes. Poemas que no tuvieron el efecto deseado por su autor, puesto que ninguna de ellas mantuvo una relación amorosa con él. Caroline, prima suya y su primer amor, contrajo matrimonio con un hombre de negocios, que tenía cuarenta años y una buena posición. A ella iba dedicado este breve poema:

«Tiene hermosos los ojos la que yo quiero,
pupilas como estrellas.
Y es, de entre las mujeres del mundo entero,
la bella entre las bellas.»

Tras este desengaño amoroso Julio no tardó en suspirar por otra mujer, Herminie, pero también en este caso Verne fracasará en su intento amoroso. Los padres de la joven querían un esposo rico para su hija y no al hijo de un modesto procurador que parecía no tener oficio alguno. Julio opinaba que sus desventuras se debían tanto a los padres de las jóvenes a las que intentaba cortejar como a la propia sociedad burguesa de la conservadora Nantes, dejando constancia de esta opinión en el siguiente fragmento de un poema de juventud:

Arroz, azúcar, comerciantes
duchos en contar con esmero
su obsesión mayor: el dinero;
de hembras muy feas, un tumulto;
perfecto imbécil, clero inculto,
y ni una fuente: ¡¡¡tal es Nantes!!!

Julio Verne, en una entrevista concedida en 1893 al periodista Robert Sherard, confesaría que fue a los diecisiete años cuando inició sus primeras creaciones serias, obras de teatro y algunas novelas, pero en las que aún no se alcanza a ver al Julio Verne que nosotros conocemos, quizá porque todavía no ha conseguido deshacerse de un lastre que lo retiene, su padre y su obsesión por que Julio estudiara Derecho y se hiciera cargo, en un futuro no muy lejano, del bufete familiar. En 1847, Julio se ve obligado a realizar un breve viaje a París para matricularse en la Facultad de Derecho. En 1848, año en el que es elegido Luis Napoleón presidente de la República, se traslada definitivamente a París con el firme objetivo de convertirse en escritor, a pesar de que tendrá que estudiar Derecho para mantener contento a su padre y, por ende, para que éste le financie todos los gastos, que no serán pocos, en parte debido a su delicada salud y a sus consecuentes cuidados y, por otro lado, a su condición de burgués que no está dispuesto a renunciar al confort al que estaba acostumbrado en Nantes. Las constantes peticiones de aumentos en el presupuesto que le destinaba mensualmente su progenitor fueron motivo de tensiones entre ellos, tensiones que se ven reflejadas en la abundante correspondencia que mantenía con su familia y que nos ha llegado hasta nuestros días. Los primeros años que Verne pasó en París sufrió constantes trastornos intestinales que lo obligaban a guardar cama durante días y a llevar un régimen alimentario muy estricto, y en opinión del padre bastante caro.

Será en París donde conozca a Alexandre Dumas, padre e hijo, siendo con este último con quien trabará mayor amistad. Dumas hijo iba a hacer posible el sueño de nuestro joven escritor de introducirse en el mundo del teatro e incluso iba a ayudarlo a escribir dos obras de teatro que más tarde se estrenarían con cierto éxito: *El envite* y *Once días de asedio*. La primera de las obras se estrenó el 12 de junio de 1850. Verne se pudo beneficiar económicamente de tal empresa, y se lo hizo saber de inmediato a su padre con el fin de demostrarle que se podía ganar la vida como escritor, ya que éste empezaba a enfadarse por la falta de interés que su hijo demostraba por el Derecho y el mucho tiempo que empleaba en escribir, labor que consideraba una afición y no un oficio digno de su hijo. En 1851 pide a su padre que confíe en él como escritor y que le envíe el dinero suficiente para alquilar un piso y amueblarlo. Pierre Verne accede con la convicción de que su hijo, tarde o temprano, se dará cuenta de que ha errado el camino. Sin embargo, Julio está totalmente convencido de su vocación y va a luchar con todos sus medios para ganarse la vida como escritor.

A principios del verano de 1851 ha terminado una ópera y una comedia, y está a punto de publicar dos obras en la revista *Musée des familles*. El primer relato que publicó Verne, *Los primeros barcos de la marina mexicana*, constituía una curiosa mezcla de realidad e imaginación, adelanto de lo que serán sus futuras novelas. La buena aceptación que obtuvo con este relato lo llevó a publicar con cierta regularidad en esta revista. Pero el dinero que le proporcionaban estas publicaciones apenas bastaba para pagar el alquiler. Por ello dedicó más tiempo a escribir obras teatrales, puesto que el teatro era una fuente más prometedora de ingresos y fama. En los años siguientes, Julio Verne escribe mucho, pero no pasa de pequeñas publicaciones en modestas revistas y de depositar grandes esperanzas en mediocres obras de teatro y alguna que otra ópera en las cuales no reconocemos al Julio Verne que le llevará a la fama. También obtendrá un puesto como secretario del Théâtre Lyrique, que no le reportará ningún beneficio pero que va a ayudarlo a estrenar algunas de sus obras teatrales, que no tendrán mayor trascendencia en el conjunto de su obra. A su desesperación por no hallar el sendero del éxito, debido a que todavía no había encontrado su camino dentro de la literatura, vienen a sumársele los continuos trastornos intestinales y un nuevo y alarmante síntoma: su primer ataque de parálisis facial cuyo origen desconocen los médicos y que durante una temporada le mantiene inmóvil un lado de la cara.

> *He recuperado mi rostro de majestuosos rasgos —le escribe a su querida madre— y ya lo tengo igual de alegre por un lado que por otro. Hago todas las muecas que quiero y estoy en condiciones de silbar las mejores tragedias del mundo.*

Cumple veintisiete años, en pleno ataque de su segunda parálisis facial, y no ha conseguido más que escribir hasta el agotamiento para obtener unos vodeviles mediocres y unos relatos no superiores a sus obras teatrales. Cierto es que estos esfuerzos no son del todo vanos, pues le sirven para aprender a dar vida a diferentes personajes, a construir diálogos que hagan dinámica la intriga e ir descubriendo diferentes técnicas narrativas. A estas alturas también le preocupa estar soltero y sin compromiso y ante tal hecho acude a su madre en busca de consuelo:

Quiero casarme, debo casarme, tengo que casarme. Es imposible que esté todavía sin fundir la mujer destinada a quererme...

Y por fin en 1857 vio cumplido su deseo de contraer matrimonio. Y lo hizo con una joven viuda, Honorine Morel, de buena familia y que tenía dos hijas. Tras este matrimonio, Verne se vio en la obligación de ponerse a trabajar en la Bolsa de París, gracias a un hermano de Honorine que le facilitó el trabajo, para mantener a su esposa. Hasta el decisivo año de 1862, en el que conoció al editor que iba a lanzarlo a la fama, Verne estuvo prácticamente ocupado con sus negocios en la Bolsa, dejando muy poco tiempo a su labor de escritor, pero sin pensar nunca en abandonarla. Julio tenía treinta y tres años cuando nació su primer y único hijo, Michael Pierre. En la partida de nacimiento de su hijo, Julio Verne figura como abogado de profesión, a pesar de ejercer como empleado de Bolsa. Pero en 1862 todo iba a cambiar, Julio ha cumplido ya treinta y cuatro años y está en la Bolsa charlando con unos amigos:

Compañeros, me parece que voy a dejaros. Se me ha ocurrido esa idea sin la cual, como dice Girardin, no puede un hombre hacerse rico. Acabo de escribir una novela de un género nuevo. Si tiene éxito, estoy seguro de que será un filón. Y en tal caso, seguiré por ese camino y me dedicaré a escribir novelas mientras vosotros cobráis primas. ¡Y creo que no me equivoco al decir que seré yo quien gane más dinero!

Julio no se equivocaba al hablar de la creación de un nuevo género ni de su futuro, de ahí en adelante, como afamado novelista. Pero para la llegada de su éxito todavía va a necesitar la aparición de una persona que va a acompañarlo en toda su trayectoria profesional: el editor Pierre-Julio Hetzel. La suya fue una simbiosis perfecta, pues ambos se necesitaban mutuamente. Verne halló en Hetzel el apoyo que tanto tiempo llevaba buscando, el reconocimiento público y buenos beneficios económicos. Y Hetzel encontró en nuestro novelista un nuevo género con afán didáctico, donde se hermanan ciencia y fantasía con visos de realidad y un filón inagotable de dinero. La primera novela de este género en ciernes se titulaba *Cinco semanas en globo* y comienza refiriendo una reunión de la Real Sociedad de Geografía, en cuyo transcurso se da a conocer una nueva forma de exploración que consistía en sobrevolar las regiones, todavía vírgenes, de África. A lo largo del relato se narran las aventuras de un científico que realiza un viaje en globo por África para confirmar las recientes informaciones obtenidas por importantes exploradores como Richard Burton, James Grant o David Livingstone. Proporcionando fechas, datos y nombres de exploradores reales, Verne dota al relato de una gran credibilidad, llegando, incluso, muchos de sus lectores, a creer que no es un relato ficticio sino real. Ésta es la técnica de la que se servirá a lo largo de su vida en la creación de sus magníficas novelas, aprovechando sus extraordinarios conocimientos científicos y su interés por todos los descubrimientos e inventos de la época, y recreando a partir de ellos, con una riqueza sin límite, fantásticas situaciones que bien pudieran ser reales sin salirse del marco científico. Por todo esto, podemos decir que Verne se inventó muy pocas cosas y lo que realmente hizo fue aprovechar y captar, con gran maestría, la coyuntura social y cultural y asimilar las partes y el conjunto de la revolución científica del siglo XIX. Su importancia reside en hacer de cronista de los capítulos que estaban aconteciendo en su tiempo y proyectarlos hacia el futuro. Cronista científico que recoge y plasma en sus obras la inagotable pretensión del hombre: dominar el Universo. Las primeras novelas de Verne se publican en entregas quincenales en el *Magazin d'éducation et de récréation* que editaba Hetzel, y más tarde se publicaban en uno o varios volúmenes. Lo que necesitaba el experto editor era un narrador con intenciones didácticas que mantuviera en suspenso al lector y esperara ansiosamente el próximo número. Y ese narrador era Verne. Hetzel tuvo mucho cuidado de que en los textos de su nuevo autor no se dañaran en modo alguno los valores de la ética imperante, tratando siempre de que estas lecturas fueran del agrado del mayor número posible de lectores. Y para ello el mismo Hetzel le corregía todas sus novelas, aportando, siempre con el permiso de nuestro autor, cosas suyas.

Verne obtuvo un gran éxito con su primera novela. A ésta le siguió *Aventuras del capitán Hatteras*, que contaba la trepidante historia de un capitán obsesionado por ser el primero en llegar al Polo Norte, y tras esta novela otra, Verne no descansaba, un libro tras otro y a veces escribía dos o tres a un mismo tiempo. El nuevo libro, *Viaje al centro de la Tierra*, no parecía basarse tanto en los sólidos conocimientos científicos de sus anteriores novelas, puesto que en esta obra, Verne se permite especular libremente sobre la composición de nuestro planeta. En 1865 publica *De la Tierra a la Luna,* cuyo argumento consistía en enviar un proyectil a la Luna con tres tripulantes. Nos resulta asombroso la cantidad de anticipaciones científicas que hallamos en esta novela; no tenemos más que comparar lo que ocurre en ésta con el primer viaje del Apolo a la Luna y veremos que Verne acertó en muchísimas cosas. Y al igual que las anteriores fue un éxito.

«Esta original novela, en que las virtudes narrativas y científicas se combinan de forma tan feliz (...), no puede menos que gozar del mismo éxito que los anteriores», pronosticó un crítico.

Verne lleva un actividad frenética y siente la imperiosa necesidad de abandonar París para trasladarse a Le Crotoy, una pequeña población en la costa a 70 kilómetros de Amiens, donde vive la familia de su esposa. En los años siguientes va a seguir trabajando al mismo ritmo, pero con la diferencia de poder aislarse del mundo con pequeñas salidas al mar. En diciembre de 1865 aparece la primera entrega de *Los hijos del capitán Grant* que va a tener fascinados durante dos años a los lectores del *Magazin d'éducation et récréation*. Más tarde, Hetzel publicará la obra en tres volúmenes.

Pocas veces abandonó Verne el viejo continente y una de ellas fue en 1867 para visitar los Estados Unidos. El viaje lo realizó a bordo del mayor buque que existía en esa época, con capacidad para transportar a cuatro mil pasajeros. Su estancia en América fue muy breve, apenas ocho días:

«Pisé suelo norteamericano y —vergüenza me da confesarlo ante unos norteamericanos— mi estancia sólo duró ocho días. Pero ¡qué le iba a hacer! ¡Tenía un billete de ida y vuelta que caducaba al cabo de una semana!», declaraba en unas memorias que redactó para sus lectores americanos.

Pudo por lo menos recorrer Nueva York, visitar Búfalo, el lago Erie y las cataratas del Niágara. Durante todo el viaje tomó notas y las dedicadas al viaje en el impresionante barco que lo había trasladado hasta estas lejanas tierras, las utilizó después para escribir un relato: *Una ciudad flotante*. Tras este viaje Hetzel le encarga la ardua tarea de escribir un diccionario geográfico de Francia. Labor que le mantendrá ocupado hasta 1868, impidiéndole dedicar más tiempo a su más ambiciosa obra: *Veinte mil leguas de viaje submarino*, que había empezado a escribir en 1866. Parece ser que la idea de narrar una historia que se desarrolla en las profundidades del mar la tomó de una sugerencia de George Sand, de quien Hetzel es editor y amigo. Éste le había enviado todas las novelas de Verne hasta entonces publicadas a su amiga. Sand acababa de pasar tres horribles meses cuidando a su compañero sentimental, Alexandre Moreau, que se hallaba muy grave. En una carta de agradecimiento hacia Hetzel, en 1865, dice que los relatos de Julio Verne:

... han conseguido distraerme mucho de un hondo dolor y me han permitido soportar mejor las preocupaciones. Lo único que siento es haberlos terminado y que no me quede otra docena por leer. Tengo la esperanza de que no tardará en llevarnos al fondo del mar y que hará que sus personajes viajen en esos aparatos de inmersión que sus conocimientos científicos y su imaginación son capaces de perfeccionar.

Sin duda alguna Hetzel comunicó a su estimado novelista el contenido de este fragmento de la carta de George Sand y a Julio le pareció una gran idea la de un submarino como escenario de una nueva historia. A finales de 1868, Verne entrega a su editor los primeros capítulos de *Veinte mil leguas de viaje submarino* para que éste los publique. Al mismo tiempo escribe *Viaje alrededor de la Luna*, que es la continuación de su popular novela *De la Tierra a la Luna*, en la que había dejado abandonados en el espacio a los tres intrépidos tripulantes del proyectil. En la primavera de 1869 le envía a Hetzel el manuscrito de *Viaje alrededor de la Luna*, mientras él se afana por terminar los últimos capítulos de *Veinte mil leguas de viaje submarino*:

> *Mañana pongo la Luna (*Viaje alrededor de la Luna*) en el tren, así que no tardará usted en recibirla. Se puede leer en el sentido caligráfico de la palabra. Y como obra de arte ya me dirá usted lo que le parece. En pocas palabras, aparece en el libro todo cuanto se sabe del satélite y se tocan todas las cuestiones que tienen que ver con él. El libro es muy completo desde ese punto de vista y, en mi opinión, muy atrevido... Me queda por redactar el último capítulo. Pero estos finales no se me ocurren hasta el último momento.*

Cierto es que en esta obra aparecen informaciones que sin duda iban a despertar el interés de sus lectores y que de nuevo, con sus audaces opiniones, iba a contribuir al ámbito del saber. Verne continuaba escribiendo sin parar, debía terminar su obra maestra, *Veinte mil leguas de viaje submarino*, redactar el final de *Viaje alrededor de la Luna*, y ya había empezado a escribir unos relatos para publicarlos en diferentes revistas. Toda esta actividad se vio violentamente interrumpida el 19 de junio de 1870 por la guerra entre Francia y Prusia. Ante tal hecho Julio envió a su familia a Amiens y él, como poseedor de un barco, fue destinado al servicio de guardacostas en Le Crotoy. En septiembre casi todo el norte y el este de Francia estaba en manos del enemigo, y la situación no parecía que fuese a mejorar. Napoleón III fue encarcelado, aunque más tarde se le permitiría retirarse a la campiña inglesa. Un gobierno provisional se hizo cargo de la situación en Francia, pero el 28 de enero de 1871 se vio obligado a rendirse. Durante todo el conflicto, Verne ha seguido escribiendo y a pesar del mal estado de las comunicaciones ha estado siempre en contacto con su editor. Julio Verne regresa a París y tras una breve estancia decide abandonar de nuevo esta ruidosa ciudad para irse a vivir a Amiens:

> *Voy a instalarme en Amiens para complacer a mi mujer. Es una ciudad sensata y cortés, sin sobresaltos. Las personas son cordiales y cultas. Está cerca de París, lo bastante cerca*

para que llegue hasta allí su reflejo, pero no su ruido inso-
portable ni su agitación estéril.

En Amiens podía incluso leer los diarios de París, que por estas fechas, verano de 1871, hablaban de su magnífica obra *Veinte mil leguas de viaje submarino*, cuyo último tomo se había publicado en la desafortunada fecha de junio de 1870, en vísperas de la guerra. Pero los críticos apenas hacían justicia a esta obra maestra. Está claro que todavía era demasiado pronto. En Amiens terminó una novela, *El país de las pieles*, que había comenzado cuando Francia aún estaba en guerra y redactó casi al mismo tiempo una novela breve que iba a ser motivo de muchas satisfacciones: *La vuelta al mundo en ochenta días*. El protagonista, Phileas Fogg, hace una apuesta con unos miembros de su club londinense que consiste en dar la vuelta al mundo en ese plazo de tiempo. Fogg se encontrará a lo largo del camino con infinidad de dificultades que logrará salvar y llegará a tiempo a Londres para ganar la apuesta. Durante el invierno de 1874-1875, Verne abandona todo y se marcha a Antibes. Éste no es un viaje de placer sino de trabajo. Va a alojarse en casa de Adolphe Philippe Dennery, quien va a llevar a cabo la adaptación de la ya por entonces famosa novela de Verne *La vuelta al mundo en ochenta días*.

Hace un tiempo espléndido, 20º de temperatura, y todo es azul por doquier, azul y verde, con muchísimo verde. Me tratan magníficamente y trabajamos a destajo. Estoy aprendiendo cosas que no sabía. Lo que estamos haciendo no es un simple desglose de los episodios del libro, sino una obra de teatro.

Esta adaptación teatral de la novela fue todo un éxito. La obra se representó prácticamente en medio mundo y a Julio le reportó, además de más popularidad, unas sustanciales sumas de dinero. Verne, continuando su gran actividad creadora, publica en septiembre de 1874 el primero de los tres tomos de *La isla misteriosa*. Con esta obra Julio Verne consigue realizar un sueño que llevaba dentro desde hacía muchos años: escribir una novela basada en el mito del Robinson que tanto lo había impresionado de pequeño y que todavía lo fascinaba. A principios de febrero de 1873, que es cuando empezó a escribir esta obra, escribió una carta a su editor en la que le decía:

> *Estoy entregado por completo al Robinson o, dicho de otro modo, a* La isla misteriosa. *Hasta ahora, todo va sobre ruedas. Pero me paso la vida con profesores de química y en fábricas de productos químicos, donde me echo en la ropa unas manchas cuya limpieza pienso cobrarle a la editorial. Porque* La isla misteriosa *va a ser una novela química.*

Mientras escribía *La isla misteriosa* redactaba otra obra que, como él mismo reconocía, consistía en un arquetípico relato de náufragos: *El Chancellor.* Y revisaba al mismo tiempo con su editor *El disparate del doctor Ox*, un malvado sabio que utiliza sus conocimientos científicos para apoderarse de una ciudad y manipular a sus habitantes.

En medio de tanta actividad creadora, Julio no deja de quejarse a amigos y familiares del irrespetuoso y preocupante comportamiento de su hijo Michael. Tan sólo cuenta catorce años y trae de cabeza a su padre y a su madre. Para corregir a su descarriado hijo lo habían ingresado en un estricto internado católico, cuya severidad no había bastado para amansar al joven Verne. Con lo cual adoptaron la medida de enviarlo, en 1875, recluso a una institución mental durante una temporada, puesto que Julio Verne creía ver en su hijo una forma de maldad que únicamente podía proceder de algún trastorno mental. A nuestro novelista no parece afectarlo en su producción este grave problema, ya que por esas fechas está escribiendo lo que sería otro nuevo gran éxito: *Miguel Strogoff*, una emocionante odisea llena de aventuras que se desarrolla en la Rusia zarista; al mismo tiempo redacta *Héctor Servadac*, una aburrida novela que contiene una fuerte carga antisemita, que tratará de moderar, en la medida de lo posible, su editor, que siempre piensa en los beneficios y teme ofender a sus lectores judíos. Verne está muy satisfecho con sus éxitos, pero hay algo que no le permite disfrutar plenamente de su popularidad, y es la falta de reconocimiento de sus colegas escritores y de los críticos literarios, que lo consideran un entretenido escritor científico con una desbordante imaginación. A medida que Julio se hace mayor también crece sus deseo de pertenecer a la Academia Francesa. Por ello, luchará casi hasta el final de sus días, pues ve en ello una forma de reconocimiento intelectual, pero esta lucha será en vano, puesto que Verne no ocupará nunca un sillón en tal institución. En 1877 tiene ya preparadas dos nuevas obras y tiene la intención de hacer la adaptación teatral de varias novelas suyas que son ya un éxito. Sólo la obra teatral *Miguel Strogoff*, basada en su famosa novela del mismo nombre, supuso un éxito de crítica y de taquilla; el resto de las adaptaciones o no llegaron a estrenarse o fueron un rotundo fracaso. En 1878, Julio estaba terminando *Las tribulaciones de un chino en China* y estaba trabajando también en *La casa de vapor: viaje a través del norte de la India*.

Entre tanto, su hijo Michel no ha dejado de darle problemas. Verne, desesperado, decide embarcar a su único vástago durante veinticuatro meses con la intención de que éste escarmiente y los Verne puedan tranquilizarse un poco. Cuando Michael regresa nada ha cambiado, continúa derrochando la fortuna paterna y sigue con su actitud violenta. En la siguiente carta dirigida a Hetzel podemos apreciar el sufrimiento que padecía Julio a causa de su hijo:

> ... *echar a este desventurado de mi casa... Así que, a los dieciocho años y medio se va a encontrar en París sin nadie que lo ampare y con 300 francos de renta al mes, 300 francos que se gastará en una semana. Y pide consejo a su amigo: ¿Qué haría usted en mi lugar? ¿Echarlo de casa y no volver a saber nada de él? Y estoy viendo que a eso es a lo que voy a tener que llegar. ¡No se puede imaginar usted lo que estoy sufriendo!*

Pero Verne no se vio obligado a echarlo de casa ya que nuestro joven rebelde huyó con una cantante y se casó con ella. Durante un tiempo Julio estuvo sin noticias de su hijo, pero el estado de incertidumbre y las preocupaciones parecen afectar por vez primera a nuestro novelista en su producción. Está escribiendo una novela cuyo argumento, en opinión de Hetzel, no había por donde tomarlo. Tras la revisión de la obra, realizada como siempre por el editor, Verne tiene que realizar una serie de cambios en el manuscrito. Y para más muestras de abatimiento, Verne comunica a su editor que comience a buscar a otros escritores que se dedicasen, cuando les llegase el turno, a lo que él estaba haciendo, para que a Hetzel no le tomara desprevenido el día en que él no fuera capaz de llenar las primeras páginas de todas las publicaciones del *Magazin d'éducation*. Estas advertencias cayeron pronto en el olvido, puesto que Julio se recuperó pronto y volvió a entregarse por completo a la escritura hasta días antes de su muerte. A principios de 1882 aparecía en la revista de Hetzel *Escuela de Robinsones*, una obra menor que muestra una visión renovada del famoso mito. Nada más acabar este libro empezó *El rayo verde*, que terminó en la primavera de 1882. Este mismo año Verne se propuso escribir una obra de teatro, en vez de llevar a cabo una adaptación de una de sus novelas. El título para su nueva obra fue: *Viaje a través de lo imposible*, y se estrenó en 1883. En esta obra, Verne recurre a personajes famosos de obras anteriores que van apareciendo en escena sucesivamente. La crítica fue bastante dura con la obra y apenas se recaudaron beneficios.

La vida de Julio Verne se desarrolla con tranquilidad, salpicada con pequeñas aventuras marítimas que le proporciona su barco, y sólo perturbada por los constantes problemas que le acarrea su hijo, que ahora ha decidido abandonar a su mujer por una jovencita burguesa a la que ha dejado embarazada. En general, Verne lleva una vida muy burguesa, con un estricto horario de trabajo: se levanta a las cinco de la mañana, trabaja todo el día, da un paseo, a las ocho se mete en la cama para leer periódicos, revistas científicas o libros y a las once se duerme. Se le han atribuido a Verne diferentes amantes e incluso se le ha acusado de haber cometido pederastia con un compañero de estudios de su hijo, pero toda esta información no parece basarse en hechos muy evidentes. Lo que sí está demostrado es que Verne tuvo un *negro* que colaboró con él a partir de 1878 y durante una larga temporada le proporcionó sus trabajos, y todo ello con el consentimiento de su editor. Este hombre, Paschal Grousset, escribía novelas del estilo de Verne. Hetzel llegó a un acuerdo con él para que Julio Verne las revisara y retocara, y después las firmara con su nombre. Y así se hizo en unas cuantas ocasiones, como es el caso de los siguientes títulos que aparecieron en el mercado como obras originales de Julio Verne: *Los quinientos millones de la Begún*, el segundo tomo de la *Historia de los grandes viajes y de los grandes viajeros*, *La Estrella del Sur*. A pesar de disponer de una persona que escribía para él, Julio Verne no dejó nunca de escribir. En 1884, mientras daba los últimos retoques a *La Estrella del Sur*, original de Grousset, se dedicaba de pleno a una obra muy ambiciosa: *Matías Sandorf*, inspirada en la famosa novela *El conde de Montecristo*.

El 9 de mayo de 1886, Julio Verne, tras un tranquilo día que había transcurrido en su club, leyendo sin duda, sufrió un aparatoso accidente al regresar a casa. Su sobrino, Gaston, que sufría monomanía y manía persecutoria, le disparó, hiriéndolo en la pierna izquierda. Los motivos de tal agresión se desconocen, sólo sabemos que Gaston fue recluido en una clínica mental. Para Julio significó una larga estancia en cama, acompañado de la angustiosa posibilidad de no poder volver a andar durante el resto de su vida. Julio logró, tras largas sesiones de rehabilitación, volver a caminar, pero le quedó una molesta cojera. El 17 de marzo, mientras Julio está todavía convaleciente, Hetzel fallece. A partir de ahora, Verne trabajará con el hijo de éste, Julio Hetzel, que a la edad de treinta y ocho años es ya un experto editor. Verne va a pasar una mala racha; el trágico accidente y la muerte de su amigo lo sumen en una profunda depresión. Para luchar contra este lamentable estado, Julio se refugia en lo que ha sido siempre su tabla de salvación: la escritura. La novela que lo ayudó a salir a flote, el compañero de los meses posteriores a la agresión y al fallecimiento de Hetzel, fue, sin lugar a dudas, *Norte contra Sur*, una ambiciosa obra sobre el Sur norteamericano durante la guerra de Secesión.

Las ventas de los libros de Verne empiezan a bajar y éste se ve obligado a trasladarse de casa, a una más modesta, y vende su barco. A medida que pasan los años, el público está cada vez menos interesado por las novelas de nuestro autor. En una carta dirigida a Julio Hetzel, de 1892, se queja del estado de sus cuentas:

> *Las cuentas me han dejado consternado. ¡El público se desentiende de los libros en los que yo tenía más confianza...! Es desalentador. ¡También es verdad que no puede uno estar siempre de moda! Ya lo sé...*

A pesar de su escaso éxito, Julio continúa escribiendo, y a un ritmo inmejorable. En 1894 tiene ya escritos los libros *La isla de hélice* y *El soberbio Orinoco* que debe entregar a su editor durante los tres años siguientes. Además de estas novelas escribe relatos breves y novelas sin trascendencia. En 1996 cae enfermo y apenas puede escribir:

> *Ya se habrá usted dado cuenta de cómo se me está deformando la letra, porque tengo calambres muy serios...*

Consigue recuperarse ligeramente y sigue escribiendo, pero ya ha bajado considerablemente el ritmo de producción. En 1901, también su vista empieza a fallarle: sufre un principio de cataratas en ambos ojos. La imagen que ofrecía nuestro anciano escritor era lastimosa, con su pronunciada cojera, sus manos castigadas por los múltiples calambres y su empeño por seguir escribiendo cuando apenas podía leer lo que redactaba. Julio se ha puesto enfermo mientras estaba escribiendo su centésimo libro y lo único que pide es poder terminarlo antes de caer en la oscuridad absoluta, tal y como le confía a un periodista de *Le Matin*. Afortunadamente, Verne no sólo pudo terminar esta obra, sino que también finalizó su centésimo primer libro, *Un drama en Livonia*, y varios más. Verne escribió prácticamente hasta el día de su muerte. El 24 de marzo de 1905, Julio Verne fallece a causa de una diabetes terminal. Fue enterrado en el cementerio de la Magdalena, en Amiens.

MIGUEL STROGOFF

Miguel Strogoff es una emocionante aventura ambientada en la Rusia de los zares. En ella, Verne hace alarde de sus vastos conocimientos sobre geografía y su gran talento descriptivo. Ya anteriormente Verne nos había mostrado en *La vuelta al mundo en ochenta días,* sus extensos conocimientos sobre las diferentes costumbres, paisajes, fauna... de los diferentes países por los que el flemático Phileas Fogg atravesó. En *Miguel Strogoff,* Verne, vuelve a sorprendernos con su rigurosa y exacta descripción del ámbito rural y de las diferentes ciudades rusas, acompañadas de una exquisita narración sobre los, a veces, extraños hábitos de sus habitantes.

Julio Verne disfrutó enormemente en la redacción de esta trepidante novela, como así lo demuestran estos fragmentos de dos cartas enviadas a su editor:

> *Estoy metido en el libro de lleno y con una pasión que pocas veces suelo sentir. ¡El tema es espléndido y da pie a situaciones que me parecen bellísimas!*
>
> *¡Voy tan lanzado por Siberia que no me puedo detener ni un día! Sí, me parece que todo va bien y sigo en ello con pasión.*

En esta épica narración, Verne finge la invasión de Siberia por parte de un numeroso ejército de tártaros. El zar, que reside en Moscú, encomienda a un correo, Miguel Strogoff, que atraviese las líneas enemigas para poder llegar a la ciudad de Irkutsk y alerte, así, a la guarnición, puesto que los invasores han cortado toda posibilidad de comunicación con esta ciudad. El zar advierte a su correo de la existencia de un traidor entre los suyos, que se dirige también hacia Irkutsk con el falso propósito de ponerse a las órdenes del gran duque, hermano del zar y gobernador de la provincia.

Miguel Strogoff va a demostrar que es un correo digno de la confianza que su señor ha depositado en él. Valiente y arrojado superará todos los obstáculos que en su camino va a encontrar. Pero justo antes de que pueda avisar al gran duque, es capturado y torturado por los rebeldes. Finalmente el jefe de los tártaros ordena que le quemen los ojos. A partir de este trágico suceso, Miguel Strogoff va a necesitar la ayuda de la joven Nadia, para cumplir con éxito su misión.

Miguel Strogoff es un hombre que desconoce el significado de la palabra miedo y soporta el cansancio, el hambre, la sed y el frío, es decir, reúne en sí todas las características del héroe clásico. A diferencia de otros protagonistas de las novelas de Julio Verne, no posee conocimientos científicos —puesto que de nada le hubieran servido en la desolada estepa rusa— pero si está dotado de una gran capacidad de improvisación. Verne nos describe al correo del zar de la siguiente manera:

Era un hombre alto, fuerte, de ancha espalda y robusto pecho; su poderosa cabeza tenía las características de la raza caucásica (...). Sobre su cabeza, cuadrada en la parte superior y ancha de frente, ondulaba una abundante cabellera, cuyos bucles se escapaban por debajo del gorro moscovita cuando se cubría y su rostro ordinariamente pálido, únicamente se alteraba con algún movimiento rápido del corazón (...). Tenía el temperamento del hombre decidido, que adopta rápidamente una resolución, que no se muerde las uñas en la incertidumbre, que no se rasca las orejas en la duda y que no resbala en la indecisión (...). Cuando caminaba, lo hacía con gran seguridad y notable desenvoltura en los movimientos, cosa que demostraba la confianza y la gran fuerza de voluntad de su espíritu.

Sus sentimientos patrióticos y del deber como soldado del zar lo ayudan a salvar cualquier obstáculo, por duro que sea, y nunca desfallecer. La figura de Miguel Strogoff representa el ideal del héroe, que a pesar de su desgracia no renuncia a cumplir su misión. Este personaje no es un mero conjunto de características, ya por todos conocidas y reconocidas, Miguel Strogoff es un personaje bien construido y dotado de un carácter propio.

En un principio el libro se titulaba *El correo del zar*, pero Hetzel, siempre tan receloso y cuidadoso, pensó que quizá esto pudiera perjudicar sus ventas, puesto que tenía un elevado número de suscriptores rusos. El cauto editor consultó al príncipe Orloff, embajador del zar en París. El embajador le recomendó cambiar el título del libro y Hetzel, temeroso de ofender a sus lectores rusos, obligó a Julio Verne, a variar el nombre de su nueva novela, aunque esto no impidió que se presentase al protagonista como el correo del zar. Verne, tan receloso como su editor, decidió también someter a juicio del embajador el texto. Aunque, ya antes, había sido aprobado por un escritor ruso, amigo de Hetzel. Pero toda precaución le parece insuficiente al exigente editor, y pide a nuestro autor que escriba un prólogo advirtiendo al lector que la invasión tártara es un producto de la imaginación del propio autor. Julio Verne se niega a esto, por lo menos en la versión francesa.

> *¿Acaso previne al público de que no eran ciertos* —pregunta Verne a Hetzel— *los acontecimientos de «Hatteras» o «Veinte mil leguas de viaje submarino»?*

Julio Verne está dispuesto a eliminar toda aquella referencia que pueda hacer pensar en una alusión directa al entonces actual zar, Alejandro II, o a su progenitor, Nicolás I, pero no piensa ir más allá, como nos demuestra este fragmento de una carta dirigida a su editor:

> *Turguéniev* —el escritor ruso amigo de Hetzel—, *que conoce Rusia igual de bien que esos señores* —se refiere a los posibles lectores rusos— *no ha puesto tantos inconvenientes. Sólo la invasión le ha parecido inverosímil. ¿Acaso resultó inverosímil la invasión de Francia en 1871?*

La nueva novela se publicó primero en una revista bimensual que editaba Hetzel. Empezó en enero de 1876 y terminó en diciembre de ese mismo año. Tras el éxito de las entregas, la novela se publicó en dos tomos; el primero apareció en el verano de 1876 y el segundo tomo en el otoño del mismo año.

Tras el tremendo éxito obtenido con la adaptación al teatro de su obra, *La vuelta al mundo en ochenta días,* con la que había obtenido unas ganancias millonarias, Verne decidió llevar a cabo la adaptación al teatro de *Miguel Strogoff.* Pero esta vez, Verne estaba decidido a no compartir los beneficios con nadie, puesto que con la anterior adaptación, tuvo que repartir con demasiada gente, debido en parte a su inexperiencia y en parte a su propia incompetencia para los negocios.

Acabo de cerrar con el Odeón un negocio redondo —escribe Verne a su editor—. *Miguel Strogoff, sin ir a medias con nadie, para mayo de 1878, es decir para la Exposición Universal. Unos derechos del doce por ciento (...) y el seis por ciento de las ganancias netas de la obra.*

Lamentablemente este negocio nunca se materializó. Julio Verne se vio obligado a contar con la colaboración de Adolphe Philippe Dennery, un experto en teatro, muy conocido por sus adaptaciones al teatro de novelas de éxito. Verne ya había colaborado con él en su adaptación de la obra *La vuelta al mundo en ochenta días,* y aunque la adaptación había sido muy buena, la relación entre los dos no lo había sido tanto. Por lo que Verne, en un principio, no deseaba trabajar de nuevo con Dennery, y además porque, como ya hemos dicho, no deseaba compartir beneficios. Finalmente la adaptación la llevó a cabo con Dennery.

Sé perfectamente que nunca le han agradado a usted —escribe Verne a Dennery— *en exceso los panoramas cambiantes. Bien me doy cuenta de que, aunque en una novela puede pasar cualquier cosa, no sucede lo mismo en el teatro; pero, no obstante, creo que, si lo intentáramos, podríamos ir aún más allá.*

Verne se da cuenta de las limitaciones que la adaptación al teatro le ofrece. Cuando él escribe una novela no tiene límites a la hora de imaginar grandiosos escenarios o situaciones de cualquier tipo. Por ello adaptar muchas de las escenas a un escenario le supone un gran reto. ¿Qué hacer con el momento culminante de la obra, cuando la ciudad entera de Irkutsk está envuelta en llamas? ¿O qué hacer con la escena del lobo? *Porque no disponemos de lobos, ni siquiera de lobos de mentira.*

La versión teatral de *Miguel Strogoff* se estrenó el 17 de noviembre de 1880. La anunciaban como «*obra de gran espectáculo, en cinco actos y dieciséis cuadros*». Y efectivamente, Julio Verne tenía razón al pensar que si ambos —Verne y Dennery— lo intentaban podían ir todavía más lejos de los supuestos límites. Un crítico de *Le Temps* afirmaba en su primera crónica acerca del espectáculo:

> *Es imposible que ninguna otra puesta en escena pueda superar a ésta. Esos ballets, esos desfiles tártaros y de cíngaros por una Siberia tan soleada como la India, son algo esplendoroso.*

El crítico recoge también en su artículo unas palabras del propio Dennery:

> *Habrá quien nos eche en cara la puesta en escena. Pero ¿acaso no publica Hetzel el Miguel Strogoff de Julio Verne en ediciones ilustradas? ¡Pues el decorado es la ilustración del drama!*

El éxito de la obra fue rotundo. Durante un año entero, sólo en París, se llenó completamente el teatro noche tras noche. Verne vio cómo se acrecentaba su fortuna, por la recaudación obtenida gracias al éxito de la adaptación al teatro de *La vuelta la mundo en ochenta días*. En el siguiente poema satírico, que un enemigo político de Julio Verne le dedicó a éste, se ve reflejado el gran éxito de estas dos obras teatrales:

*El señor Verne vivía contento
y afortunado con sus cuentos.*

La Vuelta al Mundo y Strogoff
Le daban un dinero atroz.
No hay nadie que negarlo pueda:
era Jules Verne una lumbrera.
Pero un día ¡ay! Se equivocó
y la ambición lo obnubiló
quería dar mucho que hablar
y ser un concejal sin par. (...)
Aspiró a ser edil no en balde
Con Fréderic, monarca-alcalde.
Y, aunque carca de pura cepa
dijo: el pendón donde me quepa.
No hay nadie que negarlo pueda:
Fue un escándalo de primera.

A pesar de las recaudaciones millonarias, Verne no se vio tan beneficiado como él hubiera querido. La víspera de la centésima representación de la obra, *Le Temps* publicó un artículo donde se informaba sobre los beneficios totales obtenidos hasta el momento, que eran ya de un millón de francos. A Dennery le habían correspondido 75.000 francos y a Verne 55.000, lo que significa que los dos autores se repartían de manera poco equitativa los derechos de autor. Pero esto sólo representa una cantidad muy pequeña en comparación de los beneficios que durante años y años estuvieron recogiendo, no sólo en Francia, sino por el mundo entero.

El éxito en París fue tal, que en ese invierno nadie se atrevía a salir a la calle sin su gorro de piel ruso.

En definitiva *Miguel Strogoff* es una novela de aventuras, magníficamente narrada que hace vibrar al lector en todos y cada uno de sus capítulos. Verne hace gala de su maestría en la descripción y de su capacidad de mantener la intriga sin decaer ni un instante. Los diálogos son breves, lacónicos y precisos; en pocas frases se presenta todo lo necesario para la trama argumental. No sólo Julio Verne disfrutó escribiendo esta novela, sino que millones de lectores en el mundo entero también han disfrutado con su lectura.

MIGUEL STROGOFF

PRIMERA PARTE

CAPÍTULO I

Una fiesta en el palacio nuevo

—Señor, otro telegrama.

—¿De dónde procede?

—De Tomsk.

—¿La comunicación está cortada más allá de esta ciudad?

—Sí; está cortada desde ayer.

—General, envía un telegrama a Tomsk cada hora y que se me tenga al corriente de lo que ocurra.

—Sí, señor; así se hará —respondió el general Kissoff.

El precedente diálogo era sostenido a las dos de la madrugada, en el momento en que la fiesta, que se celebraba en el Palacio Nuevo, estaba en su mayor esplendor.

Durante toda la velada las músicas de los regimientos de Preobrajensky y Paulowsky no habían cesado de ejecutar polcas, mazurcas, chotis y valses, escogidos entre los mejores del repertorio. Las parejas se multiplicaban hasta lo infinito a través de los espléndidos salones del palacio, que sólo distaba algunos pasos de la *antigua casa de piedras,* donde tan terribles dramas se habían desarrollado en otro tiempo, y cuyos ecos parecían haberse despertado aquella noche para servir de tema a las contradanzas.

El gran mariscal de la Corte estaba, por lo demás, bien secundado en sus delicadas funciones, pues tanto los grandes duques como sus edecanes, los chambelanes del servicio y los oficiales de palacio, presidían personalmente la organización de los bailes. Las grandes duquesas, cubiertas de diamantes, y las damas de la Corte, vestidas con sus trajes de gala, daban ejemplo a las señoras de los altos funcionarios militares y civiles de la *antigua ciudad de las piedras blancas,* y por eso, cuando sonó la señal de la *polonesa,* cuando los invitados de todas las categorías tomaron parte en esta especie de paseo cadencioso, que en este género de solemnidades tiene la misma importancia que un baile nacional, la mezcla de los vestidos de la nobleza llenos de encajes y de los uniformes cuajados de condecoraciones, ofrecía un golpe de vista indescriptible al resplandor de cien arañas, multiplicadas por la reverberación de los espejos.

El cuadro no podía ser más brillante.

El gran salón en que se celebraba la fiesta, que era el más hermoso de todos los del Palacio Nuevo, formaba a este cortejo de altos personajes y de damas espléndidamente ataviadas un marco digno de su magnificencia. La rica bóveda, con sus dorados, empalidecidos ya por la pátina del tiempo, parecía sembrada de puntos luminosos. Los brocados de los cortinajes y Portieres, llenos de pliegues magníficos, empurpurábanse con tonos cálidos que se quebraban violentamente en los ángulos de la pesada tela.

La luz que alumbraba los salones, tamizada por un ligero vaho, salía al exterior, a través de los cristales de las amplias galerías circulares, brillando en medio de la noche con un resplandor de incendio. El contraste que hacían las sombras en que por fuera estaba envuelto el palacio y el espléndido alumbrado que había dentro, no podían menos de llamar la atención de los invitados que no tomaban parte en el baile, los cuales, cuando se aproximaban a las ventanas, podían ver algunos campanarios, cuyas siluetas enormes se destacaban acá y allá entre las tinieblas, y el incesante y silencioso ir y venir de los numerosos centinelas que hacían la guardia con el fusil al hombro, y cuyos cascos puntiagudos, al reflejar la luz que salía por los huecos del palacio, parecían empenachados con pompones de fuego. De vez en cuando, veíanse pasar algunas patrullas pisando sobre el empedrado con más seguridad, probablemente, que los bailarines sobre el pavimento del salón, y a intervalos, oíase el alerta de ordenanza, repitiéndose de puesto en puesto y ensordecido a veces por el toque de alguna trompeta, cuyo vibrante sonido, al confundirse con los acordes de la orquesta, lanzaba sus notas metálicas en medio de la universal armonía.

Más abajo aún, frente a la fachada, destacábanse sobre los focos de luz que proyectaban las ventanas del Palacio Nuevo las masas sombrías de los barcos que se deslizaban sobre un río cuyas aguas, iluminadas de trecho en trecho por la luz vacilante de algunos faroles, bañaban las primeras hiladas de piedras de las terrazas.

El personaje principal del baile, el que daba la fiesta y a quien el general Kissoff había tratado del modo que únicamente suele tratarse a los soberanos, vestía el sencillo uniforme de oficial de cazadores de la guardia, y aunque no mostraba la menor afectación, advertíase en él que era persona poco sensible a las aparatosas ceremonias. Su indumentaria contrastaba notablemente con los soberbios trajes de las personas que lo rodeaban; pero esto no podía sorprender, porque también en la misma forma, sencillamente vestido, solía vérselo en medio de su escolta, formada por los brillantes escuadrones de georgianos, cosacos y lesguianos, cuyos espléndidos uniformes eran los más brillantes del ejército del Cáucaso.

Alto, de aspecto afable, fisonomía tranquila y con la preocupación reflejada a veces en su frente, iba de un grupo a otro, pero casi sin hablar y prestando apenas más que una vaga atención a las frases alegres de los jóvenes y a las palabras algo más graves de los altos funcionarios y de los miembros del cuerpo diplomático que representaban ante él a los principales Estados de Europa. Dos o tres de estos perspicaces políticos, excelentes fisonomistas, habían creído advertir en el rostro de este personaje ciertas señales de inquietud, cuyas causas les eran completamente desconocidas, pero ninguno se había atrevido a interrogarle respecto al particular. Sin duda alguna, el oficial de los cazadores de la guardia deseaba que sus preocupaciones no turbasen un solo momento el regocijo de la fiesta, y como era uno de los soberanos a quienes todo el mundo estaba acostumbrado a obedecer, hasta con el pensamiento, los placeres del baile no disminuyeron durante toda la velada.

Mientras tanto, el general Kissoff esperaba, a respetuosa distancia, que el oficial de cazadores de la guardia, a quien acababa de comunicar el telegrama recibido de Tomsk, le diese orden de retirarse; pero éste permaneció silencioso. Había tomado el telegrama, lo había leído, y una nube de tristeza había ensombrecido su rostro. Después, y como con un movimiento involuntario, había colocado su mano sobre la empuñadura de la espada, y, elevándola luego a la altura de su frente, habíasela puesto sobre los ojos a modo de pantalla, como si la luz la molestase y buscara la oscuridad para reconcentrarse en sí mismo.

—¿De manera —dijo el oficial de coraceros de la guardia llevándose al general Kissoff al lado de una ventana— que desde ayer estamos incomunicados con el gran duque mi hermano?

—Sí, señor; y es de temer que, dentro de poco, los despachos no puedan pasar la frontera siberiana.

—¿Las tropas de las provincias del Amur, de Yakutsk y de Transbaikalia no han recibido orden de marchar inmediatamente a Irkutsk?

—Esa orden ha sido transmitida por el último telegrama que ha podido pasar más allá del lago Baikal.

—Pero, ¿desde el principio de la invasión estamos en comunicación constante con los Gobiernos de Yeniseisk, Omsk, Semipalatinsk y Tobolsk?

—Sí, señor; nuestros despachos han llegado hasta allí, y tenemos la seguridad de que los tártaros no pueden ya pasar el Irtich y el Obi.

—¿Se tiene alguna nueva noticia del traidor Iván Ogareff?

—Ninguna —respondió el general Kissoff—. El jefe de policía ignora si ha pasado o no la frontera.

—En ese caso es preciso enviar su filiación inmediatamente a Nijni-Novgorod, Perm, Ekaterinburg, Kassimow, Tiumen, Ichim, Omsk, Elamsk, Kolivan, Tomsk y a todas las demás estaciones telegráficas cuya comunicación no se haya interrumpido todavía.

—Las órdenes de Su Majestad serán ejecutadas en seguida —repuso el general Kissoff.

—Sobre todo, mucho silencio acerca de este asunto.

El general hizo un signo de respetuosa adhesión, se inclinó profundamente y, confundiéndose entre la multitud, abandonó los salones, sin que su partida fuese notada.

El oficial de cazadores de la guardia permaneció pensativo durante algunos instantes, y luego fue a mezclarse con los grupos de militares y personajes políticos que se habían formado en diversos puntos de los salones, cuando su rostro había ya recobrado su tranquilo aspecto habitual.

Sin embargo, el grave suceso acerca del cual habían conversado secretamente el oficial de cazadores de la guardia y el general Kissoff, no era tan desconocido como ellos creían. Aunque no se hablaba de él oficialmente, porque las lenguas habían enmudecido *por orden superior,* algunos diplomáticos habían sido informados, más o menos vagamente, de los acontecimientos que se desarrollaban más allá de la frontera. Sin embargo, dos invitados a la fiesta del Palacio Nuevo, que no ostentaban uniforme alguno ni lucían ninguna condecoración, conversaban en voz baja, como si hubieran recibido informes precisos acerca de lo que nadie hablaba apenas y de lo que hasta para los miembros del cuerpo diplomático era casi desconocido.

¿Cómo? ¿Por qué medio? ¿En virtud de qué habilidad, estos dos simples mortales habían llegado a saber con exactitud lo que personas mucho más importantes que ellos apenas conocían? No puede decirse. ¿Poseían acaso el don de la presencia o de la previsión? ¿Acaso tenían un sentido suplementario que les permitía ver más allá de los límites naturales? ¿Poseían, por ventura, una perspicacia extraordinaria para sorprender las noticias más secretas? ¿Tal vez el hábito —que en ellos era una especie de segunda naturaleza— de vivir de la información y para la información había metamorfoseado su manera de ser, hasta el punto de convertirlos en seres distintos de los demás del género humano? Casi podría afirmarse.

Estos dos hombres, inglés uno y francés el otro, eran altos y gruesos; moreno éste, como los meridionales de Provenza, y rubio aquél, como un caballero de Lancashire. El inglés, calmoso, frío, flemático y parco en los movimientos y en las palabras, parecía que sólo hablaba y gesticulaba movido por un resorte que lo agitaba a intervalos regulares. Por el contrario, el galorromano, dotado de gran actividad y osadía, expresábase con los labios, con los ojos y con las manos a la vez, manifestando de veinte maneras su pensamiento, mientras que su interlocutor no encontraba más que una sola, como si ésta estuviera estereotipada en su cerebro.

Estas discrepancias físicas podrían engañar fácilmente, quizás, al menos observador de los hombres; pero un fisonomista, después de dirigir una mirada a los dos extranjeros, habría podido determinar el contraste fisiológico que los caracterizaba, diciendo que, si el francés era *todo ojos,* el inglés era todo oídos.

Efectivamente, la vista del uno parecía haberse agudizado a causa del mucho uso. La sensibilidad de su retina debía ser tan rápida como la de los prestidigitadores que reconocen una carta con sólo un movimiento rápido del corte o por la más insignificante señal, inadvertida para cualquier otra persona. El francés poseía en el más alto grado lo que podría llamarse *memoria de la vista.*

El inglés, por el contrario, parecía estar organizado exclusivamente para oír y enterarse de lo que se decía. Le bastaba oír una voz una sola vez para que no la olvidara jamás y para reconocerla entre mil muchos años después. Sus orejas no tenían, naturalmente, la misma movilidad que las de los animales provistos de grandes pabellones auditivos; pero, puesto que los sabios han demostrado que las del hombre no son absolutamente inmóviles, se podría afirmar que las del susodicho inglés se enderezaban, se torcían o se oblicuaban para percibir los sonidos, por insignificantes que fuesen.

Conviene advertir que la perfección de la vista y del oído de estos dos hombres les servía para el mejor desempeño de su oficio, porque el inglés era corresponsal del periódico *Daily Telegraph,* y el francés, corresponsal de... ¿De cuál o cuáles periódicos era corresponsal este último? Él no lo decía, y, cuando se le preguntaba, limitábase a dar la siguiente contestación:

—Soy corresponsal de mi prima Magdalena.

En el fondo, y a pesar de su aparente frivolidad, era perspicaz en grado sumo y tenía una sagacidad extraordinaria; hablaba mucho de todo, probablemente para disimular su deseo de oír, y esta locuacidad le servía para no revelar lo que se proponía tener reservado, porque, sin duda alguna, era más ladino y circunspecto que su colega, el corresponsal del *Daily Telegraph.*

Los dos asistían a la fiesta que se celebra en el Palacio Nuevo en la noche del 15 al 16 de julio, en calidad de periodistas y con el fin de tener bien informados a los lectores de sus periódicos respectivos.

Ambos eran apasionados por el periodismo, y creían desempeñar una importante misión en el mundo lanzándose como dos hurones tras la pista de las noticias más insignificantes, sin que nada les arredrase ni les hiciera desistir, porque estaban dotados de una sangre fría imperturbable y del verdadero valor, propio de las personas del oficio.

Verdaderos *jockeys* de carreras de obstáculos —porque no otra cosa es la carrera de la información—, saltaban setos, atravesaban ríos y pasaban por encima de todas las vallas con el incomparable ardor de los corredores de pura sangre que prefieren morir antes que dejar de llegar a la meta los primeros.

Además, ellos no economizaban el dinero, que es hasta hoy el medio de información más seguro, más rápido y más perfecto que se conoce; pero es preciso agregar, en su honor, que ni uno ni otro investigaban ni escuchaban nada referente a la vida privada, y que sólo entraban en acción cuando los intereses políticos o sociales estaban en juego. En una palabra, estos dos periodistas hacían lo que desde algunos años a esta parte se llama *gran reportaje político y militar;* pero cada uno, como se verá siguiéndolos de cerca, tenía su manera especial de juzgar los hechos y especialmente sus consecuencias, puesto que cada cual los veía bajo un prisma diferente. Sin embargo, como disponían de dinero abundante y jugaban limpio, no se los censuraba.

El corresponsal francés se llamaba Alcides Jolivet, y Enrique Blount era el nombre del periodista inglés. Se habían visto por primera vez en esta fiesta del Palacio Nuevo, de la que estaban encargados de informar a los lectores de sus respectivos periódicos, y aunque la diferencia de sus caracteres y los celos naturales de su oficio debían hacerles poco simpáticos uno al otro no trataron de esquivar el encuentro, sino que, por el contrario, se buscaron, tratando de sondearse mutuamente acerca de las noticias del día, como si fueran dos cazadores que cazasen en el mismo terreno y con iguales reservas. La caza que se le escapase al uno podía ser apresada por el otro, y por interés mutuo les convenía permanecer a distancia conveniente para verse y oírse.

Aquella noche estaban los dos al acecho, porque algo se cernía en el aire que les llamaba la atención.

—Aunque sólo se trata de embustes —decíase Alcides Jolivet—, conviene disparar el fusil para cazarlos.

Con este propósito los dos corresponsales entablaron conversación durante el baile, algunos momentos después de la salida del general Kissoff, y tardaron poco en entenderse.

—Verdaderamente, señor, esta fiesta es deslumbradora —dijo, sonriente, Alcides Jolivet, que creyó que debía empezar la conversación con esta frase eminentemente francesa.

—Ya he telegrafiado: ¡*espléndida!* —respondió Enrique Blount, empleando esta palabra especialmente consagrada para expresar la admiración de un ciudadano del Reino Unido.

—Sin embargo —agregó Alcides Jolivet—, he creído deber decir también a *mi prima...*

—¿*Su prima?* —preguntó Enrique Blount sorprendido, interrumpiendo a su colega.

—Sí —repuso Alcides Jolivet—, *mi prima* Magdalena... Ella es a quien envío mis noticias... ¡Oh! Desea ser informada pronto y bien *mi prima,* y he creído deber decirle que, durante esta fiesta, una especie de nube parece ensombrecer la frente del soberano.

—Pues a mí me ha parecido radiante —respondió Enrique Blount, quizá con el propósito de disimular su pensamiento respecto al asunto.

—Y, naturalmente, usted la habrá hecho radiar en las columnas del *Daily Telegraph.*

—Precisamente.

—¿Recuerda usted, señor Blount —preguntó Alcides Jolivet—, lo que sucedió en Zakret en 1812?

—Lo recuerdo como si lo hubiera presenciado, señor —respondió el corresponsal inglés.

—En ese caso —repuso Alcides Jolivet—, sabrá usted que se anunció al emperador Alejandro, en medio de una fiesta que se celebraba en su honor, que Napoleón acababa de pasar el Niemen con la vanguardia francesa, a pesar de lo cual el emperador no abandonó la fiesta y, a pesar de la gravedad extremada de una noticia que podía costarle el imperio, no dejó percibir más inquietud...

—Que la que ha manifestado nuestro huésped cuando el general Kissoff le ha notificado que acababa de ser cortada la comunicación telegráfica entre la frontera y el Gobierno de Irkutsk.

—¡Ah! ¿Conocía usted ese detalle?

—Sí, lo conocía.

—A mí me sería difícil ignorarlo, puesto que mi último telegrama ha ido hasta Udinsk —dijo Alcides Jolivet con una especie de satisfacción.

—Pues el mío ha ido solamente hasta Krasnoiarsk —repuso Enrique Blount con tono no menos satisfecho.

—En ese caso, ¿sabrá usted también que se han enviado órdenes a las tropas de Nikolaievsk?

—Sí, señor; al mismo tiempo que se ha telegrafiado a los cosacos del Gobierno de Tobolsk ordenándoles que se concentren.

—Es verdad, señor Blount; esas disposiciones las conocía yo también, y mi amable *prima* sabrá mañana alguna cosa.

—También lo sabrán los lectores del *Daily Telegraph,* señor Jolivet.

—¡Claro! ¡Cuando se ve todo lo que ocurre!

—¡Y cuando se oye todo lo que se dice!

—Una interesante campaña en perspectiva, señor Blount.

—La seguiré, señor Jolivet.

—Entonces, es posible que pisemos un terreno menos seguro quizá que el pavimento de este salón.

—Menos seguro, sí; pero...

—Pero también menos escurridizo —respondió Alcides Jolivet, deteniendo a su colega en el momento en que éste iba a perder el equilibrio retrocediendo.

Y, dicho esto, separáronse los dos corresponsales, muy contentos por saber que el uno no estaba más adelantado que el otro en noticias.

Efectivamente, ambos estaban igualmente enterados de lo que ocurría.

En aquel momento abriéronse las puertas de las habitaciones contiguas al gran salón, dejando ver muchas y grandes mesas admirablemente servidas, todas cargadas con profusión de porcelanas preciosas y vajilla de oro. Sobre la mesa central, reservada para los príncipes, para las princesas y para los miembros del cuerpo diplomático, brillaba una batea de inestimable precio, procedente de las fábricas de Londres, y en torno de esta obra maestra de orfebrería centelleaban, a la luz de las arañas, las mil piezas de la vajilla más admirable que saliera jamás de las manufacturas de Sèvres.

Los invitados empezaron entonces a dirigirse hacia el salón en que la cena estaba preparada.

El general Kissoff, que acababa de entrar, se aproximó rápidamente al oficial de cazadores de la guardia.

—¿Qué sucede? —preguntó éste, con la misma viveza de la primera vez.

—Señor, los telegramas no pasan ya de Tomsk.

—¡Un correo, en seguida!

El oficial de cazadores de la guardia salió del salón pasando a una habitación inmediata, que era un gabinete de trabajo sencillamente decorado con muebles antiguos de roble, y situado en un ángulo del Palacio Nuevo. De las paredes pendían algunos cuadros, la mayor parte de los cuales estaban firmados por Horacio Vernet.

El oficial abrió inmediatamente la ventana, como si faltase oxígeno a sus pulmones, y aspiró el aire puro que en aquella hermosa noche de julio penetraba por su ancho balcón.

Ante sus ojos, e iluminado por los rayos lunares, redondeábase un recinto fortificado, en el cual se elevaban dos catedrales, tres palacios y un arsenal, y en cuyo derredor se distinguían las tres ciudades de Kitaï-Gorod, Boï-Gorod y Zemlinaoï-Gorod, inmensos barrios europeos que dominaban las torres, los campanarios, los minaretes y las cúpulas de trescientas iglesias, cuyos verdes domos estaban coronados por cruces de plata. En las aguas de un río de curso sinuoso rielaban, acá y allá, los rayos de la luna.

Este conjunto formaba un caprichoso mosaico encerrado en un extenso cuadrado de diez leguas.

El río era el Moskova; la ciudad, Moscú; el recinto fortificado, el Kremlin, y el oficial de cazadores de la guardia, que con los brazos cruzados y la frente contraída escuchaba vagamente el ruido que promovían los invitados del Palacio Nuevo de la antigua ciudad moscovita, era el zar.

CAPÍTULO II

Rusos y tártaros

Si el zar había abandonado tan inopinadamente los salones del Palacio Nuevo, en el momento en que la fiesta que él daba a las autoridades civiles y militares y a las personas más notables de Moscú estaba en su mayor esplendor, era porque más allá de las fronteras del Ural se desarrollaban grandes acontecimientos. Era ya indudable; una formidable invasión amenazaba sustraer las provincias siberianas a la dominación rusa.

La Rusia asiática, o Siberia, tiene una superficie de quinientas sesenta mil leguas, poblada por dos millones de habitantes aproximadamente, y se extiende desde los montes Urales, que la separan de la Rusia europea, hasta el litoral del océano Pacífico. Al sur se encuentran el Turquestán y el Imperio chino, que la limitan siguiendo una frontera bastante indeterminada, y al norte está el océano Glacial, desde el mar de Kara hasta el estrecho de Bering. Está dividida en los Gobiernos o provincias de Tobolsk, Yeniseisk, Irkutsk, Omsk y Yakutsk; comprende los distritos de Okotsk y Kamtschatka, y posee el país de los kirguises y el de los churaches, sometidos actualmente a la dominación moscovita.

Esta inmensa extensión de estepas, que comprende más de ciento diez grados de oeste a este, es tierra de deportación para los criminales, al mismo tiempo que lugar de destierro para los que son expulsados de la patria en virtud de un ucase.

La autoridad suprema de los zares está representada en este extenso país por dos gobernadores generales, uno de los cuales reside en Irkutsk, capital de la Siberia occidental. El río Tchuna, afluente del Yenisei, separa las dos Siberias.

Ningún camino de hierro surca todavía estas llanuras inmensas, algunas de las cuales son sumamente fértiles; ninguna vía férrea sirve para la explotación de las minas preciosas que hacen en estas vastas extensiones más rico el suelo siberiano por debajo que por encima de la superficie. Se viaja, durante el verano, en tarentas o en talegas, y en trineos durante el invierno.

Las fronteras oeste y este de Siberia comunícanse entre sí por medio de un alambre de más de ocho mil verstas de longitud (8.536 kilómetros), y, al salir del Ural, pasa por Ekaterinburg, Kassimow, Tiumen, Ichim, Omsk, Elamsk, Kolivan, Tomsk, Krasnoiarsk, Nijni-Udinsk, Irkutsk, Verkne-Nertsching, Strelink, Albacine, Blagowstenks, Radde, Oslomskaya, Alexandrowskoe y Nicolask, y cobra por cada palabra que lanza de un extremo a otro seis rublos y diecinueve kopeks. De Irkutsk parte un ramal que va a Kiakhta, en la frontera de Mogolia, y esta estación telegráfica envía, a razón de treinta kopeks por palabra, los despachos a Pekín, en catorce días.

Este hilo telegráfico, tendido desde Ekaterinburg hasta Nikolaevsk, era el que había sido cortado, primeramente más allá de Tomsk, y algunas horas más tarde entre Tomsk y Kolivan. Por esto, el zar, al oír la noticia que le comunicó el general Kissoff, cuando éste se presentó ante él por segunda vez, había dado por contestación esta orden imperiosa:

—¡Un correo, en seguida!

Apenas hacía algunos instantes que el zar estaba inmóvil en la ventana de su gabinete, cuando los ujieres volvieron a abrir la puerta de la estancia y apareció en ella el jefe superior de policía.

—Pasa, general —dijo el zar con voz grave—, y dime cuanto sepas acerca de Iván Ogareff.

—Es un hombre extraordinariamente peligroso, señor —respondió el jefe superior de policía.

—¿Tenía el grado de coronel?

—Sí, señor.

—¿Era un jefe inteligente?

—Muy inteligente, pero imposible de dominar, y de una ambición tan desenfrenada, que no retrocede ante ningún obstáculo. Esta ambición lo condujo pronto a intrigar secretamente, y por este motivo fue destituido de su grado por Su Alteza el gran duque, y, luego, desterrado a Siberia.

—¿En qué época?

—Hace dos años. Perdonado, cuando llevaba seis meses en el destierro, por el favor de Su Majestad, volvió a Rusia.

—¿Y desde esa época no ha vuelto a Siberia?

—Sí, señor, ha vuelto; pero, esta vez, voluntariamente —respondió el jefe superior de policía. Y agregó, bajando un poco la voz—: ¡Hubo un tiempo, señor, en el que, cuando se iba a Siberia, no se volvía!

—Mientras yo viva, Siberia es y será un país del que se vuelva.

El zar tenía el derecho de pronunciar estas palabras con verdadero orgullo, porque su clemencia había demostrado frecuentemente que la justicia rusa sabía perdonar.

El jefe superior de policía guardó silencio, pero era evidente que él no estaba conforme con hacer las cosas a medias. Según él, toda persona que hubiera pasado los montes Urales entre policías no debía volver jamás, y como esto no ocurría bajo el nuevo reinado, él lo deploraba sinceramente. ¡Cómo! ¡Ya no había destierros a perpetuidad por otros crímenes que los del derecho común, y los desterrados políticos podían volver de Tobolsk, Yakutsk y de Irkutsk! En realidad, de verdad, el jefe superior de policía, habituado a las decisiones autocráticas de los ucases que no perdonaban, no podía admitir el nuevo modo de gobernar; pero se calló, esperando que el zar volviera a interrogarlo. Las preguntas no se hicieron esperar.

—¿No ha vuelto Iván Ogareff por segunda vez a Rusia —inquirió el zar— después de haber ido a las provincias siberianas con un objeto que es desconocido aún?

—Ha vuelto.

—¿Y desde su regreso ha perdido la policía su pista?

—No, señor, porque un condenado no se convierte verdaderamente peligroso hasta el día en que se lo indulta.

La frente del zar se contrajo un momento y el jefe superior de policía llegó a temer haber ido demasiado lejos, aun cuando su obstinación en sus ideas fuese por lo menos igual que su adhesión sin límites a su soberano; pero éste, desdeñando estos

43

reproches indirectos a su política interior, prosiguió interrogando brevemente:

—Últimamente, ¿dónde estaba Iván Ogareff?

—En el Gobierno de Perm.

—¿En qué ciudad?

—En la misma Perm.

—¿Qué hacía?

—Al parecer, no tenía ocupación alguna, y su conducta no tenía nada de sospechosa.

—¿No estaba sometido a la vigilancia de la alta policía?

—No, señor.

—¿Cuándo abandonó Perm?

—Hacia el mes de marzo.

—¿Adónde fue?

—Se ignora.

—¿Y, desde entonces, no se sabe qué ha sido de él?

—No se sabe.

—Pues bien, lo sé yo —repuso el zar—. Se me han dirigido algunos anónimos, que no han pasado por las oficinas de la policía, y, en vista de los acontecimientos que se realizan ahora más allá de la frontera, hay motivos para creer que son exactos los hechos que se me denuncian.

—¿Quiere decir Su Majestad —interrogó el jefe superior de policía— que Iván Ogareff tiene intervención en la invasión tártara?

—Sí, general, y voy a informarte de lo que ignoras. Iván Ogareff, después de salir del Gobierno de Perm, ha pasado los montes Urales y se ha internado en Siberia, y allí, en las estepas kirguises, ha tratado de sublevar aquellos pueblos nómadas, no sin éxito, y ha descendido luego más al sur y llegado hasta el Turkestán libre, donde ha encontrado jefes dispuestos a lanzar sus hordas tártaras contra las provincias siberianas y a provocar una invasión general del Imperio ruso en Asia. El movimiento, que ha sido fomentado en secreto, acaba de estallar como el rayo, e inmediatamente han sido cortados todos los medios de comunicación entre la Siberia occidental y la Siberia oriental. Además, Iván Ogareff, deseando vengarse, trata de atentar contra la vida de mi hermano.

El zar se había animado mientras hablaba, y recorría la estancia con paso precipitado.

El jefe de policía guardaba silencio; pero decíase a sí mismo que, en la época en que los emperadores de Rusia no indultaban jamás a un desterrado, los proyectos de Iván Ogareff no habrían podido realizarse.

Después de algunos instantes de silencio, el jefe superior de policía, acercándose al zar, que había tomado asiento en un sillón, le dijo:

—Vuestra Majestad habrá dado sin duda las órdenes necesarias para que la invasión sea rechazada inmediatamente.

—Sí —respondió el zar—; el último telegrama ha debido poner en movimiento las tropas de los Gobiernos de Yeniseisk, Irkutsk y Yakutsk, y de las provincias de Amur y del lago Baikal. Además, los regimientos de Perm y de Nijni-Novgorod y los cosacos de la frontera se dirigen a marcha forzada hacia los montes Urales; pero, desgraciadamente, han de transcurrir muchas semanas antes de que alcancen a las columnas de los tártaros.

—¿Y el hermano de Vuestra Majestad, Su Alteza el gran duque, aislado actualmente en el Gobierno de Irkutsk, no está en comunicación directa con Moscú?

—No.

—Sin embargo, debe conocer, por los últimos telegramas que habrá recibido, cuáles son las medidas adoptadas por Vuestra Majestad y qué auxilios debe esperar recibir de los Gobiernos más próximos al de Irkutsk.

—Lo sabe, efectivamente —respondió el zar—; pero ignora que Iván Ogareff, al mismo tiempo que el de rebelde, se dispone a desempeñar el papel de traidor y que es su enemigo personal y encarnizado. Iván Ogareff debe su primera desgracia al gran duque, y lo más grave es que éste no conoce a ese hombre. El proyecto del traidor es ir a Irkutsk, ofrecer sus servicios al gran duque, a quien se presentará bajo un nombre falso, y, después que se haya ganado su confianza, cuando los tártaros cerquen la ciudad, franquearles la entrada y entregarles a mi hermano, cuya vida, por consiguiente, está directamente amenazada. Esto es lo que sé por mis informes, esto es lo que ignora el gran duque, y esto es lo que necesita saber a todo trance.

—Pues bien, señor, un correo inteligente, valeroso...

—Así lo espero.

—Y que vaya con toda rapidez —agregó el jefe superior de policía—, porque Vuestra Majestad me permitirá que le diga que la tierra más propicia para las rebeliones es la Siberia.

—¿Quiere decir, general, que los desterrados harán causa común con los invasores? —exclamó el zar, que no fue dueño de sí al oír la insinuación del jefe superior de policía.

—¡Perdóneme Vuestra Majestad! —respondió balbuceando el jefe superior de policía, porque, efectivamente, tal era el pensamiento que le había sugerido su imaginación inquieta y desconfiada.

—No creo que los desterrados tengan tan poco patriotismo —replicó el zar.

—Además de los desterrados por delitos políticos —insistió el jefe superior de policía—, hay en Siberia otros condenados.

—¡Los criminales! ¡Oh, general, te los abandono! ¡Son la escoria del género humano y no pertenecen a país alguno! Además, el levantamiento o, mejor dicho, la invasión no es contra el emperador, sino contra Rusia, contra la patria, que los desterrados por delitos políticos no han perdido toda esperanza de volver a ver..., y que verán de nuevo, seguramente. ¡No; un ruso no se aliará jamás con un tártaro para abatir, ni aun por una hora, el poderío moscovita!

El zar tenía razón para creer en el patriotismo de aquellos a quienes su política tenía momentáneamente alejados. La clemencia, que constituía el fondo de su justicia, cuando él podía dirigir personalmente los efectos, y la consideración con que procedía al aplicar los ucases, tan terribles otras veces, eran una garantía de su seguridad respecto a este punto; pero, aunque la invasión tártara no dispusiera de este poderoso elemento para triunfar, las circunstancias no dejaban de ser graves, porque se temía que gran parte de la población kirguis hiciera causa común con los invasores.

Los kirguises están divididos en tres hordas: la grande, la pequeña y la mediana, que ocupan unas cuatrocientas mil tiendas, ascendiendo la población, por consiguiente, a dos millones de almas, pocas más o menos. Algunas de estas tribus son independientes, y las demás reconocen la soberanía, ya de Rusia, ya de los kanatos de Kiva, de Kokand o de Bukara, es decir, de los jefes más temibles del Turkestán. La horda más rica, y también la más numerosa, es la mediana, cuyos campamentos ocupan todo el espacio comprendido entre los ríos Sara-Su, Irtich e Ichim superior y los lagos Hadisang y Aksakal, y la horda grande, que ocupa las comarcas situadas al este de la mediana, se extiende hasta los Gobiernos de Omsk y de Tobolsk. Por lo tanto, si estos pueblos kirguises se sublevaban, la Rusia asiática sería completamente invadida y la separación de Siberia, al este del Yenisei, sería un hecho.

Es verdad que los kirguises, demasiado novicios en el arte de la guerra, son ladrones nocturnos y agresores de caravanas y no soldados regulares, y por esto sin duda ha dicho Levchine: «que un frente cerrado o un cuadro de buena infantería puede resistir a una masa de kirguises diez veces más numerosa, y un solo cañón puede hacer en ellos una espantosa carnicería»; pero para que esto ocurra es necesario que este cuadro de buena infantería llegue al país sublevado y que los cañones salgan de los parques de artillería de las provincias rusas, que se encuentran a dos mil o tres mil verstas de distancia.

Además, excepto la ruta directa que une a Ekaterinburg con Irkutsk, las estepas, frecuentemente pantanosas, son casi impracticables, y se necesitaban muchas semanas para que las tropas rusas pudieran estar en disposición de rechazar las hordas tártaras.

El centro de la organización militar de la Siberia occidental, encargada de mantener a raya a los pueblos kirguises es Omsk, y como allí están las fronteras que han sido atacadas más de una vez por los nómadas, cuya sumisión no es completa, al Ministerio de la Guerra no le faltaban motivos para temer que la citada ciudad se viese seriamente amenazada. La línea de colonias militares, es decir, de los puestos de cosacos, escalonados desde Omsk hasta Semipalatinsk, debía haber sido cortada en muchos puntos, y era de esperar que los *grandes sultanes* que gobernaban los distritos kirguises no hubiesen aceptado voluntariamente o soportado contra su voluntad la dominación de los tártaros, musulmanes como ellos, y que al odio suscitado por la servidumbre no se hubiera unido el odio provocado por el antagonismo de sus diferentes religiones griega y musulmana, pues, efectivamente, hacía ya largo tiempo que los tártaros del Turkestán, y especialmente los de los kanatos de Bukara, Kokand y Kunduze, trataban, más por la fuerza que por la persuasión, de sustraer las hordas kirguises a la dominación moscovita.

Digamos algo acerca de los tártaros.

Éstos pertenecen más especialmente a dos razas distintas, la caucásica y la mogola. La caucásica, que, según dice Abel Remusat, es considerada como tipo de la belleza de nuestra especie, porque de ella proceden todos los pueblos de esta parte del mundo, reúne bajo la misma denominación a los turcos y a los indígenas de origen persa, mientras que la raza puramente mogola comprende los mogoles, los manchúes y los tibetanos.

Los tártaros que, a la sazón, amenazaban al Imperio ruso, eran de raza caucásica y ocupaban más particularmente el Turkestán, vasto país dividido en varios Estados, que están gobernados por kanes, por lo cual se denominan kanatos, siendo los principales los de Bukara, Kiva, Kokaud, Kunduze, etc.

En la época a que nos referimos, el kanato más importante y el más temible al mismo tiempo era el de Bukara. Rusia habíase visto ya obligada varias veces a luchar con sus jefes, que, por interés personal y por imponerles otro yugo, habían defendido la independencia de los kirguises contra la dominación moscovita, y el jefe actual, Féofar-Kan, seguía la misma ruta que sus antecesores.

El kanato de Bukara se extiende entre los paralelos treinta y siete y cuarenta y uno, y, de este a oeste, entre los sesenta y uno y sesenta y seis grados de longitud, es decir, en una superficie de diez mil leguas cuadradas aproximadamente, con dos millones y medio de habitantes, un ejército de setenta mil hombres, que puede triplicarse en tiempo de guerra, y treinta mil caballos. Es un país rico, variado en sus producciones animales, vegetales y minerales, y que la anexión de los territorios de Balk, Aukoi y Meimaneh ha agrandado considerablemente. Posee diecinueve poblaciones importantes: Bukara, rodeada por una muralla que mide más de ocho millas inglesas y franqueada por torres, ciudad gloriosa, que fue ilustrada por Avicena y otros sabios del siglo X y está considerada como el centro de la ciencia musulmana y como una de las más célebres del Asia central; Samarcanda, que guarda los restos de Tamerlán, posee el famoso palacio donde se conserva la piedra azul en que ha de sentarse, a su advenimiento, todo nuevo kan, y está defendida por una fortísima ciudadela; Karschi, con su triple recinto, situada en un oasis rodeado por un pantano lleno de tortugas y saurios, que la hace inexpugnable; Chardijui, que está defendida por cerca de veinte mil habitantes, y, en fin, Katta-Kurgán, Nurata, Dyzah, Paikanda, Karakul, Kuzar, etc., que forman un conjunto de ciudades difíciles de vencer. Por consiguiente, el kanato de Bukara, protegido por sus montañas y rodeado por sus estepas, es un Estado verdaderamente temible, y Rusia tenía necesidad de enviar un ejército formidable para someterlo a su obediencia.

El ambicioso y feroz Féofar-Kan gobernaba entonces este rincón de Tartaria, con el apoyo de los demás kanes —especialmente con el de los de Kokand y Kunduze, guerreros crueles y rapaces dispuestos a lanzarse a cualquier empresa que halagara sus instintos tártaros—, y, ayudado por los jefes que mandaban las hordas del Asia central, habíase puesto a la cabeza de la invasión, de la que era el alma el traidor Iván Ogareff quien, impulsado tanto por su ambición insensata como por el odio, había organizado el movimiento de manera que pudiera cortar el camino de Siberia.

¡Estaba loco al suponer que podía desmembrar el imperio moscovita! Sin embargo, bajo su inspiración había lanzado el emir —que éste era el título que tomaban los kanes de Bukara— sus hordas tártaras más allá de la frontera rusa, y había invadido primero el Gobierno de Semipalatinsk, obligando a retroceder a los cosacos que en pequeño número se encontraban en este punto. Luego, había avanzado más allá del lago Balkach, sublevando a su paso los pueblos kirguises, saqueando, asolando, alistando bajo su bandera a los que se sometían, aprisionando a los que le hacían resistencia y yendo de una ciudad a otra con toda la impedimenta de un soberano oriental, que así podía llamarse su casa civil, sus mujeres y sus esclavos, todo con la audacia imprudente de un Gengis-Kan moderno.

¿Dónde se encontraba en aquel momento? ¿Hasta dónde habían llegado sus soldados a la hora en que la noticia de la invasión llegaba a Moscú? ¿A qué punto de Siberia se habían visto obligadas a retroceder las tropas rusas? No podía saberse, porque estaba interrumpida la comunicación. ¿El hilo telegráfico había sido cortado entre Kolivan y Tomsk por algunos exploradores del ejército tártaro o el emir había llegado hasta las provincias de Yeniseisk? ¿Estaba sobre las armas toda la baja Siberia occidental? ¿Extendíase ya el levantamiento hasta las regiones del este? No podía decirse. La corriente eléctrica, único agente que no teme al frío ni al calor, al que no detienen las inclemencias del invierno ni los rigores del verano, y que vuela con la rapidez del rayo, no podía ya propasarse a través de la estepa y no era posible, por consiguiente, avisar al gran duque, encerrado en Irkutsk, del peligro con que lo amenazaba la traición de Iván Ogareff.

Sólo un correo podía remplazar a la corriente eléctrica, pero era preciso que el que se encargase de esta misión dispusiera del tiempo necesario para recorrer las cinco mil doscientas verstas (5.523 kilómetros) que separan a Moscú de Irkutsk. Además, para atravesar las filas de los rebeldes e invasores, se necesitaban un valor e inteligencia sobrehumanos, pero con la inteligencia y el corazón se va a todas partes.

—¿Encontraré esa inteligencia y ese corazón? —preguntábase el zar.

CAPÍTULO III

Miguel Strogoff

Pocos minutos después abriose la puerta del gabinete imperial y presentose un ujier anunciando al general Kissoff.

—¿Y el correo? —preguntó vivamente el zar.

—Está ahí, señor —respondió el general Kissoff.

—¿Has encontrado al hombre que hace falta?

—Me atrevo a responder de él a Vuestra Majestad.

—¿Estaba de servicio en palacio?

—Sí, señor.

—¿Lo conoces?

—Personalmente, y con frecuencia ha desempeñado con éxito misiones difíciles.

—¿En el extranjero?

—En Siberia.

—¿De dónde es?

—De Omsk. Es siberiano.

—¿Tiene sangre fría, inteligencia y valor?

—Sí, señor, tiene todo lo que se necesita para triunfar allí donde otros resultarían derrotados.

—¿Qué edad tiene?

—Treinta años.

—¿Es hombre vigoroso?

—Señor, puede soportar hasta el último límite el frío, el hambre, la sed y la fatiga.

—¿Acaso tiene el cuerpo de hierro?

—Sí, señor.

—¿Y el corazón?

—El corazón es de oro.

—¿Cómo se llama?

—Miguel Strogoff.

—¿Está dispuesto a partir?

—En la sala de guardias espera las órdenes de Vuestra Majestad.

—Que pase —dijo el zar.

Y, algunos momentos después, entró en el gabinete imperial el correo Miguel Strogoff.

Éste era un hombre alto, vigoroso, de anchas espaldas y pecho levantado; su cabeza poderosa tenía los bellos caracteres de la raza caucásica, y sus miembros, bien proporcionados, eran palancas mecánicamente dispuestas para efectuar de un modo admirable cualquier trabajo de fuerza. Joven, hermoso y robusto, cuando estaba bien plantado y bien asegurado, no era fácil moverlo de su sitio contra su voluntad, porque, al sentar los dos pies sobre el suelo, parecía que echaba raíces. Sobre su cabeza, cuadrada en la parte superior, y ancha de frente, arrollábase una abundante cabellera, cuyos bucles escapábanse por debajo del casco moscovita cuando se cubría, y su rostro, ordinariamente pálido, únicamente se alteraba a impulso de algún movimiento rápido del corazón o bajo la influencia de una circulación más viva que la de la sangre arterial. Recta, franca e inalterable era la mirada de sus ojos de color azul oscuro, que brillaban bajo el arco de sus cejas, cuyos músculos superciliares, débilmente contraídos, revelaban un valor altivo, *el valor sin cólera de los héroes,* según dicen los fisiólogos, y su nariz poderosa, de anchas ventanas, dominaba una boca simétrica, cuyos labios, algo prominentes, revelaban al hombre generoso y bueno.

Miguel Strogoff tenía el temperamento del hombre decidido, que adopta rápidamente una resolución, que no se muerde las uñas en la incertidumbre, que no se rasca las orejas en la indecisión, y, sobrio en los ademanes como en las palabras, no sabía permanecer inmóvil como un soldado ante su superior; pero, cuando caminaba, su paso revelaba gran seguridad y notable desenvoltura en los movimientos, lo que era prueba de la confianza y de la gran fuerza de voluntad de su espíritu. En suma, era un hombre cuya mano parecía que *agarraba siempre la ocasión por los cabellos,* figura algo atrevida que, sin embargo, lo retrata con un solo rasgo.

Vestía un elegante uniforme militar, que se parecía al que usan los oficiales de cazadores de caballería en campaña: botas, espuelas, pantalón ajustado, pelliza bordada de pieles, con adornos de trencillas amarillas sobre fondo oscuro. Pertenecía al cuerpo especial de los correos del zar, y tenía la categoría de oficial de estos militares distinguidos.

Sus ademanes, su fisonomía y toda su persona revelaban, y el zar lo conoció al punto, que era un *ejecutor de órdenes,* y poseía, por lo tanto, una de las cualidades más recomendables en Rusia, y la que, según la observación del célebre novelista Turguenev, conduce a las posiciones más elevadas en el imperio moscovita.

Y, efectivamente, si había algún hombre que podía realizar con éxito el viaje de Moscú a Irkutsk a través de un territorio invadido, vencer todos los obstáculos y desafiar todos los peligros, no era otro que Miguel Strogoff. A favor del buen éxito de sus proyectos concurría la circunstancia de que Miguel Strogoff conocía admirablemente el país que iba a atravesar y que entendía sus diversos idiomas, no sólo por haberlo ya recorrido, sino también porque él era de origen siberiano.

Su padre, el anciano Pedro Strogoff, muerto hacía diez años, había habitado en la ciudad de Omsk, situada en el Gobierno del mismo nombre, y su madre, Marfa Strogoff, continuaba viviendo allí; y allí era donde, en medio de las salvajes estepas de las provincias de Omsk y de Tobolsk, el bravo cazador siberiano había educado a su hijo Miguel *con dureza,* según la expresión popular.

La verdadera profesión de Pedro Strogoff había sido la de cazador, y tanto en invierno como en verano, bajo los rigores de un calor tórrido o arrostrando fríos de más de cincuenta grados bajo cero algunas veces, recorría la llanura endurecida, las espesuras de maleza y de álamos, y los bosques de pinos, y colocaba sus trampas, acechando a la caza menor con el fusil, y a la mayor con el cuchillo.

La caza mayor era nada menos que el oso siberiano, animal temible y feroz, cuya talla iguala a la de sus congéneres de los mares glaciales.

Pero Strogoff había matado más de treinta y nueve osos, lo que quiere decir que el que hacía el número cuarenta había caído bajo sus golpes, y se sabe, si hemos de dar crédito a las leyendas cinegéticas de Rusia, que cuantos cazadores han tenido la suerte de matar treinta y nueve osos, son muertos por el cuadragésimo. Sin embargo, él había pasado del número fatal sin recibir la más pequeña lesión.

Desde entonces, su hijo Miguel, que a la sazón sólo tenía once años, no dejó de acompañarlo cuando iba de caza, llevando *la regatina,* es decir, la horquilla, para ayudarlo, mientras el anciano iba armado solamente con el cuchillo.

A los catorce años de edad el joven Miguel Strogoff mató sin ayuda de nadie un oso, lo cual no tenía importancia alguna; pero, además, lo desolló y llevó a rastras la piel a la casa paterna, que distaba muchas verstas, hazaña que revelaba que el chiquillo estaba dotado de un vigor poco común.

Este género de vida le fue provechoso, y cuando fue un hombre hecho, estuvo en disposición de soportar toda clase de penalidades: frío, calor, hambre, sed y cansancio, pues, como el yakuta de las comarcas septentrionales, tenía una naturaleza de hierro, sabía pasarse veinticuatro horas sin comer, diez noches consecutivas sin dormir y construirse una guarida en plena estepa, donde otro cualquiera no habría tenido otro recurso que pernoctar al aire libre.

Dotado de extremada intuición, y guiado por un instinto de *delaware* en medio de la blanca planicie, cuando la niebla cubría todo el horizonte, aun encontrándose en el país de las altas latitudes donde la noche polar se prolonga durante muchos días, encontraba siempre su camino allí donde otros no habrían acertado a dirigir sus pasos.

Miguel Strogoff conocía todos los secretos de la naturaleza como su padre, y cualquier síntoma, por imperceptible que pareciera, le servía para orientarse. La proyección de las agujas de hielo, la disposición de las pequeñas ramas de un árbol, las emanaciones que llegaban a él de los últimos límites del horizonte, las hierbas pisadas en el bosque, los vagos sonidos que atravesaban el aire, las lejanas detonaciones, el paso de los pájaros por la atmósfera brumosa y otros infinitos detalles, que son otros tantos jalones para el que sabe conocerlos, eran por él útilmente aprovechados. Además, templado en las nieves, como acero damasquino en las aguas de Siberia, tenía una salud de hierro, como había dicho el general Kissoff, y, lo que no era menos cierto, un corazón de oro.

La única pasión de Miguel Strogoff era su madre, la anciana Marfa, que jamás había querido abandonar la antigua casa de los Strogoff, en Omsk, a orillas del Irtich, donde el viejo cazador y ella habían vivido largo tiempo juntos. Cuando el hijo se separó de ella, experimentó la anciana uno de los más grandes dolores de su vida; pero la consoló algún tanto la promesa que él había hecho de volver siempre que le fuera posible, y esta promesa había sido siempre religiosamente cumplida.

Habíase decidido que Miguel Strogoff, de veinte años de edad, entrara al servicio personal del emperador de Rusia en el cuerpo de los correos del zar, y el joven siberiano, atrevido, inteligente y celoso, no tardó en distinguirse especialmente en un viaje efectuado al Cáucaso, a través de un país difícil, sublevado por algunos sucesores de Samil, como se distinguió también más tarde en el desempeño de una importante misión que le fue confiada y en el cumplimiento de la cual tuvo que ir hasta Petropolowsk, en Kamtschatka, en el extremo límite de la Rusia asiática, desplegando durante estos largos viajes maravillosas cualidades de sangre fría, prudencia y valor, que le valieron no sólo la aprobación y la protección de sus jefes, sino hasta un rápido ascenso.

En cuanto a las licencias que de derecho le correspondían, después de tan lejanas expediciones, jamás dejó de consagrarlas a su anciana madre, aun cuando le separasen de ella millares de verstas y el invierno hubiese hecho impracticables los caminos. Sin embargo, por primera vez, Miguel Strogoff, que acababa de desempeñar una misión en el sur del Imperio, había dejado de ver a la anciana Marfa durante tres años, que para él habían tenido la duración de tres siglos, y, a la sazón, cuando se le había ya comunicado la licencia reglamentaria para ausentarse y él había hecho los preparativos necesarios para su partida a Omsk, habían ocurrido los sucesos que conocemos.

Cuando fue conducido a presencia del zar, encontrábase Miguel Strogoff en la más absoluta ignorancia de lo que de él se pretendía.

El emperador, sin dirigirle la palabra, lo miró durante algunos momentos observándolo con ojos penetrantes, mientras él permanecía absolutamente inmóvil.

Luego, satisfecho de este examen, sin duda, aproximose a su mesa-despacho, y, después de ordenar con un gesto al jefe superior de policía que se sentara, le dictó en voz baja una carta que sólo contenía algunas líneas.

Escrita la carta, el zar la leyó muy atentamente, y la firmó anteponiendo a su nombre las palabras «Byt po semu», que significan «Así sea» y constituyen la fórmula sacramental de los emperadores de Rusia.

La carta fue luego introducida en un sobre, que quedó cerrado y sellado con las armas imperiales, y el zar, levantándose, dijo a Miguel Strogoff que se aproximara.

Éste avanzó algunos pasos y volvió a quedarse inmóvil dispuesto a responder.

El zar volvió a mirarlo detenidamente cara a cara, y, luego, le preguntó brevemente:

—¿Tu nombre?

—Miguel Strogoff, señor.

—¿Tu grado?

—Capitán del cuerpo de correos del zar.

—¿Conoces la Siberia?

—Soy siberiano.

—¿Has nacido...?

—En Omsk.

—¿Tienes parientes en Omsk?

—Sí, señor.

—¿Que parientes?

—Mi anciana madre.

El zar suspendió un instante la serie de sus interrogaciones, y, luego, mostrando la carta que tenía en la mano, le dijo:

—Miguel Strogoff, he aquí una carta que te confío para que la entregues al gran duque en propia mano, y a nadie más que a él.

—Se la entregaré, señor.

—El gran duque se encuentra en Irkutsk.

—Iré a Irkutsk.

—Pero es preciso atravesar un país ocupado por rebeldes e invadido por tártaros, que tendrán interés en interceptar esta carta.

—Lo atravesaré.

—Desconfiarás, sobre todo, de un traidor, llamado Iván Ogareff, a quien probablemente encontrarás en el camino.

—Desconfiaré.

—¿Pasarás por Omsk?

—Es mi camino, señor.

—Si ves a tu madre te expondrás a ser reconocido, y por consiguiente, es preciso que no la veas.

Miguel Strogoff tuvo un segundo de vacilación, y, al fin, dijo:

—No la veré.

—Júrame que nada te podrá hacer confesar quién eres ni adónde vas.

—Lo juro.

—Miguel Strogoff —repuso entonces el zar, entregando el pliego al joven correo—, toma pues la carta de la que depende la salvación de toda Siberia, y acaso también la vida del gran duque, mi hermano.

—Esta carta será entregada a Su Alteza el gran duque.

—¿La entregarás tú mismo?

—La entregaré, si no me matan.

—Es necesario que vivas.

—Viviré y la entregaré —respondió Miguel Strogoff.

El zar, satisfecho de la seguridad absoluta y de la calma con que el correo le había contestado, dijo entonces:

—Marcha, pues, Miguel Strogoff. ¡Ve a servir a Dios, a Rusia, a mi hermano y a mí!

Miguel Strogoff saludó militarmente, salió del gabinete imperial y, algunos instantes después, del Palacio Nuevo.

—Creo que has tenido acierto, general —dijo el zar.

—Así lo creo también, señor —respondió el general Kissoff—, y puede estar segura Vuestra Majestad de que Miguel Strogoff hará todo cuanto a un hombre es posible hacer.

—Es un hombre, efectivamente —asintió el zar.

CAPÍTULO IV

De Moscú a Nijni-Novgorod

La distancia que había de Moscú a Irkutsk y que Miguel Strogoff tenía que recorrer, era de cinco mil doscientas verstas. Cuando no se había establecido aún la comunicación telegráfica entre los montes Urales y la frontera oriental de Siberia, el servicio de despachos oficiales hacíase por medio de correos, los más rápidos de los cuales tardaban dieciocho días en ir desde Moscú a Irkutsk; pero esto no era muy excepcional, porque la travesía de la Rusia asiática duraba de ordinario de cuatro a cinco semanas, aunque los enviados especiales del zar tuviesen a su disposición todos los medios posibles de transporte.

Como hombre que no temía al frío ni a la nieve, Miguel Strogoff habría preferido viajar en la cruda estación del invierno que le permitía organizar el servicio de trineos en toda la extensión del recorrido, porque entonces las dificultades inherentes a los diversos géneros de locomoción disminuyen en parte en las inmensas estepas niveladas por la nieve, puesto que no hay ríos que franquear y el vehículo se desliza rápida y fácilmente sobre la sabana helada que aparece tendida por doquier. En esa época son, probablemente, temibles ciertos fenómenos naturales, como la persistencia e intensidad de las nieblas, los fríos excesivos y las horribles y constantes ventiscas, cuyos torbellinos envuelven a caravanas enteras haciéndolas perecer. Ocurre también, a veces, que los lobos, acosados por el hambre, cubren la llanura por miles; pero, de todos modos, habría sido preferible arrostrar estos peligros porque, en el duro invierno, los invasores tártaros hubieran preferido acantonarse en las ciudades, los merodeadores no hubiesen recorrido la estepa, las tropas estarían imposibilitadas para efectuar movimiento alguno, y Miguel Strogoff pasaría con mayor facilidad. Éste, sin embargo, no podía elegir el tiempo ni la hora, y, cualesquiera que fuesen las circunstancias, tenía que aceptarlas y partir.

Tal era la situación que Miguel Strogoff vio claramente, y se dispuso a afrontarla.

Además, él no se encontraba ya en las circunstancias ordinarias de un correo del zar, cuya cualidad era preciso que nadie sospechara al verlo en camino, porque, en un país invadido, los espías hormiguean por doquier, y, si era reconocido, su misión quedaba gravemente comprometida.

Por esto, al entregarle una suma importante, que debía ser suficiente para el viaje y hasta, en cierto modo, para facilitarlo, el general Kissoff se abstuvo de darle orden alguna por escrito, que dijese: «servicio del emperador», y que es el *sésamo ábrete* por excelencia, limitándose a poner en sus manos un *podaroshna* bajo el nombre de Nicolás Korpanoff, negociante residente en Irkutsk.

Este *podaroshna* autorizaba a Nicolás Korpanoff para llevar en su compañía una o varias personas, y era valedero hasta para el caso en que el gobierno moscovita prohibiese a todos los demás súbditos salir de Rusia.

El *podaroshna* no es otra cosa que una autorización para tomar caballos de posta, pero Miguel Strogoff no debía hacer uso de él más que cuando su exhibición no pudiese despertar la menor sospecha, es decir, mientras estuviera en terreno europeo, de donde resultaba que, cuando se encontrase en Siberia, o, lo que es lo mismo, cuando atravesara las provincias sublevadas, no podía mandar como amo en las paradas de postas, ni hacerse entregar caballos con preferencia a otros viajeros, ni exigir que le facilitasen medios de transporte para su uso personal. Miguel Strogoff, pues, no debía olvidar que no era un correo, sino el simple comerciante Nicolás Korpanoff que iba de Moscú a Irkutsk, y que como, tal, estaba, por consiguiente, sometido a todos los contratiempos de un viaje ordinario.

Pasar inadvertido, más o menos rápidamente, pero pasar, tal debía ser su programa.

Treinta años antes, la escolta de un viajero de calidad componíase, por lo menos, de doscientos infantes, veinticinco jinetes baskires, trescientos camellos, cuatrocientos caballos, veinticinco carros, dos barcos portátiles y dos piezas de artillería, todo lo cual se consideraba necesario para hacer un viaje a Siberia; pero Miguel Strogoff veíase obligado a partir sin cañones, sin caballería, sin infantería y sin bestias de carga. Le era, por consiguiente, preciso viajar en carruaje o a caballo cuando pudiera, y a pie cuando no tuviese otro medio de locomoción.

Las mil cuatrocientas primeras verstas (1.493 kilómetros), distancia que separa a Moscú de la frontera rusa, no debían ofrecer dificultad alguna, porque a disposición de todos, y, por lo tanto, también a la disposición del zar, había caminos de hierro, carruajes de posta, barcos de vapor, y caballos en las diversas posadas. Y, en la misma mañana del día 16 de julio, desprovisto de su uniforme, con un saco de viaje a la espalda y vestido con un simple traje ruso compuesto de túnica ceñida al talle, el tradicional cinturón de mujik, pantalones anchos y botas altas, encaminose Miguel Strogoff a la estación ferroviaria para tomar el primer tren que saliera. No llevaba armas, ostensiblemente por lo menos; pero bajo el cinturón ocultaba un revólver y, en el bolsillo, una especie de machete, que tenía tanto de puñal como de yatagán, y con el cual un cazador siberiano sabe abrir el vientre de un oso con tanta limpieza que no deteriora su hermosa piel.

En la estación ferroviaria de Moscú había gran concurrencia de viajeros, pero debe advertirse que las estaciones de los ferrocarriles rusos son lugares de reunión muy frecuentados tanto por los que esperan ver partir el tren como por los que en él parten, por lo que están consideradas como una pequeña bolsa de noticias.

El tren al que subió Miguel Strogoff debía dejarle en Nijni-Novgorod, donde se detenía el ferrocarril que, uniendo a Moscú con San Petersburgo, continuaba luego hasta la frontera rusa, recorriendo en diez horas un trayecto de, aproximadamente, cuatrocientos verstas (426 kilómetros).

Al llegar a Nijni-Novgorod, Miguel Strogoff debía proseguir el viaje, o por tierra, o tomando uno de los vapores del Volga, según las circunstancias, con el fin de pasar cuanto antes las montañas del Ural. Refugiose, pues, en un rincón como un digno burgués a quien los negocios no preocupan mucho y trata de pasar lo mejor posible el tiempo durmiendo; pero, como no iba solo en el departamento, no durmió más que con un ojo, y, en cambio, escuchó con ambos oídos.

Efectivamente, el rumor de la sublevación de las hordas kirguises y de la invasión tártara se había difundido algo, y los viajeros que el azar le había dado por compañeros hablaban del asunto, pero no sin alguna circunspección.

Estos viajeros, como la mayor parte de los que transportaba el tren, eran comerciantes que iban a la famosa feria de Nijni-Novgorod, conjunto necesariamente muy heterogéneo de gentes, del que formaban parte judíos, turcos, cosacos, rusos, georgianos, calmucos y personas de otros países, que en su inmensa mayoría hablaban el idioma nacional.

Se discutía el pro y el contra de los graves acontecimientos que estaban desarrollándose al otro lado del Ural, y los mercaderes abrigaban el temor de que el Gobierno ruso se viese obligado a adoptar algunas medidas restrictivas, especialmente en las provincias limítrofes con la frontera, y que seguramente perjudicarían al comercio.

Es preciso decirlo: aquellos egoístas no consideraban la guerra, o, lo que es lo mismo, la represión de la revuelta y la lucha contra la invasión, más que desde el solo punto de vista de sus intereses amenazados.

La presencia de un simple soldado vestido de uniforme —pues ya se sabe qué gran importancia tiene el uniforme en Rusia— habría seguramente bastado para contener las lenguas de los mercaderes; pero en el departamento ocupado por Miguel Strogoff nada podía hacer suponer la presencia de un militar, pues el correo del zar, obligado a guardar el incógnito, no era hombre que inspirase sospechas.

Limitábase, pues, a escuchar.

—Se afirmó que el té de caravana está en alza —decía un persa, que se distinguía por su gorro forrado de astrakán y su túnica oscura de anchos pliegues, deteriorada por el roce.

—¡Oh! El té no tiene por qué temer la baja —respondió un viejo judío de cara arrugada—. El que está en el mercado de Nijni-Novgorod se expedirá fácilmente por el oeste; pero, por desgracia, los tapices de Bukara no saldrán tan bien librados.

—¡Cómo! ¿Acaso espera usted algún envío de Bukara? —preguntole el persa.

—No; pero sí lo espero de Samarcanda, que está más expuesto aún. ¡Confíe usted en las expediciones en un país sublevado por los kanes desde Kiva hasta la frontera china!

—¡Bien! —dijo el persa—. Si no llegan los tapices, no llegarán tampoco las letras de cambio, supongo.

—¡Dios de Israel! —exclamó el pequeño judío—. ¿Acaso no tiene usted en cuenta la ganancia?

—Tiene usted razón —dijo el otro viajero—; los artículos del Asia central corren el gran riesgo de faltar en el mercado, y esto es lo que sucederá con los tapices de Samarcanda, como con las lanas, los sebos y los chales de Oriente.

—¡Eh! Tenga cuidado, padrecito —respondió un viajero ruso de aspecto socarrón—. ¡Va usted a manchar horriblemente los chales si llega a mezclarlos con los sebos!

—¿Eso le hace a usted reír? —replicó con acritud el comerciante, a quien agradaba poco esta clase de bromas.

—¡Eh! Porque nos arranquemos los cabellos y nos cubramos la cabeza de ceniza —respondió el viajero—, ¿podremos cambiar el curso de los acontecimientos? No, como tampoco hemos de variar el curso de las mercaderías.

—¡Se ve bien que usted no es comerciante! —observó el pequeño judío.

—¡No, a fe mía, digno descendiente de Abraham! No vendo lúpulo, ni plumón, ni miel, ni cera, ni cañamones, ni carnes saladas, ni caviar, ni madera, ni lana, ni cintas, ni cáñamo, ni lino, ni tafilete, ni pieles...

—Pero ¿compra usted? —preguntó el persa, que interrumpió la nomenclatura del viajero.

—Lo menos posible y solamente para mi consumo particular —respondió éste, guiñándole el ojo.

—¡Es un bufón! —dijo el judío persa.

—¡O un espía! —respondió el de Persia bajando la voz—. ¡Desconfiemos y no hablemos más que lo necesario! La policía no es compasiva en los tiempos que corren, y no se sabe con quién se viaja.

En otro rincón del departamento hablábase un poco menos de los productos mercantiles y un poco más de la invasión tártara y de sus funestas consecuencias.

—Los caballos de Siberia van a ser requisados —decía un viajero—, y las comunicaciones entre las diversas provincias del Asia central serán muy difíciles.

—¿Es cierto —preguntó su vecino— que los kirguises de la horda mediana han hecho causa común con los tártaros?

—Así se dice —respondió el viajero, bajando la voz—; pero, ¿quién puede vanagloriarse de saber alguna cosa en ese país?

—He oído hablar de concentración de tropas en la frontera. Los cosacos del Don se encuentran ya reunidos en las márgenes del Volga, y se los va a lanzar contra los kirguises sublevados.

—¡Si los kirguises han seguido el curso del Irtich, el camino de lrkutsk no debe ser seguro! —respondió el vecino—. Además, ayer quise enviar un telegrama a Krasnoiarsk y no ha podido pasar. Es, por consiguiente, de temer que dentro de poco las columnas tártaras aíslen la Siberia oriental.

—En suma, padrecito —replicó el primer interlocutor—, los comerciantes tienen motivos para inquietarse por su comercio y sus operaciones, porque, después de haber requisado los caballos, se requisarán los barcos, los carruajes y todos los medios de transporte, hasta el punto de que no será permitido dar un paso en toda la extensión del Imperio.

—Creo que la feria de Nijni-Novgorod no terminará tan brillantemente como ha comenzado —respondió el segundo interlocutor, sacudiendo la cabeza—; pero la seguridad y la integridad del territorio ruso están muy por encima de todo. ¡Los negocios no son más que negocios!

Si en este departamento el objeto de todas las conversaciones no variaba mucho, tampoco variaba gran cosa en los demás coches del tren; pero, en todas partes, un buen observador habría podido advertir la extremada prudencia con que se hablaba, y, cuando alguna vez algún interlocutor aventurábase a entrar en el dominio de los hechos, jamás llegaba a presentir las intenciones del Gobierno moscovita, ni mucho menos a juzgarlas.

Esta circunstancia fue muy justamente advertida por uno de los viajeros que iba en un vagón enganchado a la cabeza del tren. Este viajero —extranjero sin duda alguna— miraba con los ojos muy abiertos y hacía veinte preguntas a las que nadie contestaba más que de un modo evasivo.

A cada momento sacaba la cabeza fuera de la ventanilla, cuyo vidrio mantenía bajo con manifiesto disgusto de sus compañeros de viaje, y no perdía un punto de vista del horizonte de la derecha, preguntando sin cesar el nombre de las localidades más insignificantes, su orientación, su comercio, su industria, el número de sus habitantes, el término medio de su mortalidad por sexos, etc., y todo lo escribía en un *carnet* ya atestado de notas.

Era el corresponsal Alcides Jolivet, que si hacía tantas preguntas acerca de asuntos insignificantes, era porque esperaba sorprender en las respuestas alguna noticia importante para *su prima;* pero, como se lo tomaba por espía, no se pronunciaba una sola palabra en su presencia que tuviera relación con la cuestión palpitante.

Convencido, pues, de que por este medio no averiguaría nada referente a la invasión de los tártaros, escribió en su *carnet:*

«Viajeros sumamente discretos. En materia política, es muy difícil hacerles hablar.»

Y, en tanto que Alcides Jolivet anotaba minuciosamente sus impresiones de viaje, su colega, que viajaba en el mismo tren, con igual objeto, se dedicaba a idéntico trabajo de observación en otro departamento. Ni uno ni otro habíanse visto aquel día en la estación ferroviaria de Moscú e ignoraban recíprocamente que iban a visitar el teatro de la guerra.

Como Enrique Blount hablaba poco y escuchaba mucho, no había inspirado a sus compañeros de viaje las mismas desconfianzas que Alcides Jolivet, no se lo había tomado por espía, y sus vecinos, sin recatarse, hablaban en su presencia, yendo a veces más lejos de lo que su natural circunspección les permitía.

El corresponsal del *Daily Telegraph* había podido, por consiguiente, observar cuánto preocupaban los acontecimientos a los comerciantes que se dirigían a Nijni-Novgorod y hasta qué punto el comercio con el Asia central estaba amenazado en su tránsito, y no vaciló en anotar en su *carnet* la siguiente observación, bastante justa:

«Viajeros extremadamente alarmados. La guerra es el único asunto de que se habla, pero con una libertad que es admirable entre el Volga y el Vístula.»

De este modo, los lectores del *Daily Telegraph* iban a estar tan bien informados como la *prima* de Alcides Jolivet.

Además, como Enrique Blount, sentado en el lado izquierdo del tren, no había visto más que una parte del trayecto que recorría, que era muy quebrado, y no se había tomado la molestia de mirar hacia la derecha, que era un terreno sumamente llano, no vaciló en agregar con británica tranquilidad:

«País montañoso entre Moscú y Wladimir.»

Sin embargo, era evidente que el Gobierno ruso, en presencia de los graves acontecimientos, había adoptado severas medidas hasta en el interior del Imperio. La sublevación no había pasado la frontera siberiana; pero era de temer que en las provincias del Volga, tan próximas al país de los kirguises, se sintiera el efecto de las malas influencias.

Efectivamente, la policía no había podido encontrar aún la pista de Iván Ogareff, el traidor que, llamando en su auxilio al extranjero, para vengar sus rencores personales, habíase reunido con Féofar-Kan quizás, o que tal vez trataba de fomentar la sublevación en el Gobierno de Nijni-Novgorod, que en aquella época del año reunía una población muy numerosa compuesta de elementos sumamente diversos. Entre los persas, armenios y calmucos que concurrían al mercado, ¿no había agentes encargados de provocar un movimiento en el interior? Todas estas hipótesis eran posibles, especialmente en un país como Rusia.

Naturalmente, en este vasto Imperio, que tiene una extensión de doce millones de kilómetros cuadrados, no puede haber la misma homogeneidad que en los Estados de Europa occidental. Necesariamente existe entre los diversos pueblos que lo componen algo más que matices. El territorio ruso en Europa, Asia y

América se extiende desde el grado 15 de longitud este hasta el 133 de longitud oeste en un desarrollo de cerca de 200 grados[1], y desde el 38 paralelo norte hasta el 81 paralelo norte, o sea 43 grados[2], vasto imperio poblado por más de sesenta millones de habitantes que hablan treinta idiomas diferentes. Allí domina indudablemente la raza eslava; pero, además de los rusos, comprende los polacos, los lituanos y los curlandeses, y, si a éstos se agregan los fineses, los tonios, los lapones, los chermises, los chuvaches, los permios, los almanes, los griegos, los tártaros, las tribus caucásicas, las hordas mogolas, los calmucos, los samoyedos, los kanchadalas y los aleutinos, se comprende la dificultad de mantener la unidad de tan extenso Estado, y que éste no ha podido ser otra cosa que la obra del tiempo, ayudada por la sagacidad de los gobernantes.

De cualquier modo que fuese, Iván Ogareff había logrado, hasta entonces, escapar a todas las investigaciones policíacas, y muy probablemente habíase incorporado ya al ejército tártaro; pero, por si acaso así no había ocurrido, deteníase el tren en todas las estaciones y presentábanse los inspectores a examinar a los viajeros, haciéndoles sufrir a todos una minuciosa investigación por orden del jefe superior de policía, porque el Gobierno creía saber que el traidor no había podido abandonar aún la Rusia europea. Cuando un viajero parecía sospechoso, tenía que explicarse en el puesto de policía, y, durante este tiempo, el tren volvía a ponerse en marcha sin que nadie se preocupara del que se quedaba retrasado.

Es absolutamente inútil el pretender razonar con la policía rusa, que es muy expeditiva, y cuyos funcionarios ostentan grados militares y proceden militarmente. Además, no hay medio de desobedecer, sin decir una sola palabra, las órdenes de un soberano que tiene derecho a encabezar sus ucases con la siguiente fórmula: «Nos, por la gracia de Dios, emperador y autócrata de todas las Rusias, de Moscú, Kiev, Wladimir y Novgorod; zar de Kazán y de Astrakán; zar de Polonia, zar de Siberia, zar del Quersoneso Táurico; señor de Pskof, gran príncipe de Smolensk,

---

[1] 2.500 leguas aproximadamente.
[2] 1.000 leguas aproximadamente.

de Lituania, de Volinia, de Podolia y Finlandia; príncipe de Estonia, de Livonia, de Curlandia y de Semigalia, de Bialistok, de Carelia, de Iugria, de Perm, de Viatka, de Bulgaria y de otros muchos países; señor y gran príncipe de Nijni-Novgorod, de Chernigov, de Riazán, de Polotsk, de Rostov, de Jaroslav, de Bielozersk, de Udoria, de Obdoria, de Kondinia, de Vitebsk y de Mstislaf; dominador de las regiones hiperbóreas; señor de los países de Iberia, de Kartalinia, de Grucinia, de Kabardinia y de Armenia; señor hereditario y soberano de los príncipes circasianos, de los de las montañas y de otros; heredero de Noruega, y duque de Schleswig-Holstein, de Stormarn, de Dittmarsen y de Oldemburgo.» ¡Poderoso soberano, en verdad, aquel cuyas armas son un águila de dos cabezas que sostiene un cetro en una garra y un globo en la otra, está rodeada de los escudos de Novgorod, de Wladimir, de Kiev, de Kazán, de Astrakán y de Siberia, y aparece envuelta en el collar de la orden de San Andrés y coronada con una corona real!

En cuanto a Miguel Strogoff, estaba en regla y, por consiguiente, al abrigo de toda disposición policíaca.

En la estación de Wladimir detúvose el tren durante algunos minutos, y este tiempo bastó al corresponsal del *Daily Telegraph* para hacer, desde el doble punto de vista físico y moral, un examen sumamente completo de la antigua capital de Rusia.

En la estación de Wladimir subieron al tren nuevos viajeros, y entre ellos una joven que entró en el departamento en que iba Miguel Strogoff.

Delante del correo del zar había un asiento vacío, que la joven se apresuró a ocupar, después de haber depositado a su lado un modesto saco de viaje, de cuero rojo, que parecía ser todo su equipaje. Después, con la vista baja y sin siquiera mirar a los compañeros de viaje que la suerte le había deparado, dispúsose para un trayecto que debía durar algunas horas.

Miguel Strogoff no pudo dejar de mirar a su nueva vecina, y como ésta se había sentado de espaldas a la marcha del tren, aquél le ofreció su sitio, si lo prefería; pero ella lo rehusó dándole las gracias con una ligera inclinación de cabeza.

La joven debía tener dieciséis o diecisiete años de edad. Su cabeza, verdaderamente hermosa, revelaba que pertenecía a la raza eslava en toda su pureza, pero su tipo, algo severo, inducía a suponer que, cuando se hubieran fijado detenidamente los trazos de su fisonomía, sería una joven más bella que graciosa. Iba tocada con una especie de papalina, por debajo de la cual se escapaban con profusión los cabellos de un rubio dorado; sus ojos eran oscuros, y su mirada, aterciopelada, de infinita dulzura; su nariz, recta, uníase a las mejillas, algo pálidas y enflaquecidas, por alas ligeramente movibles; y su boca, finamente dibujada, producía la impresión de que de ella había desaparecido la sonrisa hacía largo tiempo.

Era alta y esbelta, según podía juzgarse al verla, a pesar del amplio y demasiado sencillo abrigo que la cubría, y, aunque era una niña aún, en toda la pureza de la expresión, el desarrollo de su frente elevada y la forma correcta de la parte inferior de su rostro, revelaban que la viajera estaba dotada de una gran energía moral, cualidad que Miguel Strogoff no dejó de observar. Evidentemente, la joven había sufrido ya en el pasado, y el porvenir no se le ofrecía con colores muy sonrientes, pero no era menos cierto que había sabido luchar y que estaba resuelta a seguir luchando contra las dificultades de la vida. Su voluntad debía ser viva, persistente, y su calma inalterable hasta en circunstancias en que un hombre se habría visto expuesto a ceder o a encolerizarse.

Tal era la impresión que la joven producía a primera vista, y Miguel Strogoff, dotado también de una naturaleza enérgica, debía ser seducido por el carácter de aquella fisonomía, que trató de observar con alguna atención, aunque procurando no molestar con la insistencia de sus miradas.

La joven vestía con sencillez y limpieza extraordinarias, y, aunque se advertía claramente que no era rica, hubiera sido inútil pretender encontrar en su indumentaria la menor muestra de negligencia. Todo su equipaje consistía en un saco de cuero cerrado con llave, y que, por no disponer de otro sitio mejor, llevaba sobre las rodillas.

El traje de la viajera consistía en una larga manteleta de pieles, de color oscuro, graciosamente ajustada al cuello por medio de una cinta azul, y, debajo, un jubón, oscuro, y también sobrefalda que le caía hasta los tobillos, y cuyo pliegue inferior estaba

68

adornado con bordados de poco mérito. Completaban esta sencilla indumentaria unas botinas de cuero labrado y suelas fuertes, como si hubieran sido elegidas de propósito para hacer un largo viaje, y que aprisionaban sus pies pequeños.

En ciertos detalles de este traje creyó reconocer Miguel Strogoff el corte particular de la indumentaria de Livonia, lo que le hizo suponer que la joven era originaria de las provincias del Báltico.

¿Adónde iba sola aquella joven, en la edad en que es de rigor, por decirlo así, la protección de un padre, de una madre o de un hermano? ¿Se detendría en Nijni-Novgorod, o proseguiría hasta más allá de las fronteras orientales del Imperio? ¿Quién, pariente o amigo, la esperaba a la llegada del tren? ¿No era, por el contrario, de esperar que, al apearse, se encontrara aislada en la ciudad, como lo estaba en el departamento del tren, donde nadie —así debía creerlo ella— parecía cuidarse de su persona? Efectivamente, todo esto era probable.

La viajera revelaba muy ostensiblemente en toda su manera de ser las costumbres que suelen adquirir las personas habituadas al aislamiento. Su entrada en el departamento del tren, las disposiciones que tomaba para el camino, la poca agitación que produjo en su derredor, las precauciones que adoptaba para no molestar a nadie, todo, en suma, manifestaba la costumbre que tenía de estar sola y de no contar más que consigo misma.

Miguel Strogoff la observaba atentamente; pero, reservado también, nada hizo por hablarle, aunque uno y otro estaban destinados a pasar juntos muchas horas en el tren antes de llegar a Nijni-Novgorod.

Solamente en una ocasión, el viajero inmediato a la joven, aquel mercader que de modo tan imprudente mezclaba los sebos con los chales, que se había dormido y amenazaba a su vecina con su gruesa cabeza, inclinándola de uno a otro hombro, obligó a intervenir a Miguel Strogoff, quien lo despertó bastante bruscamente para hacerle comprender que debía mantenerse derecho y no molestar a la joven.

El mercader, que era bastante grosero por idiosincrasia, murmuró algunas palabras contra los que intervienen en asuntos que no les importan; pero Miguel Strogoff mirole con expresión tan poco benévola que el dormilón apoyose del lado contrario, librando con esto a la joven de su incómoda vecindad.

Ésta miró un instante a Miguel Strogoff, y en sus ojos brilló modestamente una muda acción de gracias.

Otro hecho, que ocurrió después, acabó de dar a Miguel Strogoff una idea exacta del carácter de la joven viajera.

En una curva muy brusca que tiene la vía férrea, doce verstas antes de la estación de Nijni-Novgorod, el tren experimentó un choque violentísimo, y, luego, corrió durante un minuto por la pendiente de un terraplén.

A causa de este choque, fueron lanzados de su sitio todos los viajeros, unos más y otros menos, promoviéndose un desorden general en los vagones, donde todo fue gritos y confusión. Se temió que hubiera ocurrido algún grave accidente y, antes que el tren se detuviese, se abrieron todas las portezuelas, y los viajeros, asustados, precipitáronse a salir de los coches y a buscar refugio en la vía.

Miguel Strogoff pensó desde el primer momento en su vecina; pero mientras los demás viajeros de su departamento lanzábanse al exterior gritando y tropezando en todas partes, la joven permaneció tranquila en su asiento, sin más alteración que una ligera palidez en el rostro.

Esperaba, y Miguel Strogoff esperaba también.

La joven no había hecho un solo movimiento para apearse y Miguel Strogoff no se movió tampoco.

Ambos permanecieron impasibles.

«¡Es una naturaleza enérgica!», pensó Miguel Strogoff.

Mientras tanto había desaparecido el peligro. El choque, lo mismo que la detención, habían sido provocados por el rompimiento de la cadena de un vagón de equipajes; pero había faltado poco para que el tren descarrilara, en cuyo caso habríase precipitado en un barranco desde lo alto del terraplén. Este accidente ocasionó un retraso de una hora; pero, al fin, despejada la vía, se reanudó la marcha, y el tren llegó a la estación de Nijni-Novgorod a las ocho y media de la tarde.

Antes de que hubiera podido apearse nadie, presentáronse en las portezuelas de los coches los inspectores de policía para examinar a los viajeros.

Miguel Strogoff mostró su *podaroshna,* expedido a nombre de Nicolás Korpanoff, y la policía no le opuso dificultad alguna. En cuanto a los demás viajeros, todos los cuales iban a Nijni-Novgorod, tuvieron la fortuna de no despertar sospecha.

La joven no mostró pasaporte, porque éste no se exige ya en Rusia; pero presentó un permiso autorizado con un sello que parecía ser de naturaleza especial. El inspector lo leyó atentamente, examinó con suma atención a la persona cuyas señas estaban consignadas en el citado documento, y luego le preguntó:

—¿Eres de Riga?

—Sí —contestó la joven.

—¿Vas a Irkutsk?

—Sí.

—¿Por qué camino vas?

—Por el de Perm.

—Bueno —respondió el inspector—, pero cuida de hacer refrendar tu permiso en la oficina de policía de Nijni-Novgorod.

La joven inclinó la cabeza con un gesto de asentimiento.

Miguel Strogoff, que oyó estas preguntas y respuestas, experimentó tanta sorpresa como compasión. ¡Cómo! ¿Aquella joven iba sola a un país tan lejano como Siberia, cuando a los peligros ordinarios de todo viaje agregábanse los riesgos de atravesar un territorio invadido y sublevado? ¿Qué suerte sería la de ella, y cómo podría llegar al término de su destino?

Terminada la inspección, abriéronse las portezuelas de los coches, y, antes que Miguel Strogoff hubiera podido hacer un movimiento hacia la joven livonia, ésta, que había sido la primera en apearse, había desaparecido ya entre la multitud que ocupaba los andenes de la estación.

CAPÍTULO V

Un decreto en dos artículos

Nijni-Novgorod, Novgorod la Baja, situada en la confluencia de los ríos Volga y Oka, es la capital del Gobierno de este nombre, y allí era donde Miguel Strogoff debía abandonar la vía férrea que, en aquella época, no llegaba más allá. Así, pues, a medida que avanzaba, los medios de comunicación eran menos rápidos y menos seguros.

Nijni-Novgorod, que en tiempo ordinario no tiene más de treinta mil o treinta y cinco mil habitantes, tenía entonces más de trescientos mil, es decir, su población estaba decuplicada. Este acrecentamiento era debido a la famosa feria que se celebraba dentro de sus muros durante un período de tres semanas, y que antiguamente se había celebrado en Makariev, que obtenía grandes beneficios del extraordinario concurso de mercaderes; pero desde 1817 el célebre mercado habíase trasladado a la primera de las dos capitales antes mencionadas.

La ciudad, bastante triste de ordinario, estaba entonces extraordinariamente animada, pues en ella fraternizaban, bajo la influencia de las transacciones mercantiles, diez razas diferentes de negociantes, europeos o asiáticos.

Aunque la hora en que Miguel Strogoff salió de la estación de ferrocarril era ya avanzada, había aún gran concurrencia de gente en las dos ciudades que, separadas por el curso del Volga, constituyen Nijni-Novgorod, y la más alta de las cuales, edificada sobre una roca escarpada, está defendida por uno de esos fuertes a los que en Rusia se les da el nombre de *kremlin*.

Si Miguel Strogoff se hubiera visto obligado a residir en Nijni-Novgorod, le habría costado trabajo encontrar un hotel o un albergue cualquiera algo decoroso, porque todo estaba completamente lleno; pero, sin embargo, como no podía partir inmediatamente porque necesitaba tomar el vapor del Volga, tuvo que buscar un alojamiento. Ante todo, quiso conocer exactamente la hora de la partida, y, al efecto, se encaminó a las oficinas de la Compañía de los barcos que hacen el servicio entre Nijni-Novgorod y Perm.

Allí tuvo el gran sentimiento de enterarse de que el *Cáucaso* —que así se llamaba el vapor en que él se debía embarcar— no partía para Perm hasta el día siguiente a las doce. Tenía, por consiguiente, que esperar diecisiete horas, y esto era sumamente desagradable para un hombre que viajaba con tanta prisa; pero, como no le quedaba otro recurso que resignarse, esto fue lo que hizo, porque jamás se enojaba inútilmente.

Además, como en tales circunstancias ningún carruaje, telega o tarenta, berlina o cabriolé de posta, ni aun siquiera un caballo, le habrían podido conducir más pronto a Perin o a Kazán, era preferible esperar el vapor, vehículo más rápido que otro cualquiera y que le haría recuperar el tiempo perdido.

Por tanto, púsose Miguel Strogoff a pasear por la ciudad, buscando al mismo tiempo, pero sin inquietarse, un albergue cualquiera donde pudiese pernoctar.

Sin el hambre que lo atenazaba, él habría pasado la noche, sin dificultad alguna, recorriendo las calles de Nijni-Novgorod hasta que hubiese amanecido; así es que lo que buscaba con más ansiedad que un lecho era una cena, y ambas cosas tuvo la fortuna de encontrarlas en una posada que ostentaba el título de «Ciudad de Constantinopla».

El posadero le ofreció una habitación bastante decente, en la que, si no había muchos muebles, no faltaban las imágenes de la Virgen y de algunos santos, encuadrados en una tela dorada, e inmediatamente le fueron servidos un pato con salsa agria y crema espesa, pan de cebada, leche cuajada, azúcar en polvo mezclada con canela, y un jarro de *kwas,* que es una especie de cerveza muy común en Rusia, con lo que tuvo suficiente, tanto mejor cuanto que su compañero de mesa, que en calidad de *viejo creyente* de la secta de los raskolniks había hecho voto de abstinencia, apartaba las patatas de su plato y se guardaba bien de azucarar el té.

Concluida la cena, Miguel Strogoff, en vez de dirigirse a su aposento, salió a la calle y empezó de nuevo a pasear maquinalmente por la ciudad, pero, aunque el largo crepúsculo se prolongaba aún, la muchedumbre empezaba ya a desaparecer, las calles iban quedándose poco a poco desiertas, y cada cual se retiraba a su alojamiento.

¿Por qué Miguel Strogoff no se había ido buenamente a la cama, como le convenía, después de haber pasado todo el día viajando en ferrocarril? ¿Pensaba acaso en la joven livonia que, durante algunas horas, había sido su compañera de viaje? No teniendo otra cosa mejor que hacer, pensaba efectivamente en ella. ¿Creía que, perdida en la vorágine de aquella ciudad tumultuosa, estaba expuesta a ser insultada? Sí, lo creía, y tenía razón al creerlo. ¿Esperaba, entonces, encontrarla para en caso necesario prestarle protección? No, porque encontrarla era difícil, y, en cuanto a protegerla... ¿Con qué derecho?

«¡Sola! —decíase a sí mismo—. ¡Sola en medio de estos nómadas! ¡Y los peligros presentes no son nada todavía comparándolos con los que el porvenir le tiene reservados! ¡Siberia! ¡Irkutsk! Lo que yo voy a intentar por Rusia y por el zar, ella va a hacerlo por... ¿Por quién? ¿Por qué? ¡Tiene autorización para pasar la frontera, más allá de la cual el país está sublevado! ¡Las hordas tártaras recorren las estepas!»

De vez en cuando deteníase en su paseo y poníase a reflexionar.

«¡Sin duda —pensaba—, la idea de viajar se le ocurrió antes de la invasión! ¡Probablemente, lo ignora todavía...! Pero no, los comerciantes que venían en el tren han hablado de los acontecimientos de Siberia en su presencia..., y ella no ha parecido asombrarse..., no ha pedido ninguna explicación... Lo sabía, por consiguiente y, sabiéndolo, ya... ¡Infeliz! ¡Es preciso que sea muy poderoso el motivo que la impulsó! ¡Por mucho valor que tenga, y seguramente lo tiene, las fuerzas la traicionarán en el camino, y, dejando aparte los peligros y los obstáculos, no podrá soportar las fatigas de semejante viaje...! ¡Jamás esta muchacha podrá llegar a Irkutsk!»

Mientras reflexionaba, Miguel Strogoff no cesaba de andar al acaso; pero, como conocía perfectamente la ciudad, el regresar a la posada no podía serle penoso.

Después de haber caminado durante una hora aproximadamente, tomó asiento en un banco adosado a la fachada de una gran casa de piedra que, en medio de otras muchas, se elevaba en una amplia plaza.

Apenas hacía cinco minutos que se encontraba allí, cuando sintió que una mano se apoyaba fuertemente en uno de sus hombros.

—¿Qué haces aquí? —preguntole con voz bronca un hombre de alta estatura a quien no había visto acercarse.

—Descanso —respondió Miguel Strogoff.

—¿Acaso tienes intención de pasar la noche en este banco? —inquirió el hombre.

—Sí, si me conviene —repuso Miguel Strogoff con tono demasiado acentuado para proceder de un simple negociante como él debía ser.

—Aproxímate para que te vea —dijo el hombre.

Miguel Strogoff, recordando entonces que, ante todo, debía ser prudente, contúvose instintivamente y dijo:

—No hay necesidad de verme.

Y, con mucha sangre fría, se levantó y separose de su interlocutor unos diez pasos.

Pareciole entonces, observándolo bien, que aquel hombre era una especie de bohemio como los que acuden a todas las ferias y con quienes no es agradable tener contacto alguno físico ni moral. Después, mirando más atentamente en la sombra que empezaba a espesarse, vio cerca de la casa un gran carro, morada habitual y ambulante de los cíngaros o gitanos que pululan en Rusia por doquiera donde hay algunos kopeks que ganar.

Mientras tanto, el bohemio había avanzado dos o tres pasos hacia Miguel Strogoff y se disponía a interpelarlo más directamente, cuando, de pronto, abriose la puerta de la casa y apareció una mujer, apenas visible entre las sombras, que, adelantándose vivamente, dijo, en un idioma bastante rudo:

—¿Otro espía? Déjalo tranquilo y ven a comer el *papluka*.

Miguel Strogoff, que entendió lo que dijo porque aquel lenguaje era una mezcla de mogol y de siberiano, no pudo menos de sonreírse de la calificación que se le daba, porque los espías eran precisamente a quienes él temía encontrar.

En el mismo lenguaje, aunque pronunciado con acento muy diferente que el de la mujer, respondió el bohemio algunas palabras que significaban:

—Tienes razón, Sangarra. Además, mañana nos vamos.

—¿Mañana? —replicó a media voz la mujer, en un tono que revelaba cierta sorpresa.

—Sí, Sangarra —respondió el bohemio—, mañana. Es el mismo Padre quien nos envía..., adonde nosotros queremos ir.

Luego, el hombre y la mujer entraron en la casa, cuya puerta fue cerrada con cuidado.

—Bueno —díjose Miguel Strogoff—; si estos bohemios desear no ser comprendidos, cuando hablen delante de mí les aconsejo que empleen otro lenguaje.

En su calidad de siberiano y por haber pasado la infancia en la estepa, Miguel Strogoff, como ya se ha dicho, entendía casi todos los idiomas usados desde Tartaria hasta el mar Glacial. En cuanto a la significación precisa de las palabras empleadas por el bohemio y su compañera, no se preocupaba, porque, ¿en qué podía interesarle?

La hora era ya muy avanzada, y decidió volver a la posada para descansar un rato, y a este fin siguió el curso del Volga, cuyas aguas desaparecían bajo la sombría masa de innumerables barcos. La orientación del río le hizo conocer el sitio que acababa de dejar. Aquella aglomeración de carros y de casas ocupaba precisamente la amplia plaza donde se celebraba anualmente el mercado principal de Nijni-Novgorod, lo que explicaba, en aquel sitio, la gran afluencia de saltimbanquis y bohemios llegados de todas las partes del mundo.

Una hora después, Miguel Strogoff dormía, con sueño algo agitado, en una cama rusa, que parece muy dura a los extranjeros, y, a la mañana siguiente, 17 de julio, se despertó cuando el día estaba ya muy avanzado.

Tenía que permanecer aún cinco horas en Nijni-Novgorod, tiempo que para él tenía la duración de un siglo. ¿Qué podía hacer para ocupar la mañana sino vagar por las calles como la noche anterior? Después de tomar el desayuno, cerrado su saco de viaje y visado su *podaroshna* en la oficina de policía, ya no tenía que hacer otra cosa que partir; pero, como no estaba acostumbrado a levantarse después que el sol, dejó el lecho, se vistió, ocultó cuidadosamente la carta sellada con las armas imperiales en el fondo de un bolsillo practicado en el forro de su túnica, apretose el cinturón sobre ella, cerró el saco de viaje y se lo echó a la espalda. Después, como no quería volver al «Ciudad de Constantinopla» y pensaba almorzar a orillas del Volga, cerca del embarcadero, pagó el hospedaje y salió de la posada.

Por exceso de precaución, encaminose a las oficinas de la Compañía de los vapores, y allí se aseguró de que el *Cáucaso* saldría a la hora que ya le habían dicho, y entonces se le ocurrió, por primera vez, pensar que la joven livonia, que debía tomar el camino de Perm, habría posiblemente formado el proyecto de embarcarse también en el mismo barco que él, en cuyo caso no podría menos de viajar en su compañía.

La ciudad alta, con su *kremlin,* cuya circunferencia mide dos verstas, y que en cierto modo se asemeja a Moscú, encontrábase a la sazón abandonada, pues el gobernador aún habitaba en ella, mientras que, por el contrario, en la ciudad baja había excesiva animación.

Miguel Strogoff, después de haber atravesado el Volga por un puente de barcos, guardado por cosacos a caballo, llegó al mismo sitio en que, la noche anterior, había encontrado el campamento de bohemios. La feria de Nijni-Novgorod, con la que ni aun la de Leipzig podría rivalizar, celebrábase algo fuera de la ciudad, en una extensa llanura, situada más allá del Volga, en donde se alzaba el palacio provisional del gobernador general y donde, por orden superior, residía este alto funcionario mientras duraba el célebre mercado que, por los elementos que a él concurren, necesita ser vigilado constantemente.

Numerosas casas de madera, simétricamente colocadas, ocupaban entonces aquella llanura, pero de tal manera que dejaban entre sí calles suficientemente espaciosas para que la multitud pudiera circular libremente. Cierta aglomeración de estas casas, de todos los tamaños y de todas las formas, constituían un barrio diferente, destinado a un género especial de comercio, por lo que había el barrio de los hierros, el de las pieles, el de las lanas, el de las maderas, el de los tejidos, el del pescado seco, etc. Había también algunas casas construidas con materiales de gran fantasía, como tablillas de té y trozos de carne salada, que no eran, en suma, otra cosa que las muestras de los artículos que sus propietarios vendían y despachaban a los compradores. ¡Reclamo singular, algo americano!

A lo largo de estas avenidas la afluencia era ya extraordinaria, y el sol, que aquella mañana había salido antes de las cuatro, estaba bastante alto sobre el horizonte. Rusos, siberianos, alemanes, cosacos, turcomanos, extraordinaria mezcla de europeos y de asiáticos, charlaban, discutían, peroraban y traficaban. Todo lo que se vende y se compra en el mundo parecía haber sido amontonado en aquella plaza, en cuyo recinto ferial había gran número de mozos de cuerda, caballos, camellos, asnos, barcos, carros y todo lo que podía servir para el transporte de las mercancías. Pieles, piedras preciosas, telas de seda, cachemiras de la India, alfombras turcas, armas del Cáucaso, tejidos de Esmirna o de Ispahán, armaduras de Tiflis, té, bronces europeos, relojes de Suiza, terciopelos y sedas de Lyon, algodones ingleses, artículos de carrocería, frutas, legumbres, minerales de Ural, malaquitas, lapislázuli, perfumes, plantas medicinales, maderas, alquitranes, cuerdas, cueros, calabazas, sandías y, en suma, todos los productos de la India, de China, de Persia, de los mares Caspio y Negro, de América y de Europa se encontraban reunidos en este punto del globo.

Había un movimiento, una excitación, un barullo y una confusión de la que no se podría dar idea; los indígenas de la clase inferior eran sumamente expresivos, y los extranjeros nada tenían que envidiarlos en este punto. Había allí comerciantes del Asia central que habían tardado un año en atravesar sus largas llanuras, escoltando sus mercancías, y que no debían volver a ver sus tiendas o sus despachos hasta otro año después. En fin, es tanta la importancia de esta feria de Nijni-Novgorod que las transacciones comerciales que en ella se hacen importan más de cien millones de rublos[3].

Además, en las plazas, entre los barrios de esta ciudad improvisada, había gran aglomeración de vividores de toda especie: saltimbanquis y acróbatas que ensordecían con los ruidos de sus orquestas y con las vociferaciones de sus llamamientos al

---

[3] 393 millones de francos, poco más o menos.

público; bohemios llegados de las montañas que decían la buenaventura a los bobos de un público constantemente renovado; cíngaros, o tziganes —nombre que los rusos dan a los egipcios, que son antiguos descendientes de los coptos—, que cantaban sus aires más brillantes y bailaban sus danzas más originales, y cómicos de la legua, que representaban dramas de Shakespeare adaptados al gusto de los espectadores, que acudían en tropel. Después, en las largas avenidas, domadores de osos, que paseaban en libertad sus equilibristas de cuatro patas; casas de fieras, que retumbaban con los roncos gritos de los animales, estimulados por el látigo acerado o por la varilla del domador, enrojecida al fuego, y, en fin, en medio de la gran plaza central rodeada por un grupo de entusiastas *dilettanti,* un coro de *marineros del Volga,* sentados en el suelo como en el puente de sus barcos, simulaba la acción de remar, bajo la batuta de un director de orquesta, verdadero timonero de aquel barco imaginario.

¡Costumbre bizarra y hermosa! Por encima de aquella muchedumbre revoloteaba una nube de pájaros que acababan de salir de las jaulas en que habían sido llevados. Según el uso muy en boga en la feria de Nijni-Novgorod, a cambio de algunos kopeks, caritativamente ofrecidos por buenas almas, los carceleros abrían las puertas a sus prisioneros, y éstos volaban a centenares lanzando sus alegres gritos.

Tal era el aspecto que la llanura ofrecía, y así debía continuar durante las seis semanas que durara la famosa feria de Nijni-Novgorod. Después de este período ensordecedor, el inmenso barullo iría amortiguándose como por arte de encantamiento, la ciudad alta recobraría su carácter oficial, la ciudad baja volvería a su monotonía ordinaria, y de la enorme afluencia de mercaderes, pertenecientes a todas las comarcas de Europa y del Asia central, no quedaría un solo comerciante que tuviese aún cosa alguna que vender, ni comprador a quien faltase todavía algo que comprar.

Conviene advertir aquí que, esta vez al menos, Francia e Inglaterra estaban representadas en el gran mercado de Nijni-Novgorod por dos de los *productos* más distinguidos de la civilización moderna: Enrique Blount y Alcides Jolivet.

Efectivamente, los dos corresponsales habían ido a buscar impresiones, en provecho de sus lectores, y empleaban del mejor modo las horas que tenían que perder, porque también ellos iban a tomar pasaje en *el Cáucaso*.

Allí, en el campo de la feria, encontráronse precisamente uno y otro, sin que ninguno de los dos se asombrara mucho de ver a su compañero, porque el mismo instinto debía hacerles seguir la misma pista; pero esta vez no se hablaron, limitándose a saludarse con bastante frialdad.

Alcides Jolivet, optimista por naturaleza, parecía creer que todo pasaba convenientemente, y como el azar le había, por fortuna, proporcionado mesa y albergue, escribió en su *carnet* algunas notas particularmente favorables para la ciudad.

Por el contrario, Enrique Blount, que después de haber buscado inútilmente dónde cenar, se había visto obligado a dormir al aire libre, había visto las cosas desde otro punto de vista completamente diferente, y meditaba un artículo fulminante contra una ciudad en que los hoteleros rehúsan recibir a los viajeros que no pedían más que dejarse desollar *moral y físicamente*.

Miguel Strogoff, con una de las manos en el bolsillo y sosteniendo con la otra su larga pipa, parecía el más indiferente y el menos impaciente de los hombres, a pesar de lo cual un observador que hubiese visto cierta contracción de sus músculos superciliares, habría conocido fácilmente que tascaba el freno.

Hacía aproximadamente dos horas que no cesaba de recorrer la ciudad, para volver invariablemente al campo de la feria, y, al circular entre los grupos, observaba que todos los comerciantes procedentes de las comarcas vecinas de Asia mostraban cierta inquietud, de la que se resentían visiblemente las operaciones mercantiles.

Que los saltimbanquis, acróbatas y equilibristas promoviesen mucho ruido a las puertas de sus barracas comprendíase bien, porque a estos pobres diablos no les interesaba el comercio; pero los negociantes dudaban en hacer operaciones con los traficantes del Asia central, cuyo país estaba perturbado por la invasión tártara.

Otro síntoma, que tampoco podía pasar inadvertido, era que aquel día no se veía ningún militar en el mercado, a pesar de que en Rusia el uniforme se encuentra en todas partes, mezclándose frecuentemente los soldados con la muchedumbre, y de que, sobre todo en Nijni-Novgorod, durante la feria, los agentes de policía son ayudados militarmente en sus funciones por gran número de cosacos que, con la lanza al hombro, mantienen el orden entre aquella aglomeración de trescientos mil extranjeros.

Los militares, en previsión, sin duda, de que se les diese de pronto la orden de partir, estaban acuartelados.

A los soldados no se los veía, efectivamente, por ninguna parte; pero, en cambio, los oficiales se mostraban por doquier. Desde la víspera los ayudantes de campo, al salir del palacio del gobernador general, habíanse lanzado en todas las direcciones y había un movimiento desacostumbrado, que sólo la gravedad de las circunstancias podía explicar.

En los caminos de la provincia multiplicábanse los correos, encaminándose ya hacia Wladimir, ya hacia los montes Urales, y el cambio de telegramas con Moscú y con San Petersburgo era incesante. Evidentemente, la situación de Nijni-Novgorod, no lejos de la frontera siberiana, exigía que se adoptaran serias precauciones, pues no podía olvidarse que, durante el siglo XIV, había sido tomada dos veces la ciudad por los antepasados de los tártaros, a quienes la ambición de Féofar-Kan lanzaba ahora a través de las estepas kirguises.

Un alto personaje, que no estaba menos ocupado que el gobernador general, era el jefe de policía. Sus inspectores y él, encargados de mantener el orden, de atender toda clase de reclamaciones y de hacer que se cumplieran los reglamentos, no descansaban un momento, y las oficinas de la administración, abiertas día y noche, estaban incesantemente sitiadas, tanto por los habitantes de la ciudad como por los extranjeros, europeos o asiáticos.

Miguel Strogoff encontrábase precisamente en la plaza central cuando empezó a circular el rumor de que el jefe de policía acababa de ser llamado al palacio del gobernador general, a causa de haberse recibido de Moscú un importante telegrama.

El jefe de policía encaminose, pues, al palacio del gobernador, y, en seguida, como por un presentimiento general, circuló la noticia de que, como medida de previsión, se iba a adoptar una resolución grave.

Miguel Strogoff escuchaba cuanto se decía para aprovecharse de las noticias que adquiriese, si de ello tenía necesidad.

—¡Se va a cerrar la frontera! —exclamaba uno.

—¡El regimiento de Nijni-Novgorod acaba de recibir la orden de ponerse en camino! —respondía otro.

—¡Se dice que los tártaros amenazan a Tomsk!

—¡Aquí llega el jefe de policía! —gritaron por todas partes.

De pronto promovióse un gran barullo, que poco a poco fue amortiguándose, hasta que al fin reinó un silencio absoluto. Todos presentían alguna grave comunicación de parte del Gobierno.

El jefe de policía, precedido por sus agentes, acababa de salir del palacio del gobernador general. Acompañábalo un destacamento de cosacos que trataban de poner orden entre la multitud a fuerza de culatazos, violentamente dados y pacientemente sufridos.

El jefe de policía llegó, por último, al medio de la plaza central, y entonces pudo ver todo el mundo que aquél llevaba un documento en la mano.

Entonces, en voz alta, leyó la declaración siguiente:

«Decreto del gobernador de Nijni-Novgorod

Art. 1.º—Queda terminantemente prohibido salir de la provincia a todo individuo de nacionalidad rusa, cualquiera que sea la causa que alegue.

Art. 2.º—Todo extranjero de origen asiático saldrá de la provincia en el término de veinticuatro horas.»

CAPÍTULO VI

Hermano y hermana

Las circunstancias justificaban plenamente las medidas adoptadas por el Gobierno y que tan funestas eran para los intereses privados.

La prohibición terminante de salir de la provincia a todo individuo de nacionalidad rusa podía impedir o dificultar extremadamente a Iván Ogareff, si no había salido aún, la consecución de sus planes de unirse con Féofar-Kan, con lo cual el jefe tártaro quedaría privado de un auxiliar temible.

La orden de salir de la provincia en el término de veinticuatro horas, dada a todos los extranjeros de origen asiático, obedecía al propósito de alejar en masa tanto a los negociantes procedentes del Asia central, como a las bandas de bohemios, de egipcianos y tziganes, más o menos afines a las poblaciones tártaras o mogolas, y a quienes la feria había reunido, porque eran tantos espías como personas, cuya expulsión era exigida por el estado de las cosas.

Pero se comprenderá fácilmente el efecto que producirían estos dos estallidos del rayo, al caer sobre la ciudad de Nijni-Novgorod, necesariamente más deseada y más amenazada que ninguna.

Así, pues, los rusos, a quienes los negocios reclamaban al otro lado de la frontera siberiana, no podían ya salir de la provincia, momentáneamente al menos. El tenor del primer artículo del decreto era formal, no admitía excepción alguna, y todo interés privado debía posponerse al interés general.

En cuanto al artículo segundo del decreto, la orden de expulsión que contenía no admitía tampoco réplica. No concernía a

83

más extranjeros que a los de origen asiático, pero éstos veíanse obligados a recoger inmediatamente sus mercancías y a marcharse por donde habían venido. Para los saltimbanquis, cuyo número era considerable, y que tenían que recorrer cerca de mil verstas para llegar a la frontera más próxima, era la miseria en breve plazo.

Así, pues, levantose contra aquella medida insólita un murmullo de protesta, un grito de desesperación, que la presencia de los cosacos y de los agentes de policía reprimió inmediatamente.

Casi en seguida empezó lo que podría llamarse el desalojo de aquella extensa llanura. Se plegaron las telas tendidas delante de las barracas; se deshicieron y desarmaron los teatros al aire libre; cesaron las danzas y los cánticos; concluyeron las representaciones; se apagaron los fuegos; dejaron de estar en tensión las cuerdas de los equilibristas, y los caballos que arrastraban aquellas viviendas ambulantes salieron de las cuadras para ser enganchados en los vehículos. Los agentes de policía y los soldados estimulaban a los perezosos con el látigo o la vara en la mano, derribando a veces las barracas antes que los pobres bohemios salieran de ellas. Evidentemente, bajo la influencia de estas disposiciones, antes que llegara la noche la plaza de Nijni-Novgorod quedaría completamente evacuada, y al tumulto del gran mercado sucedería el silencio del desierto.

Es preciso repetir aún, porque ésta era una agravación forzosa de las disposiciones adoptadas, que todos aquellos nómadas a quienes el decreto de expulsión comprendía directamente, no podían atravesar las estepas siberianas porque les estaba prohibido, y se verían obligados a dirigirse al sur del mar Caspio, ya a Persia, ya a Turquía o a las llanuras del Turkestán. Los puestos militares del Ural y los de las montañas que forman como una prolongación de este río en la frontera rusa, no les hubiesen permitido pasar. Eran, por consiguiente, mil verstas las que tenían que recorrer antes de poder pisar territorio libre.

En el momento en que el jefe de policía acabó la lectura del decreto, ocurriosele instintivamente a Miguel Strogoff una idea que le hizo meditar.

«¡Es una coincidencia singular —pensaba— la del decreto de expulsión de los extranjeros originarios de Asia y las palabras cruzadas esta noche entre aquellos dos bohemios de raza tzigana! «¡Es el Padre mismo que nos envía adonde queremos ir!», dijo el hombre, pero el *Padre* es el emperador. Así, por lo menos, lo llama siempre el pueblo. ¿Cómo esos bohemios han podido prever la disposición adoptada contra ellos? ¿Cómo la han conocido anticipadamente y adónde quieren ir? Ésta es gente sospechosa, a la que me parece que el decreto del gobernador debe ser más útil que perjudicial.»

Pero esta reflexión, seguramente muy justa, fue interrumpida por otra que debía ocupar por completo el ánimo de Miguel Strogoff, quien olvidó los tziganes, sus palabras y la sospechosamente extraña coincidencia de la publicación del decreto... El recuerdo de la joven livonia acababa de acudir a su mente.

—¡Pobre niña! —exclamó como a pesar suyo—. ¡No podrá atravesar la frontera!

Efectivamente, la joven era de Riga, livonia, y, por consiguiente, rusa, y no podía salir del territorio ruso. El permiso para viajar que tenía había sido expedido antes de las nuevas disposiciones adoptadas, y evidentemente no era ya válido. Todos los caminos de Siberia debían estar cerrados inexorablemente para ella; cualquiera que fuese el motivo que la llevara a Irkutsk, le era ya imposible proseguir el viaje.

Este pensamiento preocupó vivamente a Miguel Strogoff, quien, con cierta vaguedad al principio, decíase que, sin descuidar nada de lo que su importante misión exigía, quizá le sería posible prestar algún socorro a la joven, y esta idea lo lisonjeaba.

Conociendo los peligros que él personalmente se vería obligado a afrontar, siendo un hombre enérgico y vigoroso, en un país cuyos caminos le eran, sin embargo, familiares, no podía dejar de conocer que estos peligros habían de ser infinitamente más temibles para una joven. Puesto que iba a Irkutsk, tendría que seguir la misma ruta que él, y se vería obligada a pasar por en medio de las hordas invasoras, como él mismo trataría de hacer; pero si, además, y según todas las probabilidades, no tenía a su disposición más que los recursos necesarios para un viaje emprendido en circunstancias ordinarias, ¿cómo podría la joven cumplir las condiciones que los acontecimientos iban a hacer tan peligrosas como caras?

—¡Vaya, bien! —se decía—. Puesto que emprende el camino de Perm, es casi imposible que no la encuentre, y, por lo tanto, podré velar por ella sin que lo sospeche. Además, como, según parece, tiene tanta prisa por llegar a Irkutsk como yo, no me ocasionará retardo alguno.

Pero un pensamiento sugiere otro, y a Miguel Strogoff, que hasta entonces había raciocinado en la hipótesis de hacer una buena acción y de prestar un servicio, acababa de ocurrírsele otra idea, y la cuestión variaba de aspecto.

—Lo cierto es —se dijo— que yo puedo tener más necesidad de ella que ella de mí, y por consiguiente, su presencia no me es inútil y servirá para alejar de mí toda sospecha. En el hombre que corre a través de la estepa se puede adivinar más fácilmente al correo del zar. Si, por el contrario, voy acompañado de una joven, pasaré mucho mejor, a los ojos de todos, como el Nicolás Korpanoff de mi *podaroshna*. Es preciso, por lo tanto, que ella me acompañe y es preciso también que, a toda costa, la encuentre. No es probable que desde ayer por la tarde hasta ahora haya podido adquirir un carruaje para salir de Nijni-Novgorod... ¡Busquémosla, pues, y que Dios me guíe!

Hecha esta reflexión, abandonó la gran plaza de la ciudad, donde el tumulto producido por la ejecución de las disposiciones prescritas había llegado al colmo en aquel momento, pues las recriminaciones de los extranjeros y los gritos de los agentes de policía y de los cosacos que los amenazaban brutalmente formaban un barullo indescriptible. La joven que Miguel Strogoff buscaba no podía estar allí.

Eran las nueve de la mañana y, como el vapor no emprendía la marcha hasta el mediodía, Miguel Strogoff disponía de más de dos horas para buscar a la que él quería que fuese su compañera de viaje.

Atravesó nuevamente el Volga y recorrió los barrios de la otra orilla, donde la multitud era menos considerable. Visitó, puede decirse, calle por calle, la ciudad alta y la ciudad baja, y entró en las iglesias, refugio natural de todo el que llora y de todo el que sufre, y en parte alguna encontró a la joven livonia.

—Sin embargo —repetía—, no puede haber salido aún de Nijni-Novgorod. Continuaremos buscándola.

Y así anduvo errante durante dos horas, sin detenerse, y obedeciendo a un sentimiento imperioso que no le permitía reflexionar; pero todo fue inútil.

Entonces se le ocurrió que era posible que la joven no tuviese todavía conocimiento del decreto, circunstancia improbable, porque semejante rayo no podía brillar sin ser visto por todo el mundo; pero interesada evidentemente en conocer hasta las más insignificantes noticias que llegasen de Siberia, ¿podría ignorar las disposiciones dictadas por el gobernador, cuando éstas la afectaban directamente?

Pero, en fin, si las ignoraba, acudiría dentro de poco al embarcadero y allí algún implacable agente de policía le impediría brutalmente el paso. Era preciso a toda costa verla antes, para que ella pudiese, por mediación de él, evitar esta contrariedad.

Como sus investigaciones fueron inútiles, pronto perdió Miguel Strogoff toda esperanza de encontrarla.

Eran entonces las once de la mañana, y, aunque en cualquier otra circunstancia hubiera creído inútil presentar su *podaroshna* en las oficinas del jefe de policía, porque el decreto no podía evidentemente concernirle, puesto que el caso estaba previsto para él, quiso asegurarse de que nada se opondría a su salida de la ciudad, y, en consecuencia, volvió a pasar a la otra orilla del Volga, donde estaban las citadas oficinas.

Había allí gran afluencia de gente, porque, aunque los extranjeros tenían orden de salir de la provincia, no podían efectuarlo sin someterse a ciertas formalidades, dictadas para evitar que algún ruso, más o menos comprometido en el movimiento tártaro, pudiese, merced a cualquier disfraz, pasar la frontera, cosa que el decreto pretendía impedir.

Se los arrojaba, pero era preciso que tuvieran permiso para salir.

Así, pues, vividores, bohemios, cíngaros, tziganes y comerciantes de Persia, de Turquía, de la India, del Turkestán y de China llenaban el patio y las oficinas de la casa de policía.

Todos se apresuraban, porque los medios de transporte iban a ser muy solicitados por la multitud de personas expulsadas, y los que llegasen demasiado tarde corrían el riesgo de no poder salir de la ciudad en el plazo que se les había señalado, lo que los expondría a ser víctimas de la brutal intervención de los agentes del gobernador.

Miguel Strogoff pudo atravesar el patio gracias al vigor de sus codos; pero entrar en las oficinas y llegar a la ventanilla de los empleados era sumamente difícil. Sin embargo, un palabra dicha al oído de un inspector y algunos rublos dados oportunamente fueron bastante poderosos para abrirle paso.

El agente, después de introducirlo en una antesala, fue a avisar a un empleado superior.

Miguel Strogoff no podía, pues, tardar en estar en regla con la policía y en ser dueño de sus movimientos.

Mientras esperaba, miró en torno suyo y... ¿qué vio?

Allí, echada más que sentada, en un banco, estaba una joven, presa de muda desesperación, cuyo rostro apenas podía ver, porque únicamente en la pared se dibujaba su perfil.

No se había equivocado; acababa de reconocer a la joven livonia, quien, no conociendo el decreto del gobernador, había ido a la oficina de policía para que le visaran su permiso, pero le habían negado la autorización para proseguir el viaje.

Sin duda, ella había sido autorizada para ir a Irkutsk, pero el reciente decreto del gobernador anulaba todas las autorizaciones concedidas anteriormente; los caminos de Siberia le habían sido cerrados.

Miguel Strogoff, muy contento por haberla encontrado al fin, se aproximó a la joven.

Ésta lo miró un instante, y en su rostro brilló un fulgor fugitivo al ver de nuevo a su compañero de viaje. Se levantó instintivamente y, como un náufrago que se agarra a la única tabla de salvación que está al alcance de su mano, iba a pedirle que la protegiera... cuando el agente de policía puso una mano sobre el hombro de Miguel Strogoff y le dijo:

—El jefe de policía lo espera a usted.

—Bien —respondió Miguel Strogoff.

Y sin decir una palabra a la joven a quien tanto había buscado desde la víspera, sin tranquilizarla con un gesto que hubiera podido comprometer a los dos, siguió al agente de policía a través de los compactos grupos.

La joven livonia, al ver desaparecer el único que hubiera podido prestarle ayuda, dejose caer nuevamente sobre el banco.

No habían pasado aún tres minutos, cuando Miguel Strogoff volvió a aparecer en la sala, acompañado por un agente de policía.

Llevaba en la mano su *podarashna,* que abría todos los caminos de Siberia.

Se aproximó entonces a la joven livonia y, tendiéndole la mano, dijo:

—Hermana...

Ella comprendió, y se puso en pie como si una inspiración repentina no le permitiese vacilar.

—Hermana —repitió Miguel Strogoff—, estamos autorizados para proseguir nuestro viaje a Irkutsk, ¿vienes?

—Te sigo —respondió la joven, poniendo su mano en la de Miguel Strogoff.

Y, juntos, salieron de la casa de policía.

CAPÍTULO VII

Descenso por el Volga

Poco antes del mediodía la campana del vapor llamaba al embarcadero a una gran concurrencia de gente, pues allí acudían no sólo los que se marchaban, sino también los que habrían querido marcharse. Las calderas del *Cáucaso* tenían ya presión suficiente; su chimenea no dejaba escapar más que un humo ligero mientras que el extremo del tubo de escape y la cubierta de las válvulas se coronaban de vapor blanco.

No es necesario decir que la policía vigilaba la salida del *Cáucaso,* mostrándose inexorable con los viajeros que no se encontraban en las debidas condiciones para salir de la ciudad.

Por el muelle iban y venían gran número de cosacos, dispuestos a ayudar enérgicamente a los agentes de policía en caso necesario, pero por suerte, no tuvieron que intervenir y las cosas pasaron sin resistencia.

A la hora reglamentaria sonó la última campanada, se soltaron las amarras, azotaron el agua con sus paletas articuladas las poderosas ruedas del *Cáucaso,* y éste enfiló rápidamente la corriente entre las dos ciudades de que está compuesta Nijni-Novgorod.

Miguel Strogoff y la joven livonia habían tomado pasaje a bordo del *Cáucaso* y habían embarcado sin dificultad alguna, porque, como se sabe, el *podaroshna* extendido a nombre de Nicolás Korpanoff autorizaba a éste para ser acompañado en su viaje a Siberia. Eran, por consiguiente, dos hermanos que viajaban bajo la garantía de la policía imperial.

Sentados los dos a popa, veían alejarse la ciudad tan profundamente perturbada por el decreto del gobernador.

Miguel Strogoff no había dicho ni preguntado nada a la joven; esperaba que hablase si le convenía hablar; pero ella, que ansiaba salir de la ciudad en que, sin la intervención providencial de su inesperado protector, hubiese quedado prisionera, nada decía, limitándose a darle las gracias con la vista.

El Volga, al que los antiguos daban el nombre de Rha, está considerado como el río más caudaloso de toda Europa, y su curso no es inferior a cuatro mil verstas (4.300 kilómetros). Sus aguas, bastante insalubres en su parte superior, se modifican en Nijni-Novgorod, al unirse con las del Oka, afluente rápido que procede de las provincias centrales de Rusia.

Los canales y ríos rusos se han comparado, con bastante exactitud, con un árbol gigantesco cuyas ramas se extienden por todo el Imperio, y cuyo tronco es el Volga, que tiene por raíces setenta embocaduras, abiertas en el litoral del mar Caspio.

El Volga es navegable desde Rjef, ciudad del Gobierno de Tver, o, lo que es lo mismo, en la mayor parte de su curso.

Los barcos de la Compañía de transportes entre Perm y Nijni-Novgorod recorren bastante rápidamente las trescientas cincuenta verstas (373 kilómetros) que separan esta ciudad de la de Kazán, si bien es cierto que no tienen que hacer otra cosa que seguir la corriente del Volga, la cual acelera próximamente dos millas más la marcha propia de los vapores; pero, cuando llegan a la confluencia del Kama, un poco más abajo de Kazán, vense obligados a entrar en este último río, marchando entonces contra la corriente del agua hasta Perm.

Resultaba, pues, que el *Cáucaso,* aunque su máquina era poderosa, no avanzaba más que dieciséis verstas cada hora, de suerte que, contando con una hora de detención en Kazán, debía durar el viaje de sesenta a setenta horas, poco más o menos.

Por lo demás, el barco tenía buenas condiciones y en él ocupaban los pasajeros tres clases distintas, según su condición y sus recursos pecuniarios.

Miguel Strogoff había tenido la precaución de tomar dos camarotes de primera clase, para que su joven compañera pudiera retirarse al suyo y permanecer sola cuando le pareciese bien.

El *Cáucaso* iba atestado de pasajeros de todas las categorías. Numerosos traficantes asiáticos habían creído prudente salir lo antes posible de Nijni-Novgorod, y en la parte del vapor destinada a la primera clase veíanse armenios vestidos con largas túnicas y tocados con una especie de mitras; judíos, a quienes se conocía fácilmente por sus gorros cónicos; ricos chinos con el traje tradicional, consistente en una larga túnica, azul, violeta o negra, abierta por delante y por detrás, y cubierta por otra túnica de mangas anchas, cuyo corte es parecido a la que usan los popes; turcos, que llevaban todavía el turbante nacional; indios, con gorro cuadrado y, por cinturón, un sencillo cordón, algunos de los cuales, designados especialmente con el nombre de *shtkarpuris,* tienen en sus manos todo el tráfico mercantil de Asia central, y, por último, tártaros, calzados con botas adornadas con cintas multicolores, y que llevaban el pecho lleno de bordados. Todos ellos habían tenido que amontonar en la cala y sobre el puente del vapor sus numerosos equipajes, cuyo transporte debía costarles caro, porque, reglamentariamente, no tenían derecho más que a un peso de veinte libras por persona.

Agrupados en la proa del *Cáucaso* iban pasajeros en mayor número, y éstos no eran todos extranjeros, sino que también iban muchos rusos a quienes el decreto del gobernador de Nijni-Novgorod no impedía volver a las ciudades de la provincia.

Entre estos rusos había mujiks, tocados con gorros o casquetes y vestidos con camisa a pequeños cuadros bajo su amplia pelliza; campesinos de las orillas del Volga, con pantalón azul, cuyos bajos llevaban dentro de las botas, camisa de algodón de color rosa, ajustada al cuerpo por medio de una cuerda, y casquete plano o gorro de fieltro, y algunas mujeres, con vestido de algodón floreado, delantal de tonos vivos, y pañuelo con dibujos de color a la cabeza. Eran, en su mayoría, pasajeros de tercera clase, a quienes, por fortuna, la perspectiva de un largo viaje de vuelta no les preocupaba. En suma, esta parte del barco estaba muy concurrida, por lo cual los pasajeros de popa no se aventuraban entre aquellos grupos tan heterogéneos, que tenían señalado su sitio delante de los tambores.

Mientras tanto, el *Cáucaso* deslizábase entre las dos orillas del Volga con gran velocidad, impulsado por sus máquinas, cruzándose con numerosos barcos que, llevados por algunos remolcadores sobre la corriente del río, transportaban toda clase de mercancías a Nijni-Novgorod. Después pasaban trenes de madera, largos como interminables filas de sargazos del Atlántico, y chalanas tan abarrotadas que el agua les llegaba hasta los bordes. ¡Viaje ya inútil puesto que la feria había sido cerrada poco después de comenzada!

Las orillas del Volga, salpicadas por la marcha del vapor, coronábanse de bandadas de patos que huían lanzando ensordecedores gritos. Algo más lejos, en aquellas secas llanuras, bordeadas de sauces, alisos y tilos, esparcíanse algunas vacas de color rojo oscuro, rebaños de carneros de lana y piaras numerosas de cerdos blancos y negros. Algunos campos, sembrados de trigo y de centeno, extendíanse hasta el último de los collados a medio cultivar, pero que, en suma, no ofrecían ningún punto de vista digno de llamar la atención. En aquellos paisajes monótonos, el lápiz de un dibujante que hubiese buscado un sitio pintoresco no habría encontrado nada que reproducir.

Dos horas después de la salida del *Cáucaso,* la joven livonia, dirigiéndose a Miguel Strogoff, le dijo:

—¿Vas a Irkutsk, hermano?

—Sí, hermana —respondió el joven—. Los dos llevamos la misma ruta y, por consiguiente, por donde yo pase, pasarás tú.

—Mañana, hermano, sabrás por qué he dejado las orillas del Báltico para ir más allá de los Urales.

—Nada te pregunto, hermana.

—Todo lo sabrás —respondió la joven, cuyos labios esbozaron una triste sonrisa—. Una hermana no debe ocultar nada a su hermano; pero, hoy, no podría. La fatiga y la desesperación me tienen rendida.

—¿Quieres reposar en tu camarote? —preguntó Miguel Strogoff.

—Sí, sí... y mañana...

—Ven, pues...

Él dudaba de terminar su frase, como si hubiese querido concluirla con el nombre de su compañera, que ignoraba aún.

—Nadia —dijo ella tendiéndole la mano.

—Ven, Nadia —repuso Miguel Strogoff—, y, sin cumplidos, cuenta con tu hermano Nicolás Korpanoff.

Y la condujo al camarote que había tomado para ella y que daba al salón de popa.

Luego, volvió al puente, y ávido de noticias, que podrían quizá modificar su itinerario, se mezcló entre los grupos de los pasajeros, escuchando, pero sin tomar jamás parte en las conversaciones. Además, tenía el propósito, si por casualidad se lo interrogara y se veía en la necesidad de responder, de presentarse como el negociante Nicolás Korpanoff que se dirigía a a la frontera, porque de ningún modo quería que se sospechase que iba provisto de un permiso especial para viajar por Siberia.

Los extranjeros que el vapor transportaba no podían hablar, sin duda alguna, más que de los acontecimientos del día, del decreto del gobernador de Nijni-Novgorod y de sus consecuencias. Aquellas pobres gentes, apenas repuestas de las fatigas de un viaje a través del Asia central, veíanse obligadas a regresar; pero no se atrevían a manifestar a voces su cólera y su desesperación: el temor y el respeto las contenían. Posiblemente se habrían embarcado en el *Cáucaso,* en secreto, algunos inspectores de policía para vigilar a los viajeros, y era preferible contener la lengua, porque, de todos modos, la expulsión no era tan penosa como la prisión en una fortaleza. Así, pues, entre aquellos grupos, o se guardaba silencio, o se hablaba con tanta circunspección, que no podía sacarse de ellos ninguna enseñanza provechosa.

Pero, si bien Miguel Strogoff no tenía nada que aprender en aquel sitio, si las bocas se cerraban más de una vez cuando él se acercaba, porque no lo conocían, no tardó en oír una voz poco cuidadosa de ser o no reconocida.

El hombre, que se expresaba alegremente, hablaba ruso, pero con acento extranjero, y su interlocutor, más reservado, le contestaba en el mismo idioma, que tampoco era el suyo natal.

—¡Cómo! —decía el primero—. ¡Cómo! ¡Usted en este barco, mi querido colega, a quien he visto en la fiesta imperial de Moscú, y sólo entrevisto en Nijni-Novgorod!

—Yo mismo —respondió el segundo secamente.

—Pues bien, con franqueza, no esperaba ser seguido inmediatamente por usted ni tan cerca.

—No le sigo, señor; le precedo.

—¡Me precede! ¡Me precede! Reconozcamos que ambos marchamos de frente y con igual paso, como los soldados en la parada, y, provisionalmente al menos, reconozcamos también, si usted quiere, que ninguno pasa delante del otro.

—Por lo contrario, yo pasaré delante de usted.

—Lo veremos allá, cuando nos encontremos en el teatro de la guerra; pero hasta que lleguemos allá, ¡qué diablo!, somos compañeros de viaje. Más tarde, tendremos tiempo y ocasión de ser rivales.

—Enemigos.

—¡Enemigos, bien está! Emplea usted las palabras, querido colega, con una precisión que me es sumamente agradable. Con usted, al menos, sabe uno a qué atenerse.

—¿Dónde está el mal?

—No hay mal alguno, y, por consiguiente, le pediré, a mi vez, permiso para determinar nuestra recíproca situación.

—Determínela, pues.

—¿Usted va a Perm... como yo?

—Como usted.

—¿Y, probablemente, se dirigirá usted desde Perm a Ekaterinburg, puesto que es el camino mejor y más seguro por el que se pueden atravesar los montes Urales?

—Probablemente.

—Después de atravesar la frontera nos encontraremos en Siberia, es decir, en plena invasión.

—Sí, nos encontraremos.

—Pues bien, entonces, y solamente entonces, será el momento de decir «cada cual para sí y Dios para...».

—Dios para mí.

—¡Dios para usted solamente! ¡Muy bien! Pero, puesto que tenemos ante nosotros ocho días de neutralidad, y puesto que seguramente no han de llover las noticias en el camino, seremos amigos hasta el momento en que seamos rivales.

—Enemigos.

—Sí. Eso es precisamente, ¡enemigos! Pero, hasta entonces, vayamos de acuerdo y no nos devoremos uno a otro. Por lo demás, le prometo reservar para mí todo cuanto vea.

—Y yo cuanto oiga.

—¿Está dicho?

—Dicho está.

—¿Su mano?

—Hela aquí.

Y la mano del primer interlocutor, es decir, cinco dedos muy abiertos, sacudió vigorosamente los dos dedos que el segundo le tendió flemáticamente.

—A propósito —dijo el primero—. Esta mañana he podido telegrafiar a *mi prima* el texto íntegro del decreto del gobernador de Nijni-Novgorod, a las diez y diecisiete minutos.

—Pues yo lo he telegrafiado al *Daily Telegraph* a las diez y trece minutos.

—¡Bravo, señor Blount!

—¡Muy bien, señor Jolivet!

—Ya tomaré la revancha.

—Será difícil.

—Lo intentaré, de todos modos.

Y, al decir esto, el corresponsal francés saludó familiarmente al corresponsal inglés, quien, inclinando la cabeza, le devolvió el saludo con seriedad completamente británica.

El decreto del gobernador de Nijni-Novgorod no concernía a los dos cazadores de noticias, porque ni eran rusos ni extranjeros de origen asiático. Habían, pues, salido de la ciudad, y si salieron al mismo tiempo era porque el mismo instinto los impulsaba hacia adelante; y, como ambos seguían la misma ruta hasta las estepas siberianas, era natural que los dos adoptasen el mismo medio de transporte.

Compañeros de viaje, amigos o enemigos, tenían aún ocho días por delante antes que la *caza se abriese*. Cuando este caso llegara, ganaría el más hábil. Alcides Jolivet había dado los primeros pasos, y, por fríamente que fuese, Enrique Blount no había dudado en aceptar el reto.

Esto no obstante, aquel día, el francés, siempre franco y algo locuaz, y el inglés, siempre reservado y grave, comieron en la misma mesa, brindaron y bebieron un «Cliquot» auténtico, de a seis rublos la botella, generosamente elaborado con la savia fresca de los abedules de las cercanías.

Al oír hablar de este modo a Alcides Jolivet y Enrique Blount, se dijo Miguel Strogoff:

—He aquí unos curiosos e indiscretos, a quienes probablemente volveré a encontrarme en mi camino. Me parece prudente mantenerlos a distancia.

La joven livonia no acudió a comer; dormía en su camarote y Miguel Strogoff no quiso que la despertasen. Llegó la tarde y tampoco se dejó ver en el puente del *Cáucaso*.

El largo crepúsculo impregnaba entonces la atmósfera de una frescura que los pasajeros, después del calor achicharrante que habían soportado durante el día, buscaban con avidez; pero, cuando la hora fue algo avanzada, la mayor parte se retiraron a buscar los salones o los camarotes y, tendidos sobre los bancos, respiraban con placer la brisa que la celeridad del barco aumentaba.

En aquella época y bajo aquella latitud, el cielo apenas se oscurecía entre la tarde y la mañana, y daba al timonel gran facilidad para orientarse entre las numerosas embarcaciones que bajaban y remontaban el Volga.

Sin embargo, como entonces había luna nueva, entre las once de la noche y las dos de la madrugada reinó una oscuridad casi absoluta. Casi todos los pasajeros del puente dormían, y el silencio sólo era turbado por el ruido que producían las paletas del vapor al azotar el agua a intervalos regulares.

Una especie de inquietud tenía desvelado a Miguel Strogoff, que no cesaba de ir y venir, pero siempre por el lado de popa. Sin embargo, una vez llegó en su paseo más allá del cuarto de máquinas, y se encontró, por consiguiente, en la parte reservada a los viajeros de segunda y tercera clase.

Allí se dormía no sólo sobre los bancos y sobre los fardos, sino también sobre las planchas del puente, siendo los marineros del cuarto los únicos que vigilaban sobre el castillo de proa.

Dos luces, una verde y otra roja, proyectadas por los faroles de estribor y de babor, iluminaban oblicuamente con sus rayos los costados del barco.

Se necesitaba andar con mucho cuidado para no pisar a los pasajeros que dormían, la mayor parte de los cuales eran *mujiks*, habituados a entregarse al sueño sobre camas muy duras y para quienes las tablas del puente eran un lecho suficientemente cómodo. Sin embargo, habría sido muy mal recibido sin duda el torpe que los hubiera despertado con un puntapié o con un pisotón.

Miguel Strogoff ponía, pues, mucha atención al andar para no tropezar con nadie, y, al caminar así hacia el extremo del barco, no tenía otro propósito que el de combatir el sueño por medio de un paseo algo más largo.

Había llegado a la parte anterior del puente y subía ya la escalera del castillo de proa, cuando oyó hablar cerca de él y se detuvo. Las voces parecían venir de un grupo de pasajeros, envueltos en chales y mantas, y a quienes, por hallarse en la sombra, era imposible conocer; pero ocurría a veces, cuando la chimenea del vapor en medio de las volutas de humo, se empenachaba de llamas rojizas, que las chispas parecían correr a través de los grupos, como si millares de pajarillas se hubiesen inflamado de improviso bajo la acción de un rayo luminoso.

Miguel Strogoff iba a continuar adelante, cuando oyó más distintamente algunas palabras, pronunciadas en aquella lengua extraña que la noche anterior había ya llamado su atención en el recinto de la feria.

Instintivamente se detuvo a escuchar. Protegido por la sombra del castillo de proa, no podía ser visto, y, en cuanto a ver a los pasajeros que hablaban, le era imposible. Limitose, por consiguiente, ante la imposibilidad de hacer otra cosa, a escuchar.

Las primeras palabras que se cruzaron no tenían importancia alguna, para él al menos; pero le permitieron reconocer con precisión las dos voces de mujer y de hombre que había oído en Nijni-Novgorod, y redobló su atención. No era imposible, en efecto, que los tziganes cuya conversación había sorprendido en la ciudad, expulsados como todos sus compañeros, se encontrasen a bordo del *Cáucaso*.

Estuvo acertado al escuchar, porque esto le proporcionó la ocasión de oír con bastante claridad la siguiente pregunta y la correspondiente respuesta, hechas en idioma tártaro:

—Se dice que de Moscú ha salido un correo para Irkutsk.

—Se dice eso, Sangarra; pero ese correo llegará demasiado tarde, o no llegará.

Miguel Strogoff tembló involuntariamente al oír esta respuesta, que tan directamente le concernía, y trató de cerciorarse si el hombre y la mujer que acababan de hablar eran los que él suponía; pero la sombra era entonces demasiado espesa y no los pudo reconocer.

Algunos momentos después había vuelto a la popa del vapor sin que nadie lo viera y con la cabeza entre las manos trataba de reflexionar. Se podía creer que estaba durmiendo. No dormía, sin embargo, ni pensaba dormir.

Reflexionaba de este modo, no sin aprensión bastante viva:

—¿Quién sabe, pues, mi partida, y a quién interesa saberla?

CAPÍTULO VIII

Subiendo por el Kama

El *Cáucaso* llegó al embarcadero de Kazán, que dista de la ciudad siete verstas (7,5 kilómetros), a las seis y cuarenta minutos de la mañana del día siguiente, 18 de julio.

Kazán, situada en la confluencia del Volga y del Kazanca, es una importante capital del Gobierno y de arzobispado griego, al mismo tiempo que de universidad.

Este Gobierno tiene una población heterogénea, compuesta de circasianos, morduinos, chuvaches, volsalcos, vigulitches y tártaros, siendo estos últimos la raza que ha conservado más especialmente el carácter asiático.

Aunque la ciudad se encontraba bastante lejos del desembarcadero, una numerosa multitud, deseando adquirir noticias, ocupaba el muelle.

El gobernador de la provincia había dado un decreto idéntico al de su colega de Nijni-Novgorod, y veíanse allí tártaros vestidos con caftán de mangas cortas y con la cabeza cubierta con gorros puntiagudos, cuyas anchas alas les dan cierto parecido al sombrero del Pierrot tradicional; otros, envueltos en una larga hopalanda y con la cabeza cubierta con un pequeño casquete, que se asemejaban a los judíos polacos; y mujeres, con el pecho lleno de colgajos relucientes y la cabeza coronada con una diadema en forma de media luna, que discutían formando grupos.

Oficiales de policía diseminados entre la multitud y cosacos armados de lanza mantenían el orden, y obligaban a dejar paso tanto a los pasajeros del *Cáucaso* que desembarcaban como a los que se embarcaban allí, pero después de examinar minuciosamente a los viajeros de estas dos categorías. Eran, por una parte, asiáticos comprendidos en el decreto de expulsión, y, por la otra, algunas familias de *mujiks* que se detenían en Kazán.

Miguel Strogoff miraba con bastante indiferencia el movimiento del embarcadero al que acababa de arribar el barco.

El *Cáucaso* debía detenerse en Kazán una hora, tiempo necesario para renovar la provisión de combustible.

En cuanto a desembarcar, ni siquiera se le ocurrió a Miguel Strogoff, porque por nada del mundo habría dejado sola a bordo del *Cáucaso* a la joven livonia, que no había vuelto a aparecer sobre el puente.

Los dos periodistas habíanse levantado antes del alba, como corresponde a todo cazador diligente; bajaron al muelle y se mezclaron con la multitud, cada cual por su lado.

Miguel Strogoff vio, en una pared, a Enrique Blount con el carnet en la mano dibujando con lápiz algunos tipos o anotando alguna observación; y, en otro sitio distinto, a Alcides Jolivet, quien, seguro de su memoria, que no podía olvidar nada, no hacía más que hablar.

Por toda la frontera oriental de Rusia circulaba el rumor de que el levantamiento y la invasión adquirirían proporciones considerables. Las comunicaciones entre Siberia y el Imperio eran ya extremadamente difíciles. Tales fueron las noticias que, sin abandonar el puente del *Cáucaso,* oyó decir Miguel Strogoff a los nuevos viajeros que estaban embarcándose.

Estas noticias no dejaban de causarle verdadera inquietud y avivaban el imperioso deseo que tenía de encontrarse ya al otro lado de los montes Urales para juzgar la gravedad de los acontecimientos y ponerse en situación de afrontar toda eventualidad.

Iba ya a pedir quizá noticias más precisas a algún indígena de Kazán, cuando de pronto se distrajo su atención. Entre los viajeros que desembarcaban del *Cáucaso,* reconoció la banda de tziganes que la víspera se encontraba aún en el recinto de la feria de Nijni-Novgorod.

Allí, sobre el puente del vapor, estaban el viejo bohemio y la mujer que lo habían tratado de espía, y con ellos y bajo su dirección sin duda, una veintena de bailarinas y cantadoras, de quince a veinte años, envueltas en unas malas mantas que cubrían sus faldas llenas de lentejuelas.

Aquella extraña indumentaria, iluminada entonces por los primeros rayos del sol, recordaron a Miguel Strogoff el efecto singular que había observado durante la noche: era todo el relumbrón de la bohemia que había brillado en la sombra cuando la chimenea del vapor vomitaba algunas llamas.

—Evidentemente —se dijo—, esta banda de tziganes, después de haber permanecido bajo el puente durante el día, ha venido a agazaparse bajo el castillo de la proa durante la noche. ¿Tendrán, acaso, el propósito de dejarse ver lo menos posible estos bohemios? No entra en las costumbres de su raza.

Miguel Strogoff no dudó ya, entonces, que las palabras que le concernían directamente habían partido de aquel grupo negro, iluminado a ratos por los resplandores de a bordo, y que se habían cruzado entre el viejo bohemio y la mujer a quien el primero había dado el nombre mogol de Sangarra.

Encaminose, pues, por un movimiento involuntario hacia la salida del barco, en el momento en que la banda bohemia iba a desembarcar para no volver.

Allí estaba el viejo bohemio, en humilde actitud, poco conforme con la desvergüenza natural de sus congéneres. Habríase dicho que más procuraba evitar las miradas que atraerlas. Su sombrero, en lamentable estado y tostado por todos los soles del mundo, inclinábase profundamente sobre su arrugado rostro; su encorvada espalda iba cubierta por una vieja túnica en la que se arrebujaba a pesar del calor que hacía, y habría sido difícil apreciar su talla y su figura bajo aquel miserable atavío.

Cerca de él, permanecía en altanera actitud la gitana Sangarra, mujer de unos treinta años, morena, alta, bien formada y con ojos magníficos y cabello dorado.

Entre las bailadoras había muchas que eran sumamente bonitas, con el tipo francamente acentuado de su raza. En general, las gitanas son atrayentes, y más de uno de esos grandes señores rusos que se proponen luchar con los ingleses en extravagancia no han vacilado en tomar por esposa a una de estas bohemias.

Una cantadora tarareaba una canción de extraño ritmo, cuyos primeros versos pueden traducirse del siguiente modo:

¡Sobre mi piel morena el coral brilla
y la agujeta de oro de mi moño!
Buscando la fortuna por el mundo,
Voy al país...

La risueña joven continuó, sin duda, su canción; pero Miguel Strogoff no oyó más.

Pareció que la gitana Sangarra lo miraba con singular insistencia, como si pretendiera grabar en su memoria de una manera indecible los rasgos de su fisonomía.

Sangarra desembarcó la última, algunos instantes después, cuando el viejo y su tropa habían salido ya del *Cáucaso*.

—¡He aquí una gitana descarada! —se dijo Miguel Strogoff—. ¿Me habrá reconocido por el hombre a quien trató de espía en Nijni-Novgorod? ¡Estos malditos tziganes tienen ojos de gato! Ven claramente durante la noche, y ésta podría saber...

Estuvo a punto de seguir a Sangarra y a su banda, pero se arrepintió, pensando:

«No, no cometamos una imprudencia. Si hago detener a ese viejo decidor de la buenaventura y a su banda, me expongo a que se descubra mi incógnita. Además, ellos ya han desembarcado, y antes que pasen la frontera, yo estaré ya lejos del Ural. Sé bien que pueden tomar el camino de Kazán a Ichim, pero no ofrece seguridad alguna, y una tarenta arrastrada por buenos caballos de Siberia adelantará siempre a un carro de bohemios. ¡Vamos, amigo Korpanoff, tranquilízate!»

Además, en aquel momento, el viejo gitano y Sangarra habían desaparecido entre la muchedumbre.

Si a Kazán se le da con justicia el nombre de *Puerto del Asia,* si se la considera como el centro de todo el tráfico comercial siberiano y bukariano, es porque allí se unen los dos caminos que dan paso a través de los montes Urales. Miguel Strogoff, con gran acierto, había elegido el que pasa por Perm, Ekaterinburg y Tiumen, camino de postas, sostenidas por el Estado, y que se prolonga desde Ichim hasta Irkutsk.

Es verdad que había otra ruta —la de que acababa de hablar Miguel Strogoff— que, evitando el pequeño rodeo de Perm, unía igualmente a Kazán con Ichim, pasando por Jelabuga,

Menzelonsk, Birsk, Zlatuste, donde dejaba a Europa, Jelabinsk, Chadrinsk y Kurgana, la cual era algo más corta que la otra, pero esta ventaja la aminoraba notablemente la falta de casas de posta, el mal estado de las carreteras y la escasez de poblaciones.

Miguel Strogoff, pues, había tenido razón al elegir el primer camino, y si, como era probable, los bohemios elegían el segundo, que va de Kazán a Ichim, él tenía todas las probabilidades de llegar primero.

Una hora después, la campana de proa del *Cáucaso* llamaba a los nuevos pasajeros, lo mismo que a los que ya viajaban en él. Eran las siete de la mañana, el barco había concluido ya de aprovisionarse de combustible, las planchas de las calderas se estremecían bajo la presión del vapor, y éste estaba ya dispuesto a partir.

Los viajeros que iban de Kazán a Perm ocupaban ya sus respectivos puestos a bordo, cuando Miguel Strogoff advirtió que, de los dos periodistas, sólo Enrique Blount había vuelto a embarcarse.

¿Alcides Jolivet, pues, iba a quedarse en tierra?

Pero, en el momento en que soltaban las amarras, llegó corriendo el periodista francés, quien, saltando con la ligereza de un *clown,* porque ya había sido separada del muelle la pasarela, fue a caer sobre el puente del *Cáucaso,* donde lo recibieron los brazos de su colega.

—¡Creía que íbamos a partir sin usted! —le dijo en un tono medio en serio, medio en broma.

—¡Bah! —respondió Alcides Jolivet—. Le hubiera alcanzado a usted, aunque para eso hubiese tenido necesidad de fletar un barco a expensas de *mi prima,* o de correr la posta a razón de veinte kopeks por versta y por caballo. ¡Está lejos del muelle el telégrafo!

—¡Cómo! ¿Ha ido usted al telégrafo? —inquirió Enrique Blount, mordiéndose los labios.

—Sí; he ido —respondió Alcides Jolivet, con la más amable de sus sonrisas.

—¿Y funciona todavía hasta Kolivan?

—Eso lo ignoro; pero puedo asegurarle que funciona, por ejemplo, desde Kazán a París.

—¿Ha telegrafiado usted a su *prima?*

—Con entusiasmo.

—Entonces, ¿ha sabido usted...?

—Escuche, padrecito, para hablar como los rusos —contestó Alcides Jolivet—, yo soy un buen muchacho y no quiero ocultarle nada. Los tártaros, con Féofar-Khan a la cabeza, han pasado de Semipalatinsk y bajan por el curso del Irtich. ¡Aproveche la noticia!

¡Cómo! ¡Enrique Blount no conocía una noticia tan grave, mientras que su rival, que verosímilmente la habría oído a algún habitante de Kazán, la había transmitido ya a París! ¡El periódico inglés estaba mal servido!

Enrique Blount, sin decir una palabra, cruzó sus manos a la espalda y fue a tomar asiento a la popa del barco.

A las diez de la mañana, la joven livonia salió de su camarote y subió al puente.

Miguel Strogoff le salió al encuentro y le tendió la mano.

—Mira, hermana —le dijo, después de conducirla a la proa del *Cáucaso.*

Y, efectivamente, el paisaje merecía ser contemplado con alguna atención.

El *Cáucaso* llegaba en aquel momento a la confluencia de los ríos Volga y Kama, donde debía dejar al primero, después de haber descendido por él durante más de cuatrocientas verstas, para subir por el segundo recorriendo un trayecto de cuatrocientas sesenta (490 kilómetros).

En aquel punto mezclábanse las aguas, cada cual de su color, de los dos ríos, prestando el Kama a la orilla izquierda el mismo servicio que el Oka prestaba a la derecha al atravesar Nijni-Novgorod, cuya ciudad saneaba con su límpida corriente.

El Kama ensanchábase allí, y sus márgenes, pobladas de bosques, ofrecían una admirable perspectiva. Algunas velas blancas animaban sus aguas transparentes, iluminadas por los rayos solares; las costas, pobladas de alisos, de sauces y, a trechos, de encinas, limitaban el horizonte con una línea armoniosa que en algunos puntos se confundía con el cielo, al brillante resplandor del sol de mediodía.

Sin embargo, estas maravillas de la Naturaleza parecía que no tenían poder suficiente para variar el curso de los pensamientos de la joven livonia, a quien sólo preocupaba el término de su viaje, y para quien el Kama no era otra cosa que un camino más fácil que otro cualquiera para llegar a él. Sus ojos brillaban de un modo extraordinario mirando hacia el este, como si quisiera atravesar con la vista aquel impenetrable horizonte.

Nadia, que había dejado abandonada su mano en la de su compañero, volviose de repente hacia él, preguntándole:

—¿A qué distancia de Moscú nos encontramos?

—A novecientas verstas —respondió Miguel Strogoff.

—¡Novecientas de siete mil! —murmuró la joven.

La campana anunció que había llegado la hora del almuerzo, y Nadia siguió a Miguel Strogoff al restaurante del barco.

Ella no quiso tocar los entremeses, servidos aparte, y que consistían en caviar, arenques cortados en pequeños trozos y aguardiente de centeno anisado destinados a abrir el apetito, según el uso común de todos los países del norte, en Rusia como en Suecia y en Noruega, y de los demás platos comió poco, y quizá como una pobre joven cuyos recursos son muy limitados.

Miguel Strogoff, creyendo que debía conformarse con la comida que iba a ser suficiente para su compañera, es decir, con un poco de *kulbat,* especie de pastel hecho con yemas de huevo, arroz y carne machacada, no tomó más que esto y lombarda rellena de caviar [4], y, por toda bebida, té.

La comida, por consiguiente, no fue larga ni costosa, por lo que, apenas hacía veinte minutos que se habían sentado a la mesa, cuando Nadia y Miguel Strogoff volvieron al puente del *Cáucaso,* y tomaron asiento a proa, sin más preámbulo.

Entonces, Nadia, bajando la voz para que sólo Miguel Strogoff pudiese oírla, dijo:

—Hermano, me llamo Nadia Fedor y soy hija de un desterrado. Mi madre ha muerto en Riga, apenas hace un mes, y voy a lrkutsk a unirme con mi padre para compartir con él su destierro.

---

[4] El caviar es un plato ruso que se compone de huevos de esturión salados.

—También yo voy a Irkutsk —respondió Miguel Strogoff—, y consideraré como un favor del cielo el poner, sana y salva, a Nadia Fedor en las manos de su padre.

—¡Gracias, hermano! —repuso Nadia.

Miguel Strogoff agregó entonces que había obtenido un *podaroshna* especial para ir a Siberia, y que las autoridades rusas no le opondrían dificultad alguna para proseguir el viaje.

Nadia no preguntó más. En su encuentro providencial con aquel joven sencillo y bueno, ella no veía más que una cosa: el medio de llegar hasta su padre.

—Tenía —dijo— un permiso que me autorizaba para ir a Irkutsk, pero el decreto del gobernador de Nijni-Novgorod lo ha anulado, y sin ti, hermano, no habría podido salir de la ciudad en que me encontraste y en la que seguramente habría muerto.

—¿Y sola, Nadia —repuso Miguel Strogoff—, sola, te atrevías a atravesar las estepas de Siberia?

—Era mi deber, hermano.

—Pero, ¿no sabías que el país, sublevado e invadido, se habrá puesto casi infranqueable?

—La invasión tártara no era conocida aún cuando salí de Riga —exclamó la joven livonia—. Hasta que llegué a Moscú no me enteré de esta noticia.

—Y, a pesar de eso, ¿proseguías el viaje?

—Era mi deber.

Esta frase resumía todo el carácter de esta joven valerosa. Era su deber, y Nadia no vacilaba en cumplirlo.

Luego habló de su padre, Basilio Fedor, que era un médico muy apreciado en Riga, donde ejercía provechosamente su profesión y donde vivía dichoso en medio de los suyos; pero, afiliado a una sociedad secreta extranjera, fue descubierto, y recibió la orden de partir para Irkutsk. Los mismos policías que le llevaron la orden de deportación lo condujeron al otro lado de la frontera.

Basilio Fedor no tuvo tiempo más que de abrazar a su esposa, que se encontraba ya bastante enferma, y a su hija, que iba probablemente a quedarse sin apoyo, y, llorando por los dos seres a quienes amaba, partió.

Hacía ya dos años que habitaba la capital de la Siberia oriental, y allí continuaba ejerciendo su profesión de médico, pero sin provecho alguno. Sin embargo, habría sido dichoso si hubiera podido tener a su lado a su esposa y a su hija; pero la señora Fedor, muy debilitada ya, no pudo salir de Riga, y veinte meses después de la deportación de su marido moría en brazos de su hija, a quien dejó sola y sin recursos.

Nadia Fedor solicitó entonces y obtuvo fácilmente del gobernador ruso autorización para ir al lado de su padre, a Irkutsk, y escribió a éste notificándole que se ponía en camino.

Mientras los jóvenes hablaban, el *Cáucaso* proseguía su marcha río arriba.

Era ya de noche. El aire se impregnaba de una frescura deliciosa; de la chimenea del vapor, cuyo fuego estaba alimentado por madera de pino, escapábanse millares de chispas luminosas, y los rugidos de los lobos que infestaban la orilla derecha del Kama, envuelta en sombras, mezclábanse con el murmullo de las aguas que rompía la roda del barco.

CAPÍTULO IX

En tarenta noche y día

El *Cáucaso* llegó a Perm, última estación del trayecto que tenía que recorrer a orillas del Kama, a la mañana siguiente.

El Gobierno, cuya capital es Perm, es uno de los más vastos del Imperio ruso; atraviesa los montes Urales y penetra en Siberia. Canteras de mármol, salinas, yacimientos de platino y de oro, y minas de carbón se explotan en él en gran escala.

Aunque Perm, por su situación, está llamada a ser una ciudad de primer orden, es muy poco atrayente aún, pues además de sucia y fangosa no ofrece atractivo alguno. Para los que de Rusia se dirigen a Siberia, como ya van provistos de todo lo necesario porque vienen del interior, esta falta de comodidades les es casi indiferente; pero, para los que llegan de las comarcas de Asia central, no dejaría de ser agradable, después de un viaje largo y fatigoso, encontrar mejor aprovisionada esta primera ciudad europea del Imperio, situada en la frontera asiática.

Los viajeros que llegan de Siberia venden en Perm sus vehículos, más o menos deteriorados a causa de una larga travesía por las extensas llanuras, y los que van de Europa a Asia compran en esta ciudad carruajes en verano y trineos en invierno antes de emprender el viaje a través de las estepas, y que suele durar muchos meses.

Miguel Strogoff había ya hecho anticipadamente el programa para su largo trayecto, y no tenía más que ejecutarlo.

Existe un servicio de correos que atraviesa con bastante rapidez la cordillera de los Urales, pero a la sazón, merced a las circunstancias, este servicio estaba desorganizado. De todos modos, Miguel Strogoff, que deseaba viajar rápidamente sin depender de nadie, no habría tomado el coche correo y habría preferido adquirir un carruaje y correr de una a otra casa de postas, activando por medio de *navodkuks* [5] suplementarios el celo de los postillones, a quienes en el país se les da el nombre de *yemschiks*.

Desgraciadamente, a causa de las disposiciones dictadas por el Gobierno contra los extranjeros de origen asiático, habían salido ya de Perm gran número de viajeros y los medios de transporte eran, por lo tanto, sumamente raros, por cuya razón Miguel Strogoff tuvo necesidad de contentarse con lo que los demás habían despreciado. En cuanto a caballos, mientras el correo del zar no se encontrara en Siberia, podía exhibir su *padaroshna* y los maestros de postas se lo darían con preferencia. Después, cuando hubiera salido de la Rusia europea, no podría ya contar más que con la influencia de los rublos.

Pero, ¿a qué clase de vehículo iba a enganchar los caballos? ¿A una telega? ¿A una tarenta?

La telega no es más que un verdadero carro descubierto, con cuatro ruedas, y en cuya construcción no entra absolutamente otro material que madera. Los árboles de las cercanías suministran las ruedas, los ejes, los tornillos, la caja y las varas, y el ajuste de las diversas piezas de que consta la telega se obtiene por medio de cuerdas gruesas. Este carruaje es, sin duda, muy primitivo y muy poco cómodo; pero tiene, en cambio, la ventaja de que se puede componer fácilmente cualquier desperfecto que sufra en el camino, porque los abetos no faltan en la frontera rusa y los ejes de estos carros crecen naturalmente y en abundancia en los bosques.

Por medio de la telega se corre la posta extraordinaria conocida por el nombre de *perekladnoï,* aunque, a veces, ocurre que las ligaduras que sujetan al aparato se rompen, y la parte trasera queda atascada en algún bache, mientras que la delantera prosigue el viaje con las otras dos ruedas, pero este resultado es considerado como satisfactorio.

Miguel Strogoff se habría visto obligado a emplear una telega para viajar si no hubiese tenido la suerte de encontrar una

---

[5] Propinas.

tarenta, que no es precisamente la última palabra en cuanto al progreso de la industria cochera, pues, como la telega, carece de resortes y en ella la abundancia de madera compensa la falta de hierro; pero sus cuatro ruedas, separadas ocho o nueve pies al extremo de cada eje, le aseguran cierto equilibrio en aquellos caminos quebrados y, con demasiada frecuencia desnivelados.

Lleva, además, este vehículo un guardabarros que protege a los viajeros contra el fango del camino, y una fuerte capota de cuero, que puede bajarse y cerrarse casi herméticamente para que los grandes calores y las violentas borrascas del verano no molesten tanto a los que lo ocupan.

Por otra parte, la tarenta es tan sólida y tan fácil de componer como la telega, y no está tan expuesta a dejar en medio del camino el juego posterior.

A pesar de todos los defectos de esta clase de carruajes, Miguel Strogoff viose obligado a practicar minuciosas investigaciones para encontrar una tarenta, la única disponible quizá que quedaba en Perm; pero por pura fórmula, para mantenerse dentro de su papel de Nicolás Korpanoff, simple negociante de Irkutsk, regateó mucho el precio.

Nadia lo siguió en sus correrías en busca de un vehículo, pues como él, tenía mucha prisa por llegar a su destino, aunque cada cual con diferente objeto. Es decir, una misma voluntad animaba a los dos.

—Hermana —dijo Miguel Strogoff—, habría querido encontrar un carruaje más cómodo para ti.

—¡Y me dices eso, hermano, a mí, cuando sabes que iría a pie, si esto fuera preciso, a reunirme con mi padre!

—No dudo de tu valor, Nadia; pero hay fatigas físicas que no puede soportar una mujer.

—Yo las soportaré, cualesquiera que ellas sean —respondió la joven—. Si oyes que sale de mis labios una queja, déjame en el camino y prosigue solo tu viaje.

Media hora después, a la presentación del *podaroshna,* tres caballos de posta eran enganchados a la tarenta.

Aquellos animales, cubiertos de pelo largo, parecían osos sostenidos por sus cuatro patas; pero eran pequeños y vivos y de raza siberiana.

El postillón, o *yemschik,* los había enganchado, colocando uno, el mayor, entre las dos varas largas, que tenían en su extremo anterior un cerco, llamado *duga,* cargados de penachos y campanillas, y sujetando simplemente con cuerdas los otros dos a los estribos del vehículo; pero carecían de arneses, y las riendas no eran nada más que un simple bramante.

Ni Miguel Strogoff ni la joven livonia llevaban mucho bagaje, pues las condiciones de rapidez en que uno debía hacer el viaje y los recursos más que modestos de la otra no les habían permitido ir con bultos de gran peso. Esto, sin embargo, era una circunstancia feliz, porque la tarenta no habría podido conducir el equipaje, o no habría podido conducir a los viajeros. No tenía capacidad más que para dos personas, demás del *yemschik,* y aun éste sólo podía mantenerse en su estrecho asiento por un milagro de equilibrio.

El *yemschik* se releva en cada parada.

El encargado de la conducción de la tarenta durante la primera etapa era siberiano, como sus caballos, y no menos peludo que éstos. Tenía los cabellos largos, cortados cuadradamente sobre la frente, y llevaba sombrero de alas levantadas, cinturón rojo y capote con galones cruzados sobre los botones en que campeaba la cifra imperial.

A llegar con su atalaje, había dirigido en torno suyo una mirada inquisitoria a los viajeros de la tarenta. ¡Sin equipaje! ¿Dónde diablos lo habrían puesto? Aspecto pobre, por consiguiente, lo que le indujo a hacer un gesto muy significativo.

—¡Cuervos! —dijo sin preocuparse de que le oyeran o no—. ¡Cuervos a seis kopeks por versta!

—No, águilas —respondió Miguel Strogoff, que entendía el argot de los *yemschiks*—. Águilas, ¿lo oyes?, a nueve kopeks por versta, y la propina.

El postillón le contestó restallando alegremente la tralla.

El *cuervo,* en el lenguaje de los postillones rusos, es el viajero avaro o indigente que en las paradas de posta no paga los caballos más que a dos o tres kopeks por versta, y *águila* es el que no retrocede ante los precios altos y, además, da propinas espléndidas. Por eso los *cuervos* no pueden tener la pretensión de volar tan rápidamente como el *águila* imperial.

Nadia y Miguel Strogoff ocuparon inmediatamente asiento en la tarenta, llevando consigo algunas provisiones de poco volumen colgadas en una caja, que debían permitirles, en caso de retraso, tomar alimento hasta llegar a las casas de posta, bastante bien atendidas bajo la vigilancia del Estado.

Se bajó la capota porque hacía un calor insoportable, y, al mediodía, la tarenta, arrastrada por sus tres caballos, salía de Perm envuelta en una nube de polvo. La manera de mantener el paso de las caballerías, adoptada por el *yemschik,* habría seguramente llamado la atención de otros viajeros, ni rusos ni siberianos, que no hubiesen estado habituados a ella.

Efectivamente, el caballo de varas, regulador de la marcha y algo más grande que los otros, conservaba imperturbablemente, cualesquiera que fuesen las pendientes del camino, un paso largo y de perfecta uniformidad, y las dos caballerías restantes no parecían saber andar más que a galope y marchaban haciendo mil movimientos, tan caprichosos como divertidos. El *yemschik* no los castigaba, limitándose a excitarlos de vez en cuando con los sonoros chasquidos de su tralla; pero, en cambio, les prodigaba los epítetos y les aplicaba los nombres de todos los santos de la corte celestial, cuando se conducían como bestias dóciles y concienzudas. El bramante que le servía de rienda no habría servido de nada si se hubiese tratado de manejar con él animales indómitos, pero las palabras *na pravo* (a la derecha) y *na levo* (a la izquierda), pronunciadas con voz gutural, producían mejor efecto que la brida y el bridón.

¡Y qué interpelaciones tan cariñosas, según las circunstancias!

—¡Andad, palomas mías! —repetía el *yemschik*—. ¡Caminad, golondrinas gentiles! ¡Volad, pichoncitos míos! ¡Firme, primo de la izquierda! ¡Sigue, mi padrecito de la derecha!

Pero también, cuando la marcha se acortaba, ¡qué de expresiones insultantes, cuyo valor parecían comprender los sensibles animales!

—¡Marcha, pues, caracol del diablo! ¡Maldito seas, babosa! ¡Te he de despellejar vivo, tortuga, y serás condenado en el otro mundo!

Sea lo que quiera de estas maneras de conducir carruajes, que exigen más solidez de garganta que vigor de brazo en los *yemschisks,* lo cierto es que la tarenta volaba por el camino, recorriendo de doce a catorce verstas por hora.

A Miguel Strogoff, que estaba acostumbrado a aquella clase de vehículos y a aquel modo de conducirlos, no lo molestaban ni los sobresaltos ni los vaivenes; sabía que un tiro de caballos rusos no evita los guijarros, ni los baches, ni los hoyos, ni los árboles derribados, ni las zanjas que hay en el camino; estaba curado de espanto en cuanto a este punto, pero su compañera corría el peligro de herirse a causa de los saltos de la tarenta, a pesar de lo cual no formulaba queja alguna.

Al principio del viaje, Nadia, que era llevada a gran velocidad, permaneció en silencio; pero, después, obsesionada por su único propósito de llegar pronto, dijo:

—He contado trescientas verstas entre Perm y Ekaterinburg, hermano, ¿estoy equivocada?

—No, Nadia; no te has engañado —respondió Miguel Strogoff—, y, cuando hayamos llegado a Ekaterinburg, nos encontraremos al pie mismo de los montes Urales, en su vertiente opuesta.

—¿Cuánto durará la travesía de los montes?

—Cuarenta y ocho horas, porque viajaremos noche y día. Digo noche y día porque no puedo detenerme un solo instante, Nadia, y es preciso que marche a Irkutsk sin descanso.

—No te retrasaré una sola hora, hermano, y viajaremos noche y día.

—Pues bien, Nadia, si la invasión tártara nos deja libre el paso, llegaremos antes de veinte días.

—¿Has hecho ya este viaje? —inquirió Nadia.

—Muchas veces.

—Durante el invierno habríamos ido más rápidamente y con mayor seguridad, ¿no es cierto, hermano mío?

—Sí, sobre todo más rápidamente, pero el frío y la nieve te habrían hecho sufrir mucho.

—¿Qué importa? El invierno es el amigo de los rusos.

—Sí, Nadia; pero ¡qué temperamento a toda prueba se necesita para resistir semejante amistad! ¡Con frecuencia he visto descender la temperatura de las estepas siberianas a más de cuarenta grados bajo cero; he sentido, a pesar de mi vestido de piel de reno[6], entorpecérseme el corazón, retorcérseme los miembros y helárseme los pies dentro de mi triple calzado de lana! ¡He visto los caballos de mi trineo cubiertos de una capa de nieve y la respiración fija en las narices, y he visto también el aguardiente de mi cantimplora convertido en piedra tan dura que no podía cortarlo con mi cuchillo...! Pero mi trineo volaba como el huracán; no había obstáculos en la llanura, nivelada y blanca, en cuanto alcanzaba la vista; no había ríos en los que fuese preciso buscar los sitios vadeables para atravesarlos; no había lagos para cruzar los cuales se necesitasen barcas. ¡Sólo había hielo duro por doquier, el camino libre, el paso asegurado! Pero, ¡a costa de cuántos sufrimientos, Nadia! ¡Únicamente los que no han vuelto, aquellos cuyos cadáveres sepultó la nieve, podrán decirlo!

—Tú has vuelto, sin embargo, hermano.

—Sí, pero soy siberiano, y, siendo niño, cuando acompañaba a mi padre a cazar, me acostumbré a estas duras pruebas; pero a ti, cuando me has dicho, Nadia, que no te hubiera detenido el invierno, y que habrías partido sola, dispuesta a luchar contra la horrorosa intemperie del clima siberiano, me ha parecido verte perdida entre la nieve, y cayendo para no levantarte más.

—¿Cuántas veces has recorrido la estepa durante el invierno? —preguntó la joven livonia.

—Tres veces, Nadia, cuando he ido a Omsk.

—¿Y qué has ido a hacer a Omsk?

—Ver a mi madre, que estaba esperándome.

—Pues yo voy a Irkutsk, donde me espera mi padre. Voy a transmitirle las últimas palabras de mi madre, lo que quiere decir, hermano, que nada me habría impedido emprender la marcha.

—¡Eres una joven valiente, Nadia —repuso Miguel Strogoff—, y Dios mismo te conducirá!

Durante este primer día, la tarenta fue conducida rápidamente por los *yemschiks* que sucesivamente fueron relevándose en cada parada, de tal modo que las águilas de la montaña no hubieran creído deshonrado su nombre por aquellas águilas del camino

---

[6] Este vestido, llamado *dakha,* es muy ligero y, sin embargo, absolutamente impermeable al frío.

real. El alto precio pagado por cada caballo y las propinas distribuidas a troche y moche eran sin duda una especial recomendación para los viajeros dadivosos.

Probablemente, a los maestros de posta llamaría la atención el hecho singular de que, después de la publicación del decreto del gobernador de Nijni-Novgorod, un joven y su hermana, evidentemente rusos los dos, pudieran viajar libremente a través de Siberia, cerrada para todos los demás, pero sus papeles estaban en regla y tenían el derecho de seguir adelante. Así, pues, los postes que señalaban los kilómetros del camino iban quedando detrás de la tarenta con gran rapidez.

Además, Miguel Strogoff y Nadia no eran los únicos que se dirigían desde Perm a Ekaterinburg, pues en las primeras paradas supo ya el correo del zar que otro carruaje iba delante del suyo; pero, como los caballos no le faltaban, no se preocupó mucho por ello.

Durante aquella jornada, las paradas sólo se hicieron para que los viajeros comiesen.

En las casas de posta se encuentra fácilmente lo necesario para hospedarse y para comer; pero, en defecto de éstas, la vivienda del campesino ruso no es menos hospitalaria.

En esas aldeas, que casi todas son iguales, con su capilla de paredes blancas y cubiertas de verde, el viajero puede llamar a cualquier puerta, en la seguridad de que, dondequiera que llame, le será franqueada la entrada en seguida. Saldrá el *mujik* con cara risueña, tenderá la mano a su huésped, le ofrecerá el pan y la sal, e inmediatamente será puesto al fuego el *samovar* para el viajero, que se encontrará allí como en su propia casa. En caso necesario, hasta saldrá la familia para dejarle libre el puesto.

El extranjero, cuando llega, es pariente de todos, es *el que Dios envía*.

Al llegar la noche, Miguel Strogoff, impulsado por una especie de instinto, preguntó al maestro de postas, en una de las paradas, cuántas horas de delantera le llevaba el carruaje que lo precedía.

—Dos horas, padrecito —respondió el interpelado.

—¿Es una berlina?

—No, es una telega.

—¿Cuántos viajeros conduce?

—Dos.

—¿Van de prisa?

—Son águilas.

—Que enganchen al momento.

Miguel Strogoff y Nadia, decididos a no detenerse ni una hora, viajaron toda la noche.

El tiempo continuaba siendo bueno; pero advertíase que la atmósfera, que empezaba a hacerse pesada, iba saturándose de electricidad poco a poco. Ninguna nube oscurecía los rayos estelares, pero parecía que del suelo empezaba a levantarse una especie de vapor caliginoso. Era de temer que se desencadenase una tempestad en las montañas, y las tempestades allí son espantosas.

Miguel Strogoff, habituado a conocer los síntomas atmosféricos, presentía una próxima lucha de los elementos que no dejaba de preocuparlo. Sin embargo, la noche transcurrió sin que ocurriera el menor incidente.

A pesar de los vaivenes de la tarenta, Nadia durmió durante algunas horas.

La capota del carruaje, medio levantada, permitía buscar el aire que los pulmones buscaban con avidez en aquella atmósfera asfixiante.

Miguel Strogoff, desconfiando de los *yemschiks,* que acostumbraban dormirse sobre su asiento, no durmió en toda la noche, y, merced a esta constante vigilancia, no se perdió en las paradas ni siquiera una hora.

Al día siguiente, 20 de julio, a las ocho de la mañana, dibujáronse hacia oriente los primeros perfiles de los montes Urales. Sin embargo, esta importante cordillera que separa la Rusia europea de Siberia, encontrábase aún a una distancia bastante grande y no se podía esperar llegar a ella antes del fin de la jornada.

El paso de las montañas debía, por consiguiente, efectuarse durante la próxima noche.

El cielo mantúvose constantemente nublado durante todo el día, y, por lo tanto, la temperatura fue algo más soportable, pero el tiempo se presentaba sumamente borrascoso.

En aquellas circunstancias habría sido quizá más prudente no aventurarse a pasar la montaña durante la noche, y esto es lo que seguramente habría hecho Miguel Strogoff, si le hubiera sido permitido perder algún tiempo, pero cuando en algunas paradas el *yemschik* le llamó la atención acerca de algunos truenos que resonaban en las profundidades del macizo montañoso, él se limitó a decir:

—¿Va todavía delante de nosotros una telega?

—Sí.

—¿Cuánta delantera nos lleva?

—Una hora aproximadamente.

—Adelante, pues, y triple propina si mañana por la mañana estamos en Ekaterinburg.

CAPÍTULO X

Una tempestad en los montes Urales

Los montes Urales, que se encuentran entre Europa y Asia, tienen una extensión de cerca de tres mil verstas (3.200 kilómetros). Dáseles el nombre de Urales y el de Poyas, con absoluta propiedad, porque ambas palabras, de origen tártaro la primera y rusa la otra, significan *cintura* en ambas lenguas. Nacen en el litoral del mar Ártico y terminan en las orillas del Caspio.

Tal era la frontera que tenía que atravesar Miguel Strogoff para pasar de Rusia a Siberia, y, como ya se ha dicho, había procedido prudentemente al tomar el camino que va de Perm a Ekaterinburg, ciudad esta última que está situada en la vertiente oriental de los montes Urales, porque es la vía más fácil y segura y la que sirve de tránsito a todo el comercio del Asia central.

La noche debía ser tiempo suficiente para atravesar las montañas, si no ocurría incidente alguno; pero, desgraciadamente, no tardaron en oírse los primeros truenos de una tempestad, que, a juzgar por el estado particular de la atmósfera, debía de ser temible. La tensión eléctrica era tal, que sólo un choque violento podía resolverla.

Miguel Strogoff procuró que su joven compañera quedase instalada lo más cómodamente posible, a cuyo efecto adoptó las disposiciones oportunas: la capota de la tarenta fue sujetada sólidamente por medio de cuerdas que la cruzaban por encima y por detrás, para que no fuese arrebatada por un golpe de viento; se reforzaron los tirantes de los caballos, y, para mayor precaución, se llenó de paja el cubo de las ruedas, tanto para asegurar la solidez de éstas como para aminorar el efecto de los choques, difíciles de evitar en una noche oscura. Además, el juego delantero y

119

el posterior del carruaje, cuyos ejes estaban sujetos a la caja simplemente por unas clavijas, fueron unidos uno al otro por medio de una traviesa de madera asegurada por pernos y tornillos. Esta traviesa desempeñaba el oficio de la barra curva que une los dos ejes de las berlinas de suspensión.

Nadia ocupó su sitio en el fondo de la caja, y Miguel Strogoff se sentó a su lado.

Delante de la capota, que había sido bajada por completo, colgaban dos cortinas de cuero que, en cierto modo, debían proteger a los viajeros contra el viento y la lluvia.

A la izquierda del asiento del *yemschik* habían sido fijados dos grandes faroles que lanzaban oblicuamente resplandores pálidos, poco a propósito para alumbrar el camino; pero eran los fuegos de posición del vehículo y, aunque apenas disipaban la oscuridad, servían por lo menos para impedir que chocara con otro carruaje que caminase en dirección contraria.

Obrando con prudencia, como se ve, habíanse adoptado todas las precauciones posibles, ante la perspectiva de la noche que amenazaba.

—Ya estamos preparados, Nadia —dijo Miguel Strogoff.

—Partamos, pues —respondió la joven.

Transmitiose la orden al *yemschik,* y la tarenta se puso en movimiento, subiendo las primeras pendientes de los montes Urales.

Eran las ocho de la tarde, el sol iba a desaparecer del horizonte, y, aunque el crepúsculo es de larga duración en aquella latitud, había ya bastante sombra. La bóveda celeste parecía que estaba envuelta en densos vapores, que no eran agitados por la más leve ráfaga de viento; sin embargo, aunque permanecían inmóviles en dirección de uno a otro horizonte, no ocurría lo mismo en la dirección del cenit al nadir, pues la distancia que los separaba del sol iba disminuyendo visiblemente. Algunas de estas fajas de vapores despedían una especie de fosforescencia luminosa, describiendo, en apariencia, arcos de sesenta a ochenta grados, y cuyas zonas parecían ir aproximándose poco a poco al suelo y tendiendo una red en torno a la montaña, como si en las alturas soplase un fuerte huracán que las empujara de arriba abajo.

El camino parecía ascender hacia aquellas gruesas nubes, que estaban ya en el último grado de condensación, por lo que era de temer que, dentro de poco, el camino y las nubes se confundieran. Si, en aquel momento, éstas no se resolvían en lluvia, la niebla sería tal que la tarenta no podría continuar avanzando sin exponerse a caer en algún precipicio.

Sin embargo, la cordillera de los montes Urales no tiene más que una mediana elevación, pues su cima más alta no pasa de los cinco mil pies.

Las nieves eternas son allí desconocidas, porque las que deposita en sus cumbres el invierno siberiano son disueltas completamente por el sol del estío. Las plantas y los árboles crecen por doquier, y, como la explotación de las minas de hierro y cobre y los yacimientos de piedras preciosas necesitan un número bastante considerable de obreros, hay en aquellas montañas muchas aldeas, a las que se da el nombre de *zavody,* y el camino a través de los grandes desfiladeros es bastante practicable para las sillas de posta.

Pero lo que es fácil durante el buen tiempo y a plena luz, ofrece dificultades y peligros cuando los elementos luchan violentamente entre sí y el viajero se encuentra en la lucha.

Miguel Strogoff sabía ya, por experiencia, lo que es una tempestad entre los montes, y creía, con razón, que este meteoro es tan temible como las ventiscas que durante el invierno se desencadenan allí con violencia incomparable.

Además, la lluvia no caía aún. Miguel Strogoff había levantado las cortinas de cuero que protegían el interior de la tarenta, y miraba hacia adelante examinando los bordes del camino que la luz vacilante de los faroles poblaba de siluetas fantásticas.

Nadia, inmóvil, con los brazos cruzados, miraba también, pero sin inclinarse, mientras que su compañero, con el cuerpo casi fuera del carruaje, interrogaba al mismo tiempo al cielo y a la tierra.

La atmósfera estaba absolutamente tranquila, pero esta calma era amenazadora. No se movía aún ni una molécula de aire, como si la Naturaleza, medio sofocada, hubiese ya dejado de respirar, y sus pulmones, es decir, sus nubes tristes y densas, atrofiadas por alguna causa, no pudiesen funcionar.

Sin el chirrido de las ruedas de la tarenta que aplastaba la grava del camino, el gemido de los cubos y los ejes de la máquina, la aspiración ruidosa de los caballos, a los que faltaba el aliento, y el ruido de sus herrados cascos, que arrancaban crispas al pisar, el silencio habría sido absoluto.

El camino estaba completamente desierto. La tarenta no se cruzaba con un solo peatón, ni con caballo ni con carruaje alguno, en aquellos estrechos desfiladeros del Ural y en una noche tan amenazadora. En el bosque no brillaba el fuego de ningún carbonero, ni en las canteras que estaban en explotación se veía campamento alguno de los mineros, ni había una sola cabaña perdida en la espesura. Para atreverse a cruzar la cordillera en aquellas condiciones era preciso tener motivos muy poderosos, y, esto no obstante, Miguel Strogoff no había vacilado, no le era permitido vacilar, porque —y esto comenzaba a preocuparle singularmente—, ¿quiénes eran los viajeros de la telega que lo precedía y qué grandes razones los impulsaban a cometer la imprudencia de viajar en semejantes condiciones? Durante algún tiempo, Miguel Strogoff se mantuvo en observación.

A las once de la noche, empezaron los relámpagos a iluminar el cielo y ya no cesaban de brillar, viéndose a su rápido fulgor aparecer y desaparecer la silueta de los grandes pinos que formaban espesos grupos en varios sitios de la cordillera.

Cuando la tarenta se aproximaba al borde del camino, la luz cárdena de los relámpagos iluminaba abismos profundos, abiertos a uno y otro lado.

De cuando en cuando sonaba más bronco el ruido del carruaje, lo que revelaba que éste pasaba por encima de un puente de madera apenas labrada, tendido sobre un barranco, y debajo del cual parecía retumbar el trueno.

Además, el espacio no tardó en llenarse de monótonos zumbidos, que iban siendo tanto más graves cuanto más subía la tarenta a las alturas del cielo, y con los que se mezclaban los gritos y las interjecciones del *yemschik,* que tan pronto acariciaba como reñía a las pobres bestias, más fatigadas por la pesadez del aire que por la aspereza del camino.

El sonido de las campanillas de las varas no animaba ya a los caballos, a los que, por momentos, se les doblaban las piernas.

—¿A qué hora llegaremos a la cumbre del monte? —preguntó Miguel Strogoff al *yemschik*.

—A la una de la madrugada..., si llegamos —respondió éste moviendo la cabeza.

—Dime, pues, amigo, no es ésta la primera tormenta que has visto en la montaña, ¿verdad?

—No, y haga Dios que tampoco sea la última.

—¿Tienes, acaso, miedo?

—No tengo miedo, pero te repito que has hecho mal en ponerte en camino.

—Peor habría hecho en no ponerme.

—¡Adelante, pues, palomas mías! —replicó el *yemschik*, como hombre que no está dispuesto a discutir y que tiene la obligación de obedecer.

En aquel momento oyose un lejano estruendo, algo semejante al que produciría un millar de agudos y ensordecedores silbidos que atravesaran la atmósfera, hasta entonces en calma, y Miguel Strogoff vio, a la luz de un deslumbrador relámpago, al que siguió inmediatamente un trueno espantoso, un grupo de altos pinos torciéndose sobre una cima.

El huracán empezaba a desencadenarse, pero no agitaba todavía más que las altas capas del aire.

Algunos ruidos secos indicaban que los árboles, viejos o mal arraigados, no habían tenido poder suficiente para resistir al primer ataque de la borrasca, y un montón de troncos cayó rebotando de roca en roca con estrépito formidable, atravesó el camino y fue a parar al abismo de la izquierda, a doscientos pasos delante del carruaje.

Los caballos se detuvieron de pronto.

—¡Adelante, mis lindas palomas! —gritó el *yemschik,* y los chasquidos de su látigo se mezclaron con los ruidos del trueno.

Miguel Strogoff tomó la mano de Nadia.

—¿Duermes, hermana? —le preguntó.

—No, hermano.

—¿Estás dispuesta a todo? ¡Ya tenemos la tempestad encima!

—Estoy dispuesta.

La borrasca se aproximaba con la rapidez del rayo, y Miguel Strogoff no tuvo tiempo más que para cerrar las cortinas de cuero de la tarenta.

El *yemschik,* saltando de su asiento, abalanzose a la cabeza de los caballos para sujetarlos, porque un peligro inmenso amenazaba al carruaje.

Efectivamente, la tarenta, inmóvil, encontrábase a la sazón en un recodo del camino, por el que desembocaba la borrasca, y era preciso mantenerla contra el huracán para evitar que volcase y se precipitara al profundo abismo que se encontraba a la izquierda del camino.

Los caballos, rechazados por las ráfagas del viento, se encabritaban, y el conductor no podía tranquilizarlos. En la boca de éste, a las interpelaciones cariñosas habían sucedido los calificativos más insultantes; pero era inútil, porque, cegadas las pobres bestias por los relámpagos y espantadas por los ruidos incesantes de los truenos que semejaban descargas de artillería, amenazaban romper las cuerdas que las tenían sujetas y huir.

Al ver esto, Miguel Strogoff precipitose, de un salto, fuera de la tarenta y corrió a ayudar al *yemschik.* Afortunadamente el correo del zar estaba dotado de una fuerza nada común y logró contener a los caballos, aunque no sin gran esfuerzo.

Pero el huracán redobló entonces su furia.

El camino, en aquel paraje, ensanchábase en forma de embudo y por él penetraba la borrasca, como ocurre en las mangas de aireación tendidas al viento a bordo de las embarcaciones.

Al mismo tiempo, de lo alto de los taludes comenzaba a caer rodando un enorme montón de piedras y de troncos de árboles.

—Aquí no podemos permanecer —dijo Miguel Strogoff.

—¡No permaneceremos mucho tiempo! —exclamó el *yemschik* todo asustado, haciendo grandes esfuerzos para evitar que el huracán lo arrebatase—. ¡La tempestad nos enviará pronto al pie de la montaña, por el camino más corto!

—¡Sujeta el caballo de la derecha! —respondió Miguel Strogoff—. Yo respondo del de la izquierda...

Un nuevo golpe de la borrasca interrumpió al correo del zar, viéndose obligado, lo mismo que el conductor, a arrojarse a tierra para no ser derribado; pero el carruaje, a pesar de los esfuerzos de ambos hombres y de los de los caballos, retrocedió algunas varas, y, a no haber sido por un tronco de árbol que lo detuvo, habría sido precipitado fuera del camino.

—¡No tengas miedo, Nadia! —gritó Miguel Strogoff.

—No tengo miedo —respondió la joven livonia, sin que su voz revelase la menor emoción.

Los truenos habían cesado un instante, y la espantosa borrasca, después de haber pasado el recodo que allí formaba el camino, se perdía en las profundidades del desfiladero.

—¿Quieres que descendamos? —inquirió el *yemschik*.

—Por el contrario, es preciso subir. Es preciso pasar este recodo. Más arriba, estaremos al abrigo del talud.

—Los caballos se niegan a andar.

—Haz como yo, y tira de ellos hacia adelante.

—¡Va a volver la borrasca!

—¿Obedecerás?

—¡Tú lo quieres!

—Es el Padre quien lo manda —respondió Miguel Strogoff, invocando por vez primera el nombre del emperador, aquel nombre todopoderoso en tres partes del mundo.

—¡Adelante, pues, golondrinas mías! —exclamó el *yemschik*, sujetando el caballo de la derecha, mientras Miguel Strogoff sujetaba el de la izquierda.

Los caballos, de este modo sujetos, volvieron a emprender la ruta, aunque penosamente, porque no podían inclinarse a ningún lado; el de varas, como no lo molestaban en los costados, pudo mantenerse en el centro del camino, pero a los hombres y las bestias, azotados de frente por las ráfagas del huracán, les era imposible avanzar tres pasos sin retroceder uno o dos.

Deslizábanse, caían y volvían a levantarse, con lo cual el vehículo exponíase a cada momento a descomponerse. Si la capota no hubiese estado sólidamente sujeta, el primer golpe de viento se la habría llevado.

Miguel Strogoff y el *yemschik* emplearon más de dos horas en subir aquella parte del camino, que a lo sumo tendría media versta de largo, y que tan directamente estaba expuesta al furor de la borrasca.

El peligro no estaba solamente en el formidable huracán que luchaba contra el carruaje y los que lo conducían, sino también muy especialmente en la lluvia de piedras y de troncos derribados que la montaña despedía y arrojaba sobre ellos.

De pronto, y a la luz de un relámpago, vieron que uno de aquellos pedruscos se movía con creciente rapidez y rodaba en dirección a la tarenta. El *yemsehik* lanzó un grito.

Miguel Strogoff dio un fuerte latigazo a los caballos para hacerles avanzar, pero no obedecieron.

¡Algunos pasos solamente, y el pedrusco habría pasado por detrás del vehículo!

Miguel Strogoff, en un vigésimo de segundo, vio la tarenta deshecha y a la joven livonia aplastada, y comprendió que no podía sacar del carruaje viva a su compañera...

En aquel inminente trance, púsose detrás del vehículo, arrimó su espalda al eje, arqueó los pies fijándolos en el suelo, y encontrando en el inmenso peligro una fuerza sobrehumana, consiguió hacer avanzar algunos pasos al pesado carruaje.

El enorme pedrusco, al pasar, rozó el pecho del joven y le cortó la respiración, como habría hecho una bala de cañón. El choque arrancó chispas a los guijarros del camino.

—¡Hermano! —exclamó, espantada, Nadia que, a la luz de un relámpago, había visto toda la escena.

—¡Nadia! —respondió Miguel Strogoff—. ¡Nadia, no temas nada...!

—¡No es por mí por quien podría temer!

—¡Dios está con nosotros, hermana!

—¡Conmigo, seguramente está, hermano, puesto que te ha puesto en mi camino! —murmuró la joven.

El avance de la tarenta, debido al esfuerzo de Miguel Strogoff, no debía ser desaprovechado, y así ocurrió en efecto, porque, merced a él, los caballos recobraron su primera posición y, arrastrados, por decirlo así, por el correo del zar y por el *yemschik,* subieron la pendiente hasta llegar a una estrecha garganta, orientada al sur y al norte, donde podían refugiarse contra los asaltos directos de la tormenta.

El talud de la derecha formaba allí una especie de rellano, debido al saliente de una enorme roca que ocupaba el centro de un ventisquero.

El viento no se arremolinaba allí y el lugar era sostenible, mientras que en la circunferencia de aquel centro ni hombres ni caballos habrían podido resistir.

Y, efectivamente, algunos abetos, cuya cima era más alta que la arista de la roca, fueron desmochados en un abrir y cerrar de ojos, como si una guadaña gigantesca hubiese nivelado el talud al ras de su ramaje.

La tempestad estaba entonces en todo su apogeo. Los relámpagos iluminaban el desfiladero, el trueno no cesaba de retumbar un instante, y el suelo, estremecido bajo aquellos golpes furiosos, parecía temblar, como si el macizo montañoso de los Urales estuviese sometido a una general trepidación.

Afortunadamente, la tarenta había podido ser colocada en una profunda anfractuosidad que la borrasca no combatía directamente; pero no estaba, sin embargo, tan bien defendida, que no sufriese de vez en cuando sacudidas violentas a causa de los choques del huracán en las aristas salientes del talud.

Cuando esto ocurría, el carruaje chocaba contra la pared de la roca, y esperábase de un momento a otro que se hiciese mil pedazos.

Nadia viose obligada a abandonar el sitio que ocupaba, y Miguel Strogoff, después de registrar las inmediaciones a la luz de uno de los faroles, descubrió una excavación hecha por el pico de algún minero, y en la que la joven se podría refugiar hasta que se reanudara el viaje.

En aquel momento —era la una de la madrugada— comenzó a llover, y pronto las ráfagas de agua y viento adquirieron extremada violencia, sin que lograsen, sin embargo, apagar los fuegos del cielo.

Semejante complicación imposibilitaba la marcha en absoluto.

Por consiguiente, Miguel Strogoff, cualquiera que fuese su impaciencia, y fácilmente se comprende que sería mucha, viose obligado a dejar que pasase lo más fuerte de la tormenta.

Llegado que hubiese a la estrecha garganta que atraviesa el camino de Perm a Ekaterinburg, le bastaba descender por las pendientes de los montes Urales, y el descenso en semejantes circunstancias, por un suelo surcado por mil torrentes y entre torbellinos de aire y de agua, era jugarse la vida, era correr al abismo.

—Es grave tener que esperar —dijo entonces Miguel Strogoff—; pero es, sin duda, el medio de evitar mayor retraso. La violencia de la tempestad me hace suponer que pasará pronto, y como a las tres de la mañana empezará a amanecer, el descenso, que ahora en la oscuridad no podemos arriesgarnos a efectuar, será, si no fácil, por lo menos posible a la luz del sol.

—Esperemos, hermano —repuso Nadia—; pero, si retrasas la partida, no lo hagas por evitarme una fatiga o un peligro.

—Nadia, sé que estás decidida a arrostrarlo todo; pero nos comprometemos los dos, y yo arriesgo más que mi vida y más que la tuya, porque pongo en peligro la misión que se me ha confiado y falto al deber que ante todo tengo que cumplir.

—¡Un deber...! —murmuró Nadia.

En aquel momento, un relámpago, que, por decirlo así, pareció que volatilizaba la lluvia, rasgó el cielo e iluminó el espacio; sonó un golpe seco, el aire se impregnó de un olor sulfuroso y casi asfixiante, y un grupo de altos pinos, heridos por el rayo a pocos pasos de la tarenta, se inflamó rápidamente como gigantesca antorcha.

El *yemschik,* arrojado a tierra por una especie de choque que repercutió en torno suyo, se levantó sin que afortunadamente sufriese lesión alguna.

Después, el trueno fue alejándose poco a poco hasta desaparecer en las profundidades de la montaña, y Miguel Strogoff sintió que la mano de Nadia se apoyaba fuertemente en la suya, mientras que la joven le murmuraba al oído:

—¡Gritos, hermano! Escucha.

CAPÍTULO XI

Viajeros en apuro

Efectivamente, durante aquel breve intervalo de calma, oyéronse gritos hacia la parte superior del camino y a una distancia bastante próxima a la anfractuosidad que servía de abrigo a la tarenta.

Eran como un llamamiento desesperado que lanzaba algún viajero que evidentemente se encontraba en situación apurada.

Miguel Strogoff escuchó atentamente.

El *yemschik* escuchó también, pero moviendo la cabeza, como si le pareciera imposible responder a aquella llamada.

—¡Son viajeros que piden socorro! —exclamó Nadia.

—¡Si no cuentan más que con nosotros...! —respondió el *yemschik*.

—¿Por qué no? —replicó Miguel Strogoff—. No debemos dejar de hacer por ellos lo que ellos hubieran hecho por nosotros en circunstancias parecidas.

—¡Pero no vas a exponer el carruaje y los caballos...!

—Iré a pie —repuso Miguel Strogoff, interrumpiendo al *yemschik*.

—Yo te acompañaré, hermano —dijo la joven livonia.

—No; quédate, Nadia. El *yemschik* permanecerá a tu lado; no quiero dejarlo solo...

—Me quedaré —contestó Nadia.

—Ocurra lo que ocurra, no abandones un solo instante este refugio.

—Me encontrarás donde estoy.

Miguel Strogoff estrechó la mano de su compañera, y, salvando la vuelta del talud, no tardó en desaparecer en la sombra.

—Tu hermano hace mal —dijo el *yemschik* a la joven.

—Mi hermano hace bien —respondió Nadia.

Mientras tanto, Miguel Strogoff marchaba rápidamente, camino arriba, no sólo porque tenía gran deseo de socorrer a los que habían lanzado los gritos llamando en su auxilio, sino también porque le interesaba más aún saber quiénes eran los viajeros que, a pesar de la tempestad, se aventuraban a atravesar la montaña. No podía dudar que éstos eran los que iban en la telega que precedía siempre a su carruaje.

La lluvia había cesado, pero la borrasca redoblaba su violencia.

Los gritos, llevados por la corriente atmosférica, oíanse cada vez más distintos.

Desde el sitio en que Miguel Strogoff había dejado a Nadia no podía verse nada. El camino era sinuoso y la luz de los relámpagos no dejaba apreciar más que el saliente de las rocas del talud que avanzaban sobre la carretera.

Las ráfagas de viento, al chocar bruscamente con todos aquellos ángulos, formaban remolinos difíciles de atravesar, y Miguel Strogoff necesitaba una fuerza poco común para resistirlos.

Evidentemente, los viajeros, cuyos gritos se oían, no debían de estar lejos, porque, aunque Miguel Strogoff no pudiese verlos aún, ya porque hubieran sido lanzados fuera del camino, ya porque la oscuridad los ocultara a sus ojos, sus palabras se percibían con bastante claridad.

He aquí lo que oyó, y que, por cierto, no dejó de producirle alguna sorpresa:

—¡Zopenco! ¿Volverás?

—¡Te haré azotar en la próxima parada!

—¿Lo oyes, postillón del diablo? ¡Eh!

—¡Así es como lo conducen a uno en este lejano país!

—¡Y esto es lo que se llama una telega!

—¡Eh, triple bruto! ¡Sigue marchando y no se para, sin advertir que nos deja en el camino!

—¡Tratarme así, a mí, un inglés acreditado! ¡Presentaré mis quejas en la cancillería y le haré colgar!

El que hablaba así estaba realmente poseído de una gran cólera; pero, inmediatamente después, pareciole a Miguel Strogoff que el segundo interlocutor adoptaba el partido de resignarse, porque sonó una gran carcajada que, en medio de aquella escena, no podía ser más intempestiva, y a la que siguieron las siguientes palabras:

—¡Tiene gracia! ¡Decididamente, esto es muy chistoso!

—¡Se atreve usted a reírse! —repuso en tono algo agrio el ciudadano del Reino Unido.

—¡Claro que sí, querido colega, y de todo corazón! Es lo mejor que puede hacerse y le invito a hacer otro tanto. ¡Palabra de honor, es una cosa demasiado chistosa y jamás vista!

En aquel momento, un trueno espantoso retumbó en el desfiladero con estruendo horrible y los ecos de la montaña lo multiplicaron en grandiosa proporción.

Luego, cuando el ruido se extinguió por completo, la voz alegre continuó diciendo aún:

—¡Sí, extraordinariamente chistoso! ¡Esto seguramente no ocurrirá en Francia!

—¡Ni en Inglaterra! —agregó el inglés.

Miguel Strogoff vio a veinte pasos de él, en el camino, muy iluminado entonces por los relámpagos, dos viajeros, sentados uno junto al otro, en el banco de atrás de un singular vehículo, que parecía estar profundamente atascado en algún bache.

Se aproximó a ellos y vio que, mientras el uno reía a carcajadas, el otro no cesaba de renegar. Los reconoció; eran los dos corresponsales de periódicos que, embarcados en el *Cáucaso,* habían viajado en su compañía desde Nijni-Novgorod a Perm.

—¡Eh, buenos días, señor! —exclamó el francés—. ¡Estoy encantado de verlo en estas circunstancias! Permítame usted que le presente a mi enemigo íntimo, el señor Blount.

El reporter inglés saludó, y quizás iba, a su vez, a presentar a su colega Alcides Jolivet, según las reglas de la etiqueta, cuando Miguel Strogoff lo interrumpió:

—Es inútil, señores, nos conocemos ya, puesto que hemos viajado juntos por el Volga.

—¡Ah, muy bien! ¡Perfectamente, señor...!

—Nicolás Korpanoff, negociante de Irkutsk —respondió Miguel Strogoff—. Pero, ¿quieren ustedes decirme qué aventura, tan lamentable para el uno como chistosa para el otro, les ha ocurrido?

—Usted juzgará, señor Korpanoff —respondió Alcides Jolivet—. Imagínese usted que nuestro postillón ha proseguido la marcha con el juego delantero de su infernal vehículo, dejándonos plantados sobre el juego trasero de su absurdo carruaje, la peor mitad de una telega para dos, sin guía y sin caballos. ¿No es esto absoluta y superlativamente chistoso?

—¡No chistoso del todo! —rectificó el inglés.

—Sí lo es, colega. Usted, realmente no sabe tomar las cosas por su mejor lado.

—Pero, ¿cómo, quiere usted decirnos, podremos continuar nuestro viaje? —preguntó Enrique Blount.

—Nada más sencillo —contestó Alcides Jolivet—. Usted se engancha en lo que nos queda del carruaje, yo empuño las riendas y lo llamo pichoncito, como un verdadero *yemschik,* y usted marcha como una verdadera caballería.

—Señor Jolivet —repuso el inglés—, esa broma pasa de los límites, y...

—Tranquilícese, compañero. Cuando usted se canse, yo lo remplazaré y tendrá derecho a llamarme caracol o tortuga, si no lo conduzco como un tren del infierno.

Alcides Jolivet hablaba con tan manifiesto buen humor, que Miguel Strogoff no pudo dejar de sonreírse.

—Señores —dijo entonces—, hay otra cosa mejor que hacer. Nosotros hemos llegado hasta aquí, la garganta superior de la cordillera del Ural, y no tenemos, por consiguiente, más que descender las pendientes de la montaña. Mi carruaje está cerca, quinientos pasos más atrás; prestaré a ustedes uno de mis caballos, se enganchará a la caja de la telega, y mañana, si no ocurre algún contratiempo, llegaremos juntos a Ekaterinburg.

—Señor Korpanoff —respondió Alcides Jolivet—, ésa es una proposición que revela que tiene usted un corazón generoso.

—Agregaré, señor —siguió diciendo Miguel Strogoff—, que si no les invito a ustedes a montar en mi tarenta es porque en ella no hay más que dos asientos, que son los que ocupamos mi hermana y yo.

—Gracias, de todos modos, señor —dijo Alcides Jolivet—; pero mi colega y yo iremos hasta el fin del mundo con el caballo que usted nos preste y el juego trasero de nuestra telega.

—Señor —agregó Enrique Blount—, aceptamos su generosa oferta. En cuanto a ese *yemschik*...

—¡Oh! Crea usted que no es ésta la vez primera que ocurre semejante aventura —interrumpió Miguel.

—Pero ¿por qué no vuelve entonces? Él sabrá perfectamente que nos ha dejado atrás, ¡el miserable!

—¡Él! Seguramente no lo sabe.

—¡Cómo! ¿Ignora que su telega se ha dividido en dos partes?

—Lo ignora, y con la mejor fe del mundo conduce el juego delantero de su carruaje a Ekaterinburg.

—¡Cuando le decía yo a usted, colega, que esto es una cosa muy chistosa! —exclamó Alcides Jolivet.

—Señores —repuso Miguel Strogoff—, si quieren ustedes seguirme, iremos a buscar mi carruaje y...

—Pero, ¿y la telega? —interrumpió el inglés.

—No tema usted que vuele, mi querido señor Blount —replicó Alcides Jolivet—. Ahí está tan arraigada en el suelo, que, si la dejamos, echará hojas en la próxima primavera.

—Vengan, pues, señores —dijo Miguel Strogoff—, y traeremos aquí la tarenta.

El francés y el inglés descendieron de la banqueta del fondo de su medio carruaje, convertida en asiento delantero, y siguieron a Miguel Strogoff.

Mientras caminaban, Alcides Jolivet charlaba con su habitual buen humor, que ningún contratiempo podía hacerle perder.

—Indudablemente, señor Korpanoff —dijo a Miguel Strogoff—, nos saca usted de un gran atolladero.

—Yo no hago —respondió éste— más que lo que otro cualquiera hubiese hecho en mi lugar. Si los viajeros no se prestasen ayuda unos a otros, habría que cerrar los caminos.

—Me encargo de darle la compensación. Si va usted a las estepas, es posible que nos encontremos allí, y...

Alcides Jolivet no preguntaba directamente a Miguel Strogoff adónde iba, pero él, no queriendo disimular, se apresuró a decir:

—Voy a Omsk, señores.

—Pues el señor Blount y yo —replicó Alcides Jolivet— vamos camino adelante, donde es posible que recibamos algún balazo, pero donde seguramente cazaremos alguna noticia.

—¿Van a las provincias invadidas? —inquirió Miguel Strogoff con cierto apresuramiento.

—Precisamente, señor Korpanoff, y es probable que no volvamos a encontrarnos.

—Efectivamente —respondió Miguel Strogoff—, no me agradan los disparos de fusil ni los golpes de lanza, y soy, por naturaleza, demasiado pacífico para aventurarme a ir donde se baten.

—Lo siento, señor; lo siento realmente, porque, en este caso, nos tendremos que separar pronto. Pero, al salir de Ekaterinburg, quizá nuestra buena estrella haga que viajemos todavía juntos, aunque sólo sea durante algunos días.

—¿Ustedes van a Omsk? —preguntó Miguel Strogoff, después de un momento de reflexión.

—No sabemos nada todavía —respondió Alcides Jolivet—; pero, con seguridad, iremos directamente hasta Ichim, y, una vez allá, procederemos con arreglo a los acontecimientos.

—En ese caso, señores —dijo Miguel Strogoff—, iremos juntos hasta Ichim.

A él le habría, indudablemente, agradado más viajar solo; pero no podía separarse de dos viajeros que iban a seguir el mismo camino que él, sin que esto llamase la atención. Además, puesto que Alcides Jolivet y el compañero de éste tenían el propósito de detenerse en Ichim, sin continuar inmediatamente hacia Omsk, él no tenía inconveniente en ir en su compañía durante esta parte del camino.

—Queda convenido, señores —dijo Miguel Strogoff—; viajaremos juntos —y, luego, con afectada indiferencia, preguntó—: ¿Saben ustedes con certeza hasta qué punto han llegado los tártaros en su invasión?

—Le aseguro, señor —respondió Alcides Jolivet—, que sólo sabemos lo que en Perm se decía. Los tártaros de Féofar-Kan han invadido toda la provincia de Semipalatinsk, y desde hace algunos días caminan a marchas forzadas siguiendo el curso del

Irtich. Es preciso, pues, que se dé prisa si desea llegar a Omsk antes que ellos.

—Tiene usted razón —asintió Miguel Strogoff.

—También se decía que el coronel Ogareff había conseguido atravesar la frontera disfrazado y que no podía tardar en reunirse con el jefe tártaro en el centro mismo del país sublevado.

—Pero, ¿cómo se ha sabido? —preguntó Miguel Strogoff, a quien interesaban directamente estas noticias, más o menos verídicas.

—Como se sabe todo —respondió Alcides Jolivet—. Las noticias las esparce el viento.

—¿Pero tiene usted serios motivos para creer que el coronel Ogareff está en Siberia?

—Sí, y hasta he oído decir que ha debido seguir la ruta de Kazán a Ekaterinburg.

—¡Ah! ¿Usted sabía eso, señor Jolivet? —dijo entonces Enrique Blount, a quien la observación del corresponsal francés sacó de su mutismo.

—Lo sabía —respondió Alcides Jolivet.

—¿Y sabía usted también que debía ir disfrazado de bohemio? —preguntó Enrique Blount.

—¡De bohemio! —exclamó casi involuntariamente Miguel Strogoff, que recordó entonces la presencia del viejo gitano en Nijni-Novgorod, su viaje a bordo del *Cáucaso* y su desembarco en Kazán.

—Sabía lo bastante para hacerle objeto de una carta que he dirigido a mi prima —respondió Alcides Jolivet, sonriéndose.

—No ha perdido usted el tiempo en Kazán —repuso con sequedad el inglés.

—No lo he perdido, querido colega, pues mientras el *Cáucaso* se aprovisionaba, yo hacía también mis provisiones.

Miguel Strogoff no prestaba atención a las observaciones que Enrique Blount y Alcides Jolivet se hacían mutuamente; recordaba la banda de bohemios, al viejo gitano cuyo rostro no había podido ver, a la extraña mujer que lo acompañaba y la singular mirada que ésta le había dirigido, y trataba de reunir en su imaginación todos los detalles de aquel encuentro, cuando allí cerca sonó un disparo de arma de fuego.

—¡Adelante, señores, adelante! —exclamó.

—¡Cáscaras! —contestó Alcides Jolivet—. Para ser un digno negociante que huye de las balas, va demasiado aprisa al encuentro de ellas.

Y, seguido de Enrique Blount, que no solía quedarse atrás, corrió tras las huellas de Miguel Strogoff.

Algunos momentos después llegaron los tres al saliente de la roca bajo el cual se encontraba la tarenta, a la vuelta del camino.

El grupo de pinos quemado por el rayo continuaba ardiendo. En el camino no se veía a nadie; pero Miguel Strogoff no podía haberse engañado, el ruido de un disparo de arma de fuego había llegado claramente a sus oídos.

De repente se oyó un formidable gruñido, y más allá del talud resonó una segunda detonación.

—¡Un oso! —exclamó Miguel Strogoff, que no podía confundir aquel gruñido con el de cualquier otro animal—. ¡Nadia! ¡Nadia!

Y, desenvainando el puñal que llevaba en el cinturón, dio un salto formidable y se precipitó en la especie de gruta en que la joven había prometido esperarlo.

Los pinos, que entonces ardían desde el tronco hasta las ramas, iluminaban vivamente la escena.

En el momento en que llegó Miguel Strogoff al lugar en que estaba la tarenta, una enorme masa retrocedió hasta él.

Era un oso grandísimo, que, expulsado, sin duda, de los bosques que erizaban aquella pendiente de los Urales por la tempestad, había ido a refugiarse a la gruta, su retiro habitual, que Nadia ocupaba entonces.

Dos de los caballos, atemorizados por la presencia del enorme animal, después de romper las cuerdas que los sujetaban, habían emprendido la fuga, y el *yemschik,* no pensando más que en las bestias y olvidando que la joven se quedaba sola con el oso, púsose en seguimiento de aquéllas.

Sin embargo, la valerosa Nadia no perdió la cabeza. El oso, que no la había visto aún, se dirigió al caballo de varas, que no había huido, y la joven, saliendo de la anfractuosidad en que estaba refugiada, corrió al carruaje, tomó uno de los revólveres de Miguel Strogoff y, marchando resueltamente hacia la fiera, le disparó el arma a bocajarro.

El animal, ligeramente herido en la espaldilla, revolviose contra la joven, que trataba de evitarlo dando vueltas en derredor del carruaje, cuyo caballo hacía esfuerzos por romper sus ligaduras; pero, si los caballos se perdían entre los montes, el viaje quedaba comprometido, y, comprendiéndolo así Nadia, fue recta hacia el oso y con sorprendente sangre fría, en el momento en que la fiera iba a dejarle caer las patas sobre su cabeza, le hizo un segundo disparo de revólver.

Esta segunda detonación fue la que Miguel Strogoff acababa de oír a pocos pasos de él; pero éste se encontraba ya allí, y de un salto se interpuso entre el oso y la joven, hizo un solo movimiento de abajo arriba con el brazo, y la enorme bestia, abierta en canal, cayó sobre el suelo como una masa inerte.

Fue aquel uno de los mejores golpes de los afamados cazadores siberianos, que tienen especial cuidado en no estropear la preciosa piel de los osos, que obtiene subido precio en el mercado.

—¿No estás herida, hermana? —preguntó Miguel Strogoff acercándose precipitadamente a la joven livonia.

—No, hermano —respondió Nadia.

En aquel momento llegaron los dos periodistas.

Alcides Jolivet lanzose a la cabeza del caballo, y es necesario creer que tenía el puño muy fuerte, porque consiguió sujetarlo.

Su compañero y él habían visto la rápida maniobra de Miguel Strogoff.

—¡Diablo! —exclamó Alcides Jolivet—. Para no ser más que un simple negociante, señor Korpanoff, maneja usted con mucha habilidad el cuchillo de caza.

—Con muchísima habilidad —agregó Enrique Blount.

—Los siberianos, señores —respondió Miguel Strogoff—, estamos obligados a hacer un poco de todo.

Alcides Jolivet contempló entonces al joven.

Visto a plena luz, con el cuchillo ensangrentado en la mano, su elevada estatura, su aspecto resuelto, y con el pie puesto sobre el oso que acababa de matar, Miguel Strogoff estaba realmente hermoso.

«¡Bravo, mozo!», pensó Alcides Jolivet.

Y avanzando entonces respetuosamente, con el sombrero en la mano, saludó a la joven.

Nadia contestó a este saludo con una ligera inclinación.

Alcides Jolivet, volviéndose entonces hacia su compañero, le dijo:

—¡La hermana es digna del hermano! Si yo me volviera oso, no me pondría frente a esta temible y hermosa pareja.

Enrique Blount, derecho como una estaca, manteníase a una gran distancia, con el sombrero en la mano, contrastando su rigidez habitual con la desenvoltura de su compañero.

En aquel momento reapareció el *yemschik,* que había logrado apoderarse de los dos caballos que se habían dado a la fuga, y dirigió una mirada de sentimiento al magnífico animal que, tendido en tierra, debía quedar abandonado a la voracidad de las aves de rapiña. Después se ocupó en enganchar las caballerías.

Miguel Strogoff le informó de la situación en que se encontraban los dos viajeros y de su proyecto de cederles un caballo de la tarenta.

—Como te plazca —respondió el *yemschik*—. Pero dos carruajes en vez de uno...

—¡Bien, amigo! —repuso Alcides Jolivet, que comprendió la insinuación—. Se te pagará doble.

—¡Adelante, pues, tortolitas mías! —exclamó el *yemschik.*

Nadia había subido de nuevo a la tarenta, que Miguel Strogoff y sus dos compañeros seguían a pie.

Eran las tres de la madrugada. La borrasca, que había empezado a decrecer, no soplaba con tanta violencia en el desfiladero, y la cuesta del camino se acabó de subir con bastante rapidez.

Cuando los primeros resplandores de la aurora aparecieron por oriente, llegó la tarenta al lugar en que la telega se encontraba, profundamente empotrada aún hasta el cubo de las ruedas. Al verla, comprendíase perfectamente cómo se había operado la separación de sus dos partes.

Por medio de cuerdas enganchose uno de los caballos de la tarenta a la caja de la telega, en cuyo banco volvieron a ocupar su sitio los periodistas, e inmediatamente después pusiéronse todos en marcha, que no ofrecía dificultad alguna, porque no tenían que hacer otra cosa que bajar las cuestas del Ural.

Seis horas después llegaron a Ekaterinburg los dos carruajes, uno en pos del otro, sin que durante esta segunda parte de su viaje les hubiese ocurrido el menor contratiempo.

La primera persona a quien vieron los periodistas en la puerta de la casa de postas fue a su *yemschik,* que parecía que estaba esperándolos.

Aquel digno ruso, cuya figura era realmente agradable, avanzó hacia sus viajeros, sonriente y sin el menor embarazo, tendiéndoles la mano para recibir propina.

La verdad obliga a decir que el furor de Enrique Blount estalló en aquel momento con tal violencia británica, que, si el *yemschik* no hubiese prudentemente retrocedido, habría recibido en pleno rostro un soberbio puñetazo, dado, según todas las reglas del boxeo, como pago de la propina reclamada.

Alcides Jolivet, al ver el enojo de su colega, comenzó a reír de tan buena gana como quizá no se habría reído en su vida.

—¡Tiene razón ese pobre diablo! —exclamó—. Está en su derecho, mi querido colega, al reclamar la propina, porque no es responsable de que nosotros no hayamos encontrado el medio de seguirlo.

Luego, sacó de sus bolsillos algunos kopeks y, poniéndoselos al *yemschik* en la mano, le dijo:

—Toma, amigo, guárdatelos. Si no los has ganado no es tuya la culpa.

Esto redobló la irritación de Enrique Blount, que afirmaba que iba a procesar al maestro de posta.

—¡Un proceso en Rusia! —exclamó Alcides Jolivet—. Compañero, si las cosas no han cambiado en este país, usted no lo verá terminar. ¿No sabe, entonces, la historia de aquella nodriza rusa que reclamó a la familia del niño a quien había alimentado los honorarios de doce meses de lactancia?

—No la sé —respondió Enrique Blount.

—¿Entonces, ignora usted también lo que era el niño cuando se celebró el juicio en que se condenó a la familia a pagar a la nodriza?

—¿Qué era, pues?

—¡Coronel de húsares de la guardia!

Al oír esta respuesta, todos se pusieron a reír.

Alcides Jolivet, complacido del efecto que produjo en los circunstantes el relato de la anécdota, sacó el *carnet* de su bolsillo y escribió, sonriéndose, la siguiente nota, destinada a figurar en el diccionario de la lengua moscovita:

«Telega: Carruaje ruso que tiene cuatro ruedas cuando se pone en marcha, y dos cuando llega a su destino.»

CAPÍTULO XII

Una provocación

Ekaterinburg es, geográficamente, una ciudad de Asia, porque está situada más allá de los montes Urales, en las últimas estribaciones de la cordillera, a pesar de lo cual depende del Gobierno de Perm y está, por consiguiente, comprendida en una de las grandes divisiones de la Rusia europea. Debe, sin embargo, haber alguna razón que justifique esta usurpación administrativa, porque es como un trozo de Siberia que queda entre las garras rusas.

En una ciudad tan importante, que había sido fundada el año 1723, Miguel Strogoff y los dos corresponsales extranjeros no debían tropezar con inconvenientes para proveerse de medios de locomoción.

La primera casa de monedas de todo el Imperio está en Ekaterinburg, y allí está también concentrada la dirección general de las minas, y, como Rusia es un país en que hay muchas fábricas metalúrgicas y otras explotaciones y donde se lavan el platino y el oro, la citada ciudad es, por consiguiente, un centro industrial de gran importancia.

En aquella época había aumentado muchísimo la población de Ekaterinburg por haber afluido allí los rusos y los siberianos amenazados por la invasión tártara, después de haber evacuado las provincias invadidas ya por las hordas de Féofar-Kan, y principalmente el país de los kirguises, que se extienden al sudoeste del Irtich hasta alcanzar las fronteras del Turkestán.

Por tanto, si los medios de locomoción para ir a Ekaterinburg habían debido escasear, debían, por lo contrario, estar en abundancia para salir, puesto que, en semejantes circunstancias, no

141

serían muchos los viajeros que se aventurasen a recorrer los caminos siberianos.

De este cúmulo de circunstancias resultó que Enrique Blount y Alcides Jolivet encontraron fácilmente el medio de reemplazar por una telega completa la famosa media telega que, bien o mal, los había llevado a Ekaterinburg.

En cuanto a Miguel Strogoff, la tarenta le pertenecía y, como no había sufrido deterioro en su viaje a través de los montes Urales, le bastó enganchar a ella tres buenos caballos para proseguir rápidamente su viaje con dirección a Irkutsk.

Hasta Tiumen y, más aún, hasta Novo-Zaimskoe, el camino era muy quebrado todavía en las caprichosas ondulaciones del suelo en que nacen las primeras estribaciones del Ural; pero, después de Novo-Zaimskoe, empezaba la inmensa estepa que se extiende hasta cerca de Kranoiarsk, en un espacio de mil setecientas verstas aproximadamente (1.815 kilómetros).

Los dos corresponsales, como ya se ha dicho, tenían el propósito de detenerse en Ichim, o, lo que es lo mismo, a seiscientas treinta verstas de Ekaterinburg, y desde allí, si los acontecimientos lo exigían, encaminarse a través de las regiones invadidas, juntos o separadamente, adonde su instinto de cazadores de noticias los condujese, tras una u otra pista.

Ahora bien, este camino de Ekaterinburg a Ichim —que luego sigue hasta Irkutsk— era el único que Miguel Strogoff podía tomar; pero, como él no corría tras las noticias, sino que, por el contrario, quería evitar en lo posible el país devastado por los invasores, estaba decidido a no detenerse en parte alguna.

—Señores —dijo a sus nuevos compañeros de viaje—, tendría mucha satisfacción en hacer en compañía de ustedes una parte de mi viaje, pero debo prevenirles que tengo necesidad absoluta de llegar cuanto antes a Omsk, porque mi hermana y yo vamos a reunirnos con nuestra madre, y ¡quién sabe si podremos llegar antes que la ciudad sea invadida por los tártaros! Por consiguiente, no me detendré en las casas de posta más que el tiempo preciso para cambiar de caballos, y viajaré día y noche.

—Nosotros tenemos también el propósito de hacer lo mismo —respondió Enrique Blount.

—Sea —replicó Miguel Strogoff—; pero no pierdan ustedes un momento. Alquilen o compren un carruaje...

—Cuyo juego trasero —interrumpió Alcides Jolivet— pueda llegar a Ichim al mismo tiempo que el juego delantero.

Media hora más tarde el activo francés había encontrado, con facilidad en esta ocasión, una tarenta casi semejante a la de Miguel Strogoff, y en la que su compañero y él no tardaron en instalarse.

Miguel Strogoff y Nadia subieron a su carruaje, y, al mediodía, ambas tarentas salieron de Ekaterinburg juntas.

Al fin, Nadia se encontraba ya en Siberia, recorriendo el largo camino que conduce a Irkutsk. ¿Cuáles debían ser entonces los pensamientos de la joven livonia? ¡Tres caballos la llevaban rápidamente a través de aquella tierra de destierro, donde su padre estaba condenado a vivir, quizá durante mucho tiempo, y lejos de su país natal! Pero casi no veía las largas estepas que se desarrollaban ante sus ojos y que, por un momento, le estuvieron prohibidas; ¡porque su mirada iba más lejos que el horizonte, detrás del cual pretendía divisar el rostro del desterrado! No le interesaba nada del país que atravesaba, a la velocidad de quince verstas por hora; nada de aquellas comarcas de la Siberia occidental, tan diferentes de las del este, le llamaba la atención.

En efecto, aquí veíanse pocos campos cultivados, un suelo pobre, al menos en la superficie, porque en sus entrañas encerraba hierro, cobre, platino y oro en abundancia, y, por consiguiente, había explotaciones industriales por doquier; pero, en cambio, rara vez se distinguía un establecimiento agrícola. ¿Cómo iban a encontrarse brazos para cultivar la tierra, sembrar los campos y recoger las mieses, cuando lo más productivo era arrancar al suelo su riqueza por medio de minas o a fuerza de pico? Aquí el labrador ha cedido su puesto al minero, y el pico se ve en todas partes, mientras que el arado no se ve en ninguna.

Sin embargo, el pensamiento de Nadia abandonaba de cuando en cuando las lejanas provincias del lago Baikal para fijarse en su situación presente. La imagen de su padre esfumábase un poco en su memoria, siendo sustituida por la de su generoso compañero, a quien había visto por primera vez en el camino de hierro de Wladimir, donde la Providencia sin duda lo había puesto a su paso.

Luego recordaba las atenciones que le había prodigado él durante el viaje, su llegada a la oficina de policía de Nijni-Novgorod, la cordial sencillez con que le había hablado dándole el nombre de hermana, la solicitud con que la había atendido durante la travesía del Volga, y, por último, todo cuanto en su favor había hecho durante aquella terrible noche de tempestad a través de los montes Urales, para defender su vida arriesgando la propia.

Nadia pensaba, pues, en Miguel Strogoff y daba gracias a Dios por haber puesto en su camino a aquel protector tan valiente, a aquel amigo tan generoso como discreto, a cuyo lado y bajo su guarda se consideraba completamente segura.

¡Un verdadero hermano no habría podido hacer más por ella! Nadia no temía tropezar con obstáculo alguno, abrigando la seguridad de que llegaría al término de su viaje.

Miguel Strogoff, por su parte, hablaba poco y reflexionaba mucho. También daba gracias a Dios por haberle proporcionado, en aquel encuentro con Nadia, no sólo el medio de ocultar mejor su propia personalidad, sino la ocasión, además, de ejecutar una acción meritoria. La tranquilidad intrépida de la joven complacía a su alma generosa; ¿no era realmente su hermana? Él tenía a su bella compañera tanto respeto como afecto le profesaba, pues estaba convencido de que ella era uno de esos corazones puros y nada vulgares con los que se puede contar en todas las ocasiones.

Pero los verdaderos peligros habían empezado para Miguel Strogoff en el momento de pisar el suelo siberiano, y, si los dos periodistas estaban bien informados y era cierto que Iván Ogareff había pasado la frontera, era absolutamente necesario conducirse con gran circunspección. Los espías tártaros debían de hormiguear en las provincias siberianas, y las circunstancias, por consiguiente, habían variado mucho para el correo del zar, porque, si llegaba a ser descubierto su incógnito y a conocerse la misión de que estaba encargado, ésta y su vida corrían un gravísimo riesgo de quedar terminadas.

Miguel Strogoff, al hacerse estas consideraciones, comprendía la responsabilidad que sobre él pesaba. ¿Qué ocurría, mientras tanto, en el carruaje que seguía al que Nadia y Miguel Strogoff ocupaban? Alcides Jolivet hablaba por frases y Enrique Blount contestaba con monosílabos. Cada cual veía las cosas a su manera y tomaba notas de los incidentes del viaje, con arreglo a sus distintos puntos de vista, aunque, a decir verdad, los incidentes ocurridos durante la travesía de las primeras provincias siberianas fueron tan poco variados que no merecían que de ellos se tomase nota alguna.

En las paradas de posta, los dos corresponsales se apeaban de su vehículo e iban al encuentro de Miguel Strogoff, pero Nadia no se movía de su asiento más que cuando era preciso para tomar alimento, y permanecía en la tarenta mientras se hacía el relevo de los caballos.

Cuando tenía necesidad de almorzar o de comer, se sentaba a la mesa con sus compañeros de viaje, pero manteníase muy reservada, sin tomar parte en la conversación de ellos.

Alcides Jolivet, sin salirse jamás de los límites de una perfecta cortesía, no dejaba de mostrarse obsequioso con la joven livonia, que le parecía encantadora, y a quien admiraba por la energía silenciosa que revelaba en medio de las fatigas de un viaje hecho en tan duras condiciones.

Aquellas paradas forzosas no eran muy del agrado de Miguel Strogoff, que hacía todo lo posible por abreviarlas, excitando a los maestros de postas, estimulando a los postillones y procurando de todos modos que se efectuase pronto el relevo de los caballos de las tarentas.

Terminadas las comidas rápidamente —siempre demasiado rápidamente para el agrado de Enrique Blount, que comía con bastante parsimonia—, reanudábase la marcha, y los periodistas, lo mismo que Nadia y Miguel Strogoff, eran conducidos como por águilas, porque pagaban principescamente, y, según expresión de Alcides Jolivet, en águilas de Rusia [7].

No es necesario decir que Enrique Blount no hacía gasto alguno de galantería respecto a la joven, porque ésta era una de las cosas acerca de las cuales no le agradaba discutir con su com-

---

[7] Moneda rusa de oro, que vale cinco rublos. El rublo es una moneda de plata que vale cien kopeks.

pañero. Él era un *gentleman* honorable que no tenía el hábito de hacer dos cosas al mismo tiempo.

Como Alcides Jolivet le preguntara en una ocasión qué edad podía tener la joven livonia, respondió con la mayor seriedad del mundo y entornando lentamente los ojos.

—¿Qué joven livonia?

—¡Pardiez! La hermana de Nicolás Korpanoff.

—Pero, ¿es su hermana?

—No. ¡Es su abuela! —replicó Alcides Jolivet, enojado ante tanta indiferencia—. ¿Qué edad cree usted que tiene?

—Si la hubiera visto nacer, lo sabría —respondió sencillamente Enrique Blount, como persona que no quiere equivocarse.

El país que a la sazón recorrían las dos tarentas estaba casi desierto.

El tiempo era bastante bueno, y, como el cielo estaba medio encapotado, la temperatura era también más soportable. Con vehículos mejores los viajeros no habrían tenido nada de qué quejarse. Iban a una gran velocidad, como van en Rusia las berlinas de posta.

El país parecía abandonado, pero debíase a las circunstancias que a la sazón atravesaba.

En los campos apenas se veía uno de esos campesinos siberianos, de rostro pálido y grave, a quienes una famosa viajera ha comparado acertadamente con los castellanos, a los que se parecen en realidad, menos en el ceño.

Acá y allá distinguíanse algunos pueblecillos ya abandonados, lo que indicaba la aproximación de las tropas tártaras. Los habitantes habíanse refugiado en las llanuras del norte, llevándose consigo sus rebaños de ovejas, sus camellos y sus caballos.

Las tribus de la gran horda de los kirguises nómadas, que permanecían aún fieles, habían trasladado también sus tiendas más allá del Irtich o del Obi, para sustraerse a las depredaciones de los invasores.

Afortunadamente, el servicio de postas continuaba haciéndose con regularidad, lo mismo que el telegráfico, hasta los puntos en que no había sido cortada la comunicación; así es que, en cada parada, los viajeros obtenían los caballos necesarios en las condiciones reglamentarias, y en cada estación los telegrafistas, sentados ante la ventanilla, recibían los telegramas que se les confiaban y los transmitían sin más retraso que el indispensable para expedir los despachos oficiales.

Enrique Blount y Alcides Jolivet pudieron, por consiguiente, telegrafiar con toda extensión a sus periódicos respectivos, hasta entonces, y Miguel Strogoff proseguía su viaje en condiciones satisfactorias sin sufrir retraso alguno, y, si lograba pasar sin ser visto por los puestos de los tártaros de Féofar-Kan, situados delante de Krasnoiarsk, llegaría antes que ellos a Irkutsk y en el *mínimum* de tiempo.

A las siete de la mañana del día siguiente al de su partida de Ekaterinburg, las dos tarentas llegaron a la pequeña ciudad de Tuluguisk, después de haber recorrido una distancia de doscientas veinte verstas sin incidente alguno, y allí se detuvieron los viajeros para almorzar.

Terminado el almuerzo, reanudose la marcha con una velocidad que sólo la promesa de determinado número de kopeks podía hacer comprensible, y el mismo día, 22 de julio, a la una de la tarde, llegaron las dos tarentas a Tiumen, sesenta verstas más allá.

Tiumen, cuya población en época normal es de diez mil habitantes, contaba a la sazón el doble.

Esta ciudad, primer centro industrial que los rusos crearon en Siberia y cuyas fábricas metalúrgicas y fundición de campanas son verdaderamente notables, no había estado jamás tan animada como entonces.

Los dos corresponsales salieron inmediatamente en busca de noticias. Las que los fugitivos siberianos llevaban del teatro de la guerra no eran nada tranquilizadoras.

Decíase, entre otras cosas, que el ejército de Féofar-Kan se aproximaba con toda rapidez al valle de Ichim, y se confirmaba que el coronel Iván Ogareff se reuniría bien pronto con el jefe tártaro, si no se había reunido ya, de donde se deducía naturalmente que pronto empezarían, y con gran actividad, las operaciones en el este de Siberia.

En cuanto a las tropas rusas, habían sido puestas en movimiento, principalmente las de las provincias europeas del Imperio; pero, como todavía se encontraban bastante lejos, no podían oponerse a la invasión. Mientras tanto, los cosacos del Gobierno de Tobolsk dirigíanse, a marchas forzadas, a Tomsk, con la esperanza de cortar las columnas de los tártaros.

A las ocho de la tarde llegaron las dos tarentas a Yalutorowsk, después de haber recorrido setenta y cinco verstas más.

Cambiáronse rápidamente los caballos, y, al salir de la ciudad, viéronse obligados los viajeros a pasar el río Tobol en una barca. El curso tranquilo de las aguas facilitó esta operación, que tendría que repetirse más de una vez durante el viaje y, probablemente, en condiciones menos favorables.

Cuando los viajeros hubieron recorrido otras cincuenta verstas (58,5 kilómetros), eran las doce de la noche, hora en que entraron en Novo-Saimsk, dejando, al fin, tras ellos el suelo ligeramente quebrado por montículos poblados de árboles, últimas ramificaciones de las montañas del Ural.

Allí comenzaba realmente la llamada estepa siberiana, que se prolonga hasta las proximidades de Krasnoiarsk, y que es una llanura sin límites, especie de vasto desierto herboso, en cuya circunferencia se confunden la tierra y el cielo, que parece propiamente trazada por un compás.

En esta época no distinguían las miradas otro punto saliente que el perfil de los postes telegráficos, colocados a uno y otro lado del camino, y cuyos alambres, movidos por la brisa, vibraban como las cuerdas de un arpa.

El camino no se distinguía del resto de la llanura más que por el polvo fino que las ruedas de las tarentas levantaban tras de sí.

Sin esta cinta blanquecina que se desarrollaba hasta perderse de vista, se hubiera podido creer estar en el desierto.

Miguel Strogoff y sus compañeros lanzáronse, con mayor velocidad aún que antes, a través de la estepa. Los caballos, excitados por los *yemschiks* y sin obstáculo alguno que se lo impidiera, devoraban el espacio.

Las tarentas corrían directamente hacia Ichim, donde debían detenerse los dos corresponsales, si no ocurría algún acontecimiento que los obligara a modificar su plan.

Las doscientas verstas, aproximadamente, que separan a Novo-Saimsk de Ichim, podían y debían ser recorridas antes de las ocho de la tarde del día siguiente, si no se perdía un solo momento en el camino, velocidad que hacía suponer a los *yems-chiks* que los viajeros que ellos conducían eran grandes señores o altos funcionarios, o al menos, que merecían serlo, a juzgar por su generosidad en lo referente a las propinas.

Efectivamente, al día siguiente, 23 de julio, encontrábanse las dos tarentas a treinta verstas de Ichim.

En aquel momento, distinguió Miguel Strogoff en el camino un carruaje —apenas visible a causa de las nubes de polvo que lo envolvían— que precedía al suyo; pero como sus caballos, menos fatigados, corrían con mayor velocidad, no se debía tardar en alcanzarlo.

Aquel carruaje no era tarenta ni telega, sino una berlina de posta, toda cubierta de polvo, que debía haber hecho ya un largo viaje. El postillón golpeaba a los caballos con toda su fuerza, y sólo podía sostenerlos al galope por medio de denuestos y latigazos.

Aquella berlina no había pasado seguramente por Novo-Saimsk, y debía haber llegado al camino de Irkutsk por una senda perdida en la estepa.

Miguel Strogoff y sus compañeros, al ver la berlina que corría hacia Ichim, tuvieron un solo pensamiento, adelantarla y llegar antes que ella a la parada de posta, a fin de asegurar ante todo los caballos que hubiese disponibles. Al efecto, dijeron una palabra a sus *yemschiks,* y ambas tarentas no tardaron en ponerse en línea con la berlina.

El que llegó primero fue Miguel Strogoff.

En aquel momento apareció en la portezuela de la berlina una cabeza, que el correo del zar apenas tuvo tiempo de ver.

Sin embargo, al pasar, oyó bien claramente una voz que con tono imperioso le dijo:

—¡Deténganse!

Pero nadie se detuvo, sino que, por el contrario, las dos tarentas dejaron bien pronto atrás la berlina.

Entonces, hubo una carrera de velocidad, porque sin duda por la presencia de los que pasaron delante, sacaron fuerzas de flaqueza para sostener su prestigio durante algunos minutos, y los tres carruajes volaban envueltos en una nube de polvo, de la que salían, como una descarga de cohetes, los restallidos del látigo

149

mezclados con los gritos de excitación y las interjecciones de cólera.

Sin embargo, consiguieron adelantarse, adelanto que podía tener suma importancia si en la parada de postas no había muchos caballos, porque dos carruajes a que atender era probablemente más de lo que podía pedirse, por lo menos en un breve plazo.

Media hora después, la berlina, que había quedado atrás, no era más que un punto casi imperceptible en el horizonte de la estepa.

Eran las ocho de la tarde cuando las dos tarentas llegaron a la casa de postas, a la entrada de Ichim.

Las noticias de la invasión que iban recibiéndose eran cada vez peores. La ciudad estaba directamente amenazada por la vanguardia de las columnas tártaras, y hacía ya dos días que las autoridades se habían retirado a Tobolsk, por lo que no quedaba ya en la ciudad un funcionario ni un soldado.

Miguel Strogoff, tan pronto como llegó a la casa de postas, se apresuró a pedir caballos para su carruaje.

Había estado acertado al adelantar a la berlina, porque en el punto a que acababa de llegar, sólo había tres caballos que pudieran ser enganchados inmediatamente. Los demás habían hecho una larga jornada y se encontraban fatigados.

El maestro de postas dio la orden de enganchar.

En cuanto a los dos corresponsales, como les pareció bien detenerse en Ichim, no tenían por qué preocuparse del medio de transporte inmediatamente, e hicieron guardar su carruaje.

Diez minutos después de haber llegado a la casa de postas, notificose a Miguel Strogoff que su tarenta estaba en disposición de partir.

—¡Bien! —respondió el correo del zar, y luego, dirigiéndose a los dos periodistas, agregó—: Puesto que ustedes, señores, se quedan en Ichim, ha llegado el momento de separarnos.

—¡Cómo, señor Korpanoff! —dijo Alcides Jolivet—. ¿No se detiene usted una hora siquiera en Ichim?

—No, señor, sino que, por el contrario, deseo verme ya fuera de la casa de postas antes que llegue la berlina a que hemos adelantado.

—¿Cree usted, pues, que ese viajero tratará de disputarle los caballos de relevo?

—Deseo, sobre todo, evitar toda clase de dificultades.

—Entonces, señor Korpanoff —dijo Alcides Jolivet—, sólo nos resta darle una vez más un millón de gracias por el servicio que nos ha prestado y por el placer que nos ha proporcionado permitiéndonos viajar en su compañía.

—Además, es posible que dentro de algunos días volvamos a encontrarnos en Omsk —agregó Enrique Blount.

—En efecto, es posible —respondió Miguel Strogoff—, puesto que voy directamente allí.

—¡Vaya, pues, buen viaje, señor Korpanoff —dijo entonces Alcides Jolivet—, y que Dios le guarde de las telegas!

Tendieron los dos corresponsales la mano a Miguel Strogoff con intención de estrechar la de éste con la mayor cordialidad posible, cuando se oyó fuera el ruido de un carruaje.

Casi en el mismo momento, se abrió bruscamente la puerta de la casa de postas, y apareció un hombre.

Era el viajero de la berlina, individuo de aspecto militar que representaba tener unos cuarenta años de edad, y era alto y robusto, y tenía la cabeza grande, los hombros anchos, y espesos los bigotes que se unían con unas patillas rojas. Vestía uniforme sin insignias, y llevaba a la cintura un sable de los que usan los soldados de caballería, y un látigo de mango corto en la mano.

—Caballos —pidió, con el acento imperioso de un hombre que está acostumbrado a mandar.

—No hay caballos disponibles —respondió el maestro de postas inclinándose.

—Los necesito inmediatamente.

—Es imposible.

—Pues, ¿qué caballos son esos que acaban de ser enganchados a la tarenta que he visto a la puerta?

—Pertenecen a este viajero —respondió el maestro de postas refiriéndose a Miguel Strogoff.

—¡Que los desenganchen...! —dijo el viajero con un tono que no admitía réplica.

Entonces, se adelantó Miguel Strogoff, diciendo:

—Esos caballos me pertenecen.

—Me importa poco; los necesito. ¡Vamos! ¡Pronto! No tengo tiempo que perder.

—Yo tampoco tengo tiempo que perder —replicó Miguel Strogoff, que, queriendo permanecer tranquilo, hacía grandes esfuerzos por contenerse.

Nadia estaba a su lado, aparentemente tranquila; pero, en su interior, le inquietaba la escena que hubiera deseado evitar.

—¡Basta! —repitió el viajero, y, después, dirigiéndose al maestro de postas, agregó con gesto de amenaza—: ¡Que se desenganche la tarenta y que enganchen los caballos a mi berlina!

El maestro de postas estaba muy indeciso y, no sabiendo a quién obedecer, miraba a Miguel Strogoff, que evidentemente tenía derecho a oponerse a las injustas exigencias del viajero.

Miguel Strogoff dudó un instante. No quería hacer uso de su *podaroshna,* que habría atraído la atención sobre él, y tampoco quería ceder los caballos, porque esto le haría retardar el viaje, a pesar de lo cual se resistía a entablar una lucha que pudiera comprometer la misión que le estaba confiada.

Los dos periodistas lo miraban, dispuestos, además, a sostenerle en su derecho, si se apelaba a ellos para dirimir la cuestión.

—Los caballos permanecerán enganchados a mi carruaje —dijo Miguel Strogoff, sin levantar la voz más de lo que convenía a un simple comerciante.

El viajero adelantose entonces a Miguel Strogoff, y, poniéndole una mano sobre el hombro, le dijo gritando:

—¡Cómo es eso! ¿No quieres cederme tus caballos?

—¡No! —respondió el correo del zar.

—Está bien; pero, en este caso, serán para aquel de nosotros dos que quede en disposición de reanudar el viaje. ¡Defiéndete, porque no te tendré compasión!

Y, al decir esto, desenvainó rápidamente su sable y se puso en guardia.

Nadia se apresuró a ponerse delante de Miguel Strogoff, y Enrique Blount y Alcides Jolivet avanzaron hacia él.

—No me batiré —dijo sencillamente Miguel Strogoff, que, por temor a no poder contenerse, cruzó sus brazos sobre el pecho.

152

—¿Que no te batirás?

—No.

—¿Después de esto, tampoco? —exclamó el viajero, y, antes de que pudiera contenerlo, golpeó con el mango de su látigo el hombro de Miguel Strogoff.

Semejante insulto hizo palidecer horriblemente al correo del zar, que levantó las manos, completamente abiertas, como si pretendiera deshacer entre ellas a aquel brutal personaje; pero, haciendo un supremo esfuerzo, consiguió dominarse.

¡Un duelo era más que un retraso, era quizás el fracaso de la misión que le estaba confiada! Era mejor perder algunas horas... Sí, ¡pero devorar tamaña afrenta!

—¿Te batirás ahora, cobarde? —repitió el viajero, agregando la grosería a la brutalidad.

—No —respondió Miguel Strogoff, que no se movió, pero que miró al viajero como si quisiera grabar su fisonomía en la memoria.

—¡Los caballos, inmediatamente! —dijo éste entonces, y salió de la sala.

El maestro de postas contempló a Miguel Strogoff con aire despectivo, y fue tras el viajero, encogiéndose de hombros.

El efecto que este incidente produjo en los dos periodistas no podía ser menos favorable para Miguel Strogoff. Su descontento era manifiesto. ¡Cómo! ¡Aquel joven robusto se dejaba golpear así, sin vengar tamaña afrenta!

Limitáronse, pues, a saludar, y se retiraron, diciendo Alcides Jolivet a Enrique Blount:

—¡Jamás habría creído esto de un hombre que tan valerosamente mata los osos en los montes del Ural! ¿Será, pues, verdad que el valor tiene sus horas y formas distintas de manifestarse? No comprendo nada. ¡Acaso necesitaremos nosotros haber sido siervos para entender bien lo que acaba de ocurrir!

Un momento después, el ruido de las ruedas de la berlina y el chasquido del látigo revelaban que este carruaje, enganchado a los caballos de la tarenta, abandonaba con toda rapidez la casa de postas.

Nadia, impasible, y Miguel Strogoff, todavía estremeciéndose de coraje, quedaron solos en la sala.

El correo del zar, con los brazos cruzados aún sobre el pecho, había tomado asiento; pero su inmovilidad era tal, que semejaba una estatua. No obstante, un rubor, que no debía ser el de la vergüenza, había remplazado en su rostro a la anterior palidez.

Nadia no dudaba que debía tener razones formidables para devorar en silencio tan gran humillación.

Y acercándose a él, como él se había acercado a ella en la casa de policía de Nijni-Novgorod, le dijo:

—¡Tu mano, hermano!

Y, al mismo tiempo, con gesto casi maternal, le enjugó una lágrima que estaba a punto de caer de los ojos de su compañero.

CAPÍTULO XIII

Sobre todo, el deber

Nadia había adivinado que un motivo secreto dirigía todos los actos de Miguel Strogoff, que éste, por razones que ella desconocía, no se pertenecía, que no tenía derecho a disponer de su persona, y que, en aquella circunstancia, acababa de inmolar, ante el deber, con extraordinario heroísmo, el resentimiento de una mortal injuria; pero no le pidió explicación alguna.

La mano que ella le había tendido, ¿no respondía a cuanto él hubiera podido decirle?

Miguel Strogoff permaneció mudo durante toda aquella tarde.

Como el maestro de postas no podía proveerle de caballos de refresco hasta la mañana del día siguiente, viose precisado el correo del zar a pasar allí toda la noche.

Nadia aprovechó la ocasión que se le ofrecía para descansar, e inmediatamente le fue preparada una habitación.

La joven habría preferido, sin duda, no separarse de su compañero; pero, comprendiendo que éste debía tener deseos de quedarse solo, se dispuso a dirigirse a su habitación.

Sin embargo, en el momento de retirarse, no pudo menos de decirle algunas palabras.

—Hermano... —murmuró.

Pero Miguel Strogoff la interrumpió en seguida con un gesto.

La joven exhaló un suspiro y salió lentamente de la estancia.

Miguel Strogoff no se acostó. Le habría sido imposible dormir ni siquiera una hora.

En la parte en que había tocado el látigo del brutal viajero sentía él una especie de quemadura.

Aquella noche, al terminar de rezar sus habituales oraciones, murmuró:

—¡Por la patria y por el zar!

Entonces experimentó un vivísimo deseo de saber quién era el hombre que le había injuriado, de dónde venía y adónde iba.

En cuanto a su rostro, había grabado tan profundamente en la memoria sus rasgos, que no podía creer que los olvidase jamás.

Llamó al maestro de postas, un siberiano chapado a la antigua, que no tardó en presentarse.

Al entrar en la estancia, miró al joven con cierta altanería, y esperó que lo interrogase.

—¿Eres del país? —le preguntó Miguel Strogoff.

—Sí.

—¿Conoces a ese hombre que ha tomado mis caballos?

—No.

—¿No lo has visto jamás?

—Jamás.

—¿Quién crees que sea?

—Un señor que sabe hacerse obedecer.

La mirada de Miguel Strogoff penetró como un puñal en el corazón del siberiano, pero los ojos del maestro de postas permanecieron fijos en su interlocutor.

—¡Te permites juzgarme! —exclamó Miguel Strogoff.

—Sí —respondió el siberiano—, porque hay cosas que, aun siendo un sencillo comerciante, no se reciben sin devolverlas.

—¿Los latigazos?

—Los latigazos, joven. Tengo edad y fuerza suficiente para decírtelo.

Miguel Strogoff aproximose entonces al maestro de postas, y le puso sus dos poderosas manos sobre los hombros.

Luego, con voz singularmente tranquila, le dijo:

—¡Vete, amigo mío, vete! ¡Te destrozaría!

El maestro de postas había comprendido.

—Mejor es que sea así —murmuró.

Y se retiró sin agregar una sola palabra.

A las ocho de la mañana del día siguiente, 24 de julio, la tarenta era enganchada a tres vigorosos caballos.

156

Miguel Strogoff y Nadia subieron al vehículo, e Ichim, de cuya ciudad conservarían eternamente ambos viajeros un recuerdo terrible, desapareció bien pronto detrás de ellos, en un recodo del camino.

En las diversas paradas que hizo durante aquel día, Miguel Strogoff se informó de que la famosa berlina lo precedía constantemente en el camino de Irkutsk, y de que el viajero, que llevaba la misma prisa que él, no perdía un instante al atravesar la estepa.

A las cuatro de la tarde, el correo del zar, que había recorrido otras setenta y cinco verstas más, llegó a la estación de Abatskaia; pero allí era preciso pasar el río Ichim, que es uno de los principales afluentes del Irtich. Este paso fue algo más difícil que el del río Tobol, porque la corriente del Ichim, en aquel sitio, es sumamente rápida.

Durante el invierno siberiano, todos los ríos de la estepa, congelados hasta una profundidad de muchos pies, son fácilmente transitables, y el viajero los atraviesa casi sin advertirlo, porque su lecho ha desaparecido bajo la inmensa sabana blanca que cubre la llanura de un modo informe; pero, durante el estío, las dificultades para atravesar las corrientes de agua suelen ser grandes.

Efectivamente, a causa de estas dificultades, se emplearon dos horas en el paso del Ichim, lo que desesperó grandemente a Miguel Strogoff, tanto más cuanto que las noticias que de la invasión tártara le dieron los barqueros eran muy inquietantes.

He aquí los rumores que circulaban:

Algunos exploradores de Féofar-Kan habían hecho su aparición en ambas orillas del Ichim inferior, en las comarcas meridionales del gobierno de Tobolsk, y hasta la misma ciudad de Omsk estaba amenazada. Hablábase de un encuentro que las tropas siberianas habían tenido con los tártaros en las fronteras de las grandes hordas kirguises, encuentro en que la victoria no había estado de parte de los rusos, poco numerosos en aquel punto. A consecuencia de este desastre, habíanse replegado las tropas leales, y la emigración de los habitantes de la provincia habíase hecho general. Contábanse horribles atrocidades cometidas por los invasores, que se entregaban al pillaje sin respetar nada, robando, incendiando y asesinando por doquier. Tal era el sistema de guerra tártaro.

Todo el mundo huía al aproximarse la vanguardia de Féofar-Kan, y aquella despoblación general de ciudades y aldeas espantaba a Miguel Strogoff por el gran temor de no encontrar de allí en adelante medios de transporte. Era, por lo tanto, indispensable llegar pronto a Omsk, porque él abrigaba la esperanza de que, al salir de esta ciudad, podría adelantarse a los exploradores tártaros que descendían por el valle del Irtich, y encontrar luego el camino libre hasta Irkutsk.

En el paraje mismo en que la tarenta acababa de atravesar el río, termina lo que en el lenguaje militar se llama la *cadena del Ichim,* cadena de torres o fortines de madera que se extiende desde la frontera sur de Siberia en un espacio aproximado de cuatrocientas verstas (427 kilómetros). Antiguamente, estos fortines estaban ocupados por destacamentos de cosacos que protegían la comarca tanto contra los kirguises como contra los tártaros; pero, abandonados a la sazón, por haber creído el Gobierno moscovita que las hordas habían quedado absolutamente sometidas, no servían ya, precisamente cuando sus servicios habrían podido ser más útiles.

La mayor parte de estos fortines habían sido reducidos a cenizas, y algunas humaredas que los barqueros mostraron a Miguel Strogoff, arremolinándose por encima del horizonte meridional, testimoniaban la aproximación de la vanguardia tártara.

Tan pronto como el barco dejó la tarenta, los caballos y a los viajeros en la orilla derecha del Ichim, reanudose la marcha del carruaje, a toda velocidad, a través de la estepa.

Eran las seis de la tarde. El cielo estaba cubierto de nubes, y ya habían caído muchos chubascos, que habían tenido la virtud de matar el polvo y poner los caminos más transitables.

Miguel Strogoff, desde el suceso ocurrido en la casa de postas de Ichim, estaba muy taciturno, no obstante lo cual ocupábase con gran solicitud en preservar a Nadia de las fatigas de aquel viaje sin tregua ni reposo, que la joven soportaba, sin proferir una queja.

Por el contrario, ella habría puesto alas a los caballos que conducían la tarenta para caminar con mayor velocidad, si semejante cosa hubiese sido posible, porque tenía el presentimiento de que su compañero tenía mayor deseo aún que ella de llegar a Irkutsk; ¡y cuántas verstas les faltaban todavía para llegar a esta ciudad!

Entonces se le ocurrió que, si Omsk había sido invadida por los tártaros, la madre de Miguel Strogoff, que habitaba en aquella ciudad, corría grandes peligros que debían inquietar mucho a su hijo, y esto era motivo para explicar la impaciencia de éste por reunirse con ella.

Nadia, creyendo, pues, en aquel momento, que debía hablar de la anciana Marfa y del aislamiento en que podría encontrarse en medio de aquellos graves acontecimientos, preguntó a su compañero:

—¿No has recibido ninguna noticia de tu madre desde el principio de la invasión?

—Ninguna, Nadia. La última carta que mi madre me escribió data ya de dos meses, pero me daba en ella buenas noticias. Marfa es una mujer enérgica, una siberiana valiente, que, a pesar de su edad, conserva toda su fuerza moral y sabe sufrir.

—Iré a verla, hermano —se apresuró a decir Nadia—. Puesto que me das el nombre de hermana, yo soy también hija de Marfa.

Y, como Miguel Strogoff no le contestase, se creyó en el caso de agregar:

—Quizá tu madre haya podido salir de Omsk.

—Es posible, Nadia —respondió Miguel Strogoff—, y hasta espero que se haya refugiado en Tobolsk. La anciana Marfa odia a los tártaros, pero conoce la estepa y no tiene miedo. Mi deseo es que haya tomado su báculo y descendido por las orillas del Irtich. No hay en toda la provincia un solo lugar que ella desconozca, porque ¡cuántas veces ha recorrido todo el país en compañía de mi anciano padre, y cuántas veces, siendo yo niño, he seguido yo a los dos en sus correrías a través del desierto siberiano! ¡Sí, Nadia, confío en que mi madre haya salido de Omsk!

—Y, ¿cuándo la verás?

—La veré... cuando regrese a Irkutsk.

—Sin embargo, si tu madre se encuentra en Omsk, no dejarás de tomarte una hora para ir a abrazarla.

—No iré a abrazarla.

—¿No la verás?

—¡No, Nadia! —respondió Miguel Strogoff, cuyo pecho se levantaba con angustia, comprendiendo que no podía continuar contestando a las preguntas de su joven compañera.

—¡Dices que no! ¡Ah, hermano! ¿Qué razones tan poderosas puedes tener para dejar de ver a tu madre, si ésta se encuentra aún en Omsk?

—¡Qué razones, Nadia! ¡Me preguntas qué razones tengo! —exclamó Miguel Strogoff, con la voz tan profundamente alterada, que su joven interlocutora se estremeció—. Pues las razones que me han hecho pasar por cobarde ante los ojos de aquel miserable que... —y no pudo concluir la frase.

—Tranquilízate, hermano —aconsejó Nadia con su voz más dulce—. Yo no sé más que una cosa, o, mejor dicho, no la sé, la siento, y es que tu conducta está completamente dominada por una idea, por un deber más sagrado quizá, si este deber puede existir, que el que une a un hijo a su madre.

Y dicho esto, Nadia guardó silencio, evitando desde entonces toda conversación que aludiese a la situación particular de Miguel Strogoff.

Había un secreto que respetar y la joven lo respetó.

A las tres de la madrugada del día siguiente, 25 de julio, llegó la tarenta a la casa de posta de Tiukalinsk, después de haber recorrido una distancia de ciento veinte verstas desde el paso del río Ichim.

Se cambiaron los caballos rápidamente; pero, entonces, el *yemschik,* por primera vez, opuso algunas objeciones a la prosecución del viaje, afirmando que los destacamentos tártaros recorrían la estepa, y que tanto los viajeros como los caballos y los carruajes constituirían una buena presa para aquellos merodeadores.

Sin embargo, Miguel Strogoff consiguió al fin, a fuerza de dinero, vencer la repugnancia del postillón a proseguir, porque en tales circunstancias, como en otras muchas, no quería hacer uso de su *podaroshna.* El último ucase había sido transmitido por telégrafos y se conocía ya en las provincias siberianas, y un ruso que estaba especialmente dispensado de cumplir las prescripciones imperiales, hubiera llamado seguramente la atención

160

pública, cosa que el correo del zar estaba dispuesto a evitar a todo trance.

En cuanto a las cavilaciones del *yamschik,* ¿quería especular con la impaciencia del viajero, o temía efectivamente algún mal encuentro?

Al fin partió la tarenta y con tal velocidad, que a las tres de la tarde se encontraba ochenta verstas más lejos y llegaba a Kulatsinskoe, y, una hora después, a las orillas del Irtich, a veinte verstas de distancia de la ciudad de Omsk.

El río Irtich, bastante ancho, es una de las principales arterias siberianas, cuyas aguas llegan hasta el norte de Asia; nace en los montes de Altai, y, dirigiéndose oblicuamente del sudoeste al noroeste, se une al Obi a las siete mil verstas, aproximadamente, de su curso.

En aquella época del año, en la que crecen los ríos de la cuenca siberiana, el nivel de las aguas del Irtich era excesivamente alto, y, por consiguiente, su corriente violentísima, casi torrencial, dificultaba mucho el paso, de tal modo que un nadador, por experto que fuese, no podría atravesar el Irtich porque hasta en barco semejante travesía era muy peligrosa.

Pero este peligro, como cualesquiera otros, no podía detener ni siquiera un instante a Miguel Strogoff y a Nadia, que estaban decididos a arrostrarlos todos, por grandes que fuesen.

Esto no obstante, el correo del zar propuso a su joven compañera embarcarse él primero con la tarenta y los caballos y pasar el río, por temor a que el peso de semejante cargamento hiciera zozobrar el barco, y, luego, cuando hubiese dejado en la orilla opuesta el carruaje y las caballerías, volver por Nadia; pero ésta rechazó terminantemente la proposición, porque, de aceptarla, se perdería una hora de tiempo, y ella no quería ser causa del menor retraso, sobre todo cuando éste no habría tenido otro objeto que atender a su seguridad.

Como las orillas estaban en parte inundadas y el barco no podía aproximarse a tierra lo suficiente, costó gran trabajo efectuar el embarque de la tarenta y de los tres caballos; pero, hecho éste al fin, después de media hora de esfuerzos, instaláronse a bordo Miguel Strogoff, Nadia y el *yemschik,* y comenzó la travesía del río.

Durante los primeros minutos todo marchó bien, porque la corriente del Irtich, cortada en la parte superior con una larga punta de la orilla, formaba un remanso que el barco atravesó con facilidad. Los dos barqueros lo impulsaban con largos bicheros, manejados con gran destreza, pero, a medida que avanzaban, iban bajando el fondo del lecho del río, y pronto faltó punto de apoyo a las pértigas que usaban para hacer adelantar a la embarcación. El extremo de éstas apenas sobresalía un pie de la superficie de las aguas, y su empleo era penoso e insuficiente.

Miguel Strogoff y Nadia, sentados en la popa del barco, y siempre temiendo que la maniobra les hiciera perder tiempo, contemplaban a los barqueros con inquietud.

—¡Atención! —gritó uno de éstos a su compañero.

Este grito había sido lanzado al advertir la nueva ruta que con extremada velocidad acababa de tomar el barco, que, dominado entonces por la nueva dirección de la corriente, descendía por el río con gran rapidez. Era preciso, por consiguiente, ponerlo en situación de cortar las aguas, con el empleo útil de los bicheros, y, con este propósito, apoyaron el extremo de éstos en una serie de escotaduras dispuestas en las bandas, logrando al fin hacerlo oblicuar. El barco, de esta manera conducido, marchó poco a poco hacia la orilla derecha.

Podía calcularse que cinco o seis verstas más abajo del lugar del embarque, el barco conseguiría ganar la orilla opuesta, cosa que no tenía gran importancia si las personas y los caballos arribaban con felicidad.

Ambos barqueros, hombres vigorosos y estimulados además por la promesa de una buena propina, no dudaban en terminar sin contratiempo la difícil travesía del Irtich; pero no habían contado con un incidente inevitable y contra el cual eran impotentes su habilidad y su buen deseo en aquellas circunstancias.

Encontrábase ya el barco en medio de la corriente, y poco más o menos a la misma distancia de las dos orillas del río, por el que bajaba a una velocidad de dos verstas por hora, cuando Miguel Strogoff, poniéndose en pie, miró hacia atrás y vio encaminarse hacia ellos varias barcas, que los perseguían con gran rapidez, impulsadas no sólo por el curso de las aguas, sino también por la fuerza de los remos.

Su fisonomía se contrajo de pronto, e involuntariamente lanzó él una exclamación.

—¿Qué sucede? —preguntó la joven.

Pero antes de que el correo del zar tuviera tiempo de responder, exclamó uno de los barqueros, con acento de espanto:

—¡Los tártaros! ¡Los tártaros!

Eran, efectivamente, barcas cargadas de soldados, que descendían rápidamente por el Irtich, y que, antes de algunos minutos, debían dar alcance al barco de los viajeros, que por lo pesado de su cargamento no podía conservar la distancia que lo separaba de los invasores.

Los barqueros, aterrorizados por aquella aparición, prorrumpieron en gritos de espanto y soltaron los bicheros.

—¡Ánimo, amigos míos! —exclamó Miguel Strogoff, dirigiéndose a los barqueros que lo conducían—. ¡Ánimo! ¡Cincuenta rublos de propina si llegamos a la orilla derecha antes que esas barcas que vienen detrás!

Reanimados entonces los barqueros por estas palabras, reanudaron la maniobra y continuaron la marcha río abajo; pero no tardaron en convencerse de que sus esfuerzos eran inútiles para evitar el abordaje de los tártaros.

¿Pasarían éstos sin molestarlos? ¡Era poco probable! ¡Por el contrario, todo debía temerse de semejantes bandoleros!

—¡No temas, Nadia —dijo Miguel Strogoff—; pero disponte a todo!

—A todo estoy dispuesta —respondió la joven.

—¿Hasta a arrojarte al río cuando te lo diga?

—Me arrojaré al río, cuando lo digas.

—Ten confianza en mí, Nadia.

—Tengo confianza.

Las barcas tártaras sólo se encontraban ya a cien pies de distancia de los viajeros, y en ellas iba un destacamento de soldados bukarianos, encargados de hacer un reconocimiento en Omsk.

El barco de los viajeros aproximábase ya a la orilla, y los barqueros hacían esfuerzos inauditos para llegar cuanto antes. Miguel Strogoff, con objeto de ayudarlos tomó un bichero y empezó a manejarlo con fuerza sobrehumana, porque, si conseguía

163

desembarcar la tarenta, como los tártaros no llevaban caballos, era probable que pudiese evitar ser apresado por ellos.

¡Semejantes esfuerzos debían ser inútiles!

—¡*Sarin-na-kitchu!* —gritaron los soldados que iban en la primera barca.

Miguel Strogoff comprendió este grito de guerra de los piratas tártaros, al cual no se debía contestar más que echándose boca abajo; pero, como ni él ni los barqueros obedecieron la intimación, los soldados les hicieron una descarga, de la que resultaron dos caballos mortalmente heridos.

En aquel momento se produjo un choque... La barca que iba delante acababa de tocar la popa del barco de los viajeros.

—¡Ven, Nadia! —exclamó Miguel Strogoff, dispuesto a lanzarse al río.

Ya se disponía la joven a seguir a su compañero, cuando éste, herido por un lanzazo, fue arrojado al agua, donde fue arrastrado por la corriente, por encima de la cual agitó un momento la mano, y, luego desapareció.

Nadia lanzó un grito; pero, antes de que tuviera tiempo de arrojarse en seguimiento de Miguel Strogoff, fue apresada por los tártaros y trasladada a una de las barcas de éstos.

Un momento después, los barqueros caían acribillados a lanzazos, el barco derivaba a la ventura y los tártaros continuaban descendiendo por la corriente del Irtich.

CAPÍTULO XIV

Madre e hijo

Omsk es la capital oficial de la Siberia occidental, a pesar de no ser la ciudad más importante del Gobierno de este nombre, puesto que Tomsk tiene mayor población y es mucho más extensa. Esto no obstante, el gobernador general de esta primera mitad de la Rusia asiática reside en Omsk, que se compone, propiamente hablando, de dos ciudades distintas, en una de las cuales habitan solamente las autoridades y los empleados, mientras que la otra, a pesar de ser poco comercial, está ocupada especialmente por mercaderes siberianos.

Esta ciudad tiene poco más o menos de doce mil a trece mil habitantes, y está defendida por un recinto flanqueado de bastiones de tierra que no la protegen lo suficiente, y, como los tártaros sabían esto perfectamente, determinaron apoderarse de ella a viva fuerza, a cuyo fin le pusieron sitio y pocos días después la rindieron.

La guarnición de Omsk, que sólo se componía de dos mil hombres, resistió valientemente; pero, batida por las numerosas tropas del emir, fue retirándose poco a poco de la ciudad comercial hasta que se refugió definitivamente en la ciudad alta, donde se atrincheró el gobernador general con sus oficiales y soldados.

Convertido el barrio alto de Omsk en una especie de ciudadela, después de haber aspillerado las casas y las iglesias, las autoridades habían logrado mantenerse en aquella especie de *kremlin* improvisado, donde no esperaban ser socorridos a tiempo.

Efectivamente, las tropas tártaras que bajaban por el río Irtich recibían cada día nuevos refuerzos, y, lo que era más grave aún,

165

estaban entonces dirigidas por un oficial traidor a su patria, pero hombre de gran mérito y dotado de una audacia a toda prueba.

Este traidor era el coronel Iván Ogareff, militar instruido y tan terrible como cualquiera de los jefes tártaros a quienes impulsaba hacia delante.

Tenía, por su madre, que era de origen asiático, un poco de sangre mogola en las venas, era muy astuto y se complacía en imaginar estratagemas, adoptando todos los medios siempre que se trataba de sorprender algún secreto o de tender algún lazo.

Hipócrita por naturaleza, empleaba los recursos más viles y recurría a los más groseros disfraces, haciéndose pasar a veces por mendigo y adoptando con gran perfección las formas y modales que mejor le convenían. Además, era cruel y, en caso necesario, habría desempeñado el oficio de verdugo.

Féofar-Kan tenía en Iván Ogareff un lugarteniente digno de él, y capaz de secundarlo en aquella guerra salvaje.

Cuando Miguel Strogoff llegó a las orillas del Irtich, Iván Ogareff era ya dueño de Omsk y estrechaba el sitio de la ciudad alta con tanto mayor encarnizamiento cuanto más grande era la prisa que tenía por ir a Tomsk, donde acababa de concentrarse el grueso del ejército tártaro.

Tomsk había sido, efectivamente, tomada hacía ya algunos días por Féofar-Kan, y desde allí los invasores, dueños de la Siberia central, debían marchar a Irkutsk, que era el verdadero objeto de Iván Ogareff.

Proponíase este traidor hacerse admitir por el gran duque, al que se presentaría bajo un nombre falso, captarse su confianza y, en el momento oportuno, entregar la ciudad y la persona del duque a los tártaros.

Dueños de tal ciudad y de tan importante personaje, los invasores no podían tardar en apoderarse de toda la Siberia.

Ahora bien, como ya se ha dicho, el zar conocía este complot, y, para frustrarlo, había sido confiada a Miguel Strogoff la importante misiva que debía entregar al gran duque en propia mano. Por esta razón habíanse dado al joven correo órdenes severísimas de pasar a todo trance y sin ser conocido a través de la comarca invadida.

Esta misión había sido fielmente ejecutada hasta entonces; pero, ¿podría en lo sucesivo ser cumplimentada hasta el fin?

La herida de la lanza que había recibido Miguel Strogoff no era mortal, y, cuando éste fue arrojado al agua, pudo conseguir, nadando, sin ser visto, ganar la orilla derecha del Irtich, donde cayó desvanecido entre las cañas que allí había.

Al recobrar el conocimiento, se encontró en la cabaña de un campesino que lo había recogido y a cuyos cuidados debía el correo del zar el estar vivo aún.

¿Cuánto tiempo hacía que estaba en aquella cabaña el bravo siberiano? Él no podía decirlo; pero, cuando abrió los ojos después del desvanecimiento, vio un simpático barbudo, inclinado sobre él, y que lo miraba compasivamente.

Iba a preguntar dónde se encontraba, cuando el campesino, anticipándose, le dijo:

—No hables, padrecito; no hables, porque todavía estás muy débil. Te diré dónde estás y te contaré cuanto ha ocurrido desde que te traje a mi cabaña.

Y, acto seguido, refirió a Miguel Strogoff los diversos incidentes de la lucha de que él había sido testigo; el ataque al barco por las barcazas tártaras, el saqueo de la tarenta y el asesinato de los barqueros.

Pero Miguel Strogoff no le escuchaba, sino que, preocupado por otro asunto para él de más importancia, llevábase la mano al pecho y se palpaba la ropa para cerciorarse de si conservaba la carta imperial, que, en efecto, tenía consigo.

Con esta convicción, respiró satisfecho, y exclamó:

—¡Me acompañaba una joven!

—No la han matado —se apresuró a decir el campesino, viendo la inquietud reflejada en los ojos de su huésped—. La metieron en una barca, y prosiguieron descendiendo por el Irtich. ¡Es una prisionera más que reunirán con otras muchas que han conducido a Tomsk!

Miguel Strogoff no pudo responder y se puso la mano sobre el corazón para comprimir sus latidos.

Pero, a pesar de tan terribles pruebas, el sentimiento del deber dominaba su alma por completo.

—¿Dónde estoy? —preguntó.

—A la orilla derecha del Irtich, y solamente a cinco verstas de Omsk —respondió el campesino.

—¿Qué herida he recibido, que me ha postrado de este modo? ¿Ha sido un disparo de arma de fuego?

—No; un lanzazo en la cabeza, cuya herida está ya cicatrizada —explicó el campesino—. Después de algunos días de reposo, podrás continuar la marcha, padrecito. Caíste al río; pero, como los tártaros no te han tocado ni registrado, tu bolsa la tienes aún en el bolsillo.

Miguel Strogoff tendió la mano al campesino, y, después, incorporándose de repente, dijo:

—Amigo, ¿cuánto tiempo hace que estoy en tu cabaña?

—Tres días.

—¡Tres días perdidos!

—¡Tres días, durante los cuales has estado sin conocimiento!

—¿Tienes un caballo que venderme?

—¿Quieres partir?

—En seguida.

—No tengo caballo ni carruaje alguno, padrecito. ¡Los tártaros no dejan nada en los sitios por donde pasan!

—Está bien; entonces, iré a pie a Omsk a buscar un caballo...

—Reposa algunas horas más, y te encontrarás más fuerte para reanudar tu viaje.

—¡Ni una hora siquiera!

—Vamos, entonces —respondió el campesino comprendiendo que no podía oponerse a la voluntad de su huésped—. Te conduciré yo mismo —agregó—. Además, en Omsk hay todavía muchos rusos y podrás quizá pasar inadvertido.

—Amigo —repuso Miguel Strogoff—, ¡que el Cielo te recompense todo lo que has hecho por mí!

—¡Recompensa! Sólo los tontos la esperan en la tierra —repuso el campesino.

Miguel Strogoff salió de la cabaña, y, cuando quiso caminar, sintió tal desfallecimiento, que seguramente habría caído a tierra si el campesino no se hubiera apresurado a socorrerlo; pero, por fortuna, el aire lo reanimó pronto.

Entonces comprendió la importancia del golpe que había recibido en la cabeza, a pesar de lo mucho que lo debió amortiguar la gorra de pieles con que se cubría; pero, como él no era hombre que se dejaba abatir por tan poco, hizo un esfuerzo sobre sí mismo, y no tardó en recobrar toda su energía.

Una sola cosa le preocupaba: llegar cuanto antes a lrkutsk, de cuya ciudad se encontraba aún bastante lejos. Necesitaba, pues, atravesar Omsk sin detenerse.

—¡Dios proteja a mi madre y a Nadia! —murmuró—. ¡No tengo derecho todavía a pensar en ellas!

Acompañado por el campesino, no tardó en llegar al barrio comercial de la ciudad baja, en la que entraron sin dificultad alguna a pesar de estar militarmente ocupada.

La muralla de tierra había sido destruida en muchos sitios, que eran otras tantas brechas, por las que entraron los mercaderes que seguían a las tropas.

En las calles y en las plazas de Omsk pululaban los soldados tártaros, pero advertíase que una mano de hierro les imponía una disciplina a cuya severidad estaban poco acostumbrados. En efecto, no iban aisladamente, sino por grupos armados y de manera que pudieran defenderse contra cualquiera agresión.

En la plaza mayor, convertida en campamento, que guardaban numerosos centinelas, vivaqueaban ordenadamente dos mil tártaros. Los caballos, sujetos a estacas, pero ensillados siempre, estaban dispuestos a partir al primer aviso. Omsk no podía ser más que un punto de parada provisional para la caballería tártara, que debía preferir las ricas llanuras de la Siberia oriental donde las ciudades son más opulentas, los campos más fértiles y, por consiguiente, el pillaje más productivo.

Por encima de la ciudad comercial sobresalía el barrio alto, que Iván Ogareff, a pesar de los muchos asaltos, vigorosamente dados pero bravamente rechazados, no había podido reducir aún. Sobre sus murallas aspilleradas flotaba el pabellón nacional con los colores de Rusia, que fue saludado con legítimo orgullo por Miguel Strogoff y su guía.

El correo del zar conocía perfectamente la ciudad de Omsk y, aun siguiendo a su guía, evitó pasar por las calles demasiado frecuentadas, aunque no abrigaba el temor de ser reconocido.

En esta ciudad su anciana madre habría podido llamarle por su verdadero nombre, pero él había jurado no verla y no la vería.

Además —y éste era el deseo más vehemente de su corazón—, quizá ella habría podido huir a algún lugar tranquilo de la estepa.

Afortunadamente, el campesino conocía a un maestro de postas, que, pagándole bien, no se negaría a alquilar o vender un carruaje o caballos, obtenido lo cual, sólo quedaba la dificultad de salir de la ciudad, pero las brechas practicadas en el recinto debían facilitar la operación.

El campesino condujo, pues, a su huésped discretamente a la casa de postas; pero, al pasar por una calle estrecha, se detuvo de pronto Miguel Strogoff y, retrocediendo, se ocultó tras de una esquina.

—¿Qué te ocurre? —preguntó el campesino, sorprendido de aquel extraño movimiento.

—¡Silencio! —se apresuró a responder Miguel Strogoff, poniendo un dedo sobre sus labios.

En aquel momento, un destacamento de tártaros desembocaba de la plaza principal y seguía por la calle que acababan de dejar Miguel Strogoff y su acompañante.

A la cabeza de aquel destacamento, compuesto de una veintena de soldados de caballería, iba un oficial vestido con un uniforme muy sencillo, el que, aunque sus miradas se dirigieron a uno y otro lado, no pudo ver a Miguel Strogoff, porque éste se había retirado precipitadamente.

El destacamento marchaba al trote largo por aquella calle estrecha, sin que el oficial ni su escolta hicieran caso de los habitantes, que por desgracia apenas habían tenido tiempo de retirarse a su paso y que lanzaron algunos gritos medio ahogados, a los cuales respondieron inmediatamente los tártaros dando lanzazos a diestro y siniestro. La calle quedó en un instante despejada.

Cuando el destacamento hubo desaparecido, preguntó Miguel Strogoff, volviéndose hacia su acompañante:

—¿Quién es ese oficial?

Y, al hacer esta pregunta, su rostro estaba tan pálido como el de un cadáver.

—Es Iván Ogareff —respondió el campesino en voz baja y respirando odio.

—¡Él! —exclamó Miguel Strogoff, quien lanzó esta palabra con un acento de rabia que no pudo disimular.

En aquel oficial acababa de reconocer al viajero que le había golpeado en la casa de postas de Ichim, y repentinamente se iluminó su espíritu. Aquel viajero, a quien él no había hecho más que entrever, le recordó también al viejo bohemio cuyas palabras había sorprendido en el mercado de Nijni-Novgorod.

No se había equivocado: aquellos dos hombres eran uno mismo.

Efectivamente, disfrazado de bohemio y confundido entre los individuos de la banda de Sangarra, Iván Ogareff había podido salir de la provincia de Nijni-Novgorod, adonde había ido a buscar, entre los numerosos extranjeros que del Asia central habían concurrido a la feria, los cómplices a quienes querían asociar a la realización de su obra maldita. Sangarra y sus gitanas, verdaderos espías a sueldo, estaban absolutamente a su devoción, y él había sido quien, durante la noche, habla pronunciado en el campo de la feria aquella frase singular cuya verdadera significación podía comprender ya Miguel Strogoff; él era también quien había viajado a bordo del *Cáucaso* en compañía de la banda de bohemios, y quien, yendo de Kazán a Ichim por distinto camino del ordinario, a través del Ural, había conseguido llegar a Omsk, donde entonces mandaba en jefe.

Apenas hacía tres días que Iván Ogareff había llegado a Omsk, y, sin su funesto encuentro en Ichim y sin el acontecimiento que acababa de retener tres días en las orillas del Irtich a Miguel Strogoff, éste habríase indudablemente adelantado al traidor en el camino de Irkutsk. ¡Y quién sabe cuántas desgracias se habrían evitado en el porvenir!

En todo caso, y entonces con mayor razón que nunca, Miguel Strogoff debía evitar la presencia de Iván Ogareff y hacer todo lo posible para no ser visto por éste. Cuando llegara el momento de encontrarse con él cara a cara, sabría buscarlo y lo encontraría, aunque el traidor fuese dueño absoluto de toda Siberia.

El correo del zar y el campesino prosiguieron la marcha a través de toda la ciudad hasta que llegaron a la casa de postas.

Salir de Omsk por una de las brechas abiertas en el recinto de la ciudad no era empresa difícil durante la noche; pero adquirir un carruaje para remplazar a la tarenta era imposible, por la sencilla razón de que no había ninguno que pudiera ser alquilado o comprado, aunque ¿para qué necesitaba ya un carruaje Miguel Strogoff, que se había quedado solo? Con un caballo tenía suficiente, y, por fortuna, lo pudo adquirir.

El que le proporcionó el maestro de postas era un animal robusto, capaz de soportar largas fatigas y del que Miguel Strogoff, como habilísimo jinete, podía sacar excelente partido.

El caballo fue pagado a buen precio, y algunos minutos más tarde estaba en disposición de emprender la marcha. Eran entonces las cuatro de la tarde.

Miguel Strogoff, obligado a esperar que llegase la noche para salir de la ciudad y no queriendo mostrarse en las calles, permaneció en la casa de postas, donde se hizo servir algún alimento.

En la sala común había gran afluencia de gente, porque, lo mismo que ocurría en todas las estaciones rusas, el vecindario no cesaba de ir y venir allí, ansioso de adquirir noticias de la invasión.

En aquellos momentos, hablábase de la próxima llegada de un cuerpo de tropas moscovitas, no a Omsk sino a Tomsk, con objeto de recuperar esta ciudad y arrojar de ella a los tártaros de Féofar-Kan.

Miguel Strogoff escuchaba muy atentamente cuanto se decía, pero sin intervenir para nada en la conversación.

De repente, oyó un grito que le hizo estremecer, un grito que le llegó hasta el fondo del alma, y estas dos palabras fueron pronunciadas junto a su oído:

—¡Hijo mío!

Su madre, la anciana Marfa, se encontraba en su presencia, sonriéndole temblorosa y tendiéndole los brazos.

Miguel Strogoff se levantó e iba a lanzarse hacia ella cuando el recuerdo del deber lo contuvo.

El peligro serio, que tanto a su madre como a él podía acarrearles aquel encuentro, lo paralizó de pronto, y tal fue el imperio que él ejerció sobre sí mismo, que ni un solo músculo de su rostro se movió.

En la sala común se encontraban reunidas entonces veinte personas, entre las cuales podía haber espías, y, como en la ciudad

172

era público que el hijo de Marfa Strogoff pertenecía al cuerpo de correos del zar, era muy probable que, si él *conocía* a su madre, no tardara en ser delatado.

Miguel Strogoff no se movió.

—¡Miguel! —exclamó su madre.

—¿Quién es usted, mi buena señora? —preguntó Miguel Strogoff, balbuceando algunas palabras más que pronunciándolas.

—¿Quién soy? ¡Y tú me lo preguntas! Pero, hijo mío, ¿es que ya no conoces a tu madre?

—Usted se equivoca —respondió fríamente Miguel Strogoff—. Quizá alguna semejanza...

La anciana Marfa se puso frente a él, y, mirándolo con mucha fijeza, le preguntó:

—¿No eres tú el hijo de Pedro y de Marfa Strogoff?

Miguel Strogoff habría dado en aquellos momentos toda su vida por poder estrechar libremente a su madre entre sus brazos... pero, si cedía, ¡qué sería de él, de ella, de su misión y de su juramento! Dominándose, pues, cerró los ojos para no ver las inexpresables angustias que contraían el venerable rostro de su madre, y retiró sus manos para no tocar las manos temblorosas que lo buscaban.

—No sé, realmente, lo que quiere usted decir, buena mujer —respondió, retrocediendo algunos pasos.

—¡Miguel! —volvió a gritar la anciana madre.

—¡No me llamo Miguel ni he sido nunca hijo de usted! Yo soy Nicolás Korpanoff, comerciante de Irkutsk.

Y, dicho esto, abandonó bruscamente la sala común, mientras sonaban por última vez en sus oídos estas palabras:

—¡Hijo mío! ¡Hijo mío!

Miguel Strogoff, agotadas sus fuerzas, habíase visto obligado a partir para no desatarse, y no vio que su anciana madre caía casi inanimada sobre un banco, pero, en el momento en que el maestro de postas avanzaba hacia ella para socorrerla, se levantó, inspirada por una revelación repentina.

¡Ella desconocida por su hijo! No era posible, como tampoco lo era que ella se hubiera equivocado. Estaba bien segura de que el joven a quien acababa de ver era su hijo, y si él no la había reconocido era porque no debía conocerla, porque tenía razones poderosísimas para proceder de aquel modo.

Entonces, reprimiendo sus sentimientos maternales, no tuvo más que este pensamiento: «¿Le habré perdido sin querer?»

Y dijo a los que la interrogaban:

—¡Estoy loca! Mis ojos me han engañado; ese joven no es mi hijo, no tiene su voz, no pensemos más en ello. ¡Voy a acabar por ver a mi hijo en todas partes!

No habían transcurrido diez minutos cuando se presentó en la casa de postas un oficial tártaro.

—¿Marfa Strogoff? —preguntó.

—Yo soy —respondió la anciana, tan tranquilamente y con el rostro tan compuesto, que los testigos de la escena que acababa de desarrollarse no la habrían reconocido.

—Vamos —dijo el oficial.

Marfa Strogoff salió de la casa de postas, siguiendo con paso seguro al oficial tártaro.

Algunos momentos después encontrábase en el vivac de la plaza mayor, en presencia de Iván Ogareff, a quien habían sido referidos inmediatamente todos los detalles del suceso ocurrido en la casa de postas.

Iván Ogareff, suponiendo la verdad, quiso interrogar personalmente a la anciana siberiana.

—¿Cuál es tu nombre, vieja? —le preguntó.

—Marfa Strogoff.

—¿Tienes un hijo?

—Sí.

—¿Es correo del zar?

—Sí.

—¿Dónde se encuentra?

—En Moscú.

—¿No tienes noticias de él?

—No las tengo.

—¿Desde cuándo?

—Desde hace dos meses.

—¿Quién era, entonces, ese joven a quien has dado el nombre de hijo en la casa de postas, hace algunos momentos?

—Un joven siberiano, a quien había tomado por él —respondió Marfa Strogoff—. Desde que la ciudad está llena de extranjeros, ésta es la décima vez que he creído ver a mi hijo. ¡Creo verlo en todas partes!

—¿De manera que ese joven no era Miguel Strogoff?

—No era Miguel Strogoff.

—¿Sabes, vieja, que puedo hacer que te den tormento hasta que declares la verdad?

—He dicho la verdad, y la tortura no hará que varíe una sola de mis palabras.

—Pero ese joven siberiano, ¿no era Miguel Strogoff? —preguntó por segunda vez Iván Ogareff.

—No, no era él —volvió a responder Marfa Strogoff—. ¿Cree usted que yo renegaría de un hijo como el que Dios me ha dado, por nada del mundo?

Iván Ogareff miró con aspecto de malicia a la anciana, que sostuvo la mirada sin bajar los ojos. Él no dudaba que aquella mujer había reconocido a su hijo en el joven siberiano y que, si éste había renegado de la madre y la madre renegaba del hijo, debía haber motivos muy graves para ello.

Para Iván Ogareff era, por tanto, evidente que el pretendido Nicolás Korpanoff y el correo del zar, Miguel Strogoff, eran una misma persona, y que si éste se ocultaba bajo un nombre supuesto debíase a que estaba encargado de alguna misión importantísima que era necesario conocer a todo trance.

Hechas estas reflexiones, dio orden de salir inmediatamente en persecución de Miguel Strogoff, y, luego, dijo, refiriéndose a Marfa:

—Que lleven a Tomsk a esta mujer.

Y, mientras los soldados sacaban de allí bruscamente a la anciana, agregó entre dientes:

—Ya sabré hacer hablar a esta bruja, cuando llegue el momento oportuno.

CAPÍTULO XV

Los pantanos de la Baraba

Miguel Strogoff había obrado acertadamente al salir tan pronto de la casa de postas, porque las órdenes de Iván Ogareff fueron transmitidas con suma rapidez a todos los puntos de la ciudad, y sus señas comunicadas a todos los jefes de puesto, con objeto de que aquél no pudiera salir de Omsk; pero, en aquel momento, había salido ya por una de las brechas del recinto, y su caballo corría con velocidad por la estepa.

No habiendo salido inmediatamente los tártaros en su persecución, era muy probable que lograra escaparse.

El correo del zar había salido de Omsk a las ocho de la tarde del 29 de julio, y, como esta ciudad se encuentra a poco más de la mitad del camino de Moscú a Irkutsk, necesitaba llegar al término de su viaje en diez días, si quería adelantarse a las columnas tártaras.

Evidentemente, la deplorable casualidad que lo había puesto en presencia de su madre, había descubierto su incógnito, e Iván Ogareff no podía ignorar que acababa de pasar por Omsk con dirección a Irkutsk un correo del zar, y que los despachos de que éste era portador debían tener extraordinaria importancia.

Miguel Strogoff estaba convencido de que se adoptarían todos los medios imaginables para apoderarse de él; pero ignoraba lo que necesariamente tenía que ignorar: que Marfa Strogoff se encontraba en manos de Iván Ogareff, y que la anciana iba a pagar, quizá con la vida, el movimiento que no había podido reprimir al encontrarse de pronto en presencia de su hijo.

Era una fortuna para Miguel Strogoff el ignorar esta circunstancia, porque, en caso contrario, quizá no habría podido resistir esta nueva prueba.

Estimulaba, pues, a su caballo, comunicándole toda la impaciencia febril que lo devoraba, pero no pidiéndole otra cosa sino que lo llevara con la mayor rapidez posible hasta otra casa de postas donde pudiera adquirir otro medio de locomoción más rápido.

A medianoche, deteníase en la estación de Kulikovo después de haber recorrido setenta verstas; pero allí, como él se había figurado, no encontró caballos ni carruajes. Algunos destacamentos tártaros, que se habían separado del camino que atraviesa la estepa, habían robado o requisado todo, lo mismo en las aldeas que en las casas de postas, por lo que Miguel Strogoff apenas pudo encontrar algún alimento para su caballo y para él.

Le importaba, por lo tanto, conservar la cabalgadura, porque no sabía cómo ni cuándo la podría remplazar.

Mientras tanto, deseando poner el mayor espacio posible entre él y los jinetes que Iván Ogareff debía haber lanzado en su persecución, resolvió seguir adelante, y, en efecto, después de una hora de descanso, reanudó la marcha.

Hasta entonces, las circunstancias atmosféricas habían favorecido, por fortuna, el viaje del correo del zar, porque la temperatura era soportable, y la noche, muy corta en aquella época del año, e iluminada por esa semiclaridad de la luna que se tamiza a través de las nubes, hacía el camino muy practicable.

Miguel Strogoff marchaba, además, sin dudas ni vacilaciones, como hombre que conoce bien el terreno, y, a pesar de los pensamientos dolorosos que lo obsesionaban, conservaba una gran lucidez de espíritu y marchaba directamente a su objeto, como si éste fuera una cosa visible en el horizonte.

A veces, deteníase un momento en algún recodo del camino, para dejar tomar aliento a su caballo; pero entonces se apeaba, y, al mismo tiempo que aliviaba de su peso al animal, pegaba el oído al suelo y escuchaba si algún ruido de galope se propagaba por la superficie de la estepa. Cuando no percibía ningún sonido sospechoso, proseguía la marcha hacia adelante.

¡Ah! Si toda aquella comarca siberiana hubiese estado invadida por la noche polar, esa noche permanente que tiene muchos meses de duración, él habría podido caminar con mayor seguridad. Él lo deseaba con vehemencia.

A las nueve de la mañana del 30 de julio pasó por la estación de Turumoff y entró en la pantanosa región de la Baraba.

Allí, en un espacio de trescientas verstas, las dificultades podían ser extremadamente grandes, cosa que no ignoraba Miguel Strogoff, pero, como conocía también el medio de superarlas, no abrigó temor alguno.

Los extensos pantanos de la Baraba, comprendidos de norte a sur, entre los paralelos 60 y 50, sirven de depósito a todas las aguas pluviales que no encuentran salida hacia el Obi ni hacia el Irtich.

El suelo de esta vasta depresión es completamente arcilloso y, por lo tanto, impermeable, de manera que las aguas quedan estancadas allí y forman una región muy difícil de atravesar, especialmente durante la estación calurosa.

Esto no obstante, pasa por allí el camino de Irkutsk, y, en medio de los charcos, de los estanques, de los lagos y de los pantanos, de los que el sol levanta emanaciones insalubres, desarróllase este camino para mayor fatiga y mayor peligro del viajero.

En invierno, cuando el frío solidifica todo lo que está líquido, cuando la nieve nivela el suelo y condensa las miasmas, los trineos pueden fácil e impunemente deslizarse sobre la dura corteza de la Baraba, terreno muy abundante en caza, adonde acuden los cazadores en persecución de las martas cebellinas, cuya preciosa piel es muy buscada.

Durante el estío, el pantano se convierte en fangoso, pestilente y hasta impracticable cuando el nivel de las aguas es muy elevado.

Miguel Strogoff lanzó su caballo a través de una pradera herbosa, en la que faltaba ya el césped menudo de que se alimentan exclusivamente los inmensos rebaños siberianos.

No era aquella la pradera sin límites, sino una especie de inmenso vivero de vegetales arborescentes.

El césped elevábase entonces a cinco o seis pies de altura. La hierba había dejado sitio a las plantas pantanosas, a las que la humedad, unida a los calores estivales, había dado proporciones gigantescas. Eran, especialmente, juncos y butomos, que formaban una red inextricable, una impenetrable espesura, adornada con miles de flores, notables por la viveza de su colorido los iris, y entre las cuales brillaban las azucenas y cuyos perfumes se confundían con las cálidas emanaciones que del suelo se desprendían.

Desde los pantanos que bordeaban el camino no podía verse a Miguel Strogoff, que galopaba por entre la espesura de juncos, más altos que él. Sólo los innumerables pájaros acuáticos que se levantaban de la orilla del camino y se extendían por el espacio en grupos gritadores señalaban el paso del correo del zar.

Esto no obstante, el camino estaba claramente trazado: aquí, avanzaba directamente por entre la espesa maleza de plantas pantanosas; allí, contorneaba las orillas sinuosas de los grandes estanques, algunos de los cuales, que tienen muchas verstas de longitud y de latitud, han merecido el nombre de lagos, y, en otros sitios, no había sido posible evitar las aguas estancadas, y pasaba sobre ellas, no por encima de verdaderos puentes, sino sobre plataformas movibles, apoyadas en espesas capas de arcilla, cuyos maderos temblaban como una débil plancha suspendida sobre un abismo. Algunas de estas plataformas tenían doscientos o trescientos pies de largo y, en más de una ocasión, los viajeros, o, por lo menos, las viajeras, de las tarentas sufrían, al pasar, un mareo análogo al que se experimenta en el mar.

Miguel Strogoff, lo mismo si era sólido el terreno que tenía bajo los pies, como cuando era blando, corría siempre sin detenerse, saltando por encima de las brechas abiertas en las maderas podridas, cuando de ello tenía necesidad. Lo único que no podían evitar el jinete ni el caballo, por ligeros que fuesen, eran las picaduras de los insectos dípteros que infestaban aquel país pantanoso.

Los viajeros que se ven obligados a atravesar la Baraba durante el estío, tienen la precaución de proveerse de caretas de crin, a las cuales va adherida una cota de malla de hilo metálico muy fino que les cubre los hombros, a pesar de la cual son pocos los que salen de aquella región pantanosa sin llevar la cara, el cuello y las manos llenas de puntos rojos. La atmósfera allí parece que está erizada de finas agujas, y hasta se podría creer que la espesa armadura de los antiguos caballeros no bastaba para preservar de las picaduras de estos dípteros.

Es funesto aquel país que el hombre disputa, a alto precio, a las típulas, a los mosquitos, a los maringuinos, a los tábanos y hasta a los millares de insectos microscópicos que no son perceptibles a simple vista; pero a los que, si no se los ve, se los siente a causa de sus intolerables picaduras, que ni los cazadores siberianos más endurecidos pueden soportar.

El caballo de Miguel Strogoff, aguijoneado por los venenosos dípteros, saltaba como si le clavasen en los ijares las aceradas puntas de mil espuelas, y, acometido por una rabia loca, se encabritaba, corría y dejaba atrás verstas y más verstas con la velocidad de un tren expreso, golpeándose los flancos con la cola y buscando alivio a su suplicio en la rapidez de su carrera.

Se necesitaba ser tan buen jinete como Miguel Strogoff para que las paradas bruscas que el caballo hacía y los saltos que daba para librarse del aguijón de los dípteros, no lo arrojaran al suelo; pero el correo del zar parecía, por el contrario, haberse quedado insensible al dolor físico como si estuviera sometido a la acción de un anestésico permanente, no viviendo más que por el deseo de llegar a su objeto, costara lo que costase, y no viendo en aquella insensata carrera otra cosa que el camino que iba dejando rápidamente tras de sí.

¿Quién podía creer que en la región de la Baraba, tan insalubre durante los calores, hubiese población alguna?

La había, sin embargo, porque, a veces, aparecían entre los juncos gigantescos algunas cabañas, en las que habitaban hombres, mujeres, niños y ancianos que, cubiertos de pieles y ocultando el rostro bajo vejigas untadas de pez, guardaban rebaños de carneros enflaquecidos, los que, para preservarlos del ataque de los insectos, tenían siempre bajo el viento de las hogueras de leña verde, encendidas noche y día, para que su humo acre se propagara poco a poco por encima del pantano inmenso.

Cuando Miguel Strogoff advertía que su caballo estaba a punto de caer abrumado por la fatiga, aproximábase a una de aquellas miserables cabañas, se apeaba, y, olvidado de su propio cansancio, frotaba la piel del animal con grasa caliente, según la costumbre siberiana; luego, le daba una buena ración de forraje, y sólo cuando lo había curado y alimentado, se preocupaba de sí mismo, comiendo, para recuperar sus fuerzas, un trozo de pan y un poco de carne y bebiendo algún vaso de *kwass*.

Una hora más tarde, o dos a lo sumo, reanudaba la marcha, a toda velocidad, por el interminable camino de Irkutsk.

De este modo recorrió noventa verstas desde Turumoff, y a las cuatro de la tarde del 30 de julio llegó a Elamsk, permaneciendo insensible a toda fatiga.

Allí viose obligado a dar una noche de reposo al caballo, porque el vigoroso animal no habría podido continuar por más tiempo aquel penoso viaje sin que antes hubiese descansado.

En Elamsk, como en los demás sitios, no había medio alguno de transporte, pues por las mismas razones que en los pueblos precedentes, carruajes y caballos habían desaparecido, como todo cuando tenía algún valor.

Elamsk, pequeña ciudad que no había sido visitada aún por los tártaros, estaba casi completamente despoblada, porque, como podía ser fácilmente invadida por el sur y difícilmente socorrida por el norte, la autoridad superior había ordenado que se desalojasen las casas de postas, las oficinas de policía y el palacio del gobernador, así es que los empleados públicos por una parte y el vecindario por otra, todas las personas que estaban en disposición de emigrar, se habían refugiado en Kamsk, en el centro de la Baraba.

Miguel Strogoff tuvo, por consiguiente, que resignarse a pernoctar en Elamsk para que su caballo reposara durante doce horas.

Recordaba perfectamente todas las instrucciones que le habían sido dadas en Moscú: atravesar Siberia de incógnito y llegar a todo trance a Irkutsk; pero, en cierto modo, no sacrificar el éxito de la empresa a la rapidez del viaje. Estaba obligado, por consiguiente, a conservar el único medio de locomoción de que disponía.

A la mañana siguiente salió de Elamsk, en el momento en que, diez verstas más atrás, en el camino de la Baraba, aparecían los primeros exploradores tártaros, por lo que se lanzó nuevamente a través de la región pantanosa.

El camino era llano, lo que facilitaba la marcha; pero muy sinuoso, circunstancia que la prolongaba. De todos modos, era imposible abandonarlo para correr en línea recta a través de la infranqueable red de estanques y lagunas.

Al otro día, 1 de agosto, Miguel Strogoff pasó a las doce por delante de la aldea de Spaskoe, ciento veinte verstas más allá, y dos horas después llegó a la de Pokrowskoe, donde hizo alto. Su caballo, que desde la salida de Elaks había corrido incesantemente, no hubiese podido en aquel momento dar un paso más.

Allí, por causa de un descanso obligado, tuvo que perder también el resto de aquel día y toda la noche; pero reanudó la marcha a la mañana siguiente, y, corriendo sin cesar, a través del suelo medio inundado el 2 de agosto a las cuatro de la tarde llegó a Kamsk, después de una etapa de setenta y cinco verstas.

El aspecto del país había cambiado.

La pequeña villa de Kamsk, situada en medio de una comarca inhabitable, es como una isla, sana y en condiciones de habitabilidad. Ocupa el mismo centro de la Baraba y, merced a las obras de saneamiento y a la canalización del río Tom, afluente del Irtich, que pasa por allí, los pestilentes pantanos han sido transformados en ricos terrenos de pasto. Sin embargo, estas mejoras no han conseguido triunfar aún por completo de las fiebres que hacen peligrosa la estancia allí durante el otoño, a pesar de lo cual los indígenas de la Baraba buscan refugio en esta villa cuando las miasmas palúdicas los arrojan de otras partes de la provincia.

La emigración provocada por la invasión tártara no había despoblado aún a la pequeña villa de Kamsk, cuyos habitantes se consideraban seguros; probablemente creían tener tiempo de huir si se los amenazaba de forma directa.

Por esta causa, Miguel Strogoff no pudo, por mucho que lo desease, adquirir noticia alguna en aquel punto, cuyo gobernador lo habría interrogado a él para informarse si hubiera sabido quién era el supuesto comerciante de lrkutsk.

Efectivamente, Kamsk parecía, por la situación que ocupaba, estar fuera de un mundo siberiano y ser ajena a los acontecimientos que perturbaban la comarca.

Por otra parte, Miguel Strogoff se dejó ver poco o nada, porque pasar inadvertido era suficiente para quien, como él, deseaba ser invisible. La experiencia de lo pasado le hacía cada vez más circunspecto por lo presente y por lo futuro.

Así, pues, durante su breve residencia en Kamsk, permaneció retirado y, poco después de recorrer las calles, ni aun quiso salir de la posada.

Quizás allí habría podido encontrar un carruaje y reemplazar por un vehículo más cómodo el caballo en que viajaba desde Omsk; pero, después de reflexionar detenidamente, desistió de ello por creer que la compra de una tarenta atraería la atención sobre él, y, en tanto que no pasara la línea a la sazón ocupada por los tártaros, línea que cortaba la Siberia siguiendo el valle del Irtich, no quería correr el riesgo de provocar sospechas.

Además, para acabar la difícil travesía de la Baraba; para huir a través de los pantanos, en el caso de que algún peligro lo amenazase muy directamente; para alejarse, si era preciso, en la más densa espesura de los juncos, un caballo valía evidentemente más que un carruaje. Luego, cuando hubiera pasado de Tomsk, o hasta de Krasnoiarsk, y llegado a algún centro importante de la Siberia occidental, vería Miguel Strogoff lo que le convenía hacer.

En cuanto a su caballo, ni siquiera se le ocurrió la idea de cambiarlo por otro. Se había acostumbrado a aquel valiente animal y sabía lo que daba de sí y el partido que de él podía sacar. Había tenido buena suerte al comprarlo en Omsk, y el campesino que lo había guiado a la casa de postas le había prestado un gran servicio.

Por otra parte, si Miguel Strogoff se había acostumbrado ya a su caballo, éste parecía que poco a poco iba acostumbrándose también a las fatigas de semejante viaje y, a condición de que se le permitiera descansar durante algunas horas, el jinete podía esperar de él que lo llevara hasta más allá de las provincias invadidas.

Así, pues, durante la tarde del día 2 de agosto y durante la noche del 2 al 3, Miguel Strogoff permaneció recluido en su posada, situada a la entrada de la población, y que, por ser poco frecuentada, estaba al abrigo de los importunos y de los curiosos.

Rendido por la fatiga, se acostó, no sin haber cuidado antes de que no faltase nada a su caballo, pero no pudo dormir más que a intermitencias, porque los recuerdos y la inquietud lo asaltaban a la vez. La imagen de su anciana madre y la de su joven y valerosa compañera, a quienes había dejado atrás sin protección, pasaban alternativamente ante su espíritu y confundíanse con frecuencia en su pensamiento.

Luego, recordaba la misión que había jurado cumplir, a la que daba cada vez más importancia todo cuanto él había visto desde que salió de Moscú. El movimiento de insubordinación era extremadamente grave, y la complicidad de Ogareff lo hacía más temible aún.

Cuando sus miradas se posaban sobre la carta autorizada con el sello imperial —carta que sin duda contenía el remedio de tantos males y la salvación de todo el país desolado por la guerra—, experimentaba Miguel Strogoff un deseo feroz de lanzarse a través de la estepa, salvar a vuelo de pájaro la distancia que lo separaba de Irkutsk, ser águila para elevarse por encima de los obstáculos, ser huracán para pasar a través de los aires con una rapidez de cien verstas por hora, llegar al fin a la presencia del gran duque, exclamar: «¡Alteza, de parte de Su Majestad el zar!», y entregarle el documento de que era portador.

A las seis de la mañana siguiente púsose de nuevo en camino con intención de recorrer aquel día las ochenta verstas (85 kilómetros) que separan a Omsk de la aldea de Ubinsk.

Más allá de un radio de veinte verstas encontró nuevamente la pantanosa Baraba, que no tenía ya derivación alguna, y cuyo suelo estaba en muchos sitios anegado bajo un pie de agua.

Era muy difícil en estas circunstancias seguir el camino, pero, gracias a su extremada prudencia, Miguel Strogoff no tuvo que lamentar accidente alguno.

Al llegar a Ubinsk, dejó reposar a su caballo durante toda la noche, porque quería recorrer de un tirón, al día siguiente, las cien verstas que separan a Ubinsk de Ikulskoe.

Al amanecer, reanudó, efectivamente la marcha; pero, por desgracia, el suelo de Baraba era, en aquella parte, más intransitable cada vez.

Algunas semanas antes había llovido copiosamente entre Ubinsk y Kamakova, y en aquella angosta depresión se conservaban las aguas como en una cuenca impermeable. En aquella red interminable de charcos, de estanques y de lagos, no había solución de continuidad.

Uno de estos lagos —bastante importante para merecer ser admitido en la nomenclatura geográfica—, el Chang, nombre chino, tuvo que rodearlo Miguel Strogoff por espacio de más de veinte verstas, viéndose obligado a arrostrar grandes dificultades, lo que ocasionó un retraso, que toda la impaciencia del jinete no pudo impedir.

Había tenido, pues, acierto al no adquirir un carruaje en Kamsk, porque si así lo hubiese hecho no habría podido pasar por donde su caballo pasó.

A las nueve de la noche llegó a Ikulskoe, donde pernoctó y donde no se tenía noticia alguna de la guerra, cosa que no sorprendió nada al correo del zar porque esta aldea es un lugar perdido en la extensa Baraba.

Por su naturaleza misma, aquella porción de la provincia, situada en la bifurcación que formaban las dos columnas tártaras, una hacia Omsk, y hacia Tomsk la otra, había escapado hasta entonces a los horrores de la invasión.

Pero las dificultades naturales iban, al fin, a disminuir, porque, si no sufría retraso alguno, Miguel Strogoff debía salir de la Baraba al día siguiente, y, cuando hubiera recorrido las ciento veinticinco verstas (133 kilómetros) que lo separaban aún de Kolivan, volvería a encontrar un camino practicable.

Cuando llegase a este lugar importante se encontraría a igual distancia de Tomsk, y muy probablemente, si las circunstancias lo aconsejaban, daría un rodeo para no entrar en esta ciudad que, suponiendo que fuesen exactas sus noticias, estaba ocupada por Féofar-Kan.

Pero si Ikulskoe, Karguinsk y otros lugares semejantes, por donde pasó el día siguiente, estaban relativamente tranquilos, merced a la situación que ocupaban en la Baraba, y donde las columnas tártaras hubiesen maniobrado difícilmente, ¿no era de creer que en las ricas márgenes del Obi, donde no hubiese que vencer obstáculos físicos, hubiera que temerlo todo de los hombres? Era inverosímil.

No obstante, si era preciso, Miguel Strogoff se saldría del camino directo de Irkutsk y viajaría a través de la estepa, aunque, al hacerlo así, se exponía evidentemente a encontrarse sin recursos.

Efectivamente, allí no hay caminos trazados, ni ciudades, ni aldeas, pues apenas se encuentran algunas alquerías aisladas o simples cabañas habitadas por gentes muy pobres, que sin duda serán hospitalarias, pero que no pueden proporcionar ni aun lo más necesario. Sin embargo, él no podía vacilar.

En fin, aproximadamente a las tres y media de la tarde, después de haber dejado tras de sí la estación de Kargatsk, Miguel Strogoff salió de las últimas depresiones de la Baraba, y el suelo duro y seco del territorio siberiano volvió a resonar bajo los cascos de su cabalgadura.

Había salido de Moscú el 15 de julio, y, como aquel día era el 5 de agosto, habían transcurrido tres semanas justas desde su partida, incluidas las setenta horas perdidas a orillas del Irtich.

Se encontraba todavía a mil quinientas verstas de distancia de Irkutsk.

CAPÍTULO XVI

El último esfuerzo

Miguel Strogoff tenía razón al temer algún mal encuentro en aquellas llanuras que se prolongan más allá de la Baraba, porque los campos, hollados por los pies de los caballos, revelaban claramente que los tártaros habían pasado por allí, y de estos bárbaros podía decirse lo que se dice de los turcos: *Allí por donde el turco pasa, la hierba no vuelve a crecer jamás*.

Tenía, por consiguiente, el correo del zar que adoptar las mayores precauciones para atravesar aquella región, en cuyo horizonte veíanse algunas volutas de humo que se retorcían en el espacio como para testificar que las aldeas y los caseríos continuaban siendo pasto de las llamas.

Estos incendios, ¿los había provocado la vanguardia enemiga, o el grueso del ejército del emir había llegado ya a los últimos límites de la provincia? ¿Se encontraba personalmente Féofar-Kan en el Gobierno de Yeniseisk? Miguel Strogoff no lo sabía, y no podía resolver nada mientras no supiera a qué atenerse respecto a este asunto. ¿Estaría el país tan completamente abandonado que no hubiese en él un siberiano que le informase?

El correo del zar anduvo dos verstas sin encontrar a nadie, el camino estaba completamente desierto. Conforme avanzaba, miraba a derecha e izquierda buscando alguna casa que no hubiera sido abandonada, pero todas las que encontró estaban completamente vacías.

Al fin, distinguiendo entre los árboles una cabaña de la que salía un poco de humo, se aproximó a ella, y vio, a pocos pasos de los restos de una pobre casa, un anciano rodeado de niños que lloraban.

Una mujer, todavía joven, que sin duda era hija del anciano y madre de los niños, arrodillada en el suelo, contemplaba aquella escena de desolación con ojos extraviados.

Aquella infeliz mujer estrechaba en sus brazos a una criatura de pocos meses de edad a la que daba su escuálido pecho, y a la que probablemente no tardaría en faltar la alimentación.

Todo era ruina y desolación en torno de esta desgraciada familia.

Miguel Strogoff, aproximándose al anciano, le preguntó con voz grave:

—¿Me puedes responder?

—Habla —contestó el anciano.

—¿Han pasado los tártaros por aquí?

—Sí, puesto que está ardiendo mi casa.

—¿Era un ejército o un destacamento?

—Un ejército, porque los campos han sido devastados en todo cuando alcanza la vista.

—¿Iba mandado por el emir?

—Por el emir, porque las aguas del Obi se han teñido de rojo.

—¿Y Féofar-Kan ha entrado en Tomsk?

—Sí, ha entrado en Tomsk.

—¿Sabes si los tártaros se han apoderado de Kolivan?

—No, porque Kolivan no arde aún.

—Gracias, amigo. ¿Puedo hacer algo por ti y por tu familia?

—Nada.

—Entonces, hasta la vista.

—¡Adiós!

Y Miguel Strogoff, después de dejar veinticinco rublos sobre las faldas de la desgraciada mujer, que ni tuvo fuerzas para darle las gracias, espoleó su caballo y reanudó la marcha.

Sabía, por lo menos, una cosa, y era que debía evitar a todo trance el pasar por Tomsk.

Todavía era posible ir a Kolivan, donde los tártaros no habían llegado aún, y lo que él debía hacer, por consiguiente, era aprovisionarse en esta ciudad de lo necesario para una larga etapa, apartarse en seguida del camino de Irkutsk, dando un rodeo para no pasar por Tomsk, atravesar el Obi, y volver nuevamente a tomar el camino recto.

Decidido el nuevo itinerario, Miguel Strogoff no debía ya vacilar un instante, y no vaciló. Imprimió, pues, a su caballo una marcha más rápida y regular y siguió el camino que conducía directamente a la margen izquierda del Obi, del que lo separaban aún cuarenta verstas. ¿Encontraría allí un barco para atravesar el río, o tendría necesidad de pasarlo a nado por haber destruido los tártaros todas las embarcaciones? En el momento oportuno resolvería.

En cuanto al caballo, bastante cansado ya, Miguel Strogoff, después de exigirle que agotara el resto de sus fuerzas en esta última etapa, trataría de cambiarlo por otro en Kolivan, pues comprendía que el pobre animal no podía tardar mucho en caer abrumado por el cansancio.

Kolivan debía ser, por consiguiente, como un nuevo punto de partida, porque, desde esta ciudad en adelante, el viaje se efectuaría en nuevas condiciones.

Mientras recorriese el país devastado por el enemigo, el correo del zar tendría que luchar con grandes dificultades, pero si, después de evitar el paso por Tomsk, podía tomar nuevamente el camino de Irkutsk a través de la provincia de Yeniseisk, que los tártaros no habían saqueado aún, podría llegar al término de su viaje en el plazo de algunos días.

A medianoche, una profunda oscuridad envolvía a la estepa en su tupido manto de negruras.

El viento que, al ponerse el sol, había cesado por completo, dejaba en la atmósfera una calma absoluta.

Sólo el ruido de los pasos del caballo y algunas palabras con que el jinete lo animaba de vez en cuando turbaban el augusto silencio de la noche y de los campos desiertos.

En medio de las tinieblas que envolvían la estepa, se necesitaba estar constantemente muy atento para no salirse del camino, bordeado de estanques y de arroyuelos, tributarios del Obi.

Miguel Strogoff caminaba, pues, tan rápidamente como era posible en aquellas circunstancias, pero con cierta circunspección, fiándose tanto de la excelencia de sus ojos, que penetraban en las sombras, como de la prudencia de su caballo, cuya sagacidad le era conocida.

Al cabo de un rato, se apeó para reconocer exactamente la dirección del camino; pero, en aquel momento, pareciole oír un rumor confuso que procedía del oeste, algo así como el ruido de una cabalgata lejana galopando sobre la tierra seca.

No había duda; aquel ruido lo producía, una o dos verstas más atrás, cierta cadencia de pasos que herían con regularidad el suelo.

Entonces aplicó la oreja a la orilla misma del camino y escuchó con mayor atención.

—Es un destacamento de caballería que viene por el camino de Omsk —se dijo a sí mismo el correo del zar—. Corre mucho, porque el ruido aumenta. ¿Serán rusos? ¿Serán tártaros?

Y de nuevo se puso a escuchar.

—Sí —dijo—, esta gente camina al trote largo y antes de diez minutos estarán aquí. Mi caballo no podría conservar mucho tiempo la delantera... Si son rusos, me uniré a ellos; y si son tártaros, es necesario evitar que me vean... Pero, ¿de qué modo? ¿Dónde ocultarme en esta estepa?

Miguel Strogoff miró en torno suyo y sus ojos de lince no tardaron en descubrir una masa que en la sombra de la noche apenas era perceptible, a cien pasos más adelante, hacia la izquierda del camino.

—Allí hay una espesura —se dijo—. Buscar refugio en ella es exponerme quizás a ser tomado prisionero, si los tártaros la registran; pero no me queda otro recurso. ¡Ya llegan! ¡Ya están aquí!

Algunos momentos después, llevando su caballo por la brida, ocultose en un bosquecillo de arbustos, al cual daba acceso una vereda. Acá y allá, desprovista de árboles, extendíase dicha vereda por entre barrancos y estepas, separadas por matas nacientes de juncos y de brezos. A ambos lados, el terreno era absolutamente impracticable, y el destacamento que se aproximaba, si seguía el camino de Irkutsk, tenía forzosamente que pasar por delante de este pequeño bosque.

Miguel Strogoff se internó en la maleza, pero, cuarenta pasos más allá, se encontró detenido por una corriente de agua, que encerraba a la espesura en un recinto semicircular; pero la sombra allí era tan densa que él no corría peligro alguno de ser visto, excepto en el caso de que el bosquecillo fuese registrado minuciosamente.

Condujo, pues, su caballo hasta aquella corriente de agua, lo ató a un árbol, y volvió a la orilla del bosque para ver a los que se acercaban con objeto de saber a qué atenerse.

Apenas había concluido de agazaparse detrás de un grupo de arbustos, cuando apareció en el camino un resplandor bastante confuso, del que se destacaban, acá y allá, algunos puntos brillantes que se agitaban entre las sombras.

—¡Antorchas! —exclamó Miguel Strogoff, retrocediendo vivamente para ocultarse como un salvaje en la parte más densa de la espesura.

Conforme se iba aproximando al bosque el destacamento, se hacía más lenta la marcha de los caballos. ¿Registrarían aquellas gentes el camino con intención de observar hasta los menores detalles?

El correo del zar debió de temerlo, porque retrocedió instintivamente hasta la orilla del río, dispuesto a arrojarse al agua, si era necesario.

El destacamento se detuvo al llegar frente a la espesura, y los jinetes, que, poco más o menos, eran cincuenta, se apearon.

Diez de ellos llevaban antorchas que iluminaban el camino, en un radio bastante extenso.

Observando los movimientos de aquella gente, comprendió Miguel Strogoff que, por inadvertencia, afortunada para él, el destacamento no pensaba registrar el bosque, pero sí detenerse en aquellas proximidades, para que sus caballos descansaran y los hombres tomaran alimento.

Efectivamente, los caballos, desbridados, comenzaron a pastar la hierba espesa que tapizaba el suelo, y los jinetes se tendieron a lo largo del camino y se repartieron las provisiones que llevaban.

Miguel Strogoff conservaba toda su sangre fría, y, arrastrándose entre las altas hierbas, se acercó tratando de ver y de oír.

Era aquél un destacamento procedente de Omsk, compuesto de soldados usbecos, raza dominante de Tartaria, cuyo tipo es muy parecido al de los mogoles.

191

Aquellos hombres, bien constituidos, de estatura más que mediana y de rasgos rudos y salvajes, llevaban cubierta la cabeza con una especie de gorro de piel de carnero negra, al que se da el nombre de *talpak,* e iban calzados con botas amarillas de tacón alto, y cuyo extremo se elevaba en punta, como las que se usaban en la Edad Media. Sujeto al cuerpo por medio de un cinturón de cuero con pintas rojas llevaban una especie de dormán de indiana, forrado de algodón crudo. Su arma defensiva era un escudo, y las ofensivas un sable corvo, un machete y un fusil de chispa que pendía del arzón de la silla. Una capa de fieltro de color brillante les cubría las espaldas.

Los caballos, que pastaban en completa libertad a la orilla del soto, eran, como los jinetes, de raza usbeca, cosa que se veía perfectamente a la luz de las antorchas que proyectaban viva claridad entre el ramaje de los árboles.

Estos animales, un poco más pequeños que el caballo turcomano, pero dotados de fuerza extraordinaria, son bestias que no conocen otro paso que el galope.

El destacamento iba mandado por un *pendyabasqui,* es decir, por un oficial que manda cincuenta hombres, y que lleva a sus órdenes un *dehbasqui,* que no es otra cosa que una especie de cabo, encargado del mando de diez hombres.

Estos dos militares graduados llevaban casco y semicota de mallas, pero la señal distintiva de su graduación eran las pequeñas trompetas que llevaban colgadas del arzón de su silla.

El *pendyabasqui* había tenido que dar descanso a los hombres que formaban el destacamento, porque éstos se encontraban rendidos de fatiga a causa de la larga marcha que acababan de hacer.

Conversando con *el dehbasqui,* y fumando *beng* (hoja de cáñamo que forma la base del *haschisch,* del que los asiáticos hacen tanto uso), iban y venían uno y otro por el bosque, de manera que Miguel Strogoff, sin ser visto, podía oír su conversación, y hasta entenderla, porque hablaban el lenguaje tártaro, que le era conocido.

Desde las primeras palabras que pronunciaron despertó la conversación vivo interés en Miguel Strogoff, y no podía ser de otro modo puesto que de él se hablaba.

—Ese correo no puede llevarnos tanta delantera —dijo el primer oficial—, aunque, por otra parte, es imposible que haya seguido otro camino que el de la Baraba.

—¿Quién sabe si ha salido de Omsk? —respondió el oficial segundo—. ¿No estará todavía en alguna casa de la ciudad?

—Sería de desear, realmente, porque en este caso el coronel Ogareff no tendría ya que temer que los despachos, de que sin duda es portador ese correo, llegaran a su destino.

—Se dice que es un hombre del país, un siberiano, que debe conocer bien la comarca, y es posible que se haya separado del camino de Irkutsk, sin perjuicio de volver a él más tarde.

—En ese caso iríamos delante de él, porque salimos de Omsk menos de una hora después de su partida y hemos seguido el camino más corto con toda la velocidad de nuestros caballos. Por consiguiente, o permanece aún en Omsk, o llegaremos a Tomsk antes que él, de manera que le cortaremos la retirada; pero, en cualquiera de los dos casos, él no llegará a Irkutsk.

—¡Es una mujer muy fuerte esa vieja siberiana, que seguramente es madre del correo! —exclamó el oficial segundo.

Al oír esta frase, el corazón de Miguel Strogoff latió con tal violencia como si fuera a romperse.

—Sí —asintió el primer oficial—, ella ha sostenido con toda firmeza que el pretendido comerciante no era su hijo, pero ha sido demasiado tarde. El coronel Ogareff no se ha dejado engañar, y, como ha dicho, sabrá hacer hablar a esa vieja bruja cuando llegue el momento oportuno.

Cada una de estas palabras era una puñalada asestada a Miguel Strogoff en el corazón.

Él había sido reconocido como correo del zar, y un destacamento de soldados de caballería, lanzado en su persecución, no podía dejar de cortarle el camino. Y, ¡dolor supremo!, su madre se encontraba en poder de los tártaros y el cruel Ogareff se vanagloriaba de poder hacerla hablar cuando quisiera.

¡Miguel Strogoff sabía perfectamente que la enérgica siberiana no hablaría y que le costaría la vida...!

No creía poder odiar a Iván Ogareff más de lo que lo había odiado hasta aquel momento, y, sin embargo, sintió que una nueva ola de odio inundaba su corazón. ¡El infame que había traicionado a su patria amenazaba ahora torturar a su madre!

Los dos oficiales tártaros continuaron hablando, y Miguel Strogoff creyó entender que en los alrededores de Kolivan era inminente un encuentro entre las tropas moscovitas procedentes del norte y las tropas rebeldes. Un pequeño cuerpo ruso, compuesto de dos mil hombres, que había sido visto siguiendo la corriente inferior del Obi, dirigíase a marchas forzadas hacia Tomsk. Si esto era cierto, la columna de los leales iba a encontrarse con el grueso del ejército de Féofar-Kan e inevitablemente sería aniquilada, en cuyo caso el camino de Irkutsk quedaría completamente en poder de los invasores.

En cuanto a él, Miguel Strogoff supo, por algunas palabras oídas al *pendyabasqui,* que su cabeza había sido puesta a precio, y se había dado orden de prenderlo, vivo o muerto.

Tenía, por consiguiente, necesidad inmediata de adelantarse al destacamento usbeco en el camino de Irkutsk y poner el Obi por medio, entre él y sus perseguidores, para lo cual necesitaba huir antes de que los tártaros que allí se encontraban levantasen el campo.

Adoptada esta resolución, el correo del zar se dispuso a ejecutarla, porque aquel alto no podía prolongarse y el jefe del destacamento tenía el propósito de no dar a su gente más que una hora de descanso, a pesar de que los caballos, que no habían sido sustituidos por otros desde que salieron de Omsk, se encontraban muy fatigados, porque, como el de Miguel Strogoff, no habían cesado de correr.

No había, por tanto, un momento que perder. Era la una de la madrugada y era preciso aprovechar la oscuridad, antes que el alba apareciese, para salir del bosque y entrar en el camino; pero, aunque la noche la favoreciese, el éxito de semejante empresa parecía casi imposible.

No queriendo dejar nada a la casualidad, Miguel Strogoff reflexionó durante algún tiempo, pensando atentamente el pro y el contra de las probabilidades, a fin de adoptar los medios más ventajosos.

De la disposición del terreno resultaba que no podía escapar por detrás del soto, formado por un arco de árboles, cuya cuerda era el camino; que el río que bordeaba este arco era bastante profundo, ancho y fangoso; que grandes matas de juncos hacían el paso impracticable; que bajo aquellas turbias aguas se adivinaba un fondo cenagoso, en el que los pies no podían encontrar punto de apoyo, y que, al otro lado del río, el suelo, cortado por la maleza, se prestaba muy difícilmente a las maniobras necesarias para una rápida huida.

Además, si se llegaba a dar la voz de alarma, Miguel Strogoff sería perseguido con tenacidad, y, rodeado en seguida, caería irremisiblemente en poder de los jinetes tártaros.

No había, pues, más que una vía practicable, una sola, y ésta era el camino real, y, por consiguiente, lo único que debía intentar Miguel Strogoff para salir del atolladero en que se encontraba era contornear el bosque, adelantarse un cuarto de versta antes de ser descubierto, pedir a su caballo toda la energía y vigor que le quedaban, aunque cayese muerto al llegar a las orillas del Obi, y atravesar el río en un barco, o a nado si no encontraba otro medio más adecuado.

Su energía y su valor se duplicaban en presencia del peligro. Estaban en juego su vida, la misión que se le había confiado, el honor de su patria y quizá también la salvación de su madre, y, por consiguiente, no podía vacilar.

Como no tenía un minuto que perder, puso inmediatamente manos a la obra.

Los soldados del destacamento empezaban ya a moverse; unos iban y venían por el camino, delante del bosque, y los otros permanecían aún echados al pie de los árboles, pero sus caballos iban reuniéndose poco a poco en la parte central del soto.

A Miguel Strogoff se le ocurrió al principio apoderarse de uno de aquellos caballos, pero se dijo, con razón, que debían estar tan fatigados como el suyo, y que era preferible confiar en éste, que era seguro y que le había prestado ya tan buenos servicios.

Este valeroso animal, oculto por una alta mata de brezos, había escapado a las miradas de los tártaros, que, en sus idas y venidas, no habían llegado al límite del bosque.

Miguel Strogoff, arrastrándose sobre la hierba, se aproximó a su caballo, que estaba echado en el suelo, lo acarició con la mano, le habló con dulzura y consiguió que se levantara sin hacer ruido.

En aquel momento —circunstancia favorable—, las antorchas, completamente consumidas, se apagaron, y la oscuridad aumentó, especialmente en el terreno cubierto de maleza.

Miguel Strogoff, después de ponerle el bocado al caballo, aseguró la cincha de la silla, apretó la correa de los estribos y comenzó a tirar suavemente del animal por la brida.

El inteligente caballo, como si hubiera comprendido lo que de él se deseaba, siguió dócilmente a su amo sin dejar oír el más ligero relincho, a pesar de lo cual algunas caballerías usbecas levantaron la cabeza y se dirigieron poco a poco a la orilla del bosque.

El correo del zar llevaba el revólver en la mano derecha, dispuesto a volarle los sesos al primer jinete tártaro que se le acercara; pero, afortunadamente, su movimiento no fue advertido, y él pudo llegar al ángulo que el bosque formaba, a la derecha, con el camino.

Para evitar que lo viesen, su intención era montar a caballo lo más tarde posible y sólo después de haber pasado un recodo que se encontraba a doscientos pasos de distancia de la espesura.

Por desgracia, en el momento en que iba a salir de la ladera del bosque, lo sintió un caballo usbeco, relinchó y se lanzó al camino.

El dueño corrió hacia él para sujetarlo, pero, al ver una sombra que se destacaba confusamente entre los primeros resplandores del alba, gritó:

—¡Alerta!

Al oír este grito, todos los hombres del destacamento se levantaron y se precipitaron al camino; visto lo cual, Miguel Strogoff se apresuró a montar y a lanzar su caballo a galope.

Los dos oficiales del destacamento acudieron en seguida, llamando a su gente; pero el correo del zar estaba ya sobre la silla de su cabalgadura.

En aquel momento sonó una detonación, y Miguel Strogoff sintió que una bala le atravesaba la pelliza.

Sin volver la cabeza ni responder a la agresión, clavó ambas espuelas al caballo, que dio un salto formidable y se lanzó, a rienda suelta, en dirección al Obi.

Los caballos usbecos estaban desensillados, circunstancia que le permitía tomar cierta delantera al destacamento, que, de todos modos, no podía tardar en seguirlo.

Efectivamente, no habían transcurrido dos minutos aún, cuando oyó el ruido de los caballos que iban en su persecución y que, poco a poco, iban ganándole terreno.

El día comenzaba ya a clarear, y los objetos iban siendo cada vez más visibles.

Miguel Strogoff volvió la cabeza y vio un jinete que se le acercaba rápidamente.

Era el *dehbasqui* del destacamento, que, montado en un brioso caballo, iba a la cabeza de su gente y no podía tardar en dar alcance al fugitivo.

El correo del zar, sin detenerse, le apuntó un momento con el revólver, y aquella mano, que no había temblado nunca, disparó.

El oficial usbeco, herido en mitad del corazón, cayó rodando al suelo; pero los demás soldados que lo seguían de cerca, sin detenerse a levantar al oficial, animándose a sí mismos con sus propias voces e hiriendo con las espuelas los ijares de sus caballos, disminuyeron poco a poco la distancia que los separaba de Miguel Strogoff.

Sin embargo, durante media hora, el fugitivo pudo mantenerse fuera del alcance de las armas de los tártaros; pero no se le ocultaba que su caballo iba perdiendo fuerzas y temía que, si llegaba a tropezar con algún obstáculo, caería para no volver a levantarse.

El día era ya bastante claro, aunque el sol no brillaba aún en el horizonte.

A la luz del crepúsculo matutino, distinguíase, a una distancia de poco más de dos verstas, una línea pálida, bordeada por algunos árboles bastante espaciados.

Era el río Obi, que corría del sudoeste al nordeste, casi a ras del suelo, y cuyo valle no era otra cosa que la misma estepa.

Muchos disparos se hicieron, durante esta desenfrenada carrera, contra Miguel Strogoff sin herirlo, y muchas veces también descargó él su revólver contra los que le iban a la zaga; pero, más afortunado o mejor tirador que sus enemigos, cada vez que él disparaba, caía rodando a tierra un soldado, en medio de los gritos de rabia de sus compañeros.

Sin embargo, esta encarnizada persecución no podía terminar más que con desventaja para el perseguido, cuyo caballo estaba ya casi reventado, a pesar de lo cual consiguió llevar a su jinete hasta la orilla del río.

El destacamento tártaro se encontraba a la sazón a cincuenta pasos detrás de él.

En el Obi, absolutamente desierto, no había barco alguno que pudiera servir para pasar a la otra orilla.

—¡Valor, mi, valiente caballo! —exclamó Miguel Strogoff—. ¡Vamos! ¡El último esfuerzo!

Y se lanzó al río, que en aquella parte tenía media versta de anchura.

La impetuosidad de la corriente hacía muy difícil la travesía.

El caballo de Miguel Strogoff, no pudiendo sentar los pies, tuvo que atravesar a nado aquellas aguas, tan rápidas como las de un torrente, y afrontar aquel peligro fue, en opinión del jinete, un milagro de valor del noble bruto.

Los perseguidores habíanse quedado a la orilla del río y vacilaban en lanzarse a él, cuando el jefe del destacamento, tomando un fusil, hizo un disparo al fugitivo que en aquel momento se encontraba ya en medio de la corriente, y el caballo, herido en un flanco, desapareció con el jinete debajo de las aguas.

Miguel Strogoff se apresuró a desembarazarse de los estribos, y, luego, sumergiéndose para evitar que lo alcanzase la lluvia de balas que le enviaban los tártaros, consiguió llegar a la orilla derecha y desapareció entre las cañas que en la margen del Obi crecían.

CAPÍTULO XVII

Versículos y canciones

Miguel Strogoff se encontraba relativamente seguro, a pesar de lo cual su situación era todavía muy crítica.

Puesto que el fiel animal que tan valerosamente le había servido acababa de encontrar la muerte en las aguas del río, ¿cómo iba él a poder continuar su viaje?

A pie, sin víveres, en un país arruinado por la invasión y recorrido en todas direcciones por los exploradores del emir y a una gran distancia todavía del lugar adonde tenía el deber de llegar, ¿qué podía hacer?

—¡Por el Cielo! —exclamó, respondiendo a las razones que para desalentarlo se aglomeraban en su mente—. ¡Yo llegaré! ¡Dios protege a la santa Rusia!

Se encontraba entonces fuera del alcance de los jinetes usbecos, que no se habían atrevido a perseguirlo a través del río, y que, además, debían creerlo ahogado porque, después de su desaparición bajo las aguas, no habían podido verlo llegar a la orilla derecha del Obi.

Pero el correo del zar, arrastrándose entre las cañas gigantescas que allí crecían, había ganado una parte más elevada de la ribera, aunque con gran trabajo, porque el cieno espeso, que en la época del desbordamiento de las aguas se deposita en aquel paraje, lo hacía poco accesible.

Cuando, al fin, estuvo en terreno más firme reflexionó acerca de lo que le convenía hacer. Ante todo deseaba evitar el paso por Tomsk, ocupada por las tropas tártaras, a pesar de la necesidad que tenía de entrar en algún pueblo o en una casa de postas, donde pudiera adquirir un caballo. Obtenido éste, emprendería la marcha apartándose de los caminos trillados y no volvería a tomar el de Irkutsk hasta que llegara a las inmediaciones de Krasnoiarsk, y de aquí en adelante, si se apresuraba, encontraría la vía libre aún y podía bajar al sudoeste por las provincias del lago Baikal.

Adoptada su resolución, empezó por orientarse.

A dos verstas del lugar en que se encontraba, siguiendo la corriente del Obi, elevábase una pequeña ciudad, pintorescamente situada en la pendiente de un montículo, y cuyas iglesias de cúpulas bizantinas, pintadas de verde y oro, se destacaban del fondo gris del cielo.

Era Kolivan, donde los funcionarios públicos de Kamsk y de otras poblaciones se habían refugiado durante el estío, huyendo del clima insalubre de la Baraba.

Kolivan, según las noticias que el correo del zar había sorprendido, no debía haber caído aún en poder de los invasores. Las tropas tártaras, divididas en dos columnas, se habían dirigido por la izquierda a Omsk y por la derecha a Tomsk, olvidando los lugares intermedios.

El proyecto, tan sencillo como lógico, de Miguel Strogoff, era llegar a Kolivan antes que los soldados usbecos que se encaminaban a esta misma ciudad bajando por la orilla izquierda del Obi, y allí, aunque pagara por ellos diez veces su valor, adquiriría un traje nuevo y un caballo y reanudaría la marcha hacia Irkutsk a través de la estepa meridional.

Eran las tres de la mañana.

Los alrededores de Kolivan, perfectamente tranquilos parecían estar por completo abandonados.

Evidentemente, la población rural, huyendo de la invasión a la que era imposible oponerse, había emigrado hacia el norte, para refugiarse en las provincias del Yeniseisk.

Miguel Strogoff, pues, se encaminó con paso rápido a Kolivan, cuando llegó a sus oídos el ruido de dos detonaciones lejanas.

Se detuvo y percibió claramente unos sordos estampidos que conmovían las capas atmosféricas, y una crepitación más seca cuya naturaleza no podía determinar.

—¿Es el cañón? ¿Son descargas de fusilería? —se preguntó a sí mismo—. ¿El pequeño cuerpo de ejército ruso se bate con los tártaros? ¡Ah! ¡Haga el Cielo que llegue yo antes que ellos a Kolivan!

Miguel Strogoff no se había equivocado, porque no tardaron en oírse con más claridad las detonaciones, y detrás de Kolivan, hacia la izquierda, condensáronse sobre el horizonte algunos vapores que no eran nubes de humo sino las blanquecinas volutas, claramente determinadas, que son producidas por las descargas de artillería.

A la izquierda del Obi, los soldados usbecos habíanse detenido para esperar el resultado de la batalla.

Por otra parte, Miguel Strogoff nada tenía que temer, en vista de lo cual apresuró la marcha hacia la ciudad.

Mientras tanto, sonaban cada vez más frecuentes y más próximos los estampidos del cañón. No era ya un ruido confuso, sino una serie de disparos hechos por distintos cañones. Al mismo tiempo, la humareda elevábase al espacio en alas del viento, siendo evidente que los beligerantes iban rápidamente adelantándose hacia el sur.

Era, pues, indudable que Kolivan iba a ser atacada por la parte septentrional. ¿La defendían los rusos contra las tropas tártaras, o trataban de recobrarla por estar ya en posesión de ella los soldados de Féofar-Kan? Esto era imposible saberlo, y de aquí la perplejidad de Miguel Strogoff.

No estaba ya más que a media versta de Kolivan cuando se elevó de entre las casas de la ciudad una gran llamarada, y se derrumbó el campanario de una iglesia entre torrentes de polvo y fuego.

¿La lucha era, entonces, dentro de Kolivan?

Así debió creerlo Miguel Strogoff, en cuyo caso era evidente que rusos y tártaros se batían en las calles de la ciudad.

¿Era, por consiguiente, aquél el momento más oportuno para buscar allí refugio? ¿No se exponía Miguel Strogoff a ser tomado prisionero? ¿Conseguiría escaparse de Kwolivan con la misma facilidad que se había escapado de Omsk?

Todas esas eventualidades pasaron por su imaginación y le hicieron dudar antes de adoptar un partido cualquiera.

¿No era preferible dirigirse hacia el sur y al este aunque fuese a pie, llegar a cualquier pueblo, tal como Diachinsk u otro, y proveerse allí de un caballo, costara lo que costase?

Era el único partido que podía tomar, y Miguel Strogoff no perdió el tiempo. Abandonó inmediatamente las orillas del Obi y se encaminó directamente a la derecha de Kolivan.

En aquel momento los estampidos incesantes del cañón sonaban con fragor horrísono, y pronto las llamas ascendían sobre la parte izquierda de la ciudad. El incendio devoraba todo un barrio de Kolivan.

Miguel Strogoff corría a través de la estepa, tratando de ponerse a cubierto detrás de algunos árboles, diseminados acá y allá, cuando un destacamento de caballería tártara apareció por la derecha.

No podía, evidentemente, continuar huyendo en aquella dirección. El destacamento avanzaba con rapidez hacia la ciudad, y a él le habría sido difícil escapar de su persecución.

En aquel momento divisó, en un ángulo de un espeso bosque de árboles, una casa aislada a la que era posible llegar antes de ser visto; y correr hacia allá ocultarse, pedir y, en caso necesario, tomar algún alimento con que reparar sus fuerzas, porque estaba extenuado de fatiga, era la única cosa que tenía que hacer en aquellas circunstancias.

Precipitose, pues, hasta la casa, que se encontraba a media versta de distancia, y, al aproximarse, vio que era una estación telegráfica, de la que partían dos alambres en dirección al oeste uno, y el otro al este. De la estación partía, además, otro alambre en dirección a Kolivan.

Era de suponer que, en semejantes circunstancias, se encontrase abandonada aquella estación; pero, de todos modos, Miguel Strogoff podía refugiarse en ella y permanecer allí, si era preciso, hasta que llegara la noche para lanzarse de nuevo a la estepa, que recorrían a la sazón los exploradores tártaros.

Lanzose, pues, hacia la puerta y la empujó violentamente.

Una sola persona había en la sala en que se transmitían los telegramas. Era un empleado tranquilo, flemático e indiferente a cuanto pasaba fuera de allí.

Firme en su puesto, esperaba detrás de la ventanilla que se presentara alguien a reclamar sus servicios.

Miguel Strogoff, al verlo, acercose a él corriendo y le preguntó con voz apagada por la fatiga:

—¿Qué sabe usted?

—Nada —respondió el telegrafista sonriendo.

—¿Son los rusos y los tártaros los que pelean?

—Así se dice.

—Pero, ¿quiénes son los vencedores?

—Lo ignoro.

Tanta tranquilidad en medio de tan terribles coyunturas, o, por mejor decir, tanta indiferencia, apenas podía creerse.

—¿No está interrumpida la comunicación telegráfica? —preguntó Miguel Strogoff.

—Está interrumpida entre Kolivan y Krasnoiarsk; pero todavía funciona entre Kolivan y la frontera rusa.

—¿Para el Gobierno?

—Para el Gobierno, cuando él lo cree conveniente, y para el público cuando lo paga. Son diez kopeks por palabra, de modo, caballero, que cuando usted guste...

Disponíase el correo del zar a responder a aquel extraño empleado que no tenía que expedir telegrama alguno y que sólo necesitaba un pedazo de pan y un poco de agua, cuando la puerta de la casa se abrió bruscamente.

Creyendo Miguel Strogoff que la estación telegráfica era invadida por los tártaros, se disponía a saltar por la ventana, cuando vio que únicamente habían entrado en la sala dos hombres que no tenían parecido alguno con los soldados tártaros.

Uno de ellos llevaba en la mano un telegrama escrito con lápiz y, adelantándose al otro, se precipitó a la ventanilla, detrás de la cual se encontraba el impasible empleado.

En aquellos dos hombres, Miguel Strogoff volvió a encontrar, con el asombro que fácilmente puede comprenderse, las dos personas en quienes menos pensaba y a las que había creído no volver a ver jamás.

Eran los corresponsales Enrique Blount y Alcides Jolivet, no ya compañeros, sino rivales, o, hablando con más propiedad, enemigos desde que operaban sobre el campo de batalla.

Habían salido de Ichim, sólo algunas horas después que Miguel Strogoff, y si habían llegado antes que éste a Kolivan y aun pasado más allá, siguiendo el mismo camino, debíase a que el correo del zar había perdido tres días a orillas del Irtich.

Después de haber presenciado ambos la batalla sostenida por rusos y tártaros delante de la ciudad, habían salido de Kolivan en el momento en que se empezaba la lucha en las calles, y habían acudido a la estación telegráfica para lanzar a Europa sus despachos rivales, disputándose uno al otro la primacía en la transmisión de las noticias.

Miguel Strogoff se retiró a un rincón, en la sombra, desde donde, sin ser visto, podía ver y oír.

Evidentemente iba a adquirir noticias interesantes para él, y a saber si debía o no entrar en la ciudad de Kolivan.

Enrique Blount, adelantándose a su colega, había tomado posesión de la ventanilla y presentaba su telegrama al empleado, mientras Alcides Jolivet, contra su costumbre, rabiaba de impaciencia.

—Diez kopeks por palabra —dijo el telegrafista tomando el despacho.

Enrique Blount depositó inmediatamente sobre la tabla de la ventanilla una enorme pila de rublos, que su colega miró con cierta estupefacción.

—Está bien —dijo el telegrafista.

Y, con la mayor sangre fría del mundo, empezó a transmitir el siguiente despacho:

«Daily Telegraph. — Londres.
De Kolivan, Gobierno de Omks, Siberia, 6 agosto.
Encuentro de las tropas rusas y tártaras...»

La lectura del telegrama, hecha en voz alta por el telegrafista, permitió a Miguel Strogoff enterarse de lo que el corresponsal inglés comunicaba a su periódico.

«Los rusos han sido derrotados con grandes pérdidas. Los tártaros han entrado hoy mismo en Kolivan...»

Éstas eran las últimas palabras del telegrama.

—A mí me toca ahora —exclamó Alcides Jolivet, que quiso entregar al telegrafista el despacho dirigido a su *prima* del *faubourg* Montmartre.

Pero el corresponsal inglés, que no pensaba abandonar la ventanilla con objeto de poder transmitir las noticias a medida que los acontecimientos se desarrollaban, no dejó a su colega.

—¡Usted ya ha concluido! —dijo Alcides Jolivet.

—No, no he concluido todavía —respondió sencillamente Enrique Blount.

Y continuó escribiendo una serie de palabras que entregaba en seguida al empleado y que éste leía tranquilamente.

«En el principio creó Dios los cielos y la tierra.»

Eran versículos de la Biblia que Enrique Blount telegrafiaba con el solo fin de emplear el tiempo y no ceder el sitio a su rival. Esto costaría algunos miles de rublos quizás a su periódico, que, en cambio, sería el primero en recibir la información. ¡Francia podía esperar!

Fácilmente se comprenderá el furor de que estaba poseído Alcides Jolivet, que en cualquiera otra circunstancia le habría parecido de buena ley el ardid empleado por su colega. Hasta intentó obligar al telegrafista a recibir su despacho, con preferencia a los del corresponsal inglés.

—Este señor está en su derecho —respondió tranquilamente el empleado aludiendo a Enrique Blount, y sonriendo con amabilidad.

Y continuó transmitiendo fielmente al *Daily Telegraph* los primeros versículos del libro santo.

Mientras el telegrafista operaba, Enrique Blount acercábase tranquilamente a la ventana y observaba con el anteojo lo que ocurría en los alrededores de Kolivan, con objeto de completar su información.

Algunos momentos después volvía a ocupar su puesto delante de la ventanilla, y agregaba a su telegrama:

«*Arden dos iglesias. El incendio parece extenderse hacia la derecha. La tierra era informe y estaba desnuda; las sombras cubrían la faz del abismo...*»

Alcides Jolivet fue acometido entonces de un deseo feroz de estrangular al honorable corresponsal del *Daily Telegraph*.

Interpeló nuevamente al empleado, que, impasible siempre, se limitó a responder:

—Está en su derecho, señor; está en su derecho... a diez kopeks por palabra.

Y telegrafió la siguiente noticia que acababa de entregarle Enrique Blount:

«*Los cobardes rusos huyen de la ciudad. Y Dios dijo: Hágase la luz, y la luz fue hecha...*»

Alcides Jolivet rabiaba de veras.

Mientras el telegrafista transmitía las últimas palabras de Enrique Blount, éste volvió al lado de la ventana; pero esta vez, distraído sin duda por la interesante escena que estaba contemplando, prolongó demasiado tiempo su observación, y, cuando el empleado hubo concluido de telegrafiar el tercer versículo de la Biblia, Alcides Jolivet se colocó, sin hacer ruido, delante de la ventanilla y, después de depositar muy suavemente una respetable pila de rublos sobre la tablilla, lo mismo que había hecho su colega, entregó su telegrama, que el telegrafista leyó en voz alta.

«*Magdalena Jolivet. — 10 faubourg Montmartre. París.*
De Kolivan, Gobierno de Omsk, Siberia, 6 de agosto.
Los cobardes huyen de la ciudad. Los rusos han sido derrotados. Persecución encarnizada por la caballería tártara...»

Y, cuando Enrique Blount volvió a la ventanilla, Alcides Jolivet completaba su telegrama, cantando con voz burlona:

Hay un hombrecito
vestido todo de gris
en París...

Pareciéndole inconveniente, como se había permitido hacer su colega, mezclar lo sagrado con lo profano, Alcides Jolivet respondía a los versículos de la Biblia con una graciosa copla de Béranger.

—¡Oh! —exclamó Enrique Blount.

—Las cosas son así —respondió Alcides Jolivet.

La situación iba agravándose por momentos en las inmediaciones de Kolivan. Los combatientes se aproximaban a la estación telegráfica y los estampidos del cañón sonaban con extremada violencia.

En aquel momento un estruendo horrible conmovió el pequeño edificio, cuyas paredes destruyó un obús, y la sala de transmisiones quedó inundada de polvo.

Alcides Solivet acababa entonces de escribir estos versos:

Rechoncho como una poma
que, sin contar con un céntimo...

pero detenerse, precipitarse sobre el obús, agarrarlo con las dos manos antes de que estallase, arrojarlo fuera por la ventana, y volver inmediatamente a su puesto, fue para él asunto de un momento.

Cinco segundos después, el obús estallaba fuera de la estación telegráfica.

Continuando su telegrama con la mayor sangre fría del mundo, Alcides Jolivet escribió:

«Obús de a seis ha destruido la pared de la estación telegráfica. Esperando otros del mismo calibre...»

Miguel Strogoff no dudaba que los rusos habían sido rechazados de Kolivan, y, por consiguiente, no le quedaba a él otro recurso que lanzarse a través de la estepa meridional.

Pero, en aquel momento, sonó cerca de la casa en que estaba instalado el telégrafo una terrible descarga de fusilería, y una granizada de balas hizo añicos los vidrios de la ventana.

Enrique Blount, herido en un hombro, cayó a tierra.

Alcides Jolivet iba, en aquel mismo momento, a transmitir este suplemento a su despacho:

«*El corresponsal del* Daily Telegraph, *Enrique Blount, ha caído a mi lado, herido por un casco de metralla...*»
cuando el impasible empleado le dijo con su inalterable calma:
—Señor, la comunicación está cortada.

Y, abandonando su ventanilla, tomó tranquilamente su sombrero, que limpió con la manga, y, sin dejar de sonreírse, salió por una pequeña puerta que Miguel Strogoff no había visto.

La estación telegráfica fue entonces invadida por los soldados tártaros sin que pudieran escaparse Miguel Strogoff ni los periodistas extranjeros.

Alcides Jolivet, con su inútil telegrama en la mano, habíase precipitado hacia Enrique Blount, que estaba tendido en el suelo, y, como tenía un corazón honrado, se lo había cargado a las espaldas para huir con él... ¡Desgraciadamente, era ya tarde!

Ambos fueron hechos prisioneros y, lo mismo que ellos, Miguel Strogoff, sorprendido de improviso en el momento en que se disponía a lanzarse por la ventana, cayó en manos de los tártaros.

SEGUNDA PARTE

CAPÍTULO I

Un campamento tártaro

A una jornada de camino de Kolivan, algunas verstas más allá de la aldea de Diachinsk, extendíase una vasta llanura, que dominan algunos árboles corpulentos, pinos y cedros en su mayoría.

Esta parte de la estepa está ordinariamente ocupada, durante la estación calurosa, por pastores siberianos que encuentran en ella pastos suficientes para alimentar a sus numerosos rebaños; pero, a la sazón, habría sido inútil buscar uno solo de los habitantes nómadas que suelen recorrerla.

No quiere esto decir, sin embargo, que la vasta planicie estuviera desierta, pues, por el contrario, había en ella extraordinaria animación.

Allí habían plantado los tártaros sus tiendas, allí acampaba Féofar-Kan, el feroz emir de Bukara, y allí habían sido conducidos en la mañana del día 7 de agosto los infelices que habían sido tomados prisioneros en Kolivan, después del desastre sufrido por el pequeño cuerpo de ejército ruso. De aquellos dos mil hombres que se habían visto obligados a combatir contra los tártaros, estrechados por las dos columnas enemigas, apoyadas en Omsk y en Tomsk al mismo tiempo, apenas habían quedado algunos centenares. Los acontecimientos tomaban, por consiguiente, mal cariz, y el Gobierno imperial parecía estar comprometido del otro lado de las fronteras del Ural, al menos por el momento, porque los rusos no podían dejar de rechazar, antes o después, las hordas invasoras.

De todos modos, la invasión había llegado al centro de Siberia e iba a propagarse, a través del país sublevado, a las provincias del oeste o a las provincias del este, e Irkutsk se encontraba ya completamente incomunicada con el resto de Europa.

Si las tropas del Amur y de la provincia de Yakutsk no llegaban oportunamente en su auxilio, la capital de la Rusia asiática, reducida a sus propias fuerzas, que eran insuficientes, caería en poder de los tártaros y, antes que pudiera ser recuperada, el gran duque, hermano del emperador, sería víctima de la venganza de Iván Ogareff.

¿Qué había sido de Miguel Strogoff? ¿Sucumbía, al fin, abrumado por el peso de tantas pruebas? ¿Se declaraba vencido por la serie de desgracias que, a partir del suceso de Ichim, iban constantemente en aumento? ¿Daba la partida por perdida, su misión por fracasada y su mandato por irrealizable?

De ningún modo, porque era uno de esos hombres que no ceden sino en el momento mismo de morir. Por lo pronto, vivía, no había sido herido siquiera, conservaba en su poder la carta imperial y su incógnito no había sido descubierto. Verdad que figuraba en el número de prisioneros que los tártaros arrastraban tras de sí como vil rebaño; pero, al aproximarse a Tomsk, se aproximaban también a Irkutsk y, de una manera o de otra, se adelantaba a Iván Ogareff.

—¡Yo llegaré! —decíase repetidamente a sí mismo.

Y desde el combate de Kolivan, toda su vida la había reconcentrado en este único pensamiento: ¡verse libre! ¿Cómo escaparía de las garras de los soldados del emir? Llegado el momento oportuno, adoptaría la resolución más conveniente.

El campamento de Féofar-Kan ofrecía un aspecto magnífico. Sus numerosas tiendas de pieles, de fieltro o de telas de seda brillaban, iluminadas por los rayos del sol, y los altos penachos que coronaban su punta cónica balanceábanse en medio de una multitud de gallardetes y estandartes multicolores.

Las tiendas más ricas pertenecían a los seides y los kodyas, que son los personajes más importantes del kanato, y un pabellón especial, adornado con una cola de caballo que sobresalía de un haz de palos rojos y blancos, artísticamente entrelazados, indicaba la elevada categoría de los jefes tártaros que lo ocupaban. Además, veíanse sobre la extensa llanura, hasta perderse de vista, millares de esas tiendas turcomanas llamadas *karcoy*, que habían sido transportadas hasta allí a lomos de camellos.

El campamento contenía, entre soldados de a pie y de a caballo, al menos ciento cincuenta mil combatientes reunidos bajo la denominación de alamanos, entre los cuales, y como tipos principales del Turkestán distinguíanse, primero, los tadyks de rasgos regulares, piel blanca, elevada estatura, y ojos y cabellos negros, que formaban el grueso del ejército tártaro, y de los cuales habían dado un contingente casi igual al de Bukara los kanatos de Kokand y de Kunduze. Entre estos takiks había otros tipos de las diversas razas del Turkestán o de los países colindantes: usbecos, de pequeña estatura y barba roja, como los que habían perseguido a Miguel Strogoff; kirguises, de rostro achatado como el de los kalmucos, revestidos de cotas de malla y armados unos con lanza, arcos y flechas de fabricación asiática, y otros con sables, fusiles de mecha y pequeñas hachas de mango corto, cuyas heridas son siempre mortales; mogoles, de talla mediana, cabellos negros reunidos en una trenza que les colgaba sobre la espalda, cara redonda, tez curtida, ojos hundidos y vivos y barba rala, que vestían túnicas de mahón azul y guarnecidas de piel negra, ajustadas al cuerpo por medio de cinturones de cuero con broche de plata, calzaban botas con vistosas trencillas y cubrían su cabeza con gorros de seda adornados de pieles con tres cintas que les revoloteaban por detrás; y, por último, veíanse allí también afganos de piel curtida, árabes del tipo primitivo de las bellas razas semíticas, y turcomanos, a cuyos ojos parecían faltarles los párpados, alistados todos bajo la bandera del emir, bajo la bandera de los incendiarios y devastadores.

Además de estos soldados libres, había también cierto número de soldados esclavos, persas principalmente, mandados por oficiales del mismo origen, que no eran, por cierto, los menos estimados del ejército de Féofar-Kan.

Además de éstos, deben mencionarse los judíos, que servían como criados, y que llevaban la ropa ceñida con una cuerda y cubrían su cabeza con pequeños gorros de paño oscuro, en vez del turbante que les estaba prohibido llevar, y agréguense a los anteriores los grupos de los llamados kalendarios, especie de religiosos mendicantes, cuyos vestidos hechos jirones estaban cubiertos con una piel de leopardo, y se tendrá una idea casi completa de la enorme aglomeración bajo la denominación general de ejércitos tártaros.

Cincuenta mil de estos soldados eran plazas montadas, pero los caballos no ofrecían menos variedad que los jinetes. Entre aquellos animales, sujetos por decenas a dos cuerdas paralelas, con la cola anudada y la grupa cubierta con una red de seda negra, distinguíanse los turcomanos, de piernas finas, cuerpo largo, pelo brillante y noble cuello; los usbecos, que son bestias de gran resistencia; los de Kokand que, además de jinete, llevan dos tiendas y una batería completa de cocina; los kirguises, de color claro, procedentes de las orillas del río Emba, donde son cazados a lazo por los tártaros, y otros muchos, productos de razas cruzadas, que son de inferior calidad.

Las acémilas contábanse por millares. Eran camellos de pequeña talla, pero bien formados, pelo largo y crin espesa que les caía sobre el cuello, animales dóciles y más fáciles de enganchar que el dromedario; *nares* de una joroba y pelaje rojo como el fuego, en forma de bucles, y asnos, rudos para el trabajo, y cuya carne muy estimada forma parte de la alimentación de los tártaros.

Sobre todo aquel conjunto de hombres y de animales, sobre aquella inmensa aglomeración de tiendas, grandes grupos de cedros y de pinos proyectaban fresca sombra, interrumpida acá y allá por los rayos del sol que penetraban a través del ramaje. Nada más pintoresco que aquel cuadro, en cuya copia habría agotado el más hábil colorista todos los colores de su paleta.

Al llegar ante las tiendas de Féofar-Kan y de los altos signatarios del kanato los desgraciados que fueron hechos prisioneros en Kolivan, los tambores tocaron marcha, sonaron las trompetas, hiciéronse descargas de fusilería y los cañones de a cuatro y de a seis que formaban la artillería del emir atronaron el espacio con sus estampidos, produciéndose con aquella mezcla de ruidos heterogéneos un estruendo ensordecedor.

La instalación de Féofar-Kan era puramente militar, pues lo que se pudiera llamar su casa civil, su harén y los de sus aliados estaban en Tomsk, ciudad que se encontraba entonces en poder de los tártaros.

Cuando se levantara el campo, Tomsk sería la residencia del emir hasta que llegara el momento de poder establecerse en la capital de la Siberia oriental.

La tienda de Féofar dominaba todas las demás que estaban cerca de ella. Revestida de anchas cortinas de brillante tela de seda, sostenida por cordones con borlas de oro, y coronada por espesos penachos que el viento agitaba, ocupaba el centro de una extensa llanura cerrada por una especie de valla de magníficos abedules y pinos gigantescos.

Delante de esta tienda había una mesa de laca con incrustaciones de piedras preciosas y abierto sobre ella estaba el sagrado libro del Corán, cada una de cuyas hojas era una lámina de oro finamente labrada. Esta maravillosa obra de arte ostentaba en la cubierta el escudo tártaro, en el que campeaban las armas del emir.

En torno de la llanura levantábanse, en forma de semicírculo, las tiendas de los altos funcionarios de Bukara. En ellas residían: el jefe de las caballerizas, que tenía el derecho de seguir a caballo al emir hasta la entrada de su palacio; el halconero mayor; el *huschbegui,* portador del sello real; el *toptsqui-basqui,* presidente del consejo, que recibe el beso del príncipe y puede presentarse ante él sin cinturón; el *cheik-ul-islam,* jefe de los ulemas y representante de los sacerdotes; el *cazi-askev,* que, en ausencia del emir, resuelve todas las cuestiones militares, y, por último, el jefe de los astrólogos, cuya principal ocupación es consultar los astros cuantas veces tiene por conveniente el kan ir de un sitio a otro.

Cuando los prisioneros llegaron al campamento encontrábase el emir dentro de su tienda, donde permaneció sin mostrarse, por fortuna, porque un gesto o una palabra suya habrían bastado para que se procediera inmediatamente a una sangrienta ejecución.

Féofar mantúvose en aquel aislamiento, que en parte constituye la majestad de los reyes orientales, a quienes se admira cuando no se dejan ver y, sobre todo, se los teme.

En cuanto a los prisioneros, que iban a ser encerrados en alguna parte o, maltratados, casi sin alimentar y expuestos a todas las inclemencias del clima, esperarían que Féofar tuviera a bien resolver acerca de ellos.

De todos aquellos desgraciados, el más dócil, si no el más paciente, era Miguel Strogoff, que se dejaba conducir porque lo llevaban adonde él quería ir y en mejores condiciones de seguridad que si se encontrara libre en el camino de Kolivan a Tomsk. Escaparse antes de llegar a esta ciudad era exponerse a caer nuevamente en poder de los tártaros, cuyos exploradores recorren la estepa a la sazón, y esto no le convenía. La línea más oriental ocupada entonces por las columnas enemigas no estaba situada más allá del meridiano ochenta y dos que pasa por Tomsk, y, por consiguiente, cuando Miguel Strogoff consiguiera franquear este meridiano, podía considerarse fuera de las zonas dominadas por los tártaros, en cuyo caso podría atravesar el Yenisei sin peligro y llegar a Krasnoiarsk antes que Féofar-Kan invadiese la provincia.

—Una vez en Tomsk —decíase con insistencia a sí mismo, para reprimir los movimientos de impaciencia que lo dominaban—, me pondré en pocos minutos fuera del alcance de los puestos avanzados, y doce horas ganadas a Féofar son doce horas ganadas a Iván Ogareff, que me bastarán para llegar antes que éste a Irkutsk.

Efectivamente, lo que el correo del zar temía sobre todo, era, y debía ser, la presencia de Iván Ogareff en el campamento tártaro, porque, además del peligro a que se exponía de ser reconocido, presentía, por una especie de instinto, que era aquel traidor a quien a él le importaba tomar la delantera. Comprendía, además, que la reunión de las tropas de Iván Ogareff con las de Féofar completaría el efectivo del ejército invasor, y que tan pronto como se efectuase esta reunión, todas las tropas enemigas en masa marcharían contra la capital de la Siberia oriental.

Todos sus temores, por consiguiente, estaban concentrados en estos puntos, y, tan pronto como sonaba alguna trompeta en el campamento, escuchaba con suma atención, tratando de averiguar si aquel toque anunciaba la llegaba del lugarteniente del emir.

A este pensamiento uníase el recuerdo de su madre y el de Nadia, presa la una en Omsk, y arrojada la otra a las barcas que surcaban el Irtich, y, sin duda, prisionera como Marfa Strogoff. ¡Por ninguna de las dos podía él hacer nada! ¿Volvería a verlas, al menos? No osaba responderse a esta pregunta; pero, cada vez que se la hacía, oprimíasele dolorosamente el corazón.

Enrique Blount y Alcides Jolivet habían sido conducidos al campamento tártaro al mismo tiempo que Miguel Strogoff y otros muchos prisioneros. Su antiguo compañero de viaje, reducido a prisión como ellos en la estación telegráfica, sabía que, lo mismo que él, se encontraban encerrados en un estrecho recinto vigilado por numerosos centinelas, pero no había hecho nada para aproximarse a ellos. Después del suceso ocurrido en la casa de postas de Ichim, del que los periodistas habían sido testigos, importábale poco lo que éstos pensaran de él, y, por otra parte, para obrar libremente, en caso necesario, deseaba estar solo, y procuró mantenerse lo más retirado posible.

Alcides Jolivet no había cesado de prodigar sus cuidados a su colega desde el momento en que éste había caído herido a su lado.

Durante el trayecto de Kolivan al campamento, es decir, durante muchas horas de camino, Enrique Blount, apoyado en el brazo de su rival, había podido seguir el convoy de los prisioneros, merced a la ayuda que el periodista francés le había prestado.

Al principio había pretendido hacer valer su calidad de súbdito británico, pero no le sirvió absolutamente de nada ante aquellos bárbaros que respondían con la lanza o con el sable a sus reclamaciones.

El corresponsal del *Daily Telegraph* tuvo, por consiguiente, que sufrir la suerte común, aplazando para ocasión más oportuna sus reclamaciones contra su detención y contra el tratamiento de que se le hacía víctima.

El trayecto no fue, por eso, menos penoso para él, porque su herida le hacía sufrir mucho, y probablemente no habría podido llegar al campamento sin la ayuda que le prestó generosamente Alcides Jolivet.

Éste, que no abandonaba jamás su filosofía práctica, había reconfortado física y moralmente a su colega por todos los medios que estuvieron a su alcance, y, cuando fue encerrado en el recinto del campamento tártaro, su primer cuidado fue examinar la herida de Enrique Blount. Al efecto, le despojó muy hábilmente de la ropa que le estorbaba, y, examinando el hombro de su colega, vio que éste no sufría más que una rozadura de un casco de metralla.

—Esto no es nada —dijo—. ¡Una simple rozadura! A las dos o tres curas quedará completamente sano, querido colega.

—Pero, ¿esas curas...? —preguntó Enrique Blount.

—Yo mismo las haré.

—¿Entiende usted algo en medicina?

—Todos los franceses somos médicos.

Y, hecha esta afirmación, Alcides Jolivet desgarró su pañuelo de bolsillo, hizo hilas de uno de los pedazos, y compresas de otro, sacó agua de un pozo situado en medio del recinto, lavó la herida que, por fortuna, no era grave, y sujetó con mucha habilidad las tiras de trapo mojadas sobre el hombro de Enrique Blount.

—Le curo a usted por la hidropatía —dijo—, porque el agua es el sedativo más eficaz que hasta ahora se conoce para el tratamiento de las heridas y el que más se emplea. Los médicos han tardado seis mil años en hacer este descubrimiento; sí, señor, ¡seis mil años en cifras redondas!

—Se lo agradezco mucho, señor Jolivet —respondió Enrique Blount, dejándose caer sobre un montón de hojas secas que, a modo de cama, le acababa de preparar su compañero, a la sombra de un abedul.

—¡Bah! No vale la pena. Usted, en mi lugar, habría hecho lo mismo por mí.

—No lo sé... —repuso con ingenuidad Enrique Blount.

—Usted bromea, ¡vaya! Todos los ingleses son generosos.

—Sin duda, pero los franceses...

—Sí, bien, los franceses son buenos, y hasta son bestias, si usted quiere, pero lo que los disculpa es que son franceses. No hablemos de ello y, si quiere usted creerme, lo mejor es que no hablemos de nada, porque el reposo le es absolutamente necesario.

Pero Enrique Blount no tenía deseo alguno de callarse. Si el herido debía, por prudencia, entregarse al reposo, el corresponsal del *Daily Telegraph* no era hombre que se limitase a escuchar.

—Señor Jolivet —preguntó—, ¿cree usted que nuestros últimos telegramas hayan podido pasar la frontera rusa?

—¿Y por qué no? —respondió Alcides Jolivet—. Le aseguro a usted que a estas horas sabe ya mi dichosa *prima* lo ocurrido en la batalla de Kolivan.

—¿Cuántos ejemplares tira de sus telegramas *su prima?* —inquirió Enrique Blount, que por vez primera dirigió esta pregunta directa a su compañero.

—¡Está bueno! —respondió riéndose Alcides Jolivet—. *Mi prima* es una persona muy discreta y no le agrada que se hable de ella, y se desesperaría si turbase el sueño de que tiene usted necesidad.

—No quiero dormir —replicó el inglés—. ¿Qué debe pensar de los asuntos de Rusia *su prima?*

—Que por ahora van por mal camino; pero, ¡bah!, el Gobierno moscovita es poderoso y una invasión de los bárbaros no puede inquietarlo mucho: Siberia continuará siendo rusa.

—La excesiva ambición ha perdido a los más grandes imperios —objetó Enrique Blount, que no estaba exento de cierta envidia *inglesa* a las pretensiones rusas en el Asia central.

—¡Oh! No hablemos de política —exclamó Alcides Jolivet—. ¡La Facultad de Medicina lo prohíbe! No hay nada peor para las heridas de los hombros..., a no ser que esta clase de conversación le haga dormir.

—Hablemos entonces de lo que tenemos que hacer —repuso Enrique Blount—. Señor Jolivet, yo no tengo la menor intención de continuar siendo prisionero de estos bárbaros indefinidamente.

—¡Pardiez, ni yo!

—¿Nos escaparemos en cuanto se presente ocasión?

—Nos escaparemos, si no hay otro medio de recobrar la libertad.

—¿Hay, acaso, otro medio? —preguntó Enrique Blount, mirando atentamente a su compañero.

—Seguramente. Nosotros no somos beligerantes, sino neutrales, y reclamaremos.

—¿Ante quién hemos de reclamar? ¿Ante ese bruto de Féofar-Kan?

—No, porque no nos comprendería, sino ante su lugarteniente Iván Ogareff.

—¡Es un bribón!

—Sin la menor duda, pero es ruso, sabe que no se puede hacer mangas y capirotes del derecho de gentes y no tiene interés alguno en retenernos, sino todo lo contrario. Solamente que pedir alguna cosa a semejante tipo no me agrada mucho.

—Pero ese señor no está en el campamento o, por lo menos, no lo he visto —advirtió Enrique Blount.

—Él vendrá. No puede faltar, porque tiene que reunirse con el emir. Siberia está cortada ahora en dos partes, y seguramente el ejército de Féofar no espera más que a Ogareff para ponerse en camino hacia Irkutsk.

—¿Y qué haremos cuando estemos libres?

—Cuando estemos libres continuaremos nuestra campaña, y seguiremos a los tártaros hasta que los acontecimientos nos permitan pasar al campo opuesto. No se debe abandonar la partida, ¡qué diablos! ¡No hemos hecho más que empezar! Usted, compañero, ha tenido ya la suerte de ser herido al servicio del *Daily Telegraph,* mientras que yo no he recibido nada aún al servicio de *mi prima.* Vamos, vamos... Bueno —murmuró Alcides Jolivet—, ya se duerme. Algunas horas de sueño y unas cuantas compresas de agua fría bastan para curar a un inglés. ¡Esta gente está hecha de hojalata!

Y mientras Enrique Blount dormía, Alcides Jolivet veló a su lado, después de haber sacado su *carnet* y escrito algunas notas, muy decidido a mostrárselas a su colega para mayor satisfacción de los lectores del *Daily Telegraph.* Los acontecimientos los habían reunido uno a otro y no tenían ya por qué envidiarse.

Por consiguiente, lo que más temía Miguel Strogoff era precisamente lo que con más ansiedad deseaban los dos periodistas. La llegada de Iván Ogareff podía evidentemente servirles,

218

porque, reconocida su cualidad de corresponsales inglés y francés, lo más probable era que los pusiesen en libertad. El lugarteniente del emir sabría hacer entrar en razón a Féofar, que, abandonado a sus propias iniciativas, habría tratado a los periodistas como espías.

El interés de Alcides Jolivet y de Enrique Blount era, por tanto, contrario al de Miguel Strogoff, quien, comprendiendo su situación, tenía motivo, además de otros muchos, para evitar toda aproximación a sus antiguos compañeros de viaje. Ya se arreglaría de manera que ellos no lo viesen.

Durante cuatro días las cosas no sufrieron modificación alguna. Los prisioneros no oyeron hablar una sola palabra del levantamiento del campamento tártaro; continuaban siendo vigilados con gran severidad y, si hubieran intentado fugarse, les habría sido imposible atravesar el cordón de soldados de infantería y de caballería que los custodiaban constantemente.

En cuanto al alimento que se les daba, era bastante menos del suficiente. Dos veces cada veinticuatro horas, arrojábaseles un trozo de intestinos de cabra, asados sobre los carbones, o algunos pedazos de ese queso llamado *krut,* hecho con leche agria de oveja, y que, mojado en leche de burra, constituye un manjar para los kirguises, y al que más comúnmente se da el nombre de *kumys,* y esto era lo único que comían aquellos infelices.

Además, el tiempo era detestable, porque se produjeron grandes perturbaciones atmosféricas que levantaron borrascas mezcladas con lluvia, y los desgraciados prisioneros, sin abrigo alguno, tuvieron que soportar, sin que nada atenuase sus miserias, aquellas intemperies malsanas.

A consecuencia de estas calamidades, murieron algunos heridos, niños y mujeres, y los mismos prisioneros tuvieron que enterrar los cadáveres, porque los guardias que los vigilaban no quisieron darles sepultura.

Durante estas duras pruebas, Miguel Strogoff y Alcides Jolivet, cada uno por su lado, multiplicábanse, prestando cuantos servicios podían prestar. Menos fatigados que otros muchos, fuertes y vigorosos, tenían más resistencia que los demás, y, aconsejando a unos y cuidando a otros, consiguieron hacerse útiles a los que sufrían y se desesperaban.

Semejante estado de cosas, ¿iba a durar mucho? Satisfecho Féofar-Kan del resultado de sus primeras operaciones, ¿quería dejar pasar algún tiempo antes de emprender la marcha hacia Irkutsk? Esto se temía, pero no ocurrió así.

El suceso que tan ardientemente deseaban Alcides Jolivet y Enrique Blount, y que tanto temía Miguel Strogoff, ocurrió en la mañana del día 12 de agosto.

Aquel día sonaron las trompetas, redoblaron los tambores y se hicieron descargas de fusilería. Una espesa nube de polvo se levantó a lo largo del camino de Kolivan.

Iván Ogareff, al frente de muchos miles de hombres, hizo su entrada en el campamento tártaro.

CAPÍTULO II

Una actitud de Alcides Jolivet

Las tropas que Iván Ogareff llevaba al emir formaban un verdadero cuerpo de ejército. Tanto la caballería como la infantería formaban parte de la columna que había tomado Omsk; pero, convencido Iván Ogareff de que no podía apoderarse de la ciudad alta, en la que, como el lector no habrá olvidado, habíanse refugiado el gobernador y la guarnición, había decidido pasar adelante, no queriendo demorar las operaciones que debían dar por resultado la conquista de la Siberia oriental.

Dejó, pues, en Omsk guarnición suficiente para defenderla y, reuniendo sus hordas, que los vencedores de Kolivan reforzaron en el camino, se agregó al ejército de Féofar.

Los soldados de Iván Ogareff llegaron a los puestos avanzados del campamento, donde se detuvieron; pero no se les ordenó que plantaran sus tiendas, sin duda porque el proyecto de su jefe no era el de permanecer allí sino el de seguir adelante y, en el plazo más breve posible, apoderarse de Tomsk, ciudad importante, destinada naturalmente a ser el centro de las futuras operaciones.

Además de sus tropas, llevaba Iván Ogareff un convoy de prisioneros rusos y siberianos, capturados unos en Omsk y los otros en Kolivan; pero estos desdichados no fueron conducidos al recinto del campamento, demasiado estrecho ya para los que en él se encontraban, y tuvieron que quedarse en los puntos avanzados, sin abrigo y casi sin alimento.

¿Qué suerte tenía reservada Féofar-Kan a estos infortunados? ¿Los llevaría a Tomsk para diezmarlos con alguna ejecución sangrienta, tan familiar a los tártaros? Éste era el secreto del caprichoso emir.

Aquellas tropas no habían llegado de Omsk ni de Kolivan sin traer tras de sí esa multitud de mendigos, merodeadores, mercaderes y bohemios que forman de ordinario la retaguardia de un ejército en marcha, gente toda que solía vivir a costa del país que atravesaba, dejando a sus espaldas poco que saquear.

Era, por consiguiente, necesario seguir adelante para asegurar el aprovisionamiento de las columnas expedicionarias.

En toda la región comprendida entre el curso del río Ichim y el del Obi, completamente devastada, no podía encontrarse recurso alguno. Era un desierto que los tártaros habían dejado tras de sí, y que a los rusos les habría costado mucho trabajo atravesar.

Entre los numerosos bohemios que habían acudido de las provincias del oeste, figuraba la banda de cíngaros que había acompañado a Miguel Strogoff hasta Perm, y de la que formaba parte la gitana Sangarra, porque esta espía salvaje, alma condenada de Iván Ogareff, no abandonaba a su amo.

Como se dijo oportunamente, ambos habían fraguado sus maquinaciones en la misma Rusia, en el Gobierno de Nijni-Novgorov, y, después de atravesar juntos el Ural, se habían separado sólo por algunos días marchando rápidamente Iván Ogareff hacia Ichim, mientras Sangarra y su banda se encaminaron hacia Omsk por el sur de la provincia.

Fácilmente se comprenderá la importancia de la ayuda que a Iván Ogareff prestaba esta mujer que, por medio de las cíngaras que la acompañaban, penetraba en todas partes, lo oía todo, y todo se lo contaba a él, quien, de este modo, estaba al corriente de cuanto pasaba hasta en el centro de las provincias invadidas. Eran, pues, cien ojos y cien orejas los que estaban siempre abiertos en favor de su causa, si bien es verdad que pagaba generosamente este espionaje que le reportaba gran provecho.

Sangarra, comprometida en otro tiempo en un asunto muy grave, había sido salvada por el oficial ruso, favor inmenso que ella no había olvidado y en pago del cual se había entregado en cuerpo y alma a Iván Ogareff, quien, al entrar en la senda de la traición, comprendió el gran partido que podía sacar de esta gitana agradecida.

Cualesquiera que fuesen las órdenes que él le diera, Sangarra las ejecutaba puntualmente, porque un instinto inexplicable, más imperioso aún que el de la gratitud, la había inducido a hacerse esclava del traidor, a quien estaba ligada desde los primeros tiempos de su destierro en Siberia.

Confidente y cómplice, Sangarra, sin patria y sin familia, habíase complacido en poner su vida vagabunda al servicio de los invasores que Iván Ogareff iba a lanzar contra Siberia; auxiliar muy eficaz sin duda, porque a la prodigiosa astucia natural de su raza uníase una energía feroz, que no perdonaba ni se compadecía jamás. Era una verdadera salvaje, digna de compartir el *wigwam* de un apache o la choza de un andamano.

Desde su llegada a Omsk, donde se había reunido con su banda de cíngaras, no se había separado un momento de Iván Ogareff y estaba enterada del hecho casual que había puesto a Miguel Strogoff en presencia a uno de otro.

Los temores que abrigaba Iván Ogareff respecto al paso de un correo del zar, ella los conocía y los compartía, por lo que se hubiera complacido en torturar a la prisionera Marfa Strogoff con todo el refinamiento de crueldad de un piel roja a fin de arrancarle su secreto; pero no había llegado aún la hora de hacer hablar a la anciana siberiana.

Sangarra debía esperar, y esperaba sin perder de vista un instante a Marfa, a quien espiaba secretamente, observando sus menores gestos, escuchando todas sus palabras, y vigilándola día y noche, con la esperanza de que alguna vez se escapara de sus labios la palabra hijo, pero la inalterable impasibilidad de aquella valerosa mujer había frustrado hasta entonces sus deseos.

Mientras tanto, tan pronto como sonaron en el campamento los primeros toques de corneta apresuráronse los jefes de la artillería tártara y de la caballería del emir, seguidos por una brillante escolta de jinetes usbecos, a salir al encuentro de Iván Ogareff para recibirlo con todos los honores que le correspondían.

Cuando estuvieron en su presencia, lo invitaron a que los acompañara a la tienda de Féofar-Kan.

Iván Ogareff, imperturbable, como siempre, acogió fríamente las manifestaciones de deferencia de los altos funcionarios enviados a su encuentro.

Vestía con suma sencillez, ostentando todavía, por un alarde de impudencia, el uniforme de oficial ruso.

En el momento en que él espoleaba a su caballo para obligarlo a franquear el recinto del campamento, Sangarra, pasando por entre los jinetes de la escolta, se aproximó a él y quedó inmóvil contemplándolo.

—¿Nada? —preguntó Iván Ogareff.

—Nada.

—Ten paciencia.

—¿Se aproxima la hora de obligar a la vieja a que hable?

—Se aproxima, Sangarra.

—¿Cuándo hablará?

—Cuando lleguemos a Tomsk.

—¿Y cuándo llegaremos?

—Dentro de tres días.

Los grandes ojos negros de Sangarra brillaron en aquel momento con un fulgor extraordinario, y ella se retiró tranquilamente.

Iván Ogareff oprimió los flancos de su caballo, y, seguido de su estado mayor de oficiales tártaros, se dirigió a la tienda del emir.

Féofar-Kan esperaba a su lugarteniente, rodeado por los individuos del consejo, compuesto del guardador del sello real, del *kodya* y de algunos otros altos funcionarios que se encontraban bajo su tienda.

Iván Ogareff apeose del caballo, entró en la tienda y encontrose ante el emir.

Féofar-Kan era un hombre de cuarenta años, alta estatura, rostro bastante pálido, ojos salientes y aspecto feroz. Sobre el pecho caíale una barba negra, dividida en pequeños bucles. Con su traje de campaña, cota de mallas de plata y oro, tahalí cuajado de resplandecientes piedras preciosas, la vaina de su sable, corvo como un yatagán, cubierta de brillantes joyas, botas con espuelas de oro y casco coronado por un penacho de diamantes que despedían mil fulgores, ofrecía a la vista el aspecto, más extraño que imponente, de un Sardanápalo tártaro, soberano indiscutible que dispone, a su capricho, de la vida y de los bienes de sus súbditos, cuyo poder no tiene límites y al que, por privilegio especial, se da en Bukara el calificativo de emir.

En el momento en que se presentó Iván Ogareff, aunque los altos signatarios permanecieron sentados sobre sus cojines festoneados de oro, Féofar se levantó del rico diván que ocupaba en el centro de la tienda, cuyo suelo desaparecía bajo una espesa alfombra de moqueta de Bukara.

El emir se aproximó al recién llegado y lo besó, saludo cuya significación no dejaba lugar a dudas.

Aquel beso hacía al lugarteniente jefe del consejo y lo elevaba temporalmente a una categoría superior a la del *kodya*.

Luego Féofar-Kan, dirigiéndose a Iván Ogareff, dijo:

—Nada tengo que preguntarte, Iván; pero habla, porque aquí sólo encontrarás oídos favorablemente dispuestos a escucharte.

—*Takhsir* [8] —respondió Iván Ogareff—, he aquí lo que tengo que comunicarte.

Se expresaba en tártaro, dando a sus frases una entonación enfática y empleando los giros caprichosos que caracterizan el lenguaje de los orientales.

—*Takhsir,* no se debe perder tiempo en palabras inútiles. Lo que he hecho al frente de tus tropas, tú lo sabes. Las líneas del Ichim y del Irtich se encuentran ahora en nuestro poder, y los jinetes turcomanos pueden bañar sus caballos en las aguas de estos ríos, que son ya de los tártaros. Las hordas kirguises se han levantado a la voz de Féofar-Kan, y el principal camino siberiano desde Ichim a Tomsk te pertenece. Puedes, por lo tanto, lanzar tus columnas hacia el oriente, donde el sol se levanta, o hacia el occidente, donde el sol se pone.

—¿Y si marcho con el sol? —inquirió el emir, que escuchaba sin que en su rostro se reflejase uno solo de sus pensamientos.

---

[8] Título que se da a los sultanes de Bukara y que equivale al de Señor o Majestad.

—Marchar con el sol —respondió Iván Ogareff— es ir hacia Europa, es conquistar rápidamente las provincias siberianas desde Tobolsk hasta las montañas del Ural.

—¿Y si marcho en dirección opuesta a la del luminar del cielo?

—Marchar en esta dirección es someter al dominio de los tártaros, con Irkutsk, las más ricas comarcas del Asia central.

—Pero, ¿y de los ejércitos del sultán de Petersburgo? —dijo Féofar-Kan, designando con este título caprichoso al emperador de Rusia.

—Nada tienes que temer, ni hacia el levante, ni hacia el poniente —respondió Iván Ogareff—. La invasión ha sido muy rápida y antes que el ejército ruso haya podido acudir a reprimirla, Irkutsk o Tobolks habrán caído en tu poder. Las tropas del zar han sido derrotadas en Kolivan, como lo serán en todas partes donde tu ejército luche con los soldados insensatos de occidente.

—¿Y qué consejo te inspira tu devoción a la causa tártara? —preguntó el emir, después de una pausa muy breve.

—Mi consejo —se apresuró a contestar Iván Ogareff— es que marches hacia oriente, es que des a pastar a los caballos turcomanos la hierba de las llanuras orientales, es que tomes a Irkutsk, la capital de las provincias del este, y, con Irkutsk, el rehén cuya posesión vale tanto como toda una gran comarca. Es preciso que, en defecto del zar, el gran duque, su hermano, caiga en tus manos.

Tal era el supremo resultado que perseguía Iván Ogareff, a quien, al oírlo, se habría podido tomar por uno de los crueles descendientes de Esteban Razine, el célebre pirata que en el siglo XVIII arrasó la Rusia meridional. ¡Apoderarse del gran duque y maltratarlo sin piedad era dar completa satisfacción a su odio! Además, la toma de Irkutsk pondría inmediatamente a toda la Siberia oriental bajo la dominación de los tártaros.

—Así se hará, Iván —asintió Féofar. —¿Cuáles son tus órdenes, *takhsir?*

—Que hoy mismo se traslade a Tomsk nuestro cuartel general.

Iván Ogareff se inclinó y salió, seguido por el *huschbequi,* para poner en ejecución las órdenes del emir.

En el momento en que se disponía a montar a caballo para dirigirse a los puestos avanzados, promoviose cierto tumulto a alguna distancia, en la parte del campamento en que los prisioneros se encontraban, se oyeron algunos gritos y sonaron dos o tres disparos de fusil. ¿Era una tentativa de revuelta o un conato de evasión lo que iba a ser necesario reprimir sumariamente?

Iván Ogareff y el *huschbequi* avanzaron algunos pasos y, casi al mismo tiempo, dos hombres, a quienes los soldados no pudieron contener, se presentaron ante ellos.

El *huschbequi,* sin más información, hizo un gesto que era una orden de muerte, y ya la cabeza de aquellos dos hombres iba a rodar por tierra cuando Iván Ogareff pronunció algunas palabras que contuvieron en el aire los sables levantados sobre ellos.

El ruso había conocido que aquellos dos prisioneros eran extranjeros, y se había apresurado a ordenar que se los condujera ante él.

Eran Enrique Blount y Alcides Jolivet, quienes desde la llegada de Iván Ogareff al campamento habían solicitado con insistencia que se los llevara a su presencia; pero los soldados no les habían hecho caso.

Esta negativa había sido la causa de la lucha, del conato de evasión y de los disparos de fusil, que, por fortuna, no alcanzaron a los periodistas, cuya ejecución no se habría hecho esperar si el lugarteniente del emir no hubiese intervenido tan oportunamente.

Éste examinó durante algunos segundos a los dos prisioneros, que le eran absolutamente desconocidos, a pesar de que habían estado presentes en la casa de postas de Ichim, cuando se desarrolló aquella escena en que Miguel Strogoff fue maltratado por Iván Ogareff, pero el brutal viajero no había prestado la menor atención a las personas que se encontraban entonces en la sala común.

Enrique Blount y Alcides Jolivet, por el contrario, lo reconocieron a él perfectamente.

—¡Vaya! —exclamó el francés a media voz—. ¡Parece que el coronel Ogareff y el grosero personaje de Ichim son una sola persona! —y agregó al oído de su compañero—: Expóngale nuestro asunto, Blount; préstame usted este servicio, porque este coronel ruso en medio del campamento tártaro me desagrada, y, aunque gracias a él mi cabeza permanece todavía sobre mis hombros, mis ojos se volverán con desprecio antes que mirarlo a la cara.

Y, dicho esto, Alcides Jolivet adoptó una actitud de la más completa y altiva indiferencia.

¿Comprendió Iván Ogareff que la actitud del prisionero era insultante para él? En todo caso, no lo dio a entender.

—¿Quiénes son ustedes, señores? —preguntó en ruso, con tono muy frío, pero exento de rudeza.

—Dos corresponsales de periódicos inglés y francés —respondió lacónicamente Enrique Blount.

—¿Ustedes tienen, sin duda, documentos que identifiquen su personalidad?

—He aquí las cartas que nos acreditan en Rusia ante las cancillerías inglesa y francesa —dijo el corresponsal británico.

Iván Ogareff tomó los documentos que le presentó Enrique Blount, y los leyó atentamente.

—¿Solicitan ustedes —preguntó luego— autorización para seguir nuestras operaciones militares en Siberia?

—No solicitamos otra cosa que nuestra libertad —respondió secamente el corresponsal inglés.

—Son ustedes libres —respondió Iván Ogareff—, y tendría mucho gusto en leer sus crónicas en el *Daily Telegraph*.

—Señor —replicó Enrique Blount con imperturbable calma—, cuesta seis peniques cada número, más los gastos de correo.

Y, después de esta respuesta, volviose hacia su compañero, que pareció aprobarla completamente.

Iván Ogareff no chistó y, montando a caballo, púsose a la cabeza de su escolta, no tardando en desaparecer envuelto en una nube de polvo.

—Y bien, señor Jolivet, ¿qué opina acerca del coronel Iván Ogareff, general en jefe de las tropas tártaras? —preguntó Enrique Blount.

—Opino, mi querido colega —respondió sonriéndose Alcides Jolivet—, que ese *huschbequi* tuvo un gesto hermoso cuando ordenó que nos cortaran la cabeza.

De todos modos, y fuese cualquiera el motivo que tuvo Iván Ogareff para portarse como se portó con los dos periodistas, éstos eran libres y podían recorrer a su gusto el teatro de la guerra.

Su intención era la de no abandonar la partida, e ir juntos a la caza de noticias, puesto que había desaparecido ya la especie de aversión que se inspiraban mutuamente y que se había convertido en sincera amistad.

Las circunstancias los habían reunido, y ellos no pensaban separarse: las mezquinas cuestiones de rivalidad quedaban terminadas por completo, porque Enrique Blount no podía olvidar lo que debía a su colega, quien en modo alguno trataba de recordarlo, y porque, en suma, aquella fraternidad facilitaba su misión de reporteros, en beneficio de sus respectivos lectores.

—¿Y qué vamos a hacer ahora de nuestra libertad? —preguntó Enrique Blount.

—Abusar, ¡pardiez! —respondió Alcides Jolivet—, e ir tranquilamente a Tomsk para ver lo que allí pasa.

—¿Hasta el momento, ya muy próximo, en que, como espero, podamos unirnos a algún cuerpo de ejército ruso?

—Como usted lo dice, señor Blount, porque no es preciso tartarizarse demasiado. El mejor papel está confiado todavía a los ejércitos civilizados, y es evidente que los pueblos del Asia central lo perderán todo y no ganarán absolutamente nada con esta invasión, que los rusos rechazarán por completo. Es cuestión de tiempo nada más.

Pero la llegada de Iván Ogareff, que acaba de poner en libertad a Alcides Jolivet y Enrique Blount, era, por lo contrario, un grave peligro para Miguel Strogoff, porque si la casualidad ponía al correo del zar en presencia del traidor, éste no podía dejar de reconocer en él al viajero a quien había tratado brutalmente en la casa de postas de Ichim, y aunque Miguel Strogoff no había respondido al insulto como lo habría hecho en cualquiera otra circunstancia, el lugarteniente del emir fijaría en él su atención, dificultando así la ejecución de los proyectos de aquél.

Tal era el aspecto desagradable que tenía la presencia de Iván Ogareff.

Sin embargo, una consecuencia feliz de su llegada fue la orden que se había dado al levantar el campamento y de trasladar el cuartel general a Tomsk.

Ésta era la realización del más vivo deseo de Miguel Strogoff, quien, como se sabe, se proponía entrar en Tomsk confundido entre los demás prisioneros, es decir, sin arriesgarse a caer en las manos de los exploradores que, en gran número, recorrían las inmediaciones de esta importante ciudad.

Esto no obstante, a causa de la llegada de Iván Ogareff y ante el temor de ser por éste reconocido, preguntose si no le convendría renunciar a su primer proyecto e intentar escaparse durante el viaje.

Iba sin duda a adoptar este último partido, cuando se enteró de que Féofar-Kan e Iván Ogareff, al frente de algunos miles de soldados de caballería, habían partido ya para la ciudad.

—Esperaré, pues —se dijo—, a no ser que se presente alguna circunstancia excepcionalmente favorable para huir. De la parte de acá de Tomsk son poco numerosas las probabilidades, mientras que de la parte de allá serán muchas, pues, entonces, en pocas horas pasaré los puestos tártaros más avanzados hacia el este. ¡Tendré paciencia durante tres días más y, luego, que Dios venga en mi ayuda!

Era, efectivamente, un viaje de tres días el que los prisioneros, bajo la vigilancia de un numeroso destacamento tártaro, tenían que hacer a través de la estepa, porque el campamento se encontraba a ciento cincuenta verstas de distancia de la ciudad, ¡viaje fácil para los soldados del emir!, a quienes no les faltaba nada, pero penoso para los desgraciados, debilitados por las privaciones, y de los cuales quedaría seguramente más de un cadáver en el camino.

El *toptsquibasqui* dio la orden de ponerse en marcha a las dos de la tarde del 12 de agosto, hora en que la temperatura era muy elevada y en el cielo no había una sola nube que atenuase el calor solar.

Alcides Jolivet y Enrique Blount, después de comprar caballos, habían marchado también hacia Tomsk, donde la lógica de los acontecimientos iba a reunir a los principales personajes de esta historia.

Entre los prisioneros que Iván Ogareff había llevado al campamento tártaro, encontrábase una anciana que, por su taciturnidad, parecía encontrarse aislada en medio de los desgraciados que compartían su suerte; pero jamás salía de su boca la queja más insignificante, hasta el extremo de que habría podido decirse de ella que era una estatua del dolor.

Esta anciana, casi siempre inmóvil y más estrechamente vigilada que ningún otro prisionero, era, sin que ella lo supiese o lo advirtiera, observada por la gitana Sangarra, y, a pesar de su avanzada edad, veíase obligada a seguir a pie el convoy, sin que nada atenuase sus miserias.

Sin embargo, algún providencial destino había colocado a su lado un ser valeroso y caritativo, capaz de comprenderla y de auxiliarla.

Efectivamente, entre los compañeros de infortunio de la anciana, encontrábase una joven, notable por su belleza y por su impasibilidad que no cedía en nada a la de la siberiana, que parecía haberse impuesto la misión de velar por ella. No se habían dirigido la palabra; pero, siempre que sus servicios podían serle útiles, estaba la joven a punto para prestárselos.

Al principio, la anciana había aceptado con desconfianza los cuidados mudos que le prodigaba aquella desconocida; pero, poco a poco, la evidente rectitud de intenciones de la joven, su reserva y la misteriosa simpatía que el dolor común establece entre los que sufren iguales infortunios, habían ido desvaneciendo la altiva frialdad de Marfa Strogoff.

Nadia —porque era ella— había podido de este modo, sin conocerla, devolver a la madre los cuidados y atenciones que había recibido del hijo. Su instintiva bondad le había sugerido una doble inspiración, porque, socorriendo a la anciana, aseguraba a su juventud y a su belleza, la protección de la edad de la silenciosa prisionera. En medio de la multitud de desgraciados, a quienes los sufrimientos habían agriado el carácter, estas dos mujeres tan calladas, una de las cuales parecía ser abuela de la otra, imponía a todos cierto respeto.

Nadia, después de haber sido arrojada por los exploradores tártaros a una de las barcas que surcaban el Irtich, había sido conducida a Omsk y, detenida como prisionera en esta ciudad, había sufrido la misma suerte que todos los que la columna de Iván Ogareff había capturado hasta entonces y, por consiguiente, la de Marfa Strogoff.

Si hubiera sido menos fuerte, Nadia habría sucumbido al doble golpe que acababa de recibir. La interrupción de su viaje y la muerte de Miguel Strogoff la habían, a la vez, desesperado y llenado de indignación. Alejada de su padre, quizá para siempre, después de tantos esfuerzos ya realizados con fortuna, y, para colmo de desgracias, separada del intrépido compañero a quien el mismo Dios parecía haber puesto en su camino para conducirla al fin que pretendía, todo lo había perdido a un tiempo y de un solo golpe.

La imagen de Miguel Strogoff, herido ante sus ojos por un lanzazo y desaparecido en las aguas del Irtich, no se borraba un solo instante de su pensamiento... ¿Podía morir así semejante hombre? ¿Para quién reservaba Dios sus milagros, si este justo, impulsado seguramente por un noble deseo, había podido ser detenido en su marcha de un modo tan miserable?

Algunas veces la cólera se sobreponía a su dolor, y, cuando recordaba la escena de la afrenta tan extrañamente sufrida por su compañero en la casa de postas de Ichim, le hervía la sangre a causa de la indignación.

—¿Quién vengará a este muerto que no puede vengarse por sí mismo? —se preguntaba.

Y, dirigiéndose a Dios de todo corazón, exclamaba:

—¡Haced, Señor, que sea yo quien lo vengue!

¡Si al menos le hubiera confiado Miguel Strogoff su secreto antes de morir! ¡Si, aun siendo mujer y casi niña, ella hubiera podido llevar a feliz término la interrumpida misión de aquel hermano que Dios no debió darle, puesto que tan pronto se lo había de quitar...!

Absorta como estaba constantemente en estos pensamientos, se comprende que Nadia permaneciera insensible aun ante los sufrimientos de su cautividad.

Entonces fue cuando, sin que ella sospechara lo más mínimo, la casualidad la reunió con Marfa Strogoff. ¿Cómo habría podido imaginar que esta anciana, prisionera como ella, fuese la madre de su compañero, que, a sus ojos no era sino el comerciante

Nicolás Korpanoff? ¿Y cómo Marfa habría, por su parte, podido adivinar que aquella joven estaba unida a su hijo por un lazo de gratitud?

Lo que impresionó desde el primer momento a Nadia en Marfa Strogoff fue una especie de secreta conformidad en la manera como cada uno sufría, por su parte, su dura condición.

Esta indiferencia estoica de la anciana respecto a los dolores materiales de su cotidiana vida y la poca importancia que daba a los sufrimientos corporales no podían obedecer a otra causa que a un dolor moral igual al suyo. Esto era lo que pensaba Nadia y no se equivocaba. Fue, pues, una simpatía instintiva hacia aquellas miserias que Marfa procuraba ocultar, lo que impulsó a la joven a socorrerla, porque aquella manera de soportar la desgracia armonizaba bien con el alma valerosa de la joven, que no le ofreció sus servicios sino que se los prestó, por lo que la anciana no tuvo que rehusarlos ni aceptarlos.

En los pasos difíciles del camino, la joven se encontraba siempre cerca de ella para ayudarla con sus brazos; cuando se distribuían los víveres, la anciana no se movía, pero Nadia compartía con ella su escaso alimento, y así fue cómo se efectuó este viaje tan penoso para la una como para la otra.

Gracias a su joven compañera, pudo Marfa Strogoff seguir a los soldados que conducían el convoy de prisioneros sin ser amarrada al arzón de una silla, como tantos otros prisioneros que fueron arrastrados de este modo por aquel camino de dolor.

—¡Que Dios te premie, hija mía, lo que haces por mi vejez! —le dijo en una ocasión Marfa Strogoff, siendo éstas las únicas palabras que se cruzaron entre las dos infortunadas durante algún tiempo.

Parecía natural que aquellos días, que les parecieron tan largos como siglos, la anciana y la joven hablasen de su recíproca situación; pero Marfa, por una circunspección fácil de comprender, no había hablado, y muy brevemente, sino de sí misma, sin hacer la menor alusión a su hijo ni a la funesta casualidad que los había puesto frente a frente.

Nadia también permanecía largo tiempo muda o, por lo menos, sin pronunciar una sola palabra inútil. Sin embargo, un día, comprendiendo que se encontraba delante de un alma sencilla y noble, su corazón se desbordó, y refiriole, sin ocultar nada, cuanto le había ocurrido desde su salida de Wladimir hasta la muerte de Nicolás Korpanoff, y cuanto dijo acerca de su joven compañero interesó vivamente a aquella anciana siberiana.

—¡Nicolás Korpanoff! —dijo ésta—. Sigue hablándome de ese Nicolás. ¡No conozco más que a un hombre, uno solo entre la juventud actual, de quien semejante conducta no me hubiese sorprendido! Pero, ¿era Nicolás Korpanoff su verdadero nombre? ¿Estás segura, hija mía?

—¿Por qué había de engañarme respecto a este punto —respondió Nadia—, cuando no me engañó respecto a ningún otro?

Sin embargo, impulsada por una especie de presentimiento, Marfa Strogoff hacía a Nadia una pregunta tras otra.

—¡Me has dicho que era valeroso! ¡Me has probado que lo había sido!

—Sí, valeroso —asintió Nadia.

«¡Así habría sido mi hijo!», pensó la anciana, y siguió preguntando:

—¿Me has dicho también que nada lo detenía, que nada lo atemorizaba y que, en medio de su fuerza, era tan afable, que tenía en él tanto una hermana como un hermano, y que ha velado por ti tan solícita y cariñosamente como una madre?

—Sí, sí —se apresuró a responder Nadia—. ¡Hermano, hermana, madre, él lo ha sido todo para mí!

—¿Y también un león para defenderte?

—Sí, un león, realmente —confirmó Nadia—. Sí, un león, ¡un héroe!

«¡Mi hijo! ¡Es mi hijo!», pensó la anciana siberiana; y agregó en voz alta:

—¿Pero dices, sin embargo, que soportó una terrible afrenta en la casa de postas de Ichim?

—¡La soportó! —murmuró Nadia inclinando la cabeza.

—¿La soportó? —murmuró Marfa Strogoff, estremeciéndose.

—¡Madre! ¡Madre! —exclamó Nadia—. No lo condene usted. ¡Él tenía un secreto, un secreto que únicamente Dios, a la hora presente, puede juzgar!

—Y —preguntó Marfa, levantando la cabeza y mirando a la joven como si hubiese querido leer hasta en lo más profundo de

234

su alma—, ¿en aquella hora de humillación despreciaste a ese Nicolás Korpanoff?

—Por el contrario, lo admiré, y lo admiro, sin comprenderlo —respondió la joven—. ¡Jamás me ha parecido más digno de respeto!

La anciana guardó silencio un instante y, luego, preguntó:

—¿Era alto?

—Muy alto.

—Y muy hermoso, ¿no es así? Vamos, habla, hija mía.

—Era muy hermoso —asintió Nadia, enrojeciendo.

—¡Era mi hijo! ¡Te digo que era mi hijo! —exclamó la anciana abrazando a Nadia.

—¡Tu hijo! —exclamó Nadia, muy confusa—. ¡Tu hijo!

—Vamos —dijo Marfa—, termina, hija mía. ¡Tu compañero, tu amigo, tu protector, tenía madre! ¿Acaso no te habló de su madre?

—¿De su madre? —repitió Nadia—. Sí, me habló de mi madre, como yo le hablé de mi padre, frecuentemente, todos los días. ¡Él adoraba a su madre!

—¡Nadia, Nadia! —exclamó la anciana—. ¡Acabas de contarme la historia de mi hijo! —y agregó impetuosamente—: Al pasar por Omsk, ¿no debía, pues, ver a esa madre que tú dices que ama tanto?

—No —respondió Nadia—, no debía verla.

—¿No? —gritó Marfa—. ¿Te atreves a decirme que no?

—Lo he dicho, pero me falta agregar que, por motivos que debían de ser muy poderosos y que no conozco, creía entender que Nicolás Korpanoff debía atravesar el país en el más absoluto secreto. Ésta era para él una cuestión de vida o muerte, y, mejor todavía, una cuestión de deber y de honor.

—¡De deber, efectivamente; de deber imperioso —asintió la anciana siberiana—, de esos deberes a los que se sacrifica todo, y en cumplimiento de los cuales se renuncia a todo, hasta al placer de ir a dar un beso, que podría ser el último, a su anciana madre! Todo lo que no sabes, Nadia, todo lo que tampoco yo sabía, lo sé ahora. ¡Tú me lo has hecho comprender todo! Pero la luz que has hecho penetrar en lo más profundo de las tinieblas de mi corazón, esa luz no puede hacer que penetre en el tuyo, porque es el secreto de mi hijo, Nadia, y hasta que él no lo revele, es preciso que yo lo guarde. ¡Perdóname, Nadia! ¡No te puedo devolver el bien que acabas de hacerme!

—Nada le pregunto, madre —repuso Nadia.

De este modo, todo quedaba explicado para la anciana siberiana; todo absolutamente, hasta la inexplicable conducta de su hijo, al verla en la posada de Omsk, en presencia de las personas que fueron testigos de su encuentro. No podía ya dudar que el compañero de la joven había sido Miguel Strogoff, y que una misión secreta, quizá la de llevar algún secreto importante a través del territorio invadido, lo había obligado a ocultar su calidad de correo del zar.

«¡Ah, mi valiente hijo! —pensó Marfa Strogoff—. ¡No te traicionaré, y el tormento no me hará confesar que fuiste tú a quien vi en Omsk!»

Una sola palabra le habría bastado para pagar a Nadia todos los cuidados que a ella le había prodigado, puesto que, para ello, no habría tenido que decirle sino que su compañero Nicolás Korpanoff o, lo que era lo mismo, Miguel Strogoff, no había perecido en las aguas del Irtich, ya que, algunos días después de este suceso, ella lo había visto y le había hablado; pero se contuvo y guardó silencio, limitándose a decir:

—¡Espera, hija mía; la desgracia no se cernirá siempre sobre ti! Verás a tu padre, tengo ese presentimiento, y quizá el que te ha llamado hermana no haya muerto... Espera, hija mía, espera. Haz como yo. ¡El luto que llevo no es por mi hijo todavía!

CAPÍTULO III

Golpe por golpe

Tal era entonces la situación de Marfa Strogoff y de Nadia, puestas una frente a la otra. La anciana siberiana lo había comprendido todo, y, si Nadia ignoraba que aquel compañero, por quien lloraba tanto, vivía aún, sabía por lo menos quién era la mujer a quien servía como madre y daba muchas gracias a Dios por haberle proporcionado la alegría de poder reemplazar al lado de la prisionera al hijo que ésta había perdido.

Pero lo que ninguna de las dos podía saber era que Miguel Strogoff, cogido prisionero en Kolivan, formaba parte del mismo convoy y que iba a Tomsk con ellas.

A los prisioneros que había llevado Iván Ogareff al campamento tártaro los habían reunido con los que ya tenía en su poder el emir. Estos desgraciados, rusos o siberianos, militares o paisanos, sumaban algunos miles y formaban una columna que ocupaba, a lo largo del camino, muchas verstas; pero no todos eran conducidos del mismo modo, porque los que estaban considerados como más peligrosos llevaban las manos esposadas e iban sujetos a una larga cadena, muchas mujeres y los niños, atados o suspendidos de pomos de las sillas de los caballos y despiadadamente arrastrados por la carretera; los demás iban sueltos.

Los soldados de caballería que los escoltaban tratándolos como un rebaño humano, los obligaban a guardar cierto orden, así es que los infelices no podían detenerse, y sólo se quedaban atrás los que caían para no volver a levantarse.

Como consecuencia de este orden de marcha, resultó que Miguel Strogoff, que iba en las primeras filas de los que habían salido del campamento tártaro, es decir, entre los prisioneros de

Kolivan, no debía mezclarse con los llegados de Omsk, que caminaban los últimos, y no podía sospechar, por consiguiente, que su madre y Nadia formaban parte del convoy, como éstas no sospechaba tampoco que él se encontraba allí.

Este viaje desde el campamento a Tomsk, realizado en semejantes condiciones, bajo el látigo de los soldados fue mortal para muchos y terrible para todos. Se iba a través de la estepa por un camino trillado y más polvoriento a la sazón por el paso del emir y de la vanguardia de su ejército, se marchaba de prisa, y se descansaba poco y muy de tarde en tarde. ¡Aquellas ciento cincuenta verstas que había que recorrer bajo los rigores de un sol abrasador, por mucha que fuera la rapidez con que se anduviese, debían parecer interminables!

Es una comarca muy estéril la que se extiende a la derecha del Obi hasta la base del contrafuerte que se destaca de los montes Savansk, y cuya orientación es de norte a sur. Apenas algunos raquíticos y abrasados arbustos rompen acá y allá la monotonía de la inmensa planicie, exenta de todo cultivo a causa de la falta de agua, tan necesaria a los prisioneros que atravesaban el país, abrumados por una marcha tan penosa.

Para encontrar un afluente habría sido preciso inclinarse unas cincuenta verstas hacia el este y llegar al mismo pie del contrafuerte que determina la partición de las aguas entre las cuencas del Obi y del Yenisei, donde fluye el Tom, pequeño tributario del Obi que pasa por Tomsk hasta desaguar en una de las grandes arterias del norte.

Allí se habría encontrado agua en abundancia, un terreno menos árido y una temperatura más soportable; pero los jefes del convoy habían recibido órdenes muy severas de ir a Tomsk por el camino más corto, porque el emir temía que alguna columna rusa, procedente de las provincias del norte, lo atacase de flanco y le impidiera continuar, y como la carretera de Siberia no costea las orillas del Tom, por lo menos en el terreno comprendido entre Kolivan y un poblado llamado Zebediero, fue preciso seguir el camino real siberiano sin aproximarse a los sitios donde se pudiera aplacar la sed.

Es inútil detenerse en describir los sufrimientos de los desgraciados prisioneros, muchos centenares de los cuales cayeron sobre la estepa, donde debían quedar sus cadáveres hasta que, llegado el invierno, los lobos, acosados por el hambre, acudiesen a devorar sus últimos huesos.

Lo mismo que Nadia estaba siempre dispuesta a socorrer a la anciana siberiana, Miguel Strogoff, libre en sus movimientos, prestaba a sus compañeros de infortunio, más débiles que él, todos los servicios que, dada su situación, podía prestarles durante el recorrido de aquel doloroso *via crucis,* animando a unos, sosteniendo a otros, multiplicándose y yendo y viniendo hasta que la lanza de un soldado de caballería lo obligaba a volver a colocarse en el lugar que en la fila le estaba asignado.

¿Por qué no intentaba fugarse? Porque después de reflexionar detenidamente, había resuelto no lanzarse a través de la estepa, sino cuando ésta le ofreciese toda clase de seguridades. Persistía en su propósito de seguir hasta Tomsk, a expensas del emir, y, en suma, tenía razón, porque al ver los numerosos destacamentos que recorrían la llanura a uno y otro lado del convoy, tanto al sur como al norte, era evidente que no habría podido andar dos verstas sin que volviese a caer en poder de sus enemigos.

La caballería tártara pululaba por todas partes, pareciendo a veces que salía de la tierra, como los insectos dañinos que hormiguean sobre la superficie del suelo después de una lluvia tempestuosa.

Además, la fuga, en las condiciones en que se encontraba Miguel Strogoff, habría sido extremadamente difícil, si no imposible, porque los soldados que escoltaban el convoy de prisioneros sabían que se jugaban la cabeza si los dejaban escapar, y no descuidaban la vigilancia.

Al fin, a la caída de la tarde del 15 de agosto, llegó el convoy a la aldea de Zebediero, a treinta verstas de distancia de Tomsk.

Allí el camino seguía el curso del río Tom, y los prisioneros, al ver agua, precipitáronse hacia ella; pero los soldados los contuvieron inmediatamente para que no rompieran las filas hasta que se organizara la parada.

La corriente del Tom era casi torrencial a la sazón; pero, esto no obstante, podía favorecer la fuga de algún audaz o de algún desesperado, y, para evitar que esto ocurriese, se habían adoptado medidas muy severas.

Al efecto habíanse requisado todas las barcas que se encontraban en Zebediero y, llevadas a aquel sitio, formose con ellas en el Tom una especie de barrera de obstáculos que no habría podido atravesar el prisionero que hubiera intentado fugarse.

En cuanto a la línea del campamento, apoyada en las primeras casas de la aldea, estaba estrechamente guardada por un cordón de centinelas, completamente imposible de romper.

Miguel Strogoff, que habría podido pensar en aquellos momentos en lanzarse hacia la estepa, comprendió, después de observar minuciosamente la situación, que su proyecto era irrealizable y, por no comprometerse más de lo que ya lo estaba, decidió aplazarlo para cuando se presentase ocasión más oportuna.

Los prisioneros tenían que pasar toda la noche a orillas del río porque el emir había aplazado hasta el día siguiente la instalación de sus tropas en la ciudad de Tomsk, en donde se celebraría con una gran fiesta militar la inauguración del cuartel general en dicho punto.

Féofar-Kan ocupaba ya la fortaleza, pero el grueso de su ejército vivaqueaba en los alrededores esperando el momento de hacer su entrada solemne en la ciudad.

Iván Ogareff había dejado al emir en Tomsk, adonde ambos habían llegado la víspera, retrocediendo él al campamento de Zebediero, desde cuyo punto debía partir a la mañana siguiente con la retaguardia del ejército tártaro.

Habíase preparado alojamiento para que pasara la noche, en una de las casas de la aldea, de donde, al salir el sol, debían partir la caballería y la infantería, bajo su mando, hacia Tomsk, pues en esta ciudad quería el emir recibir a sus tropas con el fausto habitual de los soberanos asiáticos.

Cuando, al fin, se organizó la parada del convoy, los prisioneros pudieron apagar la sed que los devoraba y tomar un poco de reposo.

El sol había desaparecido ya del horizonte, pero aun iluminaban el espacio los resplandores del crepúsculo cuando Nadia, sosteniendo a Marfa Strogoff, pudo aproximarse a la orilla del río. Hasta entonces no habían podido las infelices romper las filas de los que se agolpaban en aquel sitio, para beber.

La anciana siberiana se inclinó sobre la fresca corriente. Nadia sumergió en ella sus manos y, llenas del líquido elemento, las aproximó a los labios de Marfa. Luego, bebió ella.

Aquella agua bienhechora reanimó a la anciana y a la joven.

De repente, Nadia, en el momento de separarse de la orilla del río, se estremeció y dejó escapar un grito involuntario.

Miguel Strogoff estaba allí, a pocos pasos de ella... ¡Era él! ¡Los últimos resplandores del día lo alumbraban!

Aquel grito de Nadia hizo estremecer al correo del zar, pero éste tuvo bastante control sobre sí mismo para no pronunciar una sola palabra, que habría podido comprometerlo.

¡Y, sin embargo, había reconocido a su madre al mismo tiempo que a Nadia!

Ante aquel inesperado encuentro, y temiendo no poder dominarse, púsose la mano sobre los ojos y se alejó en seguida.

Nadia habíase lanzado instintivamente hacia él; pero la anciana siberiana la contuvo, murmurándole al oído estas palabras:

—¡No des un paso, hija mía!

—¡Es él! —respondió Nadia con voz enronquecida por la emoción—. ¡Vive, madre! ¡Es él!

—Sí, es mi hijo —asintió Marfa—. ¡Es Miguel Strogoff, y ya ves que no me muevo para aproximarme a él! ¡Imítame, hija mía!

Miguel Strogoff acababa de recibir una de las emociones más violentas que un hombre puede soportar. Su madre y Nadia estaban allí. ¡Dios, sin duda, había impulsado, en aquel común infortunio, a una hacia la otra, a las dos prisioneras que casi se confundían en su corazón! ¿Sabía, pues, Nadia quién era él? No, puesto que él había visto que Marfa la había contenido con un gesto cuando la joven había tratado de aproximársele. La anciana lo había comprendido todo, por consiguiente, y guardaba el secreto de su hijo.

Durante aquella noche estuvo Miguel Strogoff más de veinte veces a punto de ir a reunirse con su madre; pero, comprendiendo que debía resistir a aquel inmenso deseo de abrazarla y de estrechar de nuevo la mano de su joven compañera, logró al fin dominarse, porque la menor imprudencia podía perderlo.

Además, había jurado no ver a su madre... y, voluntariamente al menos, no la vería. Puesto que le era imposible huir aquella misma noche, cuando llegara a Tomsk se lanzaría a través de la estepa sin intentar siquiera abrazar a los dos seres en quienes se resumía su vida entera y a quienes dejaba expuestos a tan graves peligros.

Podía, por consiguiente, esperar que aquel nuevo encuentro con su madre en el campamento de Zebediero no tuviera desagradables consecuencias ni para la anciana ni para él; pero ignoraba que algunos detalles de aquella escena, a pesar de la rapidez con que se habían desarrollado, no habían pasado inadvertidos para la gitana Sangarra, espía de Iván Ogareff, la que, espiando como siempre a la anciana, sin que ésta lo sospechara, habíase encontrado en aquellos momentos cerca del lugar en que había ocurrido el encuentro, a pocos pasos de la orilla del río.

La gitana no había podido ver a Miguel Strogoff, que había ya desaparecido cuando ella se volvió; pero no le había escapado el gesto que hizo su madre para contener a Nadia, cuando ésta intentó acercarse al correo del zar.

El relámpago de júbilo que despidieron los ojos de Marfa reveló a la espía todo lo que deseaba saber.

Estaba para ella fuera de duda que el hijo de Marfa Strogoff, el correo del zar, se encontraba en el campamento de Zebediero y era uno de los numerosos prisioneros de Iván Ogareff.

Sangarra no lo conocía, pero sabía que estaba allí, y esto le bastaba, por lo que no trató de descubrirlo, cosa que, además, habría sido imposible en la sombra y en medio de aquella inmensa multitud.

En cuanto a seguir espiando a Nadia y a Marfa Strogoff, era igualmente inútil, porque, sin duda, ambas mujeres estarían en guardia, y sería imposible sorprender en ellas nada que pudiese comprometer al correo del zar.

La gitana no tuvo, pues, desde aquel momento más que una idea: prevenir a Iván Ogareff, y, con este propósito, se apresuró a abandonar el campamento.

Un cuarto de hora después, llegó a la aldea de Zebediero, e inmediatamente fue introducida en la casa que ocupaba el lugarteniente del emir.

Iván Ogareff recibió en seguida a la gitana.

—¿Qué deseas de mí, Sangarra? —le preguntó.

—El hijo de Marfa Strogoff se encuentra en el campamento —respondió la espía.

—¿Prisionero?

—Prisionero.

—¡Ah! —exclamó Iván Ogareff—. Yo sabré...

—Tú no sabrás nada, Iván —dijo Sangarra—, porque ni siquiera lo conoces.

—Pero lo conoces tú. ¡Tú lo has visto!

—Yo tampoco lo he visto; pero he visto a su madre traicionarse con un gesto que me lo ha revelado todo.

—¿No te engañas?

—No me engaño.

—Bien sabes la importancia que tiene para mí la captura del correo del zar —dijo Iván Ogareff—, porque si la carta que le ha sido entregada en Moscú llega a Irkutsk y a manos del gran duque, éste adoptará sus precauciones y me será imposible llegar hasta él. Es necesario, por consiguiente, que yo me apodere de esa carta a toda costa. Ahora bien, me dices que el portador de esa carta se encuentra en mi poder, y vuelvo a preguntarte: ¿no te engañas, Sangarra?

El lugarteniente del emir había hablado con gran animación, lo que evidenciaba la grandísima importancia que para él tenía la posesión de la carta de que era portador el correo del zar.

Sangarra no experimentó la más ligera turbación ante la insistencia con que Iván Ogareff le preguntaba si no se había engañado.

—No; no me he engañado —respondió.

—Pero en el campamento hay muchos miles de prisioneros, Sangarra, y tú dices que no conoces a Miguel Strogoff.

—No —confirmó la gitana, en cuyos ojos brilló una alegría salvaje—; no lo conozco, pero lo conoce su madre. ¡Iván, es preciso hacer que hable su madre!

—Mañana hablará —contestó Iván Ogareff.

Y, dicho esto, tendió la mano a la gitana, quien la besó, sin que en esta manifestación de respeto, habitual en las razas del Norte, hubiese absolutamente nada de servilismo.

Sangarra volvió al campamento, donde vio que Nadia y Marfa Strogoff ocupaban su sitio, cerca del cual se situó ella y pasó la noche observándolas.

La anciana y la joven, aunque estaban abrumadas de fatiga, no durmieron. La excesiva inquietud que las dominaba, no les permitió cerrar los ojos. ¡Miguel Strogoff vivía, pero se encontraba prisionero como ellas! ¿Lo sabía Iván Ogareff? Y, si lo ignoraba aún, ¿llegaría a saberlo?

Nadia, que había creído muerto a su compañero, estaba completamente entregada al pensamiento de que vivía; pero Marfa Strogoff iba más lejos y temía por el porvenir, porque, aunque no le atemorizaba lo que a ella pudiera ocurrirle, temía, y con razón, por su hijo.

Sangarra, que en la oscuridad de la noche habíase aproximado a las dos mujeres, sin que éstas lo advirtiesen, pasó muchas horas espiándolas con el oído alerta, pero no pudo oírles una sola palabra, porque, por un instintivo sentimiento de prudencia, ninguna de las dos se atrevió a hablar.

Aproximadamente a las diez de la mañana del siguiente día, 16 de agosto, sonaron las trompetas en los límites del campamento y los soldados tártaros se apresuraron a ponerse sobre las armas.

Iván Ogareff, que había salido de Zebediero, llegaba en medio de un numeroso estado mayor de oficiales tártaros. Su rostro, más sombrío que de ordinario, y sus facciones contraídas revelaban que era víctima de una sorda cólera, que sólo esperaba una ocasión para estallar.

Miguel Strogoff, perdido en un grupo de prisioneros, vio pasar a aquel hombre, y tuvo el presentimiento de que iba a ocurrir una catástrofe, porque el lugarteniente del emir sabía que la anciana Marfa era madre del capitán del cuerpo de correos del zar.

Iván Ogareff llegó al centro del campamento, se apeó del caballo, y los oficiales de la escolta formaron un círculo en torno suyo.

En aquel momento se le aproximó Sangarra, que le dijo:

—No tengo que comunicarte nada nuevo, Iván.

Éste no le contestó; pero inmediatamente dio una breve orden a uno de sus oficiales, y los soldados recorrieron en seguida, con la brutalidad que les era propia, las filas de los prisioneros.

Estos desgraciados, estimulados a latigazos o por los regañones de las lanzas, tuvieron que levantarse de prisa y formar en la circunferencia del campamento. Detrás de ellos situose un cuádruple cordón de soldados de infantería y de caballería que hacía imposible la evasión.

En seguida quedó todo el campamento en un silencio absoluto, y Sangarra, a una señal de Iván Ogareff, se dirigió hacia el grupo de que formaba parte Marfa Strogoff.

La anciana, al verla aproximarse, comprendió lo que iba a ocurrir, sonrió desdeñosamente, e inclinándose hacia el oído de Nadia, le dijo en voz baja:

—Tú no me conoces, hija mía. ¡Suceda lo que quiera, y por dura que pueda ser esta prueba, no pronuncies una sola palabra, ni hagas un solo gesto porque es de él y no de mí de quien se trata!

En aquel momento, Sangarra, después de contemplarla con atención un instante, le puso una mano sobre el hombro.

—¿Qué quieres de mí? —preguntó la anciana.

—Ven —respondió Sangarra.

Y, empujándola con la mano, la condujo al centro del espacio reservado, ante Iván Ogareff.

Miguel Strogoff tenía los párpados medio cerrados para que no le delatase el fulgor de sus ojos.

Marfa, al llegar a la presencia de Iván Ogareff, se irguió, cruzó los brazos sobre el pecho y quedó esperando.

—¿Eres Marfa Strogoff? —preguntó Iván Ogareff.

—Sí —respondió la anciana, sin inmutarse.

—¿Tienes que rectificar lo que me respondiste cuando, hace tres días, te interrogué en Omsk?

—No.

—¿Ignoras, por consiguiente, que tu hijo, Miguel Strogoff, correo del zar, ha pasado por Omsk?

—Lo ignoro.

—¿El hombre en quien tú creíste reconocer a tu hijo, no era, entonces él? ¿No era tu hijo?

—No era mi hijo.

—¿No lo has visto, después, en medio de los prisioneros?

—No.

—Y si te lo presentara, ¿no lo conocerías?

—No.

Esta respuesta, que revelaba una inquebrantable resolución de no confesar nada, fue acogida con un murmullo por la multitud.

Iván Ogareff no pudo reprimir un gesto de amenaza.

—Escucha —dijo a Marfa Strogoff—: tu hijo está aquí, y vas a designarlo inmediatamente.

—No.

—Todos estos hombres, que han sido hechos prisioneros en Omsk y en Kolivan, van a desfilar ante tus ojos, y si no designas a Miguel Strogoff, recibirás tantos golpes de *knut* como personas pasen ante ti.

Iván Ogareff había comprendido que, cualesquiera que fuesen sus amenazas y por crueles que fueran los tormentos a que sometiese a la indomable siberiana, ésta no hablaría; pero, para descubrir al correo del zar, confiaba, más que en Marfa, en el mismo Miguel Strogoff. No creía posible que, cuando madre e hijo se encontraran frente a frente, dejara de traicionarlos algún movimiento irresistible de uno de ellos.

Si sólo hubiese pretendido apoderarse de la carta imperial, le habría bastado ordenar que registrasen a los prisioneros; pero Miguel Strogoff podía haberla destruido, después de haberse enterado de lo que decía, y si no era descubierto y conseguía llegar a Irkutsk, se frustraban los planes de Iván Ogareff.

Era, pues, absolutamente necesario apoderarse de la carta imperial y del correo que la llevaba.

Nadia, que lo había oído todo, sabía ya quién era Miguel Strogoff y por qué había querido atravesar de incógnito las provincias invadidas de Siberia.

Por orden de Iván Ogareff, los prisioneros empezaron a desfilar uno a uno ante Marfa Strogoff, que permaneció inmóvil como una estatua y cuya mirada no expresaba otra cosa que la indiferencia más absoluta.

Su hijo se encontraba en las últimas filas. Cuando, a su vez, pasó ante la anciana, Nadia cerró los ojos para no verlo.

Miguel Strogoff mantúvose aparentemente impasible; pero las palmas de sus manos sangraban, por haberse incrustado en ellas las uñas.

¡Iván Ogareff había sido vencido por el hijo y por la madre!

Sangarra, que estaba a su lado, no dijo más que una palabra:

—¡El *knut!*

—Sí —asintió Iván Ogareff, que no era dueño de sí mismo—, el *knut* a esta vieja bruja, ¡y hasta que muera!

Un soldado tártaro, que tenía en la mano el terrible instrumento de suplicio, se aproximó a Marfa Strogoff.

El *knut* se compone de cierto número de tiras de cuero, que llevan en el extremo varios alambres retorcidos, y sus golpes son tan terribles, que se considera que el infeliz a quien se castiga a recibir veinte latigazos es condenado a muerte.

Marfa Strogoff lo sabía; pero sabía también que ninguna clase de tortura la obligaría a hablar, y había hecho el sacrificio de su vida.

Dos soldados la obligaron a viva fuerza a arrodillarse, le desgarraron la ropa dejándole desnuda la espalda, y colocaron delante de ella, a pocas pulgadas de distancia, un sable fijo en el suelo y con la punta frente al pecho, para que, en el caso en que el dolor la doblegase, encontrase la muerte atravesándose ella misma el corazón.

El tártaro que empuñaba el *knut,* se mantuvo en pie a su lado. Esperaba.

—¡Venga! —ordenó Iván Ogareff.

El látigo silbó en el aire...

Pero antes de que descendiese sobre la espalda de la infeliz anciana, una mano poderosa se lo arrebató al tártaro.

¡Miguel Strogoff estaba allí! El horrible espectáculo le había hecho saltar. Si en la casa de postas de Ichim había podido contenerse cuando Iván Ogareff lo golpeó con el látigo, la piedad filial le impidió permanecer inmóvil al ver que su madre iba a ser bárbaramente azotada.

Iván Ogareff había triunfado...

—¡Miguel Strogoff! —exclamó el lugarteniente del emir, y, luego, avanzando hacia él, agregó—: ¡Ah! ¿El hombre de Ichim?

—El mismo —respondió valientemente Strogoff.

Y, después, levantando el *knut,* golpeó con toda su fuerza el rostro de Iván Ogareff, diciendo:

—¡Golpe por golpe!

—¡Buen desquite! —exclamó jubilosa la voz de un espectador, que, afortunadamente para él, se perdió en el tumulto.

Veinte soldados se arrojaron sobre Miguel Strogoff para matarlo...

Pero Iván Ogareff, a quien se le había escapado un grito de rabia y de dolor, los contuvo con un gesto.

—Este hombre está reservado a la justicia del emir —dijo—. Que lo registren.

La carta con las armas imperiales de que era portador el correo del zar, fue encontrada sobre el pecho y entregada a Iván Ogareff.

Miguel Strogoff no había tenido tiempo de destruirla.

El espectador que había pronunciado las palabras «¡Buen desquite!» no era otro que Alcides Jolivet, quien, como su compañero, habíase detenido en el campamento de Zebediero, y presenció la escena.

—¡Pardiez! —dijo Enrique Blount—. ¡Estos hombres del norte son muy rudos! Debemos una reparación a nuestro compañero de viaje, porque Korpanoff, o Strogoff, es todo un valiente. ¡Hermoso desquite de la ofensa de Ichim!

—Sí, hermoso desquite, en efecto —respondió el corresponsal inglés—; pero Miguel Strogoff es hombre muerto. ¡Más le hubiese convenido no acordarse todavía de aquel agravio!

—¿Y dejar morir a su madre a latigazos?

—¿Cree usted que con su comportamiento va a mejorar la suerte de la madre y de la hermana?

—Yo no creo nada —repuso Alcides Jolivet—, ni sé otra cosa sino que yo, en su lugar, no lo habría hecho mejor que él. ¡Buena cicatriz le va a quedar a Iván Ogareff! ¡Eh, qué diablo! ¡Es preciso que la sangre bulla algunas veces! ¡Dios nos habría puesto agua en vez de sangre, si hubiese querido que permaneciéramos siempre imperturbables!

—¡Magnífico asunto para una crónica! —exclamó Enrique Blount—. ¡Si Iván Ogareff quisiera facilitarnos el texto de esa carta...!

El lugarteniente del emir, después de limpiarse la sangre que le cubría el rostro, rompió la nema de la carta imperial, y leyó ésta y la releyó, como si hubiese querido penetrarse bien de todo lo que decía.

Terminada la lectura, dio órdenes para que Miguel Strogoff, estrechamente custodiado, fuese conducido a Tomsk con los demás prisioneros, púsose al frente de las tropas acampadas en Zebediero, y, al ruido ensordecedor de tambores y trompetas, encaminose a la ciudad, donde el emir lo esperaba.

CAPÍTULO IV

La entrada triunfal

Tomsk, fundada en 1604, casi en el corazón de las provincias siberianas, es una de las ciudades más importantes de la Rusia asiática.

Tobolsk, situada más allá del paralelo sexagésimo, e Irkutsk, edificada más allá del centésimo meridiano, han visto prosperar a Tomsk a sus expensas.

Y, sin embargo, no es Tomsk, como ya se ha dicho, la capital de esta importante provincia, cuyo gobernador y general y todo el elemento oficial residen en Omsk.

Esto no obstante, Tomsk es la ciudad más considerable de este territorio que confina con los montes Altai, es decir, con la frontera china del país de los jalcas.

Por las pendientes de estas montañas ruedan incesantemente hasta el valle del Tom el platino, el oro, la plata, el cobre y el plomo aurífero, y, como el país es rico, la ciudad, que está en el centro de estas productivas explotaciones, lo es también. Por eso, el lujo de las casas y de los muebles puede rivalizar con el de las grandes capitales de Europa.

Tomsk es, pues, una ciudad de millonarios, a quienes el pico y el azadón ha enriquecido, y, si no tiene el honor de servir de residencia al representante del zar, se cuenta en la primera fila de sus personas notables al jefe de los mercaderes de la localidad, principal concesionario de las minas del Gobierno imperial, y esto es un consuelo.

Antiguamente, Tomsk pasaba por estar situada en un extremo del mundo, y si se quería ir a ella, era preciso hacer un largo viaje; pero, en la actualidad, este largo viaje queda reducido a un simple paseo, cuando el país no ha sido hollado por las plantas de los invasores. Pronto quedará tendida la vía férrea que debe unir esta ciudad a la de Perm, atravesando la cordillera de los Urales.

La ciudad de Tomsk, ¿es bonita? Los viajeros que la han visitado no están de acuerdo respecto a este punto. La señora de Bourboulon, que, al dirigirse desde Shanghai a Moscú, se detuvo en ella durante algunos días, dice que es poco pintoresca, y, a juzgar por su descripción, es una población insignificante, con viejas casas de piedra y de ladrillo, calles muy estrechas, en nada parecidas a las que suelen verse en las grandes capitales siberianas, y barrios sucios donde se amontonan particularmente los tártaros y por los que pululan con toda tranquilidad los beodos, «cuya embriaguez es apática, como en todos los pueblos del norte».

Por el contrario, el viajero Enrique Russel-Killough se declara entusiasta admirador de Tomsk. ¿Débese esto, quizás, a que la visitó en pleno invierno, cuando la ciudad estaba envuelta en su espléndido manto de nieve, y la señora de Bourboulon la vio en el verano? Es posible, y esto confirmaría la opinión de los que aseguran que ciertos países fríos sólo pueden ser apreciados en la estación invernal, como los países cálidos en la época de calor.

Sea lo que quiera, es indudable que el señor Russel-Killough afirma que Tomsk no sólo es la ciudad siberiana más bella, sino también que es una de las más bonitas del mundo, con sus casas de columnas y peristilos, sus aceras de madera, sus calles anchas y regulares y sus quince magníficas iglesias, que se reflejan en las aguas del Tom, río más ancho que cualquiera de los de Francia.

Estas dos contradictorias opiniones deben de ser exageradas, y la verdad estará seguramente entre una y otra. Tomsk, que cuenta veinticinco mil habitantes, hállase pintorescamente situada en forma de anfiteatro en una larga colina, cuyo escarpe bastante duro le sirve de apoyo.

Pero la ciudad más bonita del mundo se convierte en la más fea cuando los invasores la ocupan. ¿Quién habría querido admirarla entonces? Defendida por algunos batallones de cosacos de infantería que en ella tienen su residencia permanente, no había podido resistir el ataque de las columnas del emir, a lo cual había contribuido cierta parte de la población, que por ser de origen tártaro, había dispensado muy buena acogida a las hordas invasoras. Por el momento, Tomsk no parecía ser más rusa ni más siberiana que si hubiese sido transportada al centro de los kanatos de Kokand o de Bukara.

El emir debía recibir en Tomsk a sus tropas victoriosas, en cuyo honor iba a celebrarse una gran fiesta, en la que habría cantos, bailes y fantasías, y que no podía menos de degenerar en orgía ruidosa.

El teatro elegido para esta ceremonia, dispuesto según el gusto asiático, era una vasta meseta situada sobre una porción de una colina que domina, a cien pasos de elevación, el curso del Tom. Todo aquel horizonte, con su dilatada perspectiva de casas de elegante construcción y de iglesias de abultadas cúpulas, los numerosos afluentes del río y los bosques que, a lo lejos, aparecían envueltos en la cálida bruma, estaba encuadrado en un admirable marco de verdor, formado por soberbios grupos de pinos y cedros gigantescos.

A la izquierda de la meseta habíase levantado provisionalmente, sobre anchas terrazas, una especie de brillante decoración que representaba un palacio de bizarra arquitectura, muestra, sin duda, de los monumentos bukarianos, semimoriscos y semitártaros.

Por encima de este palacio, en la punta de los minaretes de que por doquier estaba erizado, entre las altas ramas de los árboles que sombreaban la planicie, revoloteaban a centenares las cigüeñas domésticas que habían seguido al ejército tártaro desde Bukara.

Las terrazas estaban reservadas para la corte del emir, para los kanes aliados suyos, para los grandes signatarios de los kanatos y para los harenes de los soberanos del Turkestán.

De las sultanas, la mayor parte de las cuales no eran otra cosa que esclavas compradas en los mercados de Transcaucasia y Persia, unas llevaban el rostro descubierto y otras lo llevaban oculto tras un velo que impedía contemplarlas, pero todas vestían con extremado lujo. Sus elegantes túnicas, cuyas mangas recogidas hacia atrás anudábanse a la manera del *puf* europeo, dejaban ver sus brazos desnudos, cuajados de brazaletes unidos por cadenas de piedras preciosas, y sus diminutas manos, en cuyos dedos brillaban las uñas teñidas con jugo de *henneh*. Al menor movimiento de sus túnicas, unas de seda, comparables por su finura a la tela de araña, y otras de flexible *aladja,* que es un tejido de algodón de rayas estrechas, percibíase el frufrú tan agradable a los oídos de los orientales. Bajo este vestido llevaban brillantes faldas de brocado que les cubrían el pantalón de seda, sujeto poco más arriba de sus finas botas, de graciosa forma, y bordadas de perlas. Las mujeres que no iban cubiertas con velo alguno mostraban hermosas trenzas de cabellos que escapaban de sus turbantes de colores variados, ojos admirables, dientes magníficos y tez brillante, cuya belleza acrecentaban la negrura de sus cejas, unidas por un ligero tinte artificial, y el color de sus párpados, algo pintados con plombagina.

Al pie de las terrazas, sombreadas por estandartes y oriflamas, vigilaban los guardias particulares del emir, con sus dos sables corvos al costado, su puñal en la cintura y su lanza, de diez pies de longitud, en la mano. Algunos de ellos llevaban bastones blancos, y, otros, enormes alabardas, adornadas con cintas de plata y oro.

En todo el contorno, y hasta los últimos límites de la vasta llanura, sobre las escarpadas pendientes cuya base era bañada por el Tom, agrupábase una multitud cosmopolita, compuesta de todos los elementos indígenas del Asia central. Allí estaban los usbecos con sus grandes gorros de piel de oveja negra, su barba roja, sus ojos grises y su *arkaluk,* especie de túnica cortada según la moda tártara; allí se encontraban los turcomanos vestidos con su traje nacional, consistente en pantalón ancho de color claro, dormán y manto de piel de camello, gorro rojo, cónico o plano, botas altas de cuero de Rusia y el puñal suspendido de la cintura por medio de una correa; allí, cerca de sus dueños, agrupábanse las mujeres turcomanas, que llevaban en los cabellos añadidos de piel de cabra en forma de trenzas, dejaban ver bajo la *djuba* rayada de azul, de púrpura y de verde la camisa abierta, y mostraban las piernas adornadas con cintas de colores, entrecruzadas desde las rodillas hasta los chanclos de cuero, y, como si todos los pueblos de la frontera ruso-china se hubiesen levantado a la voz del emir, veíanse también allí manchúes con la frente y las sienes rasuradas, los cabellos trenzados, las túnicas largas, camisa de seda ajustada al cuerpo por medio de un cinturón, y gorros ovales de satén de color de cereza, bordados de negro y franjeados de rojo, y, con ellos, los admirables tipos de las mujeres de la Manchuria, coquetonamente adornadas con flores artificiales prendidas con agujas de oro y mariposas delicadamente posadas sobre sus negras cabelleras.

Completaban aquella multitud invitada a la fiesta tártara numerosos mogoles, bukarianos, persas y chinos del Turkestán.

Únicamente los siberianos faltaban a la fiesta organizada por los invasores, pues los que no habían podido huir estaban recluidos en sus casas, temerosos de que Féofar-Kan decretase el pillaje para terminar dignamente la ceremonia triunfal.

Eran sólo las cuatro de la tarde cuando el emir hizo su entrada en la plaza, al sonido de las trompetas y al ruido del tantán, de los cañonazos y de las descargas de fusilaría.

Montaba Féofar-Kan su caballo favorito, que ostentaba en la cabeza un penacho de diamantes.

Al lado del emir, vestido con traje de campaña, iban los kanes de Kokand y de Kunduze y los grandes signatarios de los kanatos, detrás de todos los cuales marchaba un numeroso estado mayor.

En aquel momento apareció sobre la terraza la primera de las mujeres de Féofar, la reina, si tal calificativo puede darse a las sultanas de los Estados de Bukaria; pero, reina o esclava, aquella mujer, de origen persa, era admirablemente bella, cosa que podía comprobarse con facilidad, puesto que contra la costumbre mahometana, llevaba descubierto el rostro. Su cabellera, partida en cuatro, pendía sobre sus espaldas acariciándole los hombros, de extraordinaria blancura, apenas cubiertos con un velo de seda laminado de oro, que por detrás, iba sujeto a un gorro recamado de piedras preciosas de precio elevadísimo. Bajo su basquiña de seda azul, con anchas rayas de color más oscuro, caía el *zir-dya-meh*, a guisa de gasa de seda, y por encima de la cintura sobresalía el *pirahn*, camisa de igual tejido que se abría graciosamente subiendo alrededor de su cuello; pero, desde la cabeza hasta los pies, calzados con pantuflas persas, era tal la profusión de joyas, tomanes de oro enhebrados en hilos de plata, rosarios de turquesas *firuzehs* extraídos de las célebres minas de Elburz, collares de cornalinas, de ágatas, de esmeraldas, de ópalos y de zafiros que sobre la falda y sobre el corpiño llevaba, que parecía que estas prendas estaban tejidas de piedras preciosas. En cuanto a los millares de diamantes que brillaban en su cuello, en sus brazos, en sus manos, en su cintura y en sus pies, no habrían bastado para pagar su valor millones de rublos, y, al ver los fulgores que despedían, se hubiera podido creer que una corriente eléctrica encendía un arco voltaico, hecho de un rayo de sol, en el centro de cada uno de ellos.

El emir, los kanes y los dignatarios que formaban la comitiva se apearon, penetraron en una magnífica tienda, instalada en el centro de la primera terraza, y tomaron asiento.

Delante de esta tienda, y sobre una mesa sagrada, estaba, como de costumbre, el Corán.

El lugarteniente de Féofar no se hizo esperar, pues no eran las cinco aún cuando las trompetas anunciaron su llegada.

Iván Ogareff —*el Caricortado,* como ya se lo llamaba—, ostentando esta vez el uniforme de oficial tártaro, llegó a caballo ante la tienda del emir, acompañado por gran número de soldados del campamento de Zebediero, que se situaron a los lados de la plaza, en medio de la cual no quedó más espacio que el destinado a los divertimientos.

En el rostro del traidor veíase una ancha cicatriz que le cruzaba de parte a parte.

Iván Ogareff presentó al emir sus oficiales principales, y Féofar-Kan, sin abandonar la frialdad que constituía el fondo de su carácter, los acogió de manera tan satisfactoria, que ellos quedaron complacidos.

Así, por lo menos, lo interpretaron Enrique Blount y Alcides Jolivet, los dos inseparables periodistas, asociados para la caza de noticias, quienes, después de haber salido de Zebediero, habíanse apresurado a ir a Tomsk, con el decidido propósito de abandonar la compañía de los tártaros y unirse lo antes posible a cualquier cuerpo de ejército ruso, si esto era factible, y entrar con él en Irkutsk. Lo que habían visto de la invasión —incendios, saqueos y asesinatos— los había indignado profundamente, y estaban deseosos de encontrarse en las filas del ejército siberiano.

Sin embargo, Alcides Jolivet había convencido a su colega de que no debían salir de Tomsk sin tomar algunas notas de aquella entrada triunfal de las tropas tártaras —aunque sólo fuese por satisfacer la curiosidad de *su prima*—, y Enrique Blount había decidido permanecer allí algunas horas; pero, aquella misma tarde, debían emprender ambos el camino hacia Irkutsk, adelantándose, gracias a sus buenas cabalgaduras, a los exploradores del emir.

Encontrábanse, pues, entre la multitud y contemplaban, sin perder ningún detalle, la fiesta, cuya descripción podía muy bien servirles para redactar una crónica de cien líneas.

Admiraron, extáticos, la magnificencia de Féofar-Kan, a las mujeres, a los oficiales, a los guardias y toda aquella pompa imperial de que las ceremonias de Europa no pueden dar la menor idea; pero apartaron la vista, asqueados, cuando el traidor Ogareff se presentó ante el emir, y esperaron, no sin alguna impaciencia, que la fiesta comenzase.

—¡Vea usted, mi querido Blount —dijo Alcides Jolivet—, cómo nosotros hemos venido demasiado pronto, como buenos burgueses que no quieren perder su dinero! Todo esto no es más que levantar el telón, y hubiera sido de mejor gusto llegar solamente al baile.

—¿Qué baile? —preguntó Enrique Blount.

—¡Pardiez, el baile obligatorio! Pero creo que ya va a comenzar el espectáculo.

Alcides Jolivet hablaba como si se encontrase en el teatro de la ópera, y, sacando los gemelos del estuche, se dispuso a observar, como inteligente, las primeras figuras de la *troupé* de Féofar.

Pero una penosa ceremonia iba a preceder a las diversiones, porque el triunfo del vencedor no podía ser completo sin la pública humillación de los vencidos. Por esta razón, muchos centenares de prisioneros, conducidos a latigazos por los soldados, fueron obligados a desfilar ante Féofar-Kan y sus aliados, antes de que se los encerrara con sus compañeros en las cárceles de la ciudad.

Entre aquellos prisioneros figuraba en primera fila Miguel Strogoff, quien, según había ordenado Iván Ogareff, iba especialmente custodiado por un pelotón de soldados. La madre del correo del zar y Nadia estaban también allí.

La anciana siberiana, siempre enérgica cuando no se trataba más que de ella, tenía el rostro horriblemente pálido. Temía que se desarrollara alguna escena pavorosa, porque para algo había sido conducido su hijo a la presencia del emir, y temblaba por él. Iván Ogareff, herido públicamente por el *knut* levantado para azotarla a ella, no era hombre capaz de perdonar una ofensa tan grave, y su venganza debía ser terrible. Por consiguiente, Miguel Strogoff estaba seguramente condenado a sufrir algún espantoso suplicio, familiar a los bárbaros del Asia central. Si Iván Ogareff había contenido a los soldados que se habían abalanzado al correo del zar, era porque sabía bien lo que hacía al reservarlo para la justicia del emir.

Además, la madre y el hijo no habían podido hablarse después de la funesta escena desarrollada en el campamento de Zebediero, porque se los había separado implacablemente a uno de otra, ¡dura agravación de sus penas, que sin duda habrían sido dulcificadas si ellos hubieran estado juntos durante los tristes días de cautiverio! ¡Marfa Strogoff habría querido pedir perdón a su hijo de todo el mal que le había ocasionado involuntariamente, porque se acusaba de no haber podido dominar sus sentimientos maternales! Si ella hubiera sabido reprimirse en Omsk, cuando vio a su hijo en la casa de postas, éste no habría sido reconocido, ¡y cuántas desgracias se hubiesen evitado!

Miguel Strogoff, por su parte, pensaba que si su madre se encontraba allí, si Iván Ogareff la había puesto en su presencia, era para que sufriese con su propio suplicio, y quizá también porque a ella, como a él, le reservaba una muerte espantosa.

En cuanto a Nadia, preguntábase cómo podría salvar al uno y a la otra, cómo prestar ayuda al hijo y a la madre. No sabía qué imaginar, pero tenía el vago presentimiento de que ante todo debía evitar llamar la atención, de que era preciso disimular, empequeñecerse, pues solamente así podría quizá roer las redes que aprisionaban al león, y, en todo caso, si alguna ocasión se le presentaba, la aprovecharía, aunque debiera sacrificarse por el hijo de Marfa Strogoff.

Mientras tanto, la mayoría de los prisioneros habían desfilado ante el emir, habiéndose visto obligados, uno a uno, a prosternarse ante él, inclinando la frente hasta tocar con ella el polvo, en señal de servidumbre. ¡Era la esclavitud que empezaba por la humillación! Cuando alguno de aquellos desgraciados se inclinaba con demasiada lentitud, la ruda mano de los guardias lo arrojaba violentamente a tierra.

Alcides Jolivet y su compañero no podían presenciar semejante espectáculo sin indignarse.

—¡Esto es inicuo! ¡Vayámonos! —dijo Alcides Jolivet.

—No —respondió Enrique Blount—. Es preciso verlo todo.

—¡Verlo todo...! ¡Ah! —exclamó repentinamente Alcides Jolivet agarrando el brazo de su colega.

—¿Qué tiene usted? —preguntó éste.

—Mire, Blount. ¡Es ella!

—¿Ella?

—La hermana de nuestro compañero de viaje. ¡Sola y prisionera! ¡Es necesario salvarla!

—Reprímase usted —repuso fríamente Enrique Blount—. Nuestra intervención en favor de esa joven podría serle más perjudicial que útil.

Alcides Jolivet, que ya se disponía a avanzar, se contuvo, y Nadia, que no los había visto porque llevaba el rostro semivelado por los cabellos, pasó, a su vez, ante el emir, sin atraer su atención.

Después de Nadia, llegó Marfa Strogoff, y como los guardias creyeran que tardaba demasiado en inclinar la frente, la arrojaron brutalmente al suelo.

Marfa Strogoff cayó.

Su hijo hizo un movimiento terrible, que los soldados que lo custodiaban apenas pudieron reprimir.

Pero la anciana Marfa se levantó, y ya se disponía a retirarse cuando intervino Iván Ogareff diciendo:

—Que se quede aquí esa mujer.

Miguel Strogoff llegó en aquel momento a presencia del emir, pero se mantuvo erguido sin bajar siquiera los ojos.

—¡La frente a tierra! —le gritó Iván Ogareff.

—¡No! —respondió Miguel Strogoff.

Dos guardias quisieron obligarlo a prosternarse; pero el joven, con su robusta mano, los echó a rodar por el suelo. Iván Ogareff avanzó entonces hacia Miguel Strogoff y le dijo:

—¡Vas a morir!

—Moriré —respondió Miguel Strogoff, orgullosamente—; pero tu cara de traidor, Iván, no dejará por eso de llevar para siempre la marca infamante del *knut*.

Iván Ogareff, al oír esta respuesta, palideció intensamente.

—¿Quién es ese prisionero? —preguntó el emir con aquella voz que era tanto más amenazadora cuanto más tenía de tranquila.

—Un espía ruso —respondió Iván Ogareff.

Denunciándolo como espía ruso tenía la seguridad de que sería terrible la sentencia que se dictara contra él.

Miguel Strogoff avanzó hacia Iván Ogareff; pero los soldados lo contuvieron.

El emir hizo entonces un gesto y toda la multitud se inclinó ante él. Luego, señaló con la mano el Corán, y le fue inmediatamente presentado; abrió el sagrado libro de los musulmanes, y puso el dedo sobre una de las páginas.

Era el destino, o, mejor dicho, Dios mismo quien, según el pensamiento de los orientales, iba a decidir la suerte de Miguel Strogoff.

Los pueblos del Asia central dan el nombre de *fal* a esta práctica. Después de haber interpretado el sentido del versículo tocado por el dedo del juez, se aplica la sentencia, cualquiera que ésta sea.

El emir había dejado su dedo apoyado en la página del Corán; se aproximó el jefe de los ulemas y leyó en voz alta un versículo, cuyas últimas palabras eran las siguientes:

«Y él no verá ya las cosas de la tierra.»

—¡Espía ruso —dijo Féofar-Kan—, tú has venido para ver lo que pasa en el campamento tártaro! ¡Pues mira con los ojos bien abiertos! ¡Mira!

CAPÍTULO V

¡Mira con los ojos bien abiertos! ¡Mira!

Miguel Strogoff, maniatado, quedó frente al trono del emir, al pie de la terraza.

Su madre, doblegada al fin por tantas torturas físicas y morales, habíase desplomado sobre el suelo, sin atreverse a mirar ni oír.

«¡Mira con los ojos bien abiertos! ¡Mira!», había dicho Féofar-Kan, tendiendo su mano amenazadora hacia Miguel Strogoff.

Iván Ogareff, que conocía las costumbres tártaras, había comprendido, sin duda alguna, la significación verdadera de estas palabras, porque sus labios se agitaron un momento con la más cruel de las sonrisas. Luego, fue a situarse junto a Féofar-Kan.

Inmediatamente después sonaron las trompetas.

Era la señal de que iban a dar principio las diversiones.

—He aquí el baile —dijo Alcides Jolivet a Enrique Blount—; pero estos bárbaros, contra las costumbres de todas partes, lo dan antes del drama.

Miguel Strogoff tenía orden de mirar, y miró detenidamente.

Una nube de bailarinas hizo entonces irrupción en la plaza, y empezaron a sonar diversos instrumentos tártaros. La *dutara*, especie de mandolina de mango largo, de madera de moral, con dos cuerdas de seda torcida y acordadas por cuarta; el *kobize*, violoncelo abierto en su parte interior, guarnecido de crines de caballo, que un arco hacía vibrar; la *tschibizga*, flauta larga, de cañas, y trompetas, tambores y batintines, unidos a la voz gutural de los cantores formaron una armonía extraña, a la que se agregaron también los acordes de una orquesta aérea, compuesta de una docena de cometas que, extendidas por medio de cuerdas que llevaba en el centro, sonaban, al impulso de la brisa, como arpas eólicas.

En seguida empezaron las danzas.

Las bailarinas eran todas de origen persa, y, como no estaban sometidas a esclavitud, ejercían su profesión libremente. En otro tiempo figuraban, con carácter oficial, en las ceremonias de la corte de Teherán; pero, desde el advenimiento al trono de la familia reinante, estaban casi desterradas del reino y veíanse obligadas a buscar fortuna en otra parte.

Vestían el traje nacional y, como adorno, llevaban profusión de joyas. De sus orejas pendían, balanceándose, pequeños triángulos de oro con largos colgantes; aros de plata con esmaltes negros rodeaban su cuello; ajorcas, formadas por una doble hilera de piedras preciosas, ceñían sus brazos y piernas, y ricas perlas, turquesas y cornalinas pendían del extremo de las largas trenzas de sus cabellos. El cinturón que les oprimía el talle iba sujeto con un brillante broche, que era muy parecido a las placas de las grandes cruces europeas.

Unas veces solas y otras por grupos ejecutaron muy graciosamente varias danzas. Tenían el rostro descubierto, pero de vez en cuando se lo cubrían con un ligero velo, de tal suerte que se habría podido decir que una nube de gasa pasaba sobre todos aquellos ojos brillantes, como el vapor por un cielo tachonado de estrellas luminosas.

Algunas de estas persas llevaban, a guisa de banda, un tahalí de cuero bordado de perlas, del que pendía un pequeño saco de forma triangular, con la punta hacia abajo, que ellas abrían en determinados momentos, para sacar largas y estrechas cintas de seda de color escarlata, y en las cuales podían leerse bordados algunos versículos del Corán.

Estas cintas, que las bailarinas tendían de unas a otras, formaban un círculo, en el que penetraban otras danzantes, y, al pasar delante de cada uno de los versículos, practicaban el precepto que contenía, ya prosternándose en tierra, ya dando un ligero salto, como para ir a tomar asiento entre las huríes del cielo de Mahoma.

Pero lo más notable y lo que más sorprendió a Alcides Jolivet, fue que aquellas persas se mostrasen, más que fogosas, indolentes.

Les faltaba, sin duda, entusiasmo, y, tanto por el género de sus danzas como por la ejecución, recordaban las bayaderas apacibles y decorosas de la India, más que las apasionadas almeas de Egipto.

Al terminar esta primera parte de la fiesta oyose una voz que, con entonación grave, dijo:

«¡Mira con los ojos bien abiertos! ¡Mira!»

El hombre que repetía las palabras del emir, un tártaro de elevada talla, era el ejecutor de la justicia de Féofar-Kan. Habíase colocado detrás de Miguel Strogoff, y tenía en una mano un sable de ancha hoja corva, una de esas hojas damasquinadas que han sido templadas por los célebres armeros de Karschi o de Hissar.

Cerca de él, unos guardias habían puesto un trípode sobre el que reposaba un brasero donde ardían, sin producir humo, algunos carbones. La ligera ceniza que los coronaba no era debida más que a la incineración de una sustancia resinosa y aromática, mezcla de olíbano y de benjuí, que de vez en cuando se arrojaba al fuego.

Mientras tanto, a las persas había sucedido inmediatamente otro grupo de bailarinas, de diferente raza, que fueron reconocidas por Miguel Strogoff.

Y es preciso creer que los dos periodistas las reconocieron de igual modo, porque Enrique Blount dijo a su colega:

—¡Son las cíngaras de Nijni-Novgorod!

—¡Las mismas! —exclamó Alcides Jolivet—. Los ojos deben producir a esas espías más dinero que las piernas.

Y, al creer que eran gentes al servicio del emir, Alcides Jolivet, como sabe el lector, no se engañaba.

En la primera fila de las cíngaras figuraba Sangarra, cuyo magnífico traje, extraño y pintoresco, realzaba su belleza.

No bailó; pero situose en medio del grupo de las bailarinas, cuyas fantasías coreográficas tenían algo de cada uno de los países que su raza recorría: de Bohemia, de Egipto, de Italia y de España. Animábanse al sonido de las castañuelas que repiqueteaban en sus manos, y al ruido de los panderos, especie de tambores cuya piel golpeaban con los dedos.

Sangarra tenía también un pandero que no cesaba de agitar para animar a aquella banda de verdaderos coribantes.

Un gitanillo, que a lo sumo tendría quince años de edad, destacose del grupo, con una cítara cuyas dos cuerdas ponía en vibración con las uñas, y cantó una copla de extraño ritmo. Una bailarina, que se había colocado al lado de él, y que, inmóvil, parecía escuchar atentamente, tan pronto como el muchacho terminaba la copla y entonaba el estribillo, empezaba a bailar alegremente su interrumpida danza, ya agitando el pandero, ya haciendo sonar las castañuelas.

Terminada la última copla, las bailarinas envolvieron al gitanillo en los mil repliegues de sus danzas.

En aquel momento, el emir, sus aliados y los oficiales de todas las graduaciones dejaron caer de sus manos una lluvia de monedas de oro, cuyo ruido, al herir los panderos de las bailarinas, mezclose con los últimos sonidos de las cítaras.

—Son pródigos como ladrones —dijo Alcides Jolivet al oído de su colega.

Efectivamente, era el dinero robado el que derramaban a torrentes, porque, con los tomanes y cequíes tártaros, llovían ducados y rublos moscovitas.

Al ruido de la zambra y después de la lluvia de oro, sucedió un instante de silencio, y la voz del ejecutor de la justicia del emir volvió a resonar, repitiendo las cada vez más fatídicas palabras: «¡Mira con los ojos bien abiertos! ¡Mira!»

Y, al decir esto, el verdugo puso una mano sobre el hombro de Miguel Strogoff.

Alcides Jolivet advirtió entonces que el ejecutor de la justicia no tenía ya su sable desnudo en la mano.

Terminaba el día, el sol había empezado a ocultarse detrás del horizonte y los últimos términos de la campiña iban poco a poco envolviéndose en un manto de semioscuridad. Los grupos de cedros y de pinos ennegrecíanse cada vez más, y las aguas del Tom se ensombrecían a lo lejos confundiéndose con las primeras brumas. Las tinieblas no podían tardar en invadir la meseta que dominaba la ciudad.

Pero en aquel momento muchos centenares de esclavos, con antorchas encendidas, hicieron irrupción en la plaza. Las cíngaras y las persas, conducidas por Sangarra, reaparecieron ante el trono del emir y reanudaron las danzas, que, por la diversidad de sus géneros, formaban un extraño contraste; los instrumentos de la orquesta tártara arreciaron en sus sonidos, que se confundían con los gritos guturales de los cantores en una armonía salvaje; las cometas, que habían descendido ya a tierra, fueron elevadas, de nuevo, formando una constelación de linternas multicolores, y cuyas cuerdas vibraron, al impulso de la brisa más fresca, con mayor intensidad en medio de la aérea iluminación.

Luego, un escuadrón de tártaros con uniforme de campaña se diseminó entre las bailarinas, que cada vez danzaban con mayor furia, y empezó una fantasía pedestre que produjo un efecto muy extraño.

Los soldados, con los sables desenvainados y empuñando largas pistolas, ejecutaron una especie de voltijeo, atronando el aire con los continuos disparos de sus armas de fuego, cuyas detonaciones apagaban los sonidos de los tambores, de los panderos y de las cítaras. Las armas, cargadas con pólvora coloreada, según la moda china, con algún ingrediente metálico, lanzaban largas llamas rojas, verdes y azules, por lo que se habría podido decir que todos aquellos grupos se agitaban en medio de un fuego de artificio.

Aquella diversión recordaba, en cierto modo, la cibística de los antiguos, especie de danza militar cuyos corifeos maniobraban bajo las puntas de las espadas y los puñales, y cuya tradición es posible que haya sido legada a los pueblos del Asia central; pero la cibística tártara era más bizarra aún a causa de los fuegos de colores que serpenteaban sobre las cabezas de las bailarinas, en las que las lentejuelas de los vestidos semejaban puntos ígneos. Era como un caleidoscopio de chispas, cuyas combinaciones variaban hasta lo infinito a cada movimiento de las danzas.

Por acostumbrado que estuviera un periodista parisiense a presenciar los maravillosos efectos de las decoraciones en la escena moderna, Alcides Jolivet no pudo contener un ligero movimiento de cabeza que, entre el bulevar Montmartre y el de la Magdalena, se habría traducido por: «¡No está mal! ¡No está mal!»

Después, como si todos los actores de aquella fiesta obedeciesen a una misma señal, apagáronse repentinamente aquellos fuegos fantásticos. La ceremonia había terminado, y en la meseta, que momentos antes estaba llena de luces, sólo brillaban las antorchas.

El emir hizo una señal, y Miguel Strogoff fue conducido al centro de la plaza.

—Blount —preguntó Alcides Jolivet a su compañero—, ¿tiene usted algún interés en ver el final de todo esto?

—Absolutamente ninguno —respondió Blount.

—Los lectores del *Daily Telegraph* no tendrán deseos muy vivos, supongo, de leer los detalles de una ejecución a la moda tártara.

—Les ocurre lo mismo que a *su prima* de usted.

—¡Pobre joven! —agregó Alcides Jolivet, mirando a Miguel Strogoff—. ¡Ese valeroso soldado merecía caer en el campo de batalla!

—¿Podemos hacer alguna cosa para salvarlo? —preguntó Enrique Blount.

—No podemos hacer nada.

Los dos periodistas recordaban la conducta generosa que con ellos había observado Miguel Strogoff, sabían por qué pruebas había debido pasar aquel esclavo de su deber que se encontraba ahora en medio de los tártaros, para quienes es desconocido todo sentimiento de piedad, y lamentaban no poder prestarle auxilio alguno.

Como no tenían deseos de presenciar el suplicio a que había sido condenado aquel infeliz, volvieron a la ciudad, y, una hora después, corrían por el camino de Irkutsk con el propósito de unirse a los rusos, para seguir lo que Alcides Jolivet llamaba anticipadamente *la campaña del desquite*.

Mientras tanto, Miguel Strogoff permanecía en pie, mirando altivamente al emir, o con el mayor desprecio a Iván Ogareff.

Los espectadores, que permanecían aún en los alrededores de la plaza, y los oficiales del Estado Mayor de Féofar-Kan, para quienes el suplicio no era otra cosa que un atractivo más de la fiesta, esperaban para presenciar la ejecución. Luego, cuando hubiese satisfecho su curiosidad, aquella horda salvaje iría a embriagarse.

El emir hizo un gesto, y Miguel Strogoff, brutalmente empujado por los guardias que lo custodiaban, se aproximó a la terraza.

Féofar-Kan, en lengua tártara, que el correo del zar comprendía bien, dijo entonces:

—Espía de los rusos, has venido, para ver; pero ya has visto por vez postrera, porque, dentro de un instante, tus ojos quedarán cerrados a la luz.

No era, pues, a la muerte, sino a la ceguera, a lo que había sido condenado Miguel Strogoff; pero la pérdida de la vista era quizás una pena más terrible que la pérdida de la vida. ¡El desgraciado iba a quedar ciego!

Sin embargo, la terrible sentencia pronunciada por el emir no debilitó el ánimo de Miguel Strogoff, que permaneció impasible, con los ojos abiertos como si quisiera concentrar toda su vida en su última mirada.

Suplicar a aquellos hombres feroces era inútil y, además, indigno de él, pero esto ni siquiera se le ocurrió. Todo su pensamiento se condensó en su misión, perdida irrevocablemente, y en su madre y en Nadia, a quienes iba a dejar de ver para siempre; pero no dejó traslucir la intensa emoción que experimentaba en aquel instante.

Luego, un deseo vivísimo de venganza invadió todo su ser, y, dirigiéndose a Iván Ogareff, le dijo con voz amenazadora:

—¡Iván, traidor Iván, la última amenaza de mis ojos será para ti!

Iván Ogareff encogiose de hombros.

Pero Miguel Strogoff se engañaba. No era mirando a Iván Ogareff como sus ojos iban a cegarse para siempre.

Marfa acababa de ponerse ante él.

—¡Madre mía! —exclamó entonces el infeliz condenado—. ¡Sí, sí, para ti será mi última mirada, y no para ese miserable! ¡Permanece ahí, ante mí, para que yo pueda ver hasta el último momento tu rostro adorado! ¡Para que mis ojos se cierren contemplándote...!

La anciana siberiana, sin pronunciar una sola palabra, avanzó algunos pasos hacia Miguel Strogoff.

—Apartad a esa mujer —gritó imperiosamente Iván Ogareff.

Marfa Strogoff, rechazada por dos soldados, retrocedió; pero permaneció en pie, a algunos pasos de su hijo.

Entonces se presentó el verdugo, que, esta vez, llevaba el sable desnudo en la mano; pero este sable acababa de ser retirado del brasero en que ardían los carbones perfumados y albeaba.

El ejecutor de la justicia iba a cegar a Miguel Strogoff, según la costumbre tártara, pasándole un hierro ardiente por los ojos.

El condenado no trató de resistir.

En aquel momento no existía para él, ante sus ojos, más que su madre, a quien devoraba con la mirada. ¡Tenía toda su vida concentrada en aquella última visión!

Marfa Strogoff lo contemplaba con ojos desmesuradamente abiertos y los brazos tendidos hacia él...

La hoja del sable incandescente pasó por los ojos del correo del zar, oyose un grito de desesperación y la anciana Marfa cayó, inanimada al suelo.

Miguel Strogoff estaba ciego.

El emir, después de ver cumplidas sus órdenes, se retiró con toda su comitiva, y un momento más tarde no quedaban en la plaza más que Iván Ogareff y los portadores de las antorchas.

¿Quería el miserable, después de ejecutada la sentencia, atormentar más aún a su víctima y asestarle el último golpe?

Aproximose lentamente a Miguel Strogoff, quien, al sentir que se le acercaba, se irguió.

Iván Ogareff sacose del bolsillo la carta imperial, la abrió, y, por suprema ironía, la colocó ante los ojos del correo del zar, diciéndole:

—¡Lee ahora, Miguel Strogoff! ¡Lee y ve a decir a Irkutsk lo que hayas leído! El verdadero correo del zar es Iván Ogareff.

Dicho esto, el traidor guardó la carta y, sin volverse, abandonó aquel sitio, seguido por los portadores de las antorchas.

Miguel Strogoff quedó solo, a algunos pasos de su madre, inanimada, o quizá muerta.

A lo lejos oíanse los gritos, los cánticos y todos los mil ruidos de una orgía desenfrenada.

Tomsk, iluminada, brillaba como una ciudad cuyo vecindario está entregado a la fiesta.

Miguel Strogoff escuchó atentamente.

La plaza estaba silenciosa y desierta.

Tanteando, arrastrose el joven hacia el lugar en que su madre había caído, la encontró con la mano, se inclinó sobre ella, acercó su rostro al de la anciana, escuchó los latidos de su corazón, y, luego, pareció hablarle en voz baja.

Pero, ¿vivía aún la anciana Marfa?

Y, si vivía, ¿oyó lo que le dijo su hijo?

En todo caso, no hizo movimiento alguno.

Miguel Strogoff le besó, con sublime piedad filial, la frente y los cabellos blancos; luego, se incorporó, y, tanteando con los pies y extendiendo las manos para guiarse, marchó poco a poco hacia el extremo de la plaza.

Entonces, apareció Nadia, quien, con un puñal en la mano, se acercó a Miguel Strogoff para cortar las cuerdas que le sujetaban los brazos.

Como la joven no había pronunciado una palabra, el correo del zar, ciego, ignoraba quién lo libertaba de sus ligaduras.

Pero, entonces, Nadia dijo:

—¡Hermano!

—¡Nadia! —murmuró lentamente Miguel Strogoff—. ¡Nadia!

—¡Ven, hermano! —respondió la joven—. ¡Desde hoy, mis ojos serán tus ojos; yo te conduciré a Irkutsk!

CAPÍTULO VI

Un amigo en el camino real

Media hora más tarde, Miguel Strogoff y Nadia habían salido de Tomsk.

Aquella noche, cierto número de prisioneros consiguieron escapar del poder de los tártaros, porque éstos, oficiales o soldados, más o menos embrutecidos por el alcohol, habían abandonado inconscientemente la severa vigilancia mantenida hasta entonces, tanto en el campamento de Zebediero como durante la marcha de los convoyes.

Nadia, después de haber sido conducida como los demás prisioneros, pudo huir y volver a la meseta en el momento en que Miguel Strogoff era conducido a la presencia del emir.

Allí, confundida entre la multitud, lo había visto todo; pero había tenido suficiente fuerza de voluntad para dominarse y no se le escapó ni un grito cuando la hoja del sable del verdugo, hecha ascuas, pasó por los ojos de su compañero. Una providencial inspiración le había dicho que debía permanecer libre para guiar al hijo de Marfa Strogoff al término de su viaje y conseguir el objetivo que había jurado alcanzar. Cuando la anciana siberiana cayó inanimada, el corazón de la joven cesó de latir un momento, pero ella permaneció inmóvil y muda, porque instantáneamente tuvo un pensamiento que le devolvió de súbito su energía.

—¡Yo seré el perro del ciego! —se dijo, y, cuando se alejó Iván Ogareff, ella se ocultó en la sombra esperando que se dispersara la multitud.

Miguel Strogoff, abandonado como un ser miserable de quien nada hay que temer, estaba solo en la meseta, y Nadia lo vio arrastrarse hasta llegar al lado de su madre, inclinarse sobre ella, besarle la frente, incorporarse después y tratar de huir...

Algunos instantes después, ambos jóvenes, agarrados por la mano, habían bajado por la escarpada pendiente de la meseta, y, después de haber seguido por las orillas del río Tom hasta el extremo de la ciudad, lograron salir de ella felizmente por una brecha del recinto.

El camino de Irkutsk era el único que se dirigía hacia el oriente y no podía ser confundido con ningún otro.

Nadia hacía andar muy ligero a Miguel Strogoff, porque era posible que al día siguiente, algunas horas después de la orgía, los exploradores del emir se lanzasen de nuevo a la estepa y cortasen toda comunicación.

Importaba, por consiguiente, avanzar lo más posible y llegar antes que ellos a Krasnoiarsk, que distaba quinientas verstas (533 kilómetros) de Tomsk, y no abandonar el camino real sino lo más tarde posible.

En aquellas circunstancias, separarse del camino trazado era lo incierto, lo desconocido, era la muerte en breve plazo.

¿Cómo pudo Nadia soportar las fatigas de aquella fatal noche del 16 al 17 de agosto? ¿Cómo encontró la fuerza física necesaria para recorrer tan largo trayecto? ¿Cómo sus pies, ensangrentados a causa de una marcha tan penosa, la pudieron conducir hasta allí? Es incomprensible, pero no es menos cierto que al día siguiente, doce horas después de haber salido de Tomsk, Miguel Strogoff y ella llegaron a la aldea de Similowskoe, después de haber recorrido cerca de cincuenta verstas.

Miguel Strogoff no había pronunciado una sola palabra; pero no fue Nadia quien lo llevó de la mano sino él quien condujo a su compañera durante toda aquella penosa noche. Gracias a la mano que lo guió con sus estremecimientos, él pudo caminar a su paso ordinario.

Semilowskoe se encontraba a la sazón completamente abandonado. El vecindario, temiendo a los tártaros, había huido a la provincia de Yeniseisk, y apenas quedaban dos o tres casas ocupadas en la aldea.

Todo lo que de útil o valioso había en la localidad había sido transportado en las carretas; pero, esto no obstante, Nadia viose obligada a detenerse allí algunas horas, porque tanto ella como su compañero tenían necesidad de alimento y de reposo.

La joven condujo a Miguel Strogoff al extremo del pueblo, donde encontraron una casa vacía, cuya puerta estaba abierta.

Entraron y tomaron asiento en un banco de madera que estaba en el centro de la habitación, cerca del alto fogón que suele haber en todas las viviendas siberianas.

Nadia miró entonces bien el rostro de su compañero ciego, tan atentamente como nunca lo había mirado, y sus ojos reflejaron algo más que gratitud y algo más que compasión. Si Miguel Strogoff hubiese podido verla, habría leído en aquella hermosa mirada desolada la expresión de un afecto y de una ternura infinitos.

Los párpados del ciego, enrojecidos por la incandescente hoja del sable, sólo cubrían a medias sus ojos, completamente secos. La esclerótica estaba ligeramente plegada y como encogida, la pupila agrandada de un modo singular, el iris parecía de un azul más oscuro que antes, y las cejas y las pestañas estaban medio quemadas; pero, al menos en apariencia, la penetrante mirada del joven no había sufrido el menor cambio.

En aquel momento, Miguel Strogoff extendió las manos preguntando:

—Nadia, ¿estás ahí?

—Sí —respondió la joven—; estoy cerca de ti, Miguel, y no te abandonaré jamás.

Miguel Strogoff, al oír su nombre pronunciado por Nadia por primera vez, se estremeció, comprendiendo que su compañera lo sabía todo: quién era él y los lazos que lo unían a la anciana Marfa.

—Nadia, es preciso que nos separemos —repuso el correo del zar.

—¿Separarnos? ¿Por qué causa Miguel?

—No puedo ser un obstáculo para tu viaje. Tu padre te espera en Irkutsk y es necesario que te reúnas con él.

—¡Mi padre me maldeciría, Miguel, si yo te abandonara después de lo que has hecho por mí!

—¡Nadia! ¡Nadia! —replicó Miguel Strogoff, apretando la mano que la joven había puesto sobre la de él—. ¡Tú no debes pensar más que en tu padre!

—Miguel, tú me necesitas más que mi padre. ¿Acaso renuncias a ir a Irkutsk?

—¡Jamás! —exclamó Miguel Strogoff en un tono que revelaba que no había perdido nada de su energía.

—Sin embargo ya no tienes la carta imperial.

—¡La carta que Iván Ogareff me ha robado...! Sabré pasarme sin ella. ¿No me han tratado como espía? Pues como espía me conduciré. Iré a decir a Irkutsk todo lo que he visto, todo lo que he oído, y ¡juro, por Dios vivo, que el traidor me encontrará un día cara a cara! pero, para esto, es necesario que yo llegue a Irkutsk antes que él.

—¿Hablas de separarnos, Miguel?

—Nadia, los miserables me lo han robado todo.

—A mí me quedan algunos rublos y mis ojos. Puedo ver por ti, Miguel, y conducirte allí donde tú no podrías ir solo.

—Pero, ¿cómo iremos?

—A pie.

—Y, ¿cómo viviremos?

—Mendigando.

—Partamos, Nadia.

—Vamos, Miguel.

Los jóvenes no se daban ya los nombres de hermano y de hermana. En su común miseria se sentían más estrechamente unidos uno a otro.

Después de haber descansado una hora, abandonaron la casa en que habían entrado a reposar, y Nadia, al recorrer las calles del pueblo, pudo adquirir algunos trozos de *tchorne-khleb,* especie de pan de cebada, y un poco de ese hidromiel a que en Rusia dan el nombre de *meod,* pero este frugal alimento no le costó nada, porque había empezado a ejercer su profesión de mendiga.

El pan y el hidromiel, de los que Nadia había reservado a su compañero la mayor parte, apaciguaron el hambre y calmaron la sed de Miguel Strogoff, quien comió los trozos de pan que uno tras otro le fue dando la joven, y bebió en la calabaza que ella le aproximaba a los labios.

—¿Comes tú, Nadia? —preguntó él repentinamente.

—Sí, Miguel —respondió siempre la joven, que sólo comía los restos de su compañero.

Ambos abandonaron, al fin, la aldea de Semilowskoe y emprendieron de nuevo la marcha por el penoso camino de Irkutsk.

Nadia resistía enérgicamente la fatiga; pero si Miguel Strogoff la hubiese visto quizá no se habría atrevido a seguir adelante.

La joven no exhalaba ni un suspiro, y él, como no la oía quejarse, proseguía caminando con una rapidez que no era dueño de reprimir. ¿Por qué caminaba tan aprisa? ¿Podía, acaso, adelantarse a los tártaros? A pie, sin dinero, ciego y sin otra guía que Nadia, ¿qué haría cuando ésta le faltase? En este desgraciado caso, no le hubiera quedado otro recurso que dejarse caer a un lado del camino y morir allí miserablemente. Pero, en fin, si a fuerza de energía lograba llegar a Krasnoiarsk, quizá no lo habría perdido todo, porque el gobernador, a quien se daría a conocer, no vacilaría en proporcionarle los medios para llegar a Irkutsk.

Absorto en sus pensamientos, caminaba, pues, Miguel Strogoff casi sin hablar y llevando en su mano la de Nadia, por cuyo medio se encontraban ambos en incesante comunicación, como si no tuvieran necesidad de la palabra para transmitirse mutuamente sus impresiones.

De vez en cuando, decía Miguel Strogoff a su compañera:

—Háblame, Nadia.

—¿Para qué, Miguel? ¿Acaso no pensamos lo mismo? —respondía la joven, procurando que su voz no delatase la fatiga que la abrumaba.

Pero, a veces, como si su corazón hubiera cesado de latir momentáneamente, se le doblaban las piernas, acortaba el paso, extendía los brazos y quedábase atrás.

Cuando ocurría esto, Miguel se detenía un instante, fijaba sus ojos en la pobre joven, como si a través del velo que los cubría tratase de verla, se hinchaba su pecho y, sosteniendo más firmemente a su compañera, proseguía la marcha.

Aquel día, sin embargo, iba a ocurrir una circunstancia que, en medio de tantas penalidades, debía evitar a ambos muchas fatigas.

Dos horas hacía ya que los jóvenes habían salido de Semilowskoe, cuando Miguel Strogoff, deteniéndose de pronto, preguntó:

—¿Viene alguien por el camino?

—Nadie absolutamente —respondió su compañera.

—¿No oyes ruido como de gente que viene detrás?

—Efectivamente.

—Pues mira bien, porque, si son tártaros, tenemos que ocultarnos.

—Espera, Miguel —dijo Nadia, que retrocedió algunos pasos dirigiéndose un poco hacia la derecha.

Miguel Strogoff quedose solo durante un momento, escuchando con gran atención.

Nadia volvió en seguida.

—Es una carreta conducida por un joven —dijo.

—¿Viene solo?

—Sí; solo.

Miguel Strogoff tuvo un momento de indecisión. ¿Debía ocultarse? ¿Debía intentar que los admitieran en el vehículo, por Nadia siquiera, ya que no por él? Él se daría por satisfecho solamente con que se le permitiera apoyar una mano en la carreta, que empujaría, si era preciso, porque no estaba cansado; pero comprendía que Nadia no debía tener ya fuerzas para andar, puesto que llevaba ya ocho días caminando a pie, desde el Obi. Esperó.

La carreta no tardó en llegar al recodo del camino.

Era ésta un vehículo bastante deteriorado, que podía contener tres personas, uno de esos vehículos rusos a que en el país se da el nombre de *kibitas*.

Las *kibitas* son arrastradas comúnmente por tres caballos; pero la que acababa de acercarse no llevaba enganchado más que uno, animal de sangre mogola, vigoroso y valiente, de pelos y cola muy largos.

El joven que conducía la *kibita* llevaba a su lado un perro.

—Nadia, tan pronto como lo vio, supo que era ruso.

Tenía el joven un rostro apacible y flemático, y, a juzgar por el paso tranquilo con que hacía caminar al caballo, sin duda para no ocasionarle fatiga, comprendíase que no llevaba mucha prisa. Nadia, al verlo, hubiese creído que seguía un camino que, de un momento a otro, podía ser cortado por los tártaros.

Nadia, al aproximarse la *kibita,* apartose a un lado del camino, con Miguel Strogoff, a quien tenía asido por la mano.

El carruaje se detuvo, y el conductor miró a la joven sonriéndose.

—¿Adónde vais de ese modo? —preguntó con acento de bondad.

El sonido de aquella voz no era desconocido para Miguel Strogoff, que creyó haberla oído en alguna parte, lo que sin duda le bastó para conocer al conductor de la *kibita,* porque su rostro se tranquilizó en seguida.

—¿Adónde vais? —volvió a preguntar el joven, dirigiéndose a Miguel Strogoff.

—Vamos a Irkutsk —respondió el correo del zar.

—¡Oh, padrecito! ¿Acaso ignoras que hay muchas verstas de distancia de aquí a Irkutsk?

—Lo sé perfectamente.

—¿Y vais a pie?

—Sí.

—Que vayas tú, no me sorprende; ¡pero, esa joven...!

—Es mi hermana —dijo Miguel Strogoff, que creyó prudente dar de nuevo este nombre a Nadia.

—Pues bien, padrecito, me parece que a tu hermana no le será posible llegar a Irkutsk.

—Amigo —explicó entonces Miguel Strogoff, acercándose—, los tártaros nos han robado cuanto teníamos, y no puedo ofrecerte un solo kopek; pero, si quieres llevar a mi hermana en tu carruaje, yo lo seguiré a pie corriendo cuanto sea necesario para que no sufras ni el retraso de una hora.

—¡Hermano! —exclamó Nadia—. ¡No quiero! ¡No quiero!

—Y, luego, dirigiéndose al joven conductor de la *kibita,* agregó:

—¡Señor, mi hermano está ciego!

—¡Ciego! —repitió el joven, muy conmovido.

—Sí, los tártaros le han quemado los ojos —explicó Nadia, tendiendo las manos implorando misericordia.

—¡Le han quemado los ojos! ¡Oh, infeliz padrecito! Yo voy a Krasnoiarsk, y, por consiguiente, puedes subir con tu hermana a la *kibita*. Aunque algo estrechos, cabremos los tres, porque mi perro no se opondrá a caminar sobre sus patas. Únicamente te advierto que, como no quiero que se fatigue mi caballo, no voy de prisa.

—¿Cómo te llamas, amigo? —preguntó Strogoff.

—Nicolás Pigassoff.

—Jamás olvidaré ese nombre —respondió el correo del zar.

—Sube, pues, padrecito ciego. Tu hermana y tú iréis en el fondo del carruaje, y yo ocuparé la delantera para conducirlo. Ahí dentro estaréis como en un nido, porque hay buena corteza de abedul y excelente paja de cebada. ¡Vamos, *Serko,* deja sitio!

El perro descendió del carruaje en seguida.

Era un animal de raza siberiana, pelo gris, regular tamaño, cabeza gruesa y bondadosa mirada, que parecía profesar gran cariño a su amo.

Miguel Strogoff y Nadia no tardaron en instalarse en la *kibita,* y, tan pronto como lo hubieron hecho, extendió el primero las manos buscando las de Nicolás Pigassoff.

—¿Deseas estrecharme las manos? —preguntó Nicolás—. Pues aquí las tienes, padrecito; estréchalas cuanto gustes.

La *kibita* reanudó la marcha. El caballo caminaba a paso castellano, porque Nicolás no lo hostigaba.

Miguel Strogoff no ganaba, por consiguiente, en rapidez; pero, al menos, evitaba que la pobre Nadia se fatigase.

Y tal era, en efecto, el cansancio de la joven, que, tan pronto como la *kibita* se puso en marcha, quedose dormida, balanceada por el monótono movimiento del carruaje, pero su sueño parecía completa postración. Miguel Strogoff y Nicolás la acomodaron lo mejor que les fue posible sobre el follaje de abedul.

El compasivo Nicolás estaba profundamente conmovido, y si de los ojos de Miguel Strogoff no brotaron lágrimas fue porque la hoja del sable incandescente había quemado la última en sus párpados.

—Es muy linda —dijo Pigassoff.

276

—Sí —asintió Miguel Strogoff.

—Quiere mostrarse fuerte, padrecito, es valerosa; pero, en el fondo, estas muchachas son endebles. ¿Acaso venís de lejos?

—Sí, de muy lejos.

—¡Pobres jóvenes! ¡Debieron de hacerte mucho daño cuando te quemaron los ojos!

—Muchísimo —respondió Miguel Strogoff volviéndose hacia Nicolás como si pudiera verlo.

—¿No lloraste?

—Sí.

—Yo también habría llorado. ¡Pensar que ya no volveremos a ver a los seres queridos! Pero, en fin, ellos te ven, y esto es quizá un consuelo.

—Sí, quizá. Pero dime, amigo —preguntó Miguel Strogoff—, ¿no me has visto tú en alguna parte?

—¿A ti, padrecito? No, jamás.

—Pues el sonido de tu voz no me es desconocido.

—¡Vamos! —respondió Nicolás sonriéndose—. ¿Conoces el sonido de mi voz? Acaso me lo preguntas para saber de dónde vengo; pero yo te lo diré. Vengo de Kolivan.

—¿De Kolivan? —replicó Miguel Strogoff—. Entonces, allí te conocí. ¿Estabas en la estación telegráfica?

—Sí, puede ser que allí me vieras —repuso Nicolás—, porque estaba allí efectivamente. Era el encargado de transmitir los telegramas.

—¿Y permaneciste en tu puesto hasta el último momento?

—¡Naturalmente! En ese momento es, sobre todo, en el que se debe estar.

—¿Era el día en que un inglés y un francés se disputaban, rublos en mano, el sitio ante tu ventanilla, y en que el inglés telegrafió los primeros versículos de la Biblia?

—Es posible que así ocurriera, padrecito; pero yo no lo recuerdo.

—¡Cómo! ¿No lo recuerdas?

—No leo nunca los despachos que transmito, porque, como mi deber es olvidarlos, lo más breve para llegar a esta conclusión es no enterarme de ellos en absoluto.

Esta respuesta revelaba el carácter de Nicolás Pigassoff.

Mientras tanto, la *kibita* continuaba recorriendo el camino poco a poco, aunque Miguel Strogoff hubiese querido que marchase con gran rapidez; pero Nicolás y su caballo estaban acostumbrados a aquel paso que no habrían podido abandonar uno ni otro.

El caballo caminaba tres horas y descansaba una, tanto de día como de noche.

Durante las paradas, la caballería pastaba y los viajeros se alimentaban en compañía del fiel *Serko,* porque la *kibita* llevaba provisiones para veinte personas por lo menos, y Nicolás había puesto generosamente sus reservas a disposición de Miguel y de Nadia, de quienes creyó que eran efectivamente hermanos.

Después de todo un día de descanso, había recobrado parte de sus perdidas fuerzas. Nicolás vigilaba para que fuese lo más cómodamente posible, y, de este modo, el viaje se realizaba en condiciones soportables, lentamente, sin ninguna duda, pero con regularidad.

A veces, durante la noche, ocurría que Nicolás, aun conduciendo el carruaje, se quedaba dormido y roncaba con una tranquilidad que revelaba la pureza de su conciencia, y, entonces, un observador atento quizás hubiese podido ver que la mano de Miguel Strogoff se apoderaba de las riendas y obligaba al caballo a caminar con más rapidez, con gran asombro de *Serko,* que, sin embargo, no decía nada.

Luego, cuando Nicolás despertaba, el trote se convertía inmediatamente en el paso ordinario, pero la *kibita* había avanzado algunas verstas más que si no hubiese salido de su celeridad reglamentaria.

De este modo atravesaron los viajeros el río Ichimsk, los pueblecitos de Ichimskoe, Berikilskoe, Kuskoe, el río Mariinks, la aldea del mismo nombre, Bogotowlskoe y, por último, el Tchula, pequeño río que separa la Siberia occidental de la Siberia oriental.

El camino se desarrollaba, ya a través de inmensos arenales que permitían extender la vista ampliamente, ya por entre tupidas e innumerables selvas de abetos de las que parecía que los viajeros no iban a salir nunca.

Pero todo estaba desierto. Las poblaciones habían sido abandonadas casi completamente por sus habitantes, que habían atravesado el Yenisei en busca de refugio, creyendo que la anchura del río detendría a los tártaros.

La *kibita* pasó el 22 de agosto por el pueblecito de Achinsk, que dista trescientas ochenta verstas de Tomsk, teniendo, por consiguiente, los viajeros que recorrer aún ciento veinte verstas más para llegar a Krasnoiarsk.

Hacía ya seis días que Nicolás, Nadia y Miguel Strogoff viajaban juntos, sin que hubiese ocurrido ningún incidente digno de mención. El primero no había abandonado su calma inalterable, y los otros dos no cesaban de pensar, con recelo, en el momento en que su compañero tuviera que separarse.

Miguel Strogoff veía el país que atravesaba, por los ojos de Nicolás y de Nadia, quienes, de vez en cuando y uno tras otro, le describían los sitios por que pasaba la *kibita,* y, por este medio, sabía si se encontraba en un bosque o en una llanura, si había alguna vivienda y si aparecía en el horizonte algún siberiano.

Nicolás, a quien agradaba la conversación, no callaba un momento, y, fuese cualquiera su modo de considerar las cosas, sus compañeros de viaje lo escuchaban con gusto.

Un día preguntó Miguel Strogoff cómo estaba el tiempo, y Nicolás respondió:

—Muy bueno, padrecito; pero nos encontramos a fines del verano, y, como el otoño es corto en Siberia, no tardaremos en sufrir los primeros fríos invernales. Quizá los tártaros se acantonen durante la estación fría.

Miguel Strogoff movió la cabeza, haciendo un gesto de incredulidad.

—¿No lo crees, padrecito? —repuso Nicolás—. ¿Supones que proseguirán la marcha hacia Irkutsk?

—Temo que así ocurra —dijo Miguel Strogoff.

—Tienes razón, porque los acompaña un mal sujeto, que no dejará que se enfríen en el camino. ¿Has oído hablar de Iván Ogareff?

—Sí.

—¿Sabes que no está bien eso que ha hecho, vender a su patria?

—No; no está bien —respondió Miguel Strogoff, que deseaba permanecer impasible.

—Padrecito —dijo entonces Nicolás—, me parece que no te indignas mucho cuando te hablo de Iván Ogareff, y todo corazón ruso debe sublevarse al oír pronunciar ese nombre.

—Créeme, amigo —replicó Miguel Strogoff—, por mucho que tú lo aborrezcas, no lo aborreces tanto como yo.

—¡Imposible! —protestó Nicolás—. ¡Imposible! Al pensar en Iván Ogareff y en el mal que ha hecho a nuestra santa Rusia, me encolerizo, y si lo tuviera en mis manos...

—¿Qué harías?

—Creo que sería capaz de matarlo.

—¿Lo crees solamente? Yo tengo la seguridad de que lo mataré —respondió Miguel Strogoff tranquilamente.

CAPÍTULO VII

El paso del Yenisei

Caía la tarde del 25 de agosto cuando la *kibita* llegó a la vista de la ciudad de Krasnoiarsk.

Los viajeros habían tardado ocho días en recorrer la distancia que hay desde Tomsk hasta allí, a pesar de los esfuerzos realizados por Miguel Strogoff para acelerar la marcha; pero Nicolás había dormido poco, y no había sido posible que el caballo caminase con mayor rapidez. En otras manos, el animal no hubiese empleado más de sesenta horas en recorrer este trayecto.

Afortunadamente, los tártaros no se habían dejado ver todavía, y los viajeros no habían encontrado explorador alguno en el camino que acababa de seguir la *kibita*.

Este hecho parecía inexplicable, y, sin duda alguna, debía de haber ocurrido una grave circunstancia que impidiese a las tropas del emir encaminarse inmediatamente hacia Irkutsk.

Esta circunstancia había ocurrido, en efecto. Un grupo de soldados rusos, reunido precipitadamente en el Gobierno de Yenisei, había marchado hacia Tomsk, con el propósito de recuperar la ciudad; pero, demasiado débil para luchar contra las tropas concentradas del emir, habíase visto obligado a retirarse.

Féofar-Kan contaba a la sazón con un ejército de doscientos cincuenta mil hombres, entre sus soldados y los de los kanatos de Kokand y de Kunduze, a los que el Gobierno ruso resultaba imposible todavía oponer fuerzas suficientes para combatir y menos para vencer.

La invasión, por consiguiente, no podía, según todas las apariencias, ser reprimida inmediatamente, y los tártaros podían marchar costra Irkutsk sin obstáculos que se les opusieran.

La batalla de Tomsk se había dado el 22 de agosto; pero esto, que explicaba la razón de que el día 25 no se hubiese presentado todavía en Krasnoiarsk la vanguardia del ejército del emir, lo ignoraba Miguel Strogoff.

Sin embargo, si desconocía los últimos acontecimientos, ocurridos después de su partida, sabía que llevaba algunos días de adelanto a los tártaros y que podía alimentar la esperanza de llegar antes que ellos a Irkutsk, de donde lo separaban aún ochocientas cincuenta verstas (900 kilómetros).

Además, confiaba en que en Krasnoiarsk, población de doce mil almas, no habían de faltarle medios de transporte para proseguir la marcha, y, puesto que Nicolás debía dar por terminado su viaje en dicha ciudad, era necesario remplazarlo por un guía, así como también la *kibita* por otro vehículo más rápido.

Su propósito era presentarse al gobernador de la ciudad, darse a conocer como correo del zar, cosa que le sería fácil, y no dudaba que la citada autoridad se apresuraría a facilitarle los medios necesarios para llegar pronto a Irkutsk.

En este caso, sólo tendría que dar las gracias al honrado Nicolás Pigassoff por la generosa ayuda que le había prestado, y emprender inmediatamente la marcha en compañía de Nadia, de quien no quería separarse hasta haberla dejado segura en brazos de su padre.

Sin embargo, si Nicolás Pigassoff estaba decidido a detenerse en Krasnoiarsk era, como él decía, con condición de encontrar allí un nuevo empleo.

Efectivamente, este joven era un empleado modelo que, después de haber permanecido en su puesto de Kolivan hasta el último instante, deseaba volver a ponerse a disposición del Gobierno, porque, como no cesaba de repetir, no quería cobrar un sueldo que no hubiese ganado.

Por consiguiente, en el caso de que no se pudieran utilizar sus servicios de Krasnoiarsk, que debía estar en comunicación telegráfica con Irkutsk, iría desde allí, bien a la estación de Undisk, bien a la capital de la Siberia, y entonces podrían continuar el viaje el hermano y la hermana, que no encontrarían guía más seguro ni más adicto que él.

A la *kibita* sólo faltaba ya por recorrer media versta para llegar a Krasnoiarsk, en cuyas inmediaciones veíanse muchas casas de madera que se levantaban a derecha e izquierda del camino.

Eran las siete de la tarde.

Los perfiles de las iglesias de la ciudad y las casas edificadas sobre la alta pendiente de las márgenes del Yenisei destacábanse sobre el claro azul del cielo.

Los últimos resplandores del día, esparcidos por la atmósfera, se reflejaban en las aguas del río.

La *kibita* se detuvo, y Miguel Strogoff preguntó:

—Hermana, ¿dónde estamos?

—A media versta de distancia de las primeras casas de la ciudad —respondió Nadia.

—¿Acaso está dormida esa ciudad? —interrogó de nuevo Miguel Strogoff—. Porque no percibo el menor ruido.

—Tampoco brilla ninguna luz en la oscuridad ni sale humo de ninguna chimenea —agregó Nadia.

—¡Qué población tan extraña! —dijo Nicolás—. No hacen ruido y se acuestan temprano.

Miguel Strogoff tuvo un presentimiento de mal agüero. No había revelado a Nadia todas las esperanzas que fundaba en su llegada a Krasnoiarsk, donde esperaba encontrar medios suficientes para proseguir con seguridad el viaje, y temía que estas esperanzas se frustrasen nuevamente; pero la joven, aun sin comprender por qué su compañero, careciendo de la carta imperial, tenía tanta prisa por llegar a Irkutsk, había adivinado su pensamiento, y, un día, hasta llegó a interrogarlo acerca del asunto.

Miguel Strogoff se limitó a responder:

—He jurado ir a Irkutsk.

Pero para cumplir su juramento necesitaba encontrar en Krasnoiarsk medios rápidos de locomoción.

—Amigo mío —preguntó a Nicolás—, ¿por qué no avanzamos?

—Porque temo que el ruido de la *kibita* despierte a los habitantes de la ciudad.

Y, dicho esto, Nicolás dio un ligero latigazo a su caballo, *Serko* lanzó algunos ladridos, y el carruaje recorrió al trote corto el camino que terminaba en Krasnoiarsk.

Diez minutos más tarde deteníase en la plaza principal de la población.

Krasnoiarsk estaba completamente desierta. En aquella *Atenas del Norte,* como la ha llamado la señora de Bourboulon, no había un solo ateniense; ni recorría sus calles, espaciosas y bien cuidadas, uno solo de los brillantes carruajes de que habla esta escritora; ni un solo transeúnte circulaba por las aceras, junto a las magníficas casas de madera de monumental aspecto; ni paseaba una sola siberiana, vestida según la última moda francesa, por el hermoso parque construido en medio del bosque de abedules que se extiende hasta las orillas del Yenisei. La campana mayor de la catedral estaba muda; los esquilones de las demás iglesias guardaban silencio, a pesar de lo raro que esto es en una ciudad rusa, y el abandono era absoluto; en aquella ciudad, tan animada poco antes, no había quedado un solo ser viviente.

El último telegrama expedido desde el gabinete del zar, antes de que se cortara la comunicación, había ordenado al gobernador, a la guarnición y a todos los habitantes que salieran de la ciudad llevándose consigo todos los objetos de valor o que de algún modo pudieran ser útiles a los tártaros, y que se refugiaran en Irkutsk. La misma orden se había comunicado a los habitantes de todos los pueblos de la provincia. Sin duda, el Gobierno moscovita deseaba que los invasores no encontraran más que un desierto.

Estas órdenes a lo Rostopchin fueron ejecutadas inmediatamente, sin que a nadie se le ocurriese siquiera discutirlas, y por esta razón no había en Krasnoiarsk ni un solo ser viviente...

Miguel Strogoff, Nadia y Nicolás recorrieron en silencio las desiertas calles de la ciudad, bajo una impresión involuntaria de estupor.

El único ruido que se percibía en aquella ciudad muerta lo producían ellos.

Miguel Strogoff no dejó que se reflejara en su rostro la impresión que lo dominaba en aquellos momentos; pero le fue imposible dominar un movimiento de rabia contra la mala suerte que lo perseguía, al ver frustradas sus esperanzas nuevamente.

—¡Dios mío! —exclamó Nicolás—. ¡No ganaré mi sueldo en este desierto!

—Amigo —dijo Nadia—, es preciso que emprendas con nosotros la marcha a Irkutsk.

—Es preciso, realmente —respondió Nicolás—. Todavía debe de funcionar el telégrafo entre Uldinsk e Irkutsk y allí... ¿Nos vamos, padrecito?

—Esperemos hasta mañana —contestó Miguel Strogoff.

—Tienes razón —asintió Nicolás—. Hemos de atravesar el Yenisei y es preciso ver...

—¡Ver! —murmuró Nadia, recordando que su compañero estaba ciego.

Nicolás, que la oyó, volviose hacia Strogoff y dijo:

—¡Perdón, padrecito! ¡Ah! La noche y el día son una misma cosa para ti.

—Nada tengo que reprocharte, amigo —respondió Miguel Strogoff—. Contigo por guía, puedo valerme aún —y se pasó la mano por los ojos—. Tomémonos algunas horas de descanso; que Nadia repose también, y mañana será otro día.

Miguel Strogoff, Nadia y Nicolás no tuvieron que buscar mucho tiempo para encontrar un sitio donde descansar. La primera casa, cuya puerta empujaron, estaba vacía, como todas las demás, y no encontraron en ella más que algunos montones de follaje, con cuyo alimento tuvo que contentarse el caballo a falta de otro mejor.

Como las provisiones de la *kibita* no estaban agotadas aún, cada uno de los tres viajeros tomó su parte correspondiente.

Después se arrodillaron ante una modesta imagen de la Panagia, suspendida de la pared e iluminada por los últimos resplandores de una lámpara agonizante, y oraron. Concluida la oración, Nicolás y Nadia se durmieron, mientras que Miguel Strogoff, que no tenía sueño, se quedó velando.

Al día siguiente, 26 de agosto, la *kibita,* enganchada nuevamente, atravesaba, antes del alba, el parque de abedules que conducía a la orilla del Yenisei.

Miguel Strogoff estaba vivamente preocupado. ¿Cómo atravesaría el río, si, como era probable, habían sido destruidos los barcos con objeto de retrasar la marcha de los invasores? Él conocía el Yenisei, porque lo había atravesado varias veces, y sabía que su anchura es considerable, y que las corrientes son muy violentas en el doble lecho que se ha abierto entre sus islas.

En circunstancias ordinarias y por medio de los barcos especialmente destinados al transporte de viajeros, de carruajes y de caballerías, el paso del Yenisei exige un lapso de tres horas, tiempo indispensable para vencer las extremadas dificultades con que hay que luchar antes de que se llegue a la orilla opuesta; pero, sin embarcación para transportarla, ¿cómo pasaría la *kibita* de uno al otro lado del río?

—Pasaré, sin embargo —repetía Miguel Strogoff.

El día empezaba a clarear cuando la *kibita* llegó a la orilla izquierda, precisamente en el sitio en que terminaba una de las grandes alamedas del parque. Allí, las márgenes dominaban en una centena de pies el curso del Yenisei y se lo podía observar en una gran extensión.

—¿Veis algún barco? —preguntó Miguel Strogoff, dirigiendo ávidamente sus ojos a una y otra parte, por hábito maquinal, sin duda, y como si pudiera ver.

—Apenas es de día, hermano —respondió Nadia—. Sobre el río la bruma es todavía espesa y no se pueden distinguir las aguas.

—Pero las oigo mugir —replicó Miguel Strogoff.

Y, efectivamente, de las capas inferiores de aquella niebla salía un sordo murmullo de corrientes y contracorrientes que se entrechocaban. Las aguas, muy altas en aquella época, debían deslizarse con tormentosa violencia.

Los tres viajeros escucharon, mientras esperaban que se descorriese la cortina de brumas.

El sol elevábase rápidamente en el horizonte y sus rayos no tardarían en disipar aquellos vapores.

—¿Y bien? —preguntó Miguel Strogoff.

—Las brumas comienzan a moverse, hermano —respondió Nadia—, y la luz del día las atraviesa ya.

—¿No ves aún el nivel del río, hermana?

—Todavía no.

—Ten un poco de paciencia, padrecito —dijo Nicolás—. La niebla va a fundirse. ¿Oyes? Sopla el viento y comienza a disipar la bruma. Las altas colinas de la orilla derecha muestran ya sus filas de árboles. ¡Todo se va! ¡Todo vuela! Los hermosos rayos del sol han condensado el montón de brumas. ¡Ah! ¡Qué espectáculo tan bello, pobrecito ciego, y qué desgracia para ti no poder contemplarlo!

—¿Ves algún barco? —preguntó Miguel Strogoff.

—No veo ninguno —respondió Nicolás.

—Mira bien amigo, hacia esta orilla y hacia la opuesta, hasta donde alcance tu vista. ¡Un barco, una barca, un bote cualquiera, una cáscara de nuez!

Nicolás y Nadia, agarrándose a los abedules más próximos a la orilla del río, estaban como colgados sobre el agua, y, en esta posición, sus miradas abarcaban una extensión inmensa.

En aquel sitio, el Yenisei tiene, por lo menos, versta y media de anchura, y forma dos brazos casi iguales, por los que las aguas se deslizan con gran rapidez, y entre los cuales existen varias islas pobladas de sauces, de olmos y de álamos que semejaban, a la sazón, otros tantos buques verdes anclados en el río.

Más lejos, dibujábanse, en forma de anfiteatro, las colinas de la orilla oriental coronadas por los árboles, cuyas cimas doraba entonces el sol con sus esplendorosos rayos.

En cuanto la vista alcanzaba, el Yenisei estaba, hacia arriba y hacia abajo, completamente desierto.

El admirable panorama que los ojos podían contemplar abarcaba un perímetro de cincuenta verstas, pero en ninguna de las márgenes del río, ni en las islas que los brazos de éste formaban, veíase embarcación alguna. Todas habían sido retiradas o destruidas por orden superior, y si los tártaros no llevaban del sur el material necesario para tender un puente de barcas, la barrera del Yenisei detendría su marcha hacia Irkutsk.

—Ahora recuerdo —dijo Miguel Strogoff— que más arriba, cerca de las últimas casas de Krasnoiarsk, existe un pequeño muelle que sirve de refugio a las barcas. Subamos el curso del río y mirad si en la orilla se ha quedado olvidada alguna.

Nicolás lanzose inmediatamente en la dirección indicada y Nadia, que había agarrado por la mano a Miguel Strogoff, guiaba a éste, marchando los dos con rapidez.

El correo del zar estaba decidido a intentar el paso del río, si encontraba una barca o una canoa cualquiera que pudiese transportar la *kibita,* o, por lo menos, a los viajeros.

Éstos no tardaron más de veinte minutos en llegar al muelle, cuyas últimas casas tocaban el nivel del río. Era una especie de arrabal situado en la parte baja de la población.

Desgraciadamente en la playa no había embarcación alguna, ni en la estacada que servía de embarcadero se encontraba material para construir una balsa que pudiera sostener a tres personas sobre las aguas del río. Miguel Strogoff preguntó a Nicolás, pero la respuesta de éste fue desconsoladora.

—El paso del río me parece absolutamente impracticable —agregó.

—Pues, sin embargo, pasaremos —repuso Miguel.

Y los tres viajeros prosiguieron las investigaciones.

Las pocas casas que había a la orilla del río, completamente abandonadas como todas las demás de Krasnoiarsk, fueron registradas, sin que para entrar en ellas tuvieran que hacer otra cosa que empujar las puertas. Eran cabañas de gente pobre y estaban vacías por completo.

Mientras Nicolás visitaba una de estas viviendas, Nadia entraba en otra y hasta el mismo Miguel Strogoff las recorría tratando de encontrar a tientas algún objeto que pudiera ser útil para el fin que se proponían.

Ya Nicolás y Nadia, que habían registrado separadamente aquellas cabañas sin encontrar nada servible, se disponían a dar por terminadas sus investigaciones, cuando oyeron a Miguel Strogoff que los llamaba.

Guiados por la voz del ciego, acudieron ambos jóvenes y lo encontraron en el umbral de una puerta.

—Venid —gritó Miguel.

Nicolás y Nadia aproximáronse a él, y los tres penetraron luego en la cabaña.

—¿Qué es esto? —preguntó Miguel Strogoff poniendo sus manos sobre un montón de objetos que estaban arrinconados en una cueva.

—Son odres —contestó Nicolás—. Hay, por lo menos, media docena.

—¿Están llenos?

—Sí, están llenos de *kumy*, con lo cual podremos renovar nuestra provisión.

El *kumy* es una bebida muy fortificante y hasta embriagadora, que se fabrica con leche de yegua o de camella.

Nicolás se alegró mucho por el hallazgo.

—Guarda uno de estos odres —dijo Miguel Strogoff—; pero vacía los demás.

—En seguida, padrecito.

—Estos odres nos ayudarán a atravesar el Yenisei.

—Pero, ¿y la balsa?

—La balsa será la misma *kibita,* cuya ligereza le permitirá flotar; pero, además, la sostendremos con los odres, lo mismo que al caballo.

—Es una buena idea, padrecito —dijo Nicolás—. Con la ayuda de Dios llegaremos a puerto felizmente... aunque no en línea recta, porque la corriente del agua es rápida.

—¿Qué importa? —replicó Miguel Strogoff—. Lo primero es pasar, y, cuando estemos en la orilla opuesta, buscaremos el camino de Irkutsk.

—A la obra, pues —dijo Nicolás, empezando a vaciar los odres y a llevarlos a la *kibita*.

Excepto uno, que se dejó lleno de *kumy,* los demás después de desocupados, vueltos a llenar de aire y cerrados cuidadosamente, se utilizaron como flotadores. Dos de ellos fueron atados a los costados del caballo para que lo sostuviera a flote, y otros dos, colocados en las varas y entre las ruedas de la *kibita,* aseguraban la línea de flotación de la caja del carruaje que de este modo quedaba convertido en una balsa.

La operación quedó terminada en breve.

—¿No tendrás miedo, Nadia? —inquirió Miguel Strogoff.

—No, hermano —contestó la joven. —¿Y tú, amigo?

—¡Yo! —exclamó Nicolás—. Yo veo realizado uno de mis sueños más gratos: el de navegar embarcado en una carreta.

La orilla del río formaba en aquel paraje una pendiente suave, muy a propósito para lanzar al agua la *kibita,* que, arrastrada hasta allí por el caballo, no tardó en flotar sobre la superficie del Yenisei.

Serko siguió el aparato a nado.

Los tres pasajeros, que habían tenido la precaución de descalzarse, iban en pie sobre la caja del vehículo; pero, merced a los odres, el agua no les llegó a los tobillos siquiera.

Miguel Strogoff llevaba las riendas del caballo, y, siguiendo las indicaciones de Nicolás, lo dirigía oblicuamente, sin exigirle grandes esfuerzos para luchar contra la corriente.

Mientras la *kibita* siguió el curso del agua, la travesía no ofreció dificultad alguna, y en pocos minutos dejó atrás los muelles de Krasnoiarsk; pero, como la corriente iba hacia el norte, era evidente que los viajeros, al llegar a la otra orilla del río, se encontrarían mucho más abajo de la ciudad, cosa que, después de todo, no tenía gran importancia.

Por consiguiente, la travesía del Yenisei se habría verificado con relativa facilidad, aun en aquel original aparato, si el curso del río hubiera sido regular; pero, desgraciadamente, en la superficie de las aguas tumultuosas, había muchos torbellinos, y la *kibita,* a pesar de los esfuerzos realizados por Miguel Strogoff para apartarla, fue irresistiblemente arrastrada hacia uno de aquellos vórtices, donde el peligro arreció.

El carruaje no oblicuaba ya hacia la orilla oriental ni seguía el curso del río, sino que giraba con extrema rapidez, inclinándose hacia el centro del torbellino, lo mismo que un maestro de equitación en la pista de un picadero. Su celeridad era extraordinaria, y el caballo, que apenas podía sostener fuera del agua la cabeza, estaba muy expuesto a perecer asfixiado en el torbellino.

Serko se había visto obligado a apoyarse en la *kibita*.

Miguel Strogoff advirtió el peligro, al sentirse arrastrado en línea circular, cuyo radio iba poco a poco estrechándose, y de la que ya le era imposible salir; pero nada dijo. Él habría querido ver, para evitar mejor el riesgo, pero sus ojos no podían percibirlo.

Nadia también guardaba silencio, sosteniéndose, en medio de los movimientos desordenados de la carreta, que cada vez se inclinaba más hacia el vértice, merced a sus manos asidas con fuerza al extremo del vehículo. ¿Comprendía Nicolás lo grave de la situación? ¿Era natural la tranquilidad que manifestaba, o era desprecio del peligro? ¿Era valor o era indiferencia? ¿Era que la vida no valía nada para él y constituía, según la frase de los orientales, una posada que, después de permanecer en ella cinco días, hay que abandonar al sexto, voluntaria o involuntariamente? En todo caso, ni un solo momento se nubló su rostro risueño.

La *kibita,* pues, encontrábase dentro del radio del torbellino, y las fuerzas del caballo estaban agotadas, cuando Miguel Strogoff, quitándose de pronto las prendas del traje que podían embarazar sus movimientos, arrojose al agua, empuñó con brazos vigorosos la brida de la caballería, y, dándole un fuerte impulso, la sacó fuera de la vorágine. La rápida corriente recogió inmediatamente el vehículo, que la siguió con nueva celeridad.

—¡Viva! —exclamó Nicolás.

Y, dos horas después de haber salido del punto de embarque, la *kibita,* que había atravesado el brazo mayor del río, llegó a la orilla de una isla, situada más de seis verstas más abajo del punto de partida de aquella peligrosa travesía.

El caballo sacó de allí el carruaje, arrastrándolo, fuera del agua, y diose al valeroso animal un descanso de una hora.

Después, los viajeros atravesaron la isla en toda su anchura, a cubierto de los hermosos abedules que en ella crecían, y encontrose la *kibita* en el brazo más pequeño del Yenisei, que se pasó con más facilidad.

En este segundo brazo del río la corriente del agua no formaba remolinos, pero era tan rápida que la *kibita,* al llegar a la orilla derecha, estaba cinco verstas más abajo, habiendo derivado en total once verstas.

Los grandes ríos que riegan el territorio siberiano, sobre los que no se ha tendido aún puente alguno, obstaculizan grandemente las comunicaciones y todos habían sido funestos, en mayor o menor escala, para Miguel Strogoff. En el Irtich, los tártaros habían atacado la barca en que iba con Nadia, y en el Obi, después de haber sido herido su caballo por un balazo, él pudo escapar de sus perseguidores por un verdadero milagro. Por consiguiente, el río cuya travesía había efectuado Miguel Strogoff con menos desgracia había sido el Yenisei.

Cuando, al fin, hubo desembarcado Nicolás en la orilla derecha del río, exclamó frotándose las manos:

—Esto no nos habría divertido tanto si no hubiese ofrecido tantas dificultades.

A lo que respondió Miguel Strogoff:

—Lo que para nosotros ha sido difícil, puede ser imposible para los tártaros.

CAPÍTULO VIII

Una liebre que atraviesa el camino

Miguel Strogoff podía creer que el camino estaba, al fin, libre hasta Irkutsk. Habíase adelantado a los tártaros, que se encontraban detenidos en Tomsk, y cuando los soldados del emir llegasen a Krasnoiarsk, sólo encontrarían una ciudad abandonada, donde no había ningún medio inmediato de comunicación entre las dos orillas del Yenisei, y, por consiguiente, se verían obligados a perder algunos días para organizar un puente de barcas que les facilitara el paso, empresa nada fácil.

Por primera vez después de su funesto encuentro con Iván Ogareff en Amsk, el correo del zar se sintió menos inquieto y pudo alimentar la esperanza de que en lo sucesivo ningún nuevo obstáculo se opondría a la realización de su empresa.

La *kibita,* después de recorrer quince verstas oblicuando hacia el sudoeste, entró de nuevo en el largo camino abierto a través de la estepa y trazado de este a oeste.

Este camino no sólo era bueno, sino que precisamente aquella parte de él, que se extiende desde Krasnoiarsk hasta Irkutsk, es considerada como la mejor de todo el trayecto, porque en ella hay menos baches y los viajeros disfrutan de extensas sombras que los protegen contra los ardores del sol, merced a los bosques de pinos o de cedros por que atraviesan en un espacio de cien verstas. No es ya la inmensa estepa cuya línea circular se confunde en el horizonte con la del cielo; pero aquel rico país estaba desierto a la sazón; por doquiera veíanse caseríos abandonados; no había allí campesinos siberianos, entre los que domina el tipo eslavo; en suma, aquello era el desierto, pero, como se sabe, el desierto por mandato de la superioridad.

Hacía un tiempo hermoso, pero ya el aire, que refrescaba, durante las noches, apenas se caldeaba a los rayos del sol.

Efectivamente, al llegar los primeros días de septiembre, en aquella región de elevada latitud, el arco descrito por el sol se acorta de un modo visible por encima del horizonte. La estación otoñal es allí muy breve, aunque aquella porción del territorio siberiano no está situada más allá del paralelo 55, que es el mismo de Edimburgo y Copenhague.

A veces, el invierno sucede allí casi inmediatamente al verano; y, realmente, deben ser precoces esos inviernos de la Rusia asiática, durante los cuales la columna termométrica baja hasta el punto de congelación del mercurio [9], y donde se considera como una temperatura soportable la de veinte grados centígrados bajo cero.

El tiempo favorecía, por consiguiente, a los viajeros, porque no era tempestuoso ni lluvioso, hacía un calor moderado y las noches eran frescas.

La salud de Nadia y de Miguel Strogoff no había sufrido alteración, y desde que habían salido de la ciudad de Tomsk iban poco a poco reponiéndose de sus pasadas fatigas.

En cuanto a Nicolás Pigassoff, jamás se había encontrado mejor. Aquel viaje no era para él más que un paseo, una excursión agradable, realizada durante sus vacaciones de funcionario desocupado.

—Decididamente —decía—, esto es preferible a pasar doce horas diarias sentado en una silla manejando el manipulador.

Mientras tanto, Miguel Strogoff había conseguido que Nicolás hiciese marchar al caballo con más rapidez; pero, para obtener este resultado, le había confiado que Nadia y él iban a reunirse con su padre, que estaba desterrado en Irkutsk, adonde tenían gran impaciencia por llegar, cierto que no se debía fatigar al caballo, pues muy probablemente no se encontraría medio de sustituirlo por otro, pero, haciéndole descansar con frecuencia —por ejemplo, cada quince verstas—, se podrían recorrer sesenta verstas cada veinticuatro horas. Además, el caballo era

---

[9] Cuarenta y dos grados bajo cero, poco más o menos.

vigoroso y, por su raza, muy apto para soportar largas fatigas, y como no le faltaban excelentes pastos por el camino, porque la hierba crecía allí abundante y fuerte, se le podía pedir un aumento de trabajo.

Nicolás habíase rendido a estas razones, conmovido ante la situación de los dos jóvenes que iban a compartir el destierro con su padre. Nada le parecía tan digno de compasión, y por eso decía a Nadia sonriéndose:

—¡Bondad divina! ¡Qué alegría recibirá el señor Korpanoff cuando sus ojos os vean, y cuando sus brazos se abran para recibiros! Si voy hasta Irkutsk, cosa que me va pareciendo muy probable, me permitiréis presenciar la entrevista. ¿Verdad que sí?

Luego, golpeándose la frente, agregó:

—Pero, ahora se me ocurre, ¡qué dolor también cuando vea que su pobre hijo está ciego! ¡Ah! En el mundo no hay dicha completa.

En fin, el resultado de todo esto era que la *kibita* marchaba con más velocidad, recorriendo, según los cálculos de Miguel Strogoff, de diez a doce verstas por hora, y, merced a este aumento de rapidez, el 28 de agosto los viajeros pasaron por el pueblo de Balaisk, que dista ochenta verstas de Krasnoiarsk, y el 29 por Ribinsk, cuarenta verstas más allá.

Al día siguiente, después de recorrer treinta y cinco verstas más, llegaron a Kamsk, población más importante que las anteriores, regada por el río del mismo nombre, pequeño afluente del Yenisei, que desciende de los montes de Sayansk.

Kamsk, que no es, sin embargo, una gran ciudad, y cuyas casas de madera se encuentran pintorescamente agrupadas alrededor de una plaza, está dominada por el alto campanario de su catedral, cuya cruz dorada resplandecía al sol.

Las casas estaban vacías; la iglesia, desierta. Ni en la casa de postas ni en las posadas había alma viviente; en las cuadras no había caballos; en la estepa no se veía ni un solo animal doméstico. Sin duda alguna, las órdenes del Gobierno moscovita habían sido rigurosamente ejecutadas. Lo que no se había podido transportar había sido destruido.

Al salir de Kamsk, Miguel Strogoff advirtió a Nadia y a Nicolás que ya no encontrarían en el camino, hasta llegar a Irkutsk, más que una población de alguna importancia, que era la pequeña ciudad de Nijni-Udinsk, a lo que respondió Nicolás que ya lo sabía, con tanta más razón cuanto que allí había una estación telegráfica, y, por consiguiente, si estaba también desierto este pueblo se vería obligado a ir a buscar alguna ocupación a la capital de la Siberia oriental.

La *kibita* pudo vadear, sin sufrir gran deterioro, el pequeño río que corta el camino más allá de Kamsk, y como, además, entre el Yenisei y uno de sus grandes tributarios, el Angara, que riega el término de Irkutsk, no había ya que temer el obstáculo de ningún otro río de importancia, a no ser el Dinka, el viaje no debía experimentar retraso alguno por otra parte.

Desde Kamsk al pueblo más inmediato los viajeros tuvieron que recorrer una etapa muy larga —cerca de ciento treinta verstas—; pero, excusado es decirlo, se hicieron los descansos reglamentarios, sin los cuales, decía Nicolás, «el caballo habría reclamado, con justicia», porque se había convenido con esta valerosa bestia descansar cada quince verstas, y cuando se hace un contrato, aunque sea con animales, la equidad exige que se cumpla en todas sus partes.

Después de atravesar el riachuelo de Birinsa, la *kibita* llegó a Biriusinsk en la mañana del 4 de setiembre, y allí Nicolás, que veía disminuir sus provisiones, tuvo la suerte de encontrar en un horno abandonado una docena de *pagatchas,* especie de bollos preparados con grasa de carnero, y una gran cantidad de arroz cocido en agua.

Este aumento de provisiones uniose a la reserva de *kumy,* de que la *kibita* se había abastecido suficientemente en Krasnoiarsk.

El 5 de septiembre [10], al mediodía, se reanudó la marcha después del descanso conveniente. Los viajeros sólo tenían ya que recorrer quinientas verstas para llegar a Irkutsk y, como en el trayecto no habían visto indicio alguno que revelase la presencia de la vanguardia tártara, Miguel Strogoff creyó, con fundamento, que en lo sucesivo no encontraría obstáculo en su viaje, y, por

---

[10] El texto francés dice el «8 de septiembre»; pero fácilmente se comprende que es errata, a juzgar por el relato.

consiguiente, que en ocho días, o diez a lo sumo, podría llegar a la presencia del gran duque.

Apenas habían salido de Biriusinsk, una liebre atravesó el camino, a treinta pasos delante de la *kibita*.

—¡Ah! —exclamó Nicolás.

—¿Qué tienes, amigo? —preguntó vivamente Miguel Strogoff, como un ciego a quien el menor ruido alarma.

—¿No has visto...? —inquirió Nicolás, cuyo risueño rostro había ensombrecido de repente.

Y, luego, agregó:

—¡Ah, no! ¡Tú no has podido ver, y es una fortuna para ti, padrecito!

—Sin embargo, yo tampoco he visto nada —dijo Nadia.

—¡Tanto mejor! ¡Tanto mejor! Pero yo sí... ¡yo he visto!

—¿Qué has visto, pues? —preguntó Miguel Strogoff.

—¡Una liebre que acaba de cruzar el camino! —respondió Nicolás.

En Rusia, el hecho de que una liebre cruce el camino de un viajero es, según la superstición popular, anuncio de una próxima desgracia.

Nicolás, supersticioso como son la mayoría de los rusos, había parado la *kibita*.

Miguel Strogoff comprendió la vacilación de su compañero, aunque no creía en la influencia de las liebres que cruzan el camino, y quiso tranquilizarlo, diciéndole:

—Nada hay que temer, amigo.

—¡Nada para ti ni para tu hermana, lo sé, padrecito —repuso Nicolás—; pero sí para mí!

Y luego agregó:

—¡Es el destino!

Y, dicho esto, volvió a poner su caballo al trote.

Sin embargo, a pesar del fatídico presagio, en la jornada no ocurrió accidente alguno desagradable.

Al día siguiente, 6 de septiembre, al mediodía, la *kibita* hizo alto en el pueblo de Alsalevsk, tan desierto como toda la comarca circunvecina.

Allí, en el umbral de una casa, encontró Nadia dos de esos cuchillos de hoja sólida que usan los cazadores siberianos;

entregó uno a Miguel Strogoff, que lo guardó entre la ropa, y ella se reservó el otro.

La *kibita* se encontraba ya a setenta y cinco verstas de Nijni-Udinsk.

En aquellas dos jornadas, Nicolás no había podido recobrar su habitual buen humor. El mal presagio lo había impresionado de manera tan extraordinaria, que, a pesar de ser un hombre que jamás había permanecido una hora en silencio, caía a veces en prolongados mutismos, de los que costaba a Nadia gran trabajo sacarlo, síntomas que revelaban, sin duda alguna, que estaba muy apesadumbrado. Tratándose de hombres de la raza del norte, cuyos supersticiosos antepasados habían fundado la mitología septentrional, esto era fácilmente explicable.

Desde Ekaterinburg sigue el camino casi en línea paralela al grado 55 de latitud, pero a partir de Piriusinsk tuerce hacia el sudeste, cortando al través el meridiano 100. Luego, continúa por el trayecto más corto hasta la capital de la Siberia oriental a través de las últimas pendientes de los montes Sayansk, que no son otra cosa que una derivación de la gran cordillera Altai, visible a doscientas verstas de distancia.

La *kibita* corría por este camino; corría, y esto revelaba que Nicolás tenía tanta prisa por llegar, que no trataba ya de evitar fatigas a su caballo. A pesar de toda su resignación, algo fatalista, no se consideraba seguro mientras no hubiese entrado en Irkutsk.

Habiendo encontrado una liebre en su camino, muchos rusos habrían pensado del mismo modo que él y no habría faltado alguno que, volviendo las riendas de su caballo, hubiese desistido de proseguir adelante.

Sin embargo, algunas observaciones que hizo y que fueron comprobadas por Nadia, cuando Nicolás se las comunicó a Miguel Strogoff, indujeron a los viajeros a creer que no habían terminado aún para ellos las penalidades a que estaban destinados.

Efectivamente, si desde Krasnoiarsk habían sido respetadas las producciones naturales del territorio que ellos iban atravesando, era, en cambio, evidente que por allí habían pasado numerosas tropas, porque en los bosques veíanse a la sazón señales del fuego y del hierro, y las praderas que se extendían a ambos lados del camino estaban devastadas.

Treinta verstas antes de llegar a Nijni-Udinsk, los testimonios de una reciente asolación eran ya claramente manifiestos, y no podía ser atribuido más que a los tártaros.

Efectivamente, no solamente los campos estaban hollados por los pies de los caballos, sino también los bosques talados por el hacha, y las casas, esparcidas a lo largo del camino, completamente vacías; de éstas, unas habían sido en parte demolidas, las otras medio incendiadas, y en las paredes de todas veíanse las huellas de las balas.

Se comprenderá cuáles serían las inquietudes de Miguel Strogoff, que no podía ya dudar que un cuerpo de ejército tártaro había recorrido recientemente aquella parte del camino; no obstante lo cual, era imposible que este cuerpo de ejército estuviese formado por soldados del emir, que no habrían podido adelantarse sin ser vistos.

Pero, si no eran éstos, ¿quiénes podían ser los nuevos invasores y por qué camino extraviado de la estepa habían podido llegar a la carretera de Irkutsk? ¿Con qué nuevos enemigos iba a tropezar ahora el correo del zar?

Para no inquietar a Nicolás y Nadia, Miguel Strogoff se abstuvo de comunicarles sus temores, puesto que, de todos modos, estaba resuelto a proseguir el viaje mientras un obstáculo insuperable no se lo impidiera. Más tarde, vería lo que convenía hacer.

En la jornada siguiente, viéronse más claramente las huellas del paso reciente de un importante ejército de caballería y de infantería; por encima del horizonte distinguiéronse grandes humaredas, y la *kibita* marchó desde entonces con precaución.

En los pueblos abandonados ardían aún algunas casas que, seguramente, no hacía veinticuatro horas que habían sido incendiadas.

En fin, el día 8 de septiembre, se detuvo la *kibita* porque el caballo se resistía a proseguir la marcha, mientras que *Serko* ladraba lastimeramente.

—¿Qué sucede? —preguntó Miguel Strogoff.

—¡Un cadáver! —respondió Nicolás, saltando fuera de la *kibita*.

Aquel cadáver era el de un mujik, y estaba horriblemente mutilado y ya frío.

Nicolás se santiguó.

Luego, ayudado por Miguel Strogoff, trasladó el cadáver a un lado del camino. Él hubiera querido darle sepultura decente, enterrarlo a gran profundidad, para que los animales carnívoros de la estepa no pudiesen desenterrar sus míseros despojos; pero Miguel Strogoff no le dio tiempo.

—¡Partamos, amigo, partamos! —exclamó éste—. No podemos detenernos ni una hora siquiera.

Y la *kibita* reanudó la marcha.

Además, si Nicolás hubiera querido rendir homenaje a todos los muertos que iba a encontrar en la carretera siberiana cumpliendo su deber cristiano de darles sepultura, no habría podido hacerlo. En las proximidades de Nijni-Udinsk los cadáveres estaban tendidos en el suelo por veintenas.

Esto no obstante, era preciso continuar la marcha, seguir el camino hasta el momento en que fuera manifiestamente imposible hacerlo sin caer en las manos de los invasores.

El itinerario no se modificó, por consiguiente; pero en cada pueblo por donde pasaban, veían los viajeros acumularse la devastación y la ruina. Todas las pequeñas localidades, cuyos nombres revelan que han sido fundadas por desterrados polacos, habían sido sometidas a los horrores del pillaje y del incendio, y la sangre de las víctimas no estaba aún coagulada por completo.

En cuanto a saber la forma en que se habían desarrollado estos trágicos sucesos, era imposible. No había quedado un ser viviente para decirlo.

Aquel día, a las cuatro de la tarde aproximadamente, Nicolás señaló en el horizonte los altos campanarios de las iglesias de Nijni-Udinsk, que aparecían coronados por gruesas volutas de vapores que no debían de ser nubes.

Nicolás y Nadia miraron y comunicaron a Miguel Strogoff el resultado de sus observaciones. Era necesario adoptar una determinación. Si la ciudad estaba abandonada, se podía atravesar sin peligro; pero si, por una causa inexplicable, la ocupaban los tártaros, se debía darle un rodeo a toda costa y no pasar por ella.

—Avancemos con prudencia —dijo Miguel Strogoff—; pero avancemos.

Anduvieron una versta más.

—¡No son nubes, sino humaredas! —exclamó Nadia—. ¡Hermano, incendian la ciudad!

Efectivamente, el incendio era demasiado visible. De entre los vapores salían resplandores fuliginosos, torbellinos que cada vez eran más espesos y ascendían al cielo; pero como no se veía salir de la ciudad ningún fugitivo, era probable que los incendiarios la hubiesen encontrado abandonada.

Pero estos incendiarios, ¿eran tártaros? ¿Eran rusos que obedecían órdenes del gran duque? ¿Quería acaso el Gobierno que desde Krasnoiarsk, desde el Yenisei, no quedase una ciudad, una aldea, que pudiera ofrecer refugio a los soldados del emir? En cuanto a Miguel Strogoff, ¿debía detenerse? ¿Debía, por lo contrario, proseguir la marcha?

El correo del zar estaba indeciso. No obstante, después de haber sopesado el pro y el contra de la cuestión, resolvió que cualesquiera que fuesen las fatigas que le ocasionasen un viaje a través de la estepa, donde no había ningún camino trillado, no debía correr el riesgo de caer por segunda vez en poder de los tártaros, y ya iba a proponer a Nicolás que saliese de la carretera y, si era absolutamente preciso, que no volviese a ella hasta haber dejado detrás a Nijni-Udinsk, cuando sonó hacia la derecha el ruido de un disparo de arma de fuego, silbó una bala, y cayó muerto el caballo que arrastraba la *kibita*.

En el mismo instante, lanzáronse a la carretera una docena de soldados de caballería y rodearon el carruaje. Miguel Strogoff, Nadia y Nicolás, sin haber tenido tiempo de darse cuenta de lo que pasaba, estaban prisioneros y eran conducidos con gran rapidez a Nijni-Udinsk.

Este repentino ataque no hizo, sin embargo, a Miguel Strogoff perder su sangre fría. No habiendo podido ver a sus enemigos, no pudo tampoco apercibirse para la defensa; pero, aunque hubiese tenido vista, no lo habría intentado, porque esto habría sido correr a una muerte segura. Sin embargo, aunque no viese, podía oír y enterarse de lo que decían sus enemigos.

Efectivamente, en su lenguaje conoció que aquellos soldados eran tártaros, y de su conversación dedujo que precedían al ejército invasor.

He aquí, ahora, lo que Miguel Strogoff consiguió averiguar tanto por la conversación que en su presencia sostenían en aquel momento, cuanto por las palabras sueltas que sorprendió más tarde.

Aquellos soldados no estaban directamente bajo las órdenes del emir, detenido todavía al otro lado del Yenisei, sino que formaban parte de una tercera columna, compuesta especialmente por tártaros de los kanatos de Kokand y de Kunduze, con la que debía reunirse en breve el ejército de Féofar en los alrededores de Irkutsk.

Siguiendo los consejos de Iván Ogareff, y para asegurar el éxito de la invasión en las provincias del este, esta columna, después de haber atravesado la frontera del Gobierno de Semipalatinsk, pasado al sur del lago Balkach, había costeado la base de los montes Altai. Saqueando y asolando bajo las órdenes de un oficial del kanato de Kunduze, había llegado al alto Yenisei, donde, en previsión de lo que efectivamente había ocurrido en Krasnoiarsk por orden del zar, y para facilitar el paso del río a las tropas del emir, había lanzado al agua una flotilla de barcas, que tanto como embarcaciones cuanto como material para construir un puente, permitirían a Féofar reanudar por la orilla derecha del río la marcha hacia Irkutsk.

Esta tercera columna había descendido luego al valle del Yenisei siguiendo la falda de las montañas, y entrado en el camino a la altura de Alsalevsk, desde cuyas inmediaciones había en todo el territorio esa espantosa acumulación de ruinas que caracteriza a las guerras tártaras.

Nijni-Udinsk, como todas las demás poblaciones por donde habían pasado los invasores, acababa de ser saqueada e incendiada; pero a la sazón los tártaros la habían abandonado para ir a ocupar las primeras posiciones delante de Irkutsk. El ejército del emir debía estar próximo a llegar.

Tal era en aquellos momentos el estado de las cosas, que no podía ser más grave para aquella parte de la Siberia oriental, completamente aislada, y para los defensores de su capital, relativamente poco numerosos.

Esto fue lo que averiguó Miguel Strogoff; la llegada de una tercera columna tártara a las inmediaciones de Irkutsk y la próxima reunión de las tropas del emir y de Iván Ogareff con dicha columna. El sitio y la toma de la citada capital eran, por consiguiente, cuestión de tiempo, quizá de tiempo muy breve.

De lo dicho se deduce qué graves pensamientos debían torturar la mente de Miguel Strogoff, quien, de ser otro, habríase acobardado y perdido toda esperanza de llegar al término de su viaje y dar cumplimiento a su misión. No fue así, sin embargo, pues el correo del zar limitose a murmurar estas palabras:

—¡Llegaré!

A la media hora de haber sido reducidos a prisión por los jinetes tártaros, Miguel Strogoff, Nicolás y Nadia entraban en Nijni-Udinsk, seguidos de lejos por el perro, modelo de fidelidad; pero, como esta ciudad estaba ardiendo y a punto de ser abandonada por los últimos merodeadores, no debían permanecer allí los tres prisioneros.

A éstos se los obligó a montar a caballo e inmediatamente fueron conducidos con gran rapidez entre dos filas de soldados.

Nicolás marchó resignado, como siempre; Nadia, con la confianza puesta en Miguel Strogoff, como de ordinario, y el correo del zar, indiferente en apariencia, pero dispuesto a aprovechar la primera ocasión que se le presentara para huir.

Los tártaros advirtieron, al fin, que uno de los prisioneros era ciego, y su barbarie natural les sugirió la idea de burlarse del desgraciado. Marchaban rápidamente y, como el caballo de Miguel Strogoff, sin guía que lo dirigiese, iba de una parte a otra, apartándose muchas veces del camino, desordenaba el destacamento, los soldados injuriaban y golpeaban al jinete, con gran sentimiento de Nadia e indignación de Nicolás. Pero, ¿qué podían hacer éstos? No hablaban el lenguaje de los tártaros y, de todos modos, su intervención sabría sido rechazada brutalmente.

Por un refinamiento de crueldad, ocurrioseles a aquellos soldados sustituir el caballo que montaba Miguel Strogoff por otro que era ciego, y esta diabólica ocurrencia no tardó en ser puesta en práctica, sugiriendo a uno de los tártaros la siguiente reflexión, que fue oída por el correo del zar.

—¡Quizás vea este ruso!

Ocurría esto entre los pueblos de Tatan y Chibarlinskoë, a sesenta verstas de Nijni-Udinsk.

Se había, pues, hecho subir a Miguel Strogoff sobre aquel caballo, y, luego, excitándolo a latigazos, pedradas y gritos, lo lanzaron a galope.

No pudiendo el animal ser dirigido en línea recta por su jinete, ciego como él, tan pronto chocaba contra un árbol como se salía fuera del camino, cosas ambas que podían ser sumamente funestas.

Miguel Strogoff ni protestó ni exhaló queja alguna. Cuando el caballo caía, esperaba tranquilamente que fuesen a levantarlo. Lo levantaban, efectivamente, y proseguía la cruel diversión.

Nicolás, no pudiendo contenerse al ver estos malos tratos, quiso correr en socorro de su compañero; pero fue detenido y golpeado.

En fin, el juego habríase prolongado durante largo tiempo, sin duda, con gran regocijo de los tártaros, si un grave accidente no le hubiese puesto término.

El día 10 de septiembre, en un momento determinado, el caballo ciego se desbocó y corrió en derechura a un precipicio de treinta a cuarenta pies de profundidad que había a un lado del camino.

Nicolás intentó lanzarse a detenerlo, pero se le impidió hacerlo.

El caballo, sin guía que lo dirigiese, se precipitó, con su jinete, al fondo del barranco.

Nadia y Nicolás exhalaron un grito de terror, creyendo que su desgraciado compañero se había destrozado en la caída.

Cuando acudieron a levantarlo, viose que Miguel Strogoff, que había podido salirse de la silla, no tenía lesión alguna; pero el desgraciado caballo se había roto dos piernas y no podía ya prestar servicio alguno.

Se lo dejó morir allí mismo, sin darle siquiera el golpe de gracia, y Miguel Strogoff fue atado a la silla de un tártaro y obligado a seguir a pie al destacamento.

¡No exhaló ninguna queja, no formuló protesta alguna!

Marchó con paso rápido, casi sin dar lugar a que tirase de él la cuerda que lo sujetaba.

Continuaba siendo, pues, el *hombre de hierro* de quien el general Kissoff había hablado al zar.

Al día siguiente, 11 de septiembre, el destacamento llegó al pueblo de Chibarlinskoë.

Entonces ocurrió un incidente que debía tener muy graves consecuencias.

Al llegar la noche, los soldados de caballería tártaros, que se habían detenido allí, encontrábanse, unos más, otros menos, embriagados, y se disponían a reanudar la marcha.

Nadia, que hasta entonces y como por milagro había sido respetada por la soldadesca, fue insultada por uno de aquellos bárbaros.

Miguel Strogoff no había podido ver ni la ofensa ni al ofensor; pero Nicolás había visto por él, y tranquilamente, sin reflexionar y quizá también sin tener conciencia de lo que hacía, fue derecho hacia el soldado, y antes de que éste pudiera hacer un movimiento para detenerlo, sacó una pistola de las pistoleras de su silla y se la descargó, a quemarropa, contra el pecho.

Al ruido de la detonación acudió inmediatamente el oficial que mandaba el destacamento.

Los soldados iban a hacer trizas al infortunado Nicolás; pero un gesto del oficial los contuvo, y, por orden de éste fue atado y puesto a través sobre un caballo.

El destacamento partió a galope.

La cuerda que sujetaba a Miguel Strogoff, roída por él, se rompió al arranque súbito del caballo, y el jinete, medio ebrio, entregado a una carrera rápida, no lo advirtió.

Miguel Strogoff y Nadia encontráronse solos en medio del camino.

CAPÍTULO IX

En la estepa

El correo del zar y su fiel compañera estaban, pues, libres otra vez, como lo habían estado durante el trayecto de Perm a las orillas del río Irtich; pero, ¡qué diferentes eran ahora las condiciones del viaje! Entonces disponían de una cómoda tarenta, de caballos que renovaban con frecuencia y de casas de postas donde eran bien servidos, cosas todas que les aseguraban la rapidez del viaje, mientras que ahora iban a pie, se encontraban en la imposibilidad de proporcionarse medio alguno de locomoción, carecían de dinero e ignoraban de qué modo podrían subvenir a las necesidades de la vida. Además, Miguel Strogoff no veía ya sino por los ojos de Nadia.

En cuanto al amigo que les había deparado la casualidad, lo acababan de perder en las circunstancias más funestas.

Miguel Strogoff habíase dejado caer a un lado del camino, y Nadia, en pie, esperaba una palabra de él, para emprender la marcha.

Eran las diez de la noche. Hacía tres horas y media que el sol había desaparecido detrás del horizonte; en las inmediaciones del lugar en que se encontraban los dos jóvenes no se veía una sola casa ni choza alguna, y los últimos tártaros perdíanse ya en la lejanía. Miguel Strogoff y Nadia estaban, pues, completamente solos.

—¿Qué irán a hacer de nuestro amigo? —exclamó la joven—. ¡Pobre Nicolás! ¡Nuestro encuentro le ha sido funesto!

Miguel Strogoff no respondió.

—Miguel —agregó Nadia—, ¿no sabes que te defendió cuando eras juguete de los tártaros y que ha arriesgado su vida por mí?

Miguel Strogoff, que estaba inmóvil y tenía la cabeza sujeta entre ambas manos, tampoco contestó esta vez. Pensaba, sin duda, pero ¿en qué? ¿Había oído la pregunta de Nadia, aun cuando no había respondido?

Seguramente, porque, cuando la joven volvió a interrogarle:

—¿Adónde he de llevarte, Miguel?

—A Irkutsk —contestó el correo del zar.

—¿Por la carretera?

—Sí, Nadia.

Miguel Strogoff persistía en su propósito de cumplir el juramento que había hecho de llegar, a todo trance y a pesar de todos los obstáculos, al término de la misión que se le había confiado. La carretera era la línea más corta y por ella debía, por lo tanto, seguir el viaje, porque, si encontraba las tropas de Féofar-Kan, tendría tiempo de variar de camino.

Nadia agarró a Miguel Strogoff por la mano, y emprendieron la marcha.

Al día siguiente, 12 de septiembre, los jóvenes hicieron un breve descanso en la aldea de Tulonowskoe. Habían recorrido veinte verstas.

La aldea, que estaba desierta, había sido pasto del incendio.

Suponiendo Nadia que el cadáver de Nicolás hubiera sido abandonado en el camino, lo había buscado durante toda la noche, pero sus pesquisas fueron inútiles. Buscó entre las ruinas, examinó todos los cuerpos sin vida con que tropezó, y, hasta entonces, su infortunado compañero no había aparecido. ¿Lo habían, acaso, reservado los tártaros para someterlo a algún cruel suplicio cuando llegaran al campamento de Irkutsk?

Debilitada la joven por el hambre, que también hacía sufrir crudamente a su compañero, registró las casas abandonadas del pueblo y tuvo la fortuna de encontrar determinada cantidad de carne seca y pedazos de pan que, secos por la evaporación, pueden conservar sus cualidades nutritivas durante un tiempo indefinido.

Miguel Strogoff y la joven se apoderaron de cuanto podían llevar, con lo que aseguraron el alimento para muchos días. En cuanto al agua, no debía faltarles puesto que el país estaba surcado por los mil pequeños afluentes del Angara.

Reanudaron, pues, la marcha, pero esta vez Miguel Strogoff caminaba con paso firme y no deteniéndose sino a causa de su compañera.

Ésta, que no quería quedarse atrás, hacía grandes esfuerzos para seguir adelante.

Por fortuna, Miguel no podía ver a qué estado tan lamentable había reducido el cansancio a la joven.

No obstante, aunque no veía, se daba cuenta de ello, porque le decía en ocasiones:

—¡Se te agotan las fuerzas, pobrecilla!

—No —protestaba la joven.

—Nadia, cuando no puedas caminar, te llevaré en brazos.

—Sí, Miguel.

Aquel día viéronse precisados a pasar el Oka, cuya travesía no ofreció dificultad alguna, porque era un riachuelo vadeable.

El cielo estaba cubierto de nubes, y la temperatura era soportable; pero podía temerse que lloviera, lo que habría empeorado la situación.

Y, efectivamente, cayeron algunos chaparrones, aunque, por fortuna, fueron de poca duración.

Caminaban los jóvenes así, agarrados de las manos, casi sin cruzar una sola palabra, y mirando Nadia a todas partes.

Por el día descansaban dos veces, y por la noche reposaban durante seis horas.

En algunas cabañas encontró Nadia un poco de carne de carnero, tan abundante en aquel país, que sólo vale allí dos kopeks y medio; pero, contra las esperanzas de Miguel Strogoff, no había una sola bestia de carga. Camellos o caballos, o habían sido muertos, o llevados a otra parte, por lo que los viajeros veíanse obligados a proseguir la marcha a pie por la interminable estepa.

La tercera columna tártara, que se dirigía a Irkutsk, había dejado en el camino huellas visibles de su paso: aquí, un caballo muerto, más allá, un carruaje abandonado; los cuerpos de los infelices siberianos jalonaban también la ruta seguida por los invasores, especialmente en la entrada de las poblaciones, y Nadia, sobreponiéndose a su repugnancia, examinaba todos los cadáveres.

En suma, el peligro no estaba delante de los jóvenes sino detrás, porque la vanguardia del ejército principal del emir, que dirigía Iván Ogareff, podía aparecer de un momento a otro. Las barcas, enviadas desde el Yenisei inferior, habían debido llegar a Krasnoiarsk y servir en seguida a los invasores para el paso del río, con lo cual tendrían ya libre el camino, que entre Krasnoiarsk y el lago Baikal no podía serles cerrado por ningún cuerpo de ejército ruso.

Miguel Strogoff, pues, esperaba ver aparecer los exploradores tártaros, y, por lo mismo, cada vez que hacían alto en la marcha, subía Nadia a la cima de cualquier montículo y miraba atentamente hacia el oeste, pero ninguna nube de polvo denunciaba aún la aproximación de la caballería enemiga.

Luego, proseguían el viaje, y cuando Miguel Strogoff conocía que era él quien conducía a Nadia, en vez de ser conducido por ella, acortaba el paso.

Mientras caminaban, hablaban poco, y, cuando lo hacían, era solamente para ocuparse en su compañero Nicolás, recordando entonces la joven todo lo que en obsequio de ellos había hecho el desgraciado durante los días que habían viajado juntos.

Miguel Strogoff trataba de infundir a Nadia alguna esperanza, que él estaba muy lejos de tener, porque estaba plenamente convencido de que el infortunado Nicolás no escaparía a la muerte.

—¡No me hablas nunca de mi madre, Nadia! —dijo un día Miguel Strogoff a la joven.

¡Hablarle de su madre! Nadia no lo había querido. ¿Para qué renovar sus dolores? ¿No había muerto la vieja siberiana? ¿No había besado su hijo por última vez el cadáver de la infeliz tendido en la llanura de Tomsk?

—¡Háblame de ella, Nadia! —dijo, sin embargo, Miguel Strogoff—. Háblame de ella y me proporcionarás un gran placer.

Y entonces Nadia hizo lo que no habría hecho todavía, le refirió cuanto había ocurrido entre Marfa y ella desde su encuentro en Omsk, donde se vieron por primera vez.

Dijo que un instinto inexplicable la había impulsado hacia la anciana prisionera sin conocerla y que le había prodigado sus cuidados, recibiendo de ella, en cambio, grandes alientos para sobrellevar el infortunio.

En aquella época, Miguel Strogoff era todavía para la joven Nicolás Korpanoff.

—¡Eso habría debido ser siempre! —agregó Miguel Strogoff, cuya frente se ensombreció.

Y, transcurrido un breve rato, agregó:

—¡He faltado a mi juramento, Nadia! ¡Había jurado no ver a mi madre!

—Pero tú no trataste de verla, Miguel —respondió Nadia—. ¡La casualidad solamente te puso en su presencia!

—¡Había jurado que, ocurriese lo que ocurriese, no me descubriría!

—¡Miguel, Miguel! Al ver el látigo levantado sobre Marfa Strogoff, ¿habrías podido contenerte? ¡No! ¡No! ¡No hay juramento alguno que pueda impedir que un hijo socorra a su madre!

—He faltado a mi juramento —repitió Miguel Strogoff—. ¡Que Dios y el Padre me lo perdonen!

—Miguel —dijo entonces la joven—, tengo que hacerte una pregunta; pero, si crees que no debes responderme no me respondas, porque de ti nada me ofenderá.

—Habla, Nadia.

—¿Por qué, habiéndote sido robada la carta del zar, tienes tanta prisa por llegar a Irkutsk?

Miguel Strogoff estrechó con fuerza la mano de su compañera, pero no respondió.

—¿Conocías el contenido de esa carta antes de salir de Moscú? —insistió Nadia.

—No; no lo conocía.

—Miguel, ¿debo entonces pensar que sólo el deseo de ponerme en los brazos de mi padre te lleva a Irkutsk?

—No, Nadia —respondió gravemente Miguel Strogoff—. Te engañaría, si te dejara creer eso. Voy adonde un deber me ordena ir. En cuanto a conducirte a Irkutsk, ¿no eres tú, por lo contrario, quien me conduce ahora? ¿No veo por tus ojos y no es tu mano la que me guía? ¿No me devuelves centuplicados los servicios que te pude prestar al principio? Ignoro si la desgracia cesará de perseguirme; pero el día en que hayas de darme las gracias por haberte puesto en los brazos de tu padre, tendré yo que dártelas por haberme conducido a Irkutsk.

—¡Pobre Miguel! —exclamó Nadia emocionada—. No hables de ese modo, no es eso lo que te he preguntado, Miguel. ¿Por qué tienes ahora tanta prisa por llegar a Irkutsk?

—Es absolutamente necesario que llegue antes que Iván Ogareff —respondió Miguel Strogoff.

—¿A pesar de lo que ha ocurrido?

—A pesar de lo que ha ocurrido y de lo que ocurra, llegaré.

Al decir esto, Miguel Strogoff no hablaba solamente por odio al traidor, y Nadia dedujo que su compañero no lo revelaba todo, sin duda porque no podía revelárselo.

El 19 de septiembre, tres días después, llegaron los dos jóvenes al pueblecito de Kuitunskoe.

A Nadia le era penosísimo el andar, porque sus pies doloridos no la podían sostener; pero resistía sin embargo, y luchaba contra la fatiga, pensando:

«Puesto que no puede verme, seguiré caminando hasta que me caiga.»

Por lo demás, en esta parte del camino no tuvieron que vencer los jóvenes ningún obstáculo, ni desde la partida de los tártaros se vieron amenazados por peligro alguno, siendo el cansancio la única penalidad que los abrumó.

Y así continuaron durante tres días. Evidentemente la tercera columna del ejército invasor avanzaba con toda rapidez hacia el este, como lo revelaban las ruinas que iba dejando tras de sí, las cenizas que ya no humeaban y los cadáveres descompuestos que yacían esparcidos por el suelo.

Hacia el oeste no se veía nada aún, la vanguardia de las tropas del emir no aparecía y Miguel Strogoff hacía hipótesis muy inverosímiles para explicar este retraso. ¿Acaso los rusos, en número suficiente, amenazaban a la ciudad de Tomsk o a la de Krasnoiarsk? ¿Corría peligro de verse cortada la tercera columna de los invasores, que estaba separada de las dos restantes? Si ocurría así, el gran duque podría fácilmente defender a Irkutsk, y, ganado de este modo algún tiempo, tendría mucho adelantado para rechazar la invasión.

Estas esperanzas hacían que el correo del zar se forjara a veces ilusiones, pero no tardaba en comprender que eran completamente quiméricas, y, como si la salvación del gran duque estuviera únicamente en sus manos, sólo contaba consigo mismo.

Kuitunskoe dista sesenta verstas de Kimilteiskoe, lugarejo situado cerca del río Dinka, tributario del Angara, y Miguel Strogoff temía que este afluente, que no deja de tener cierta importancia, fuese un grave obstáculo para su camino, pues no abrigaba la menor esperanza de que en él hubiese barcas ni esquifes de ninguna clase para pasar a la otra orilla y, por haberlo atravesado varias veces, recordaba que era difícilmente vadeable. Si conseguía atravesar aquella corriente, ya no se vería interrumpido por ningún río de importancia el camino que se extendía hasta Irkutsk, doscientas treinta verstas más allá del sitio en que encontraba a la sazón.

En menos de tres días llegaron los jóvenes a Kimilsteiskoe; pero Nadia andaba ya casi arrastrándose, porque, por mucha que fuese su energía moral, le faltaban fuerzas físicas para soportar una marcha tan penosa. Esto lo sabía muy bien Miguel Strogoff.

Si el correo del zar no hubiese estado ciego, Nadia seguramente le habría dicho: «Sigue tú, Miguel, y déjame en una choza cualquiera; llega a Irkutsk, cumple la misión que se te ha confiado, y busca luego a mi padre, a quien informarás del sitio en que estoy, haciéndole además saber que lo espero, y los dos sabréis encontrarme. Prosigue tú solo el viaje, no temo nada, me ocultaré de los tártaros y me conservaré para él y para ti. Sigue tú, Miguel; a mí me es ya imposible dar un paso más.»

Nadia viose obligada a detenerse con frecuencia; pero, cuando ocurría esto, la cogía Miguel Strogoff en brazos, y, no teniendo ya que pensar en el cansancio de la joven, puesto que él la llevaba, caminaba más rápidamente, con su infatigable paso.

Al fin, a las diez de la noche del 18 de septiembre, llegaron los dos a Kimilteiskoe, donde, subida a lo alto de una colina, divisó Nadia en el horizonte una línea menos oscura que el resto del paisaje. Era el Dinka, en cuyas aguas reflejábase la luz cárdena de algunos relámpagos sin truenos, que de vez en vez iluminaban el espacio.

Nadia condujo a su compañero a través del pueblo en ruinas, por donde hacía ya cinco o seis días al menos que habían pasado los tártaros, porque las cenizas del incendio se habían enfriado ya.

Cuando llegaron a las últimas casas del pueblo, dejose caer Nadia sobre un banco de piedra.

—¿Nos paramos? —preguntó Miguel Strogoff.

—Es de noche, Miguel —respondió la joven—. ¿No quieres descansar algunas horas?

—Habría preferido pasar el Dinka —contestó Miguel Strogoff— y dejarlo entre nosotros y la vanguardia de las tropas del emir; pero tú no puedes andar, pobre Nadia.

—Ven, Miguel —repuso la joven y, agarrando a su compañero por la mano, reanudó la marcha.

Dos o tres verstas más allá del lugar en que se encontraban, el Dinka cortaba el camino de Irkutsk, y Nadia quiso hacer este último esfuerzo que le pedía el correo del zar para llegar hasta el río.

Alumbrados por la luz de los relámpagos caminaron ambos a través de un desierto sin límites, en medio del cual se perdía el Dinka.

En aquella extensa llanura no había un solo árbol ni montículo alguno que rompiese la uniformidad del terreno que, al otro lado del río, formaba la prolongación de la estepa siberiana.

No soplaba la más ligera ráfaga de viento, siendo tal la calma que reinaba en la atmósfera, que el más insignificante sonido se hubiera podido propagar hasta una distancia infinita.

De pronto, como si sus pies hubieran arraigado en el suelo, detuviéronse Miguel Strogoff y Nadia.

Acababan de oír un ladrido.

—¿Has oído? —preguntó Nadia.

Al ladrido sucedió luego un grito lastimero, desesperado, que parecía la última apelación que un ser humano, en trance de morir, hacía a la vida.

—¡Nicolás! ¡Nicolás! —exclamó la joven, impulsada por un pensamiento siniestro.

Miguel Strogoff, que estaba escuchando, hizo un movimiento de cabeza.

—Ven, Miguel —dijo Nadia recobrando repentinamente sus fuerzas, a causa de una violenta excitación, a pesar de que un momento antes apenas podía dar un paso.

—¿Hemos salido de la carretera? —preguntó Miguel Strogoff al advertir que pisaba un terreno alfombrado de menuda hierba, y no el suelo polvoroso de un momento antes.

—Sí; es necesario —respondió Nadia—, porque de este lado, de la derecha, parten los gritos que acabamos de oír.

En pocos minutos llegaron los jóvenes a media versta del río.

Entonces sonó un segundo ladrido, mucho más débil que el anterior; pero, sin duda alguna, también mucho más próximo.

Nadia se detuvo.

—Sí, sí —dijo Miguel—; es *Serko* el que ladra... ha seguido a su amo.

—¡Nicolás! ¡Nicolás! —gritó la joven.

Nadie le contestó; pero en aquel instante tendieron el vuelo algunas aves de rapiña que desaparecieron en las alturas.

Miguel Strogoff escuchó atentamente.

Nadia contemplaba la llanura impregnada de efluvios luminosos, que se reflejaban en ella como si fuera un espejo; pero nada vio.

En cambio llegó a sus oídos el sonido de una voz plañidera, que murmuró lastimeramente:

—¡Miguel...!

Después aproximose a Nadia un perro completamente ensangrentado.

Era *Serko*.

Nicolás no podía, por consiguiente, estar muy lejos. Sólo él había podido murmurar en aquellos sitios el nombre de Miguel; pero, ¿dónde estaba?

A Nadia le faltaban ya las fuerzas para llamarlo.

Miguel Strogoff tanteaba el suelo, andando a rastras.

De pronto, lanzó *Serko* un nuevo ladrido y se abalanzó sobre un ave gigantesca que se aproximaba volando a ras de la tierra.

Era un buitre, que, cuando *Serko* se precipitó contra él, levantó el vuelo; pero, casi inmediatamente, volvió a la carga y atacó al can.

Éste se revolvió contra el pajarraco; pero recibió un picotazo tan formidable, que, con la cabeza abierta, cayó al suelo sin vida.

En el momento de morir el fidelísimo *Serko,* Nadia exhaló un grito de horror.

—¡Allí! ¡Allí! —dijo.

De la tierra sobresalía una cabeza humana, a la que seguramente habría dado la joven con el pie, si la intensa claridad que venía del cielo no hubiese iluminado la estepa.

Nadia se arrodilló junto a aquella cabeza.

Nicolás había sido enterrado vivo hasta el cuello según la bárbara costumbre de los tártaros, y abandonado en la estepa para que muriera allí de hambre y sed, si no sucumbía antes entre los dientes de los lobos o picoteado por las aves de rapiña. ¡Monstruoso suplicio el de aquella infeliz víctima, aprisionada en el suelo y oprimida por la tierra, de la que le era imposible desembarazarse por tener los brazos sujetos, por medio de una cuerda, al cuerpo, como los de un cadáver dentro del ataúd! ¡Vivía en un molde de arcilla, que no podía romper, llamando a la muerte que tardaba demasiado en poner término a agonía tan espantosa!

Hacía ya tres días que los tártaros habían enterrado allí a su prisionero, que, durante ese tiempo, había esperado inútilmente ser socorrido...

¡El socorro llegaba demasiado tarde para el desventurado Nicolás!

Los buitres, que habían visto aquella cabeza humana a ras de suelo, cerníanse sobre ella; pero el fiel perro había hasta entonces defendido a su amo, impidiendo que las aves de rapiña se acercasen.

Miguel Strogoff, valiéndose de su machete, empezó a sacar tierra para desenterrar a aquel ser vivo.

Nicolás, que hasta entonces había tenido cerrados los ojos, los abrió, y, al reconocer a Miguel y a Nadia, murmuró:

—¡Adiós, amigos! Muero contento porque os he vuelto a ver. ¡Rogad por mí!

Estas fueron sus últimas palabras.

Miguel Strogoff prosiguió su tarea de abrir el suelo, que tenía la dureza de una roca por haber sido fuertemente apisonado, hasta que, al fin, logró extraer el cuerpo de Nicolás.

Lo auscultó, pero el corazón del infortunado había cesado de latir.

Entonces quiso enterrarlo para que no quedase expuesto en la estepa, y el hoyo en que Nicolás había sido enterrado vivo fue ensanchado lo suficiente para que pudiera ser sepultado muerto. El fiel *Serko* fue colocado junto a su amo.

En aquel momento oyose un gran tumulto en el camino a una distancia de media versta del sitio en que estaban los jóvenes.

Miguel Strogoff escuchó y no tardó en conocer que aquel ruido lo promovía un destacamento de hombres a caballo que avanzaba hacia el Dinka.

A su voz, Nadia, que continuaba rezando de rodillas, se puso en pie.

—¡Mira, mira! —agregó el correo del zar.

—¡Los tártaros! —murmuró la joven.

Era, efectivamente, la vanguardia del ejército del emir, que desfilaba por la carretera de Irkutsk.

—¡Los tártaros no han de impedirme que lo entierre! —dijo Miguel Strogoff.

Y prosiguió su trabajo.

El cuerpo de Nicolás, con las manos cruzadas sobre el pecho, quedó pronto colocado en aquella tumba, y, cuando esto quedó hecho, arrodilláronse Miguel Strogoff y Nadia, y rogaron, por última vez, por el alma de aquel pobre ser, inofensivo y bueno, que había pagado con la vida su adhesión a ellos.

—¡Ahora —dijo Miguel Strogoff, echando tierra sobre el cadáver— no podrán devorarlo los lobos de la estepa!

Luego, con la mano tendida en actitud amenazadora hacia la tropa que pasaba, dijo:

—En marcha, Nadia.

No pudiendo volver a la carretera, ocupada ahora por los tártaros, veíase Miguel Strogoff obligado a lanzarse a través de la estepa, dando un rodeo para ir a Irkutsk.

No tenía ya, por consiguiente, que preocuparse de atravesar el Dinka.

Nadia no podía ya dar un paso, pero podía ver.

El correo del zar la tomó en brazos y, con ella, se encaminó hacia el sudoeste de la provincia.

Le faltaba recorrer aún más de doscientas verstas para llegar al término de su penoso viaje.

¿Cómo las anduvo? ¿Cómo no sucumbió rendido por tantas fatigas? ¿Cómo pudo alimentarse durante el camino? ¿En virtud de qué energía sobrehumana llegó a pasar las primeras pendientes de los montes Sayansk? Ni Nadia ni él lo habrían podido decir.

Y, sin embargo, doce días después, a las seis de la tarde del 2 de octubre, una inmensa sabana de agua desarrollábase a los pies de Miguel Strogoff.

Era el lago Baikal.

CAPÍTULO X

El Baikal y el Angara

El lago Baikal, que tiene unas novecientas verstas de longitud y cien de anchura, está situado a mil setecientos pies sobre el nivel del mar. Su profundidad es desconocida.

Refiere la señora Bourboulon que, según dicen los marineros, el Baikal quiere ser llamado «señora mar», porque si se lo llama «señor lago» se enfurece en seguida. Sin embargo, según la leyenda, ningún ruso se ha ahogado en él jamás.

Este inmenso depósito de agua dulce, alimentado por más de trescientos ríos, encuéntrase en un magnífico circuito de montañas volcánicas. Su única salida es el Angara, que, después de pasar por Irkutsk, se une al Yenisei, un poco más arriba de la ciudad de Yeniseisk. En cuanto a los montes que forman su cintura, son un brazo de los Tunguzes y derivan del vasto sistema orográfico de los Altai.

El frío hacíase ya sentir en aquella época.

Tan pronto como el otoño llega a aquel territorio, sometido a condiciones climáticas particulares, parece absorberse en un invierno precoz.

Eran los primeros días de octubre, el sol desaparecía ya del horizonte a las cinco de la tarde y las largas noches hacían bajar la temperatura bajo cero.

Las primeras nieves, que ya no debían licuarse hasta el verano, blanqueaban las cimas próximas al Baikal.

Durante el invierno siberiano, aquel mar interior, cuya congelación tiene muchos pies de espesor, es frecuentemente atravesado por los trineos de los correos y de las caravanas.

Ya sea porque se le falta a la consideración debida llamándolo «señor lago», o por cualquiera otra razón más meteorológica, el Baikal está sujeto a tempestades violentas, y sus olas, rápidas como las de todos los mares interiores, son muy temidas por las balsas, por los barcos y por los vapores, que lo surcan durante el estío.

Miguel Strogoff acababa de llegar a la punta sudoeste del lago, con Nadia en brazos, quien, por decirlo así, tenía concentrada toda su vida en los ojos. ¿Qué podían esperar los dos en aquella parte desierta de la provincia sino morir de inanición y de abandono? Y, sin embargo, ¿cuánto les quedaba que recorrer de aquel largo camino de seis mil verstas que el correo del zar se había propuesto andar, para llegar al fin? Sólo sesenta verstas por el litoral del lago o hasta la desembocadura del Angara, y otras ochenta verstas desde este punto hasta Irkutsk, o sea ciento cuarenta verstas en total, distancia que un hombre sano y vigoro podía recorrer, aun a pie, en el término de tres días.

Pero, ¿podía Miguel Strogoff considerarse todavía como tal hombre?

El Cielo, sin duda, no quiso someterlo a prueba semejante.

La fatalidad, que no había cesado de perseguirlo hasta entonces, pareció querer cesar un instante en su persecución, porque aquel extremo del lago Baikal, aquella parte de la estepa que él había creído desierta, y que efectivamente suele estarlo en todo tiempo, no lo estaba a la sazón.

En el ángulo que forma la punta sudoeste del lago encontrábanse reunidas unas cincuenta personas.

Nadia vio aquel grupo tan pronto como Miguel Strogoff, que la llevaba en brazos, desembocó del desfiladero de las montañas.

Durante un momento la joven creyó que aquel grupo era un destacamento tártaro, enviado para batir las orillas del Baikal, en cuyo caso ninguno de los dos habría podido huir; pero no tardó en tranquilizarse.

—¡Rusos! —exclamó.

Y, realizando este último esfuerzo, se cerraron sus párpados y su cabeza volvió a caer sobre el pecho de Miguel Strogoff.

Pero los jóvenes habían sido vistos también por los rusos, algunos de los cuales se apresuraron a salirles al encuentro, y los condujeron a una pequeña playa en que estaba amarrada una balsa, dispuesta ya para partir.

Aquellos rusos eran fugitivos de diversas condiciones, a quienes el mismo interés había reunido en aquel punto del lago Baikal. Hostigados por los exploradores tártaros, trataban de refugiarse en Irkutsk; pero, como no podían llegar por tierra, porque los invasores se habían posesionado de las dos orillas del Ongara, esperaban conseguir su objeto siguiendo el curso del río que atraviesa la ciudad.

Este proyecto de los fugitivos hizo palpitar de esperanza el corazón de Miguel Strogoff.

Iba a jugarse la última carta; pero más interesado que nunca en que no se descubriera su incógnito, el correo del zar tuvo fuerza de voluntad suficiente para ocultar sus impresiones.

El proyecto de aquel puñado de rusos era sumamente sencillo. Pensaban utilizar la corriente que sigue del Angara para llegar a la salida del lago, y, desde este punto hasta Irkutsk, se dejarían llevar por las aguas del río que se deslizan con una velocidad de diez o doce verstas por hora. De este modo, si no les sobrevenía accidente alguno, les bastaría día y medio para encontrarse a la vista de la ciudad.

Como en aquel sitio no habían encontrado embarcación alguna, les fue preciso improvisarla y, al efecto, construyeron una balsa o, por mejor decir, un tren de madera semejante a los que bajan ordinariamente por los ríos de Siberia. Un bosque de pinos, que se encontraba a la orilla, les proporcionó el material suficiente para la construcción de su aparato flotante. Unidos los troncos entre sí por ramas de mimbre, formaron una especie de plataforma sobre la cual se habrían podido colocar cómodamente cien personas.

A esta balsa, pues, fueron conducidos Miguel Strogoff y Nadia.

La joven había vuelto en sí.

Se le dio algún alimento, lo mismo que a su compañero, y, cuando los dos hubieron recobrado algún tanto las fuerzas, Nadia se tendió sobre un lecho de hojarasca y quedó profundamente dormida.

A los que lo interrogaron, Miguel Strogoff no dijo nada de los sucesos ocurridos en Tomsk, limitándose a hacerse pasar por un vecino de Krasnoiarsk que no había podido llegar a Irkutsk antes de que las tropas del emir hubiesen llegado a la orilla izquierda del Dinka, y agregando que, muy probablemente, el grueso de las fuerzas tártaras había acampado ante la capital de Siberia.

No había, por consiguiente, un momento que perder, sobre todo teniendo en cuenta que el frío iba siendo cada vez más intenso, que durante la noche la temperatura descendía a más de cero, que en la superficie del Baikal se habían ya formado algunos témpanos de hielo, y que, si la balsa podía maniobrar fácilmente sobre el lago, no ocurriría lo mismo en el Angara en el caso en que los hielos interceptaran su curso.

Por todas estas razones era preciso que los fugitivos partieran inmediatamente.

Y, en efecto, a las ocho de la noche, se cortaron las amarras e, impulsada por la corriente, la balsa empezó a deslizarse sobre el lago siguiendo el litoral.

Grandes pértigas, manejadas por algunos robustos mujiks, bastaban para rectificar su dirección.

Un viejo marino del Baikal había tomado el mando de la balsa. Era un hombre de sesenta y cinco años, a quien las brisas del lago habían curtido la piel; tenía espesa barba blanca que le caía sobre el pecho; cubría su cabeza, de aspecto grave y austero, con un gorro de piel, y vestía una larga y ancha hopalanda que le llegaba hasta los pies y que llevaba sujeta a la cintura.

Este anciano taciturno iba sentado a popa, mandaba por señas y no pronunciaba diez palabras en diez horas.

Por otra parte, la maniobra se reducía a mantener la balsa en el centro de la corriente, que seguía a lo largo del litoral, sin apartarse de él.

Como ya se ha dicho, en la balsa habíanse colocado rusos de condiciones diversas.

Efectivamente, a los campesinos indígenas, hombres, mujeres, viejos y niños, habíanse agregado dos o tres peregrinos a quienes había sorprendido la invasión de los tártaros durante su viaje, algunos monjes y un pope.

Los peregrinos, que llevaban el báculo, y la calabaza suspendida a la cintura, salmodiaban con voz plañidera. Uno de ellos venía de Ucrania, otro, del mar Amarillo, y el tercero de las provincias de Finlandia.

Este último, ya de edad avanzada, llevaba a la cintura un cepillo cerrado con un candado, como si estuviera colgado de la pared de una iglesia; pero el peregrino no poseía la llave para abrirlo, porque de cuanto recogiese durante su largo y penoso viaje nada era para él. El cepillo no debía ser abierto hasta el regreso de la peregrinación.

Los monjes venían del norte del Imperio. Hacía tres meses que habían salido de Arkángel, cuya ciudad tiene para algunos viajeros el mismo aspecto que las poblaciones de oriente, y habían visitado las islas Santas, cerca de la costa de Carelia, el convento de Solovetsk, el de Troitsa, los de san Antonio y santa Teodosia en Kiev, la antigua ciudad favorita de los Jagellones, el monasterio de Simeonof en Moscú, el de Kazán, así como su iglesia de los Viejos Creyentes, y volvían a Irkutsk, con la ropa, el capuchón y los vestidos de sarga.

En cuanto al pope, era un sencillo cura de aldea, uno de los seis mil pastores del pueblo que existen en el Imperio ruso, y vestía tan miserablemente como los campesinos, a quienes realmente no aventajaba mucho, pues no tenía rango ni poder alguno en la iglesia y, aunque bautizaba, casaba y enterraba, veíase obligado, como cualquier modesto agricultor, a labrar su pedazo de tierra. Había podido sustraer a sus hijos y a su esposa a las brutalidades de los tártaros, enviándolos a las provincias del norte; pero él había permanecido en su parroquia hasta el último momento, y cuando a la postre tuvo que huir, como el camino de Irkutsk estaba ya cerrado, le fue preciso dirigirse al lago Baikal.

Estos diversos religiosos, agrupados en la popa de la balsa, oraban a intervalos regulares, elevando la voz en medio de la noche silenciosa y, al fin de cada versículo de su oración, escapábaseles de los labios el *Slava Bogu* (gloria a Dios).

Durante la navegación no ocurrió incidente alguno que merezca mencionarse. Nadia continuó sumergida en un sopor profundo, y Miguel Strogoff veló a su lado.

El sueño no acometió al correo del zar sino a largos intervalos, y, hasta cuando esto ocurrió, su pensamiento no dejó de estar en vela.

Al venir el día, la balsa, retrasada por la violenta brisa que contrarrestaba la acción de la corriente del agua, encontrábase aún a cuarenta verstas de la desembocadura del Angara, y, según todas las apariencias, no podría llegar a ella antes de las tres o las cuatro de la tarde; pero esto, lejos de ser un inconveniente sería, por el contrario, una ventaja, puesto que los fugitivos navegarían entonces por el río durante la noche y la oscuridad favorecería su llegada a Irkutsk.

El único temor que manifestó varias veces el viejo marinero que dirigía la balsa fue el de que se congelase el agua e impidiera la navegación, porque la noche había sido extremadamente fría y veíanse ya numerosos témpanos de nieve, que eran arrastrados hacia el oeste por el viento.

Estos témpanos no eran temibles, puesto que no podían derivar hacia el Angara, cuya desembocadura habían ya rebasado; pero debía suponerse que los que vinieran de la parte oriental del lago podían ser atraídos por la corriente y situarse entre las dos orillas del río.

Si tal cosa ocurría, podrían surgir dificultades y retrasos, y hasta quizá algún obstáculo insuperable que detuviera a la balsa.

Por esto, sin duda, tenía Miguel Strogoff tan vivo interés en saber cuál era el estado del lago y si eran muchos los témpanos de hielo que flotaban en él.

Nadia, que ya había despertado y era interrogada con frecuencia, iba dándole cuenta de todo lo que pasaba en la superficie del agua.

Mientras los témpanos derivaban de este modo, producíanse curiosos fenómenos en la superficie del Baikal. Eran magníficos surtidores de agua hirviente, que brotaban de algunos de esos pozos artesianos, abiertos en el mismo lecho del lago por la Naturaleza.

Los chorros de estos surtidores elevábanse a gran altura y extendíanse en vapores, que los rayos solares irisaban y el frío condensaba casi inmediatamente.

Este curioso espectáculo habría maravillado seguramente al turista que, viajando en plena luz y por puro pasatiempo, lo hubiese contemplado al hacer una excursión por aquel mar siberiano.

A las cuatro de la tarde, señaló el viejo marinero que dirigía la balsa la desembocadura del Angara entre las altas rocas graníticas del litoral.

En la orilla derecha veíanse el pequeño puerto de Livenitchnaia, su iglesia y algunas de las casas edificadas en la orilla.

Pero, circunstancia muy grave, hacia el centro del río derivaban ya los primeros témpanos de hielo, procedentes del este, que, por lo tanto, bajaban con dirección a Irkutsk. Sin embargo, su número no era todavía tan grande que pudiese obstruir el curso del agua, ni el frío era tan intenso que se temiera que la congelase por completo.

Al llegar al puentecillo, la balsa se detuvo. El viejo marinero había decidido detenerse allí una hora, con objeto de hacer algunas reparaciones indispensables, porque los troncos de que estaba formada la balsa amenazaban desunirse e importaba ligarlos más sólidamente para que pudieran resistir la corriente del Angara, que era muy rápida.

Durante el estío, el puerto de Livenitchnaia es una estación de embarque o desembarque para los viajeros del lago Baikal, tanto para los que se dirigen a Kiaktha, última ciudad de la frontera ruso-china, como para los que de este punto regresan y, por esta razón, vese muy frecuentado por los vapores y pequeños barcos de cabotaje; pero a la sazón estaba abandonado.

El vecindario de Livenitchnaia no había querido quedar expuesto a las depredaciones de los tártaros que recorrían las orillas del Angara, y había enviado a Irkutsk la flotilla de pequeñas embarcaciones que, de ordinario, inverna en su puerto, y, cargado con cuanto le fue posible llevar consigo, habíase refugiado oportunamente en la capital de la Siberia oriental.

Por esta razón, el viejo marinero no esperaba recoger nuevos fugitivos en el puerto de Livenitchnaia; pero, esto no obstante, en el momento en que se detuvo allí la balsa, dos pasajeros, que salieron de una casa desierta, corrieron con toda la fuerza de sus piernas hacia la playa.

Nadia, que, como se ha dicho, iba sentada a popa, miraba distraídamente, y, al ver a aquellos dos hombres, estuvo a punto de gritar; pero se contuvo, limitándose a estrechar la mano de Miguel Strogoff.

Éste, al advertir el movimiento de la joven, levantó la cabeza y preguntó:

—¿Qué tienes, Nadia?

—Nuestros dos compañeros de viaje, Miguel.

—¿El francés y el inglés a quienes encontramos en los desfiladeros del Ural?

—Sí.

Miguel Strogoff se estremeció, porque el riguroso incógnito que él quería conservar, corría el peligro de ser descubierto.

Efectivamente, no era Nicolás Korpanoff a quien Alcides Jolivet y Enrique Blount iban a ver ahora, sino al verdadero Miguel Strogoff, correo del zar.

Los periodistas lo habían encontrado ya dos veces después de su separación en la casa de postas de Ichim: la primera en el campamento de Zebediero, cuando él había señalado el rostro de Iván Ogareff azotándolo con el *knut,* y, la segunda en Tomsk, cuando fue condenado por el emir. Sabían, por consiguiente, a qué atenerse respecto a su verdadera personalidad. Miguel Strogoff adoptó en seguida su partido.

—Nadia —dijo—; cuando el francés y el inglés se embarquen, ruégales que se acerquen a mí.

Eran, efectivamente, Enrique Blount y Alcides Jolivet, a quienes la fuerza de los acontecimientos, y no la casualidad, había conducido al puerto de Livenitchnaia, de igual modo que a Miguel Strogoff.

Como ya se sabe, después de haber presenciado la entrada triunfal de los tártaros en Tomsk, los periodistas habían salido de allí antes de la salvaje ejecución que puso término a la fiesta, y no dudaban, por consiguiente, que su antiguo compañero de viaje hubiese sido condenado a muerte. Ignoraban en absoluto que el emir se hubiera limitado a ordenar que lo dejaran ciego.

Después de haberse proporcionado caballos, habían abandonado Tomsk con el propósito bien decidido de fechar en lo sucesivo sus crónicas en los campamentos rusos de la Siberia oriental.

Al efecto, Alcides Jolivet y Enrique Blount habíanse dirigido a marchas forzadas a Irkutsk, adonde esperaban llegar antes que Féofar-Kan, cosa que habrían seguramente conseguido sin la inopinada aparición de aquella tercera columna de invasores, procedente de las comarcas del sur, que había llegado por el valle del Yenisei.

Lo mismo que Miguel Strogoff, ellos habían encontrado el camino interceptado antes de haber podido llegar al Dinka, y de aquí la necesidad que tuvieron de bajar hasta el lago Baikal.

Cuando llegaron a Livenitchnaia, encontraron el puerto ya desierto, y como, por otra parte, les era imposible entrar en Irkutsk, rodeada por los ejércitos tártaros, hacía tres días que se encontraban allí muy preocupados y sin saber qué resolución adoptar, cuando llegó la balsa.

Enterados del deseo de los fugitivos y de las probabilidades que tenían de pasar inadvertidos durante la noche y de entrar en Irkutsk, resolvieron intentar la aventura.

A este efecto, púsose Alcides Jolivet inmediatamente al habla con el viejo marinero, y le pidió pasaje para él y para su colega, ofreciendo pagar el precio que se le exigiera, cualquiera que éste fuese.

—Aquí no se paga —le respondió el viejo marinero—. Se arriesga la vida únicamente.

Los dos periodistas embarcáronse, pues, y Nadia los vio colocarse en la proa de la balsa.

Enrique Blount continuaba siendo el mismo inglés frío de siempre, que, durante la travesía de los montes Urales, apenas le había dirigido la palabra.

Alcides Jolivet, por el contrario, parecía estar algo más serio que de ordinario; pero es preciso convenir en que las circunstancias justificaban su seriedad.

Acababa éste de instalarse a proa de la balsa, cuando sintió que una mano se apoyaba en su brazo.

Volviose en seguida y reconoció a Nadia, la hermana del que había dejado de ser Nicolás Korpanoff para convertirse en Miguel Strogoff, correo del zar.

Estuvo a punto de proferir un grito de sorpresa, pero se reprimió al ver que Nadia se ponía un dedo sobre los labios, recomendándole el silencio.

—Venga usted —le dijo la joven.

Y, con aspecto indiferente, Alcides Jolivet la siguió, después de indicar por señas a Enrique Blount que lo acompañara.

Pero si la sorpresa que los periodistas experimentaron al encontrar a Nadia en la balsa había sido grande, la que les produjo al ver a Miguel Strogoff, a quien no podían creer vivo, no tuvo límites.

Cuando se le aproximaron, el correo del zar permaneció inmóvil.

Sorprendido Alcides Jolivet, volviose hacia la joven con gesto interrogador.

—No puede verlos a ustedes, señores —explicó Nadia—. Los tártaros le quemaron los ojos. ¡Mi pobre hermano está ciego!

En el rostro de Alcides Jolivet y de su compañero se reflejó un sentimiento, muy vivo, de compasión.

Un momento después, sentados ambos al lado de Miguel Strogoff, le estrechaban la mano esperando que les hablase.

—Señores —dijo el correo del zar en voz baja—, ustedes no deben saber quién soy ni qué he venido a hacer en Siberia, y les ruego que respeten mi secreto. ¿Me lo prometen?

—Por mi honor —respondió Alcides Jolivet.

—Por mi fe de caballero —agregó Enrique Blount.

—Gracias, señores.

—¿Podemos serle útiles en algo? —preguntó Enrique Blount—. ¿Quiere usted que lo ayudemos a cumplir su misión?

—Prefiero cumplirla solo —repuso Miguel Strogoff.

—Pero esos miserables le han quitado la vista —dijo Alcides Jolivet.

—Tengo a Nadia, y sus ojos me bastan.

Media hora más tarde, la balsa, que había salido del pequeño puerto de Livenitchnaia, entraba en el río. Eran las cinco de la tarde. La noche, que estaba ya próxima, debía ser muy oscura y también muy fría, porque la temperatura estaba bajo cero.

Alcides Jolivet y Enrique Blount habían prometido a Miguel Strogoff guardar su secreto; pero no se separaron de él, sin embargo, sino que continuaron al lado suyo conversando en voz baja. El ciego, completando lo que ya sabía con lo que le dijeron los periodistas, pudo formarse una idea exacta del estado de las cosas.

Era cierto, efectivamente, que los tártaros rodeaban, a la sazón, a Irkutsk, y que las tres columnas invasoras se habían reunido ya, y, por consiguiente, no podía dudarse que el emir e Iván Ogareff se encontraban ante la capital.

¿Por qué, entonces, tenía tanta prisa el correo del zar por llegar a Irkutsk, si ya no podía entregar al gran duque la carta imperial y desconocía su contenido? Alcides Jolivet y Enrique Blount no lo comprendían, como Nadia tampoco lo había comprendido.

Por lo demás, ninguno de los interlocutores habló del pasado hasta el momento en que Alcides Jolivet creyó deber decir a Miguel Strogoff:

—Le debemos a usted nuestras excusas por no haberle estrechado la mano cuando nos separamos en la casa de postas de Ichim.

—No; tenían ustedes derecho a creerme un cobarde.

—En todo caso —agregó Alcides Jolivet— azotó usted magníficamente el rostro de aquel miserable, que conservará la señal largo tiempo.

—No; largo tiempo, no —repuso sencillamente Miguel Strogoff.

A la media hora de haber salido de Livenitchnaia, Alcides Jolivet y su compañero estaban al corriente de las terribles pruebas que Miguel Strogoff y su compañera habían pasado, y no podían menos que admirar sin reservas la energía del uno, a la que sólo podía igualarse la adhesión de la otra.

Los periodistas pensaron de Miguel Strogoff exactamente lo mismo que había dicho, en Moscú, el zar: «¡Verdaderamente, es un hombre completo!»

La balsa corría rápidamente por entre los témpanos de hielo que arrastraba la corriente de Angara.

A una y otra orilla desarrollábase un panorama movible y, por una ilusión de óptica, parecía que el aparato flotante estaba fijo ante aquella sucesión de lugares pintorescos. Aquí, veíanse altos acantilados graníticos, extrañamente perfilados; allá, incultos desfiladeros de donde se escapaba algún arroyo torrencial; algunas veces, una espaciosa llanura con su correspondiente aldehuela humeando aún, y, luego, espesos bosques de pinos de los que salían brillantes llamas.

Pero si los tártaros habían dejado por doquier huellas siniestras de su paso, no se los veía aún, sin duda porque se habían concentrado especialmente en los alrededores de Irkutsk.

Mientras tanto, los peregrinos continuaban rezando en voz alta, y el viejo marino, rechazando los témpanos de hielo que lo estrechaban demasiado cerca, mantenía imperturbablemente la balsa en medio de la rápida corriente del Angara.

CAPÍTULO XI

Entre dos orillas

Conforme era de prever, dado el estado del cielo, a las ocho de la noche toda la comarca estaba envuelta en una profunda oscuridad.

La luna era nueva y no debía mostrarse en el horizonte.

Desde el centro del río no se distinguían las orillas; las rocas confundíanse, a poca altura, con las espesas nubes, que casi no se movían, y algunas ráfagas de viento, que a intervalos venían del este, parecían expirar en aquel estrecho valle del Angara.

La oscuridad favorecía, por consiguiente, en gran manera los proyectos de los fugitivos, pues aunque las avanzadas tártaras estuviesen escalonadas en ambas orillas, la balsa tenía muchas probabilidades de pasar inadvertida.

Tampoco era inverosímil que los sitiadores hubiesen interceptado el río más arriba de Irkutsk sabiendo que los rusos no podían esperar socorro alguno por el sur de la provincia.

Por lo demás, dentro de poco, la misma Naturaleza interceptaría el paso condensando por el frío los témpanos de hielo acumulados entre una y otra orilla.

El silencio más absoluto reinaba a bordo de la balsa.

Desde que el aparato flotante bajaba por el río, la voz de los peregrinos no se oía; continuaban rezando, pero su rezo no era más que un murmullo, cuyo eco no podía llegar a la orilla.

Los fugitivos, tendidos sobre la plataforma, casi no rompían la línea horizontal del agua, de la que apenas sobresalía la de sus cuerpos.

La única ocupación del viejo marinero que iba a proa, echado cerca de sus hombres, era la de apartar de la balsa, con el mayor silencio posible, los témpanos de hielo.

Hasta los mismos témpanos que flotaban río abajo favorecían a los fugitivos, suponiendo que luego no constituyesen un obstáculo insuperable para la travesía, porque a pesar de la espesa sombra de aquella noche, la balsa aislada sobre las aguas libres, habría sido vista probablemente de no haberse confundido con aquellas masas movibles de todas las formas y todos los tamaños, y si el ruido que éstas producían, al chocar unas con otras, no hubiese cubierto cualquier otro ruido sospechoso.

El frío intenso, que se propagaba a través de la atmósfera, hacía sufrir cruelmente a los fugitivos, que sólo podían abrigarse con hojas de abedul, y que, para soportar mejor la baja temperatura que durante aquella noche debía bajar a diez grados bajo cero, estrechábanse unos contra otros.

No hacía mucho viento, pero el poco que llegaba, después de haber pasado por las montañas del este, cubiertas de nieve, contribuía a aumentar los sufrimientos de los infelices refugiados en la balsa.

Miguel Strogoff y Nadia, tendidos a popa, soportaban con resignación, y sin exhalar la menor queja, aquel sufrimiento que acrecentaba las penalidades de su situación, y Alcides Jolivet y Enrique Blount, echados al lado de ellos, resistían los primeros embates del invierno siberiano del mejor modo posible; pero ni unos ni otros hablaban ya, ni en voz baja siquiera. El pensamiento de todos estaba concentrado en la situación por que atravesaban, pues de un momento a otro podía sobrevenir un incidente, surgir algún peligro y hasta ocurrir una catástrofe, de la que no creían posible salvarse.

En cuanto a Miguel Strogoff, parecía estar tan singularmente tranquilo que, tratándose de un hombre que confiaba llegar a cumplir su misión, no podía menos de sorprender, aunque, ciertamente, la energía jamás lo había abandonado por graves que hubiesen sido las circunstancias. Veía ya próximo el momento en que, al fin, le sería permitido pensar en su madre, en Nadia y en sí mismo, pues sólo tenía que salvar el último peligro que en caso desgraciado podría sobrevenirle, y era el de que a la balsa, detenida por los hielos, le fuera absolutamente imposible llegar a Irkutsk. No pensaba más que en esto; pero estaba completamente decidido, si ello era necesario, a intentar un supremo golpe de audacia.

Nadia, a quien algunas horas de reposo habían repuesto, había recobrado la energía física que la desgracia habría podido quebrantar a veces, aunque no hubiese aminorado un solo instante su energía moral. También pensaba que, en el caso de que Miguel Strogoff realizase un nuevo esfuerzo para conseguir su propósito, ella debía estar a su lado para guiarlo; pero, cuanto más se aproximaba a Irkutsk, con más claridad dibujábase en su mente la imagen de su padre. Lo veía en la ciudad sitiada, lejos de los seres perdidos, pero —la joven no podía poner esto en duda— luchando contra los invasores con todo el ardor de su patriotismo. Si, al fin, el cielo les era propicio, dentro de algunas horas podría abrazar a su progenitor, a quien transmitiría las últimas palabras de su madre y de quien no volvería a separarse jamás.

Aunque el destierro de Basilio Fedor no tuviera término, Nadia, hija amantísima, estaba decidida a permanecer desterrada con él.

Luego, por la natural asociación de ideas, acordábase del joven a quien iba a deber la dicha de abrazar a su padre, del generoso compañero, del *hermano,* que, cuando fuesen rechazados los tártaros, regresaría nuevamente a Moscú, y a quien posiblemente no volvería a ver...

En cuanto a Alcides Jolivet y Enrique Blount, ambos tenían el mismo y único pensamiento: el de que la situación era extremadamente dramática y de que, si sabían sacar partido de ella, les serviría de tema para una de sus crónicas más interesantes.

El inglés pensaba, por consiguiente, en los lectores del *Daily Telegraph,* y el francés en los de su *prima Magdalena;* pero, en el fondo, ambos experimentaban cierta emoción ante el temor de lo que pudiera ocurrir.

«¡Eh! ¡Tanto mejor! —pensaba Alcides Jolivet—. No se puede conmover a nadie si no se está conmovido. Creo que hay un verso célebre acerca de este asunto, pero ¡el diablo cargue conmigo si lo sé...!»

Y con su experimentada vista trataba de penetrar la sombra espesísima en que el río se hallaba envuelto.

Sin embargo, a veces, grandes resplandores rasgaban aquella oscuridad iluminando de un modo fantástico los diversos macizos roqueños de las orillas: era un bosque que ardía, o el incendio de alguna aldea, siniestra reproducción de los cuadros del día, que formaba extraño contraste con la noche.

Cuando esto ocurría, iluminábase el Angara desde una orilla a otra, los témpanos de hielo convertíanse en espejos que, reflejando las llamas en todos los ángulos y con todos los colores, se deslizaban sobre las aguas siguiendo los caprichos de la corriente, y la balsa, confundida en medio de aquellos cuerpos flotantes, pasaba sin que el enemigo la viese.

El peligro no estaba aún allí; pero no por eso dejaban de encontrarse amenazados los fugitivos, porque, aunque de otra naturaleza, el peligro existía. Ellos no podían preverlo y, sobre todo, no podían evitarlo.

La casualidad hizo que Alcides Jolivet lo descubriese, y he aquí en qué circunstancias.

Tendido en el lado derecho de la balsa, el periodista francés había dejado caer su mano al nivel del agua, cuando, de repente, le sorprendió la impresión que le produjo el contacto de la corriente, cuya superficie le pareció que era de consistencia viscosa, como si estuviera formada de aceite mineral.

Para cerciorarse, y como si ese testimonio del tacto no le fuera suficiente, apeló al olfato, y entonces adquirió la evidencia de que, sobre la superficie del Angara, flotaba una capa de nafta líquida que era arrastrada por la corriente.

¿Navegaba realmente, entonces, la balsa sobre aquella sustancia tan eminentemente combustible? ¿De dónde procedía aquella nafta? ¿Debíase su aparición sobre la superficie del Angara a un fenómeno natural, o era un medio de destrucción puesto en práctica por los tártaros? ¿Pretendían incendiar a Irkutsk por procedimientos que el derecho de la guerra no justifica jamás entre naciones civilizadas?

Tales fueron las preguntas que se hizo Alcides Jolivet; pero no creyendo deber informar de este incidente más que a Enrique Blount, a éste solo comunicó sus temores, conviniendo ambos en no alarmar a sus compañeros descubriéndoles este nuevo peligro.

El suelo del Asia central semeja, como se sabe, una esponja impregnada de carburos de hidrógeno líquidos, y los manantiales de aceite mineral brotan a millares en la superficie de los terrenos, en el puerto de Bakú, en la frontera persa, en la península de Abcheron, en el Caspio, en el Asia Menor, en China, en Yung-Hyan y en Birmania. Puede decirse que es aquél el *país del aceite,* semejante al que en la actualidad lleva este mismo nombre en Norteamérica.

Los indígenas de aquellos países, que son adoradores del fuego, durante la celebración de algunas fiestas religiosas arrojan al mar, especialmente en el puerto de Bakú, la nafta líquida, que, por ser menos densa que el agua, flota sobre la superficie. Al llegar la noche y cuando ya se ha esparcido sobre el Caspio una extensa capa de aceite mineral, la incendian para admirar el espectáculo incomparable de un mar de fuego que ondula agitado por la brisa.

Pero este espectáculo, que en Bakú es sólo una diversión, en las aguas del Angara habría sido una catástrofe, porque si, intencionadamente, o por imprudencia, caía una chispa de fuego sobre la nafta, el incendio se extendería inmediatamente hasta más allá de la ciudad de Irkutsk.

No era de temer que los fugitivos que iban en la balsa cometiesen imprudencia alguna; pero todo debía temerse de los incendios que iluminaban el espacio a una y otra orilla del río, porque bastaba que cayera una tea o una sola chispa en el Angara para que inmediatamente se inflamase la nafta que flotaba sobre la corriente.

Fácilmente se comprenderá, pues, que abrigasen serios temores Alcides Jolivet y Enrique Blount, quienes no cesaban de preguntarse si, en vista de aquel nuevo peligro, no sería preferible atracar en una de las orillas, desembarcar y esperar en tierra los acontecimientos.

—En todo caso —dijo Alcides Jolivet—, sé de una persona que no desembarcará, por inminente que sea el peligro.

Al decir esto aludía a Miguel Strogoff.

Mientras tanto, la balsa derivaba rápidamente en medio de los témpanos de hielo, cuyo número aumentaba cada vez más.

Hasta entonces no se había visto en las orillas del Angara ningún destacamento tártaro, lo que indicaba que la balsa no había llegado aún a la altura de sus puestos avanzados; pero, a las diez de la noche aproximadamente, Enrique Blount creyó distinguir numerosos cuerpos negros que se movían sobre los témpanos.

Aquellas sombras, saltando sobre el hielo, se aproximaban rápidamente.

«¡Son tártaros!», pensó.

Y deslizándose hasta el viejo marinero, que iba a popa, le mostró aquel movimiento sospechoso.

El anciano miró atentamente y, luego, dijo:

—No son más que lobos. Los prefiero a los tártaros; pero, de todos modos, es preciso defenderse, y en silencio.

Efectivamente, los fugitivos tuvieron que luchar con aquellas fieras carniceras, que el hambre y el frío lanzaban a través de la provincia.

Los lobos habían visto la balsa y en seguida la atacaron.

Los fugitivos viéronse, por consiguiente, en la necesidad de defenderse, pero sin hacer uso de las armas de fuego, para evitar que llegase a los puestos avanzados de los tártaros, que no podían estar muy lejos, el rumor de la lucha.

Las mujeres y los niños se agruparon en el centro de la balsa, y los hombres, unos con pértigas, otros con sus cuchillos y los demás con palos, se apercibieron para rechazar a los asaltantes. Ellos no exhalaban un grito, pero los lobos desgarraban el aire con sus aullidos.

Miguel Strogoff, que no había querido permanecer inactivo, habíase tendido en el lado de la balsa atacado por la banda de fieras carniceras, había desenvainado su cuchillo y, cada vez que un lobo se ponía al alcance de su mano, le clavaba el arma en la garganta.

Enrique Blount y Alcides Jolivet tampoco estuvieron ociosos, sino que, por el contrario, desempeñaron una ruda tarea, valerosamente secundados por sus compañeros.

Aunque muchos de los fugitivos sufrieron graves mordeduras, el combate se realizó en silencio.

Sin embargo, la lucha amenazaba prolongarse durante largo tiempo, porque los lobos se renovaban constantemente y, según todas las apariencias, la margen derecha del Angara estaba infestada.

—¡Esto no va a acabarse nunca! —decía Alcides Jolivet, blandiendo su puñal, enrojecido por la sangre de las fieras.

Y, efectivamente, media hora después de haber empezado el ataque, centenares de lobos corrían aún a través de los témpanos de hielo.

Los fugitivos, extenuados de cansancio, decaían ostensiblemente, por lo que era de temer que el combate concluyera con una derrota para ellos.

Un grupo de diez lobos de gigantesco tamaño, doblemente enfurecidos por la cólera y por el hambre, y cuyos ojos brillaban en la oscuridad como carbones enrojecidos, invadió la plataforma de la balsa.

Alcides Jolivet y Enrique Blount lanzáronse inmediatamente hacia ellos, mientras Miguel Strogoff se arrastraba hacia los terribles animales; pero éstos cambiaron de pronto de actitud y, en el breve espacio de algunos segundos, no sólo abandonaron la balsa sino también los témpanos de hielo que flotaban sobre el río.

Todos aquellos cuerpos negros, saltando a toda prisa a la orilla derecha del Angara, se dispersaron rápidamente, y momentos después desaparecían, por completo, de la vista de los fugitivos rusos.

¡Era que los lobos necesitaban las tinieblas y una viva claridad iluminaba entonces las aguas del río en todo su curso!

Aquella claridad era el resplandor de un inmenso incendio. El pequeño pueblo de Poshkavsk ardía por todas partes. Los tártaros estaban allí, y, esta vez, completaban su obra.

Desde aquel punto hasta más allá de Irkutsk, los invasores ocupaban las dos orillas del Angara, y, por consiguiente, los fugitivos se encontraban ya en la zona peligrosa de su travesía, faltándoles aún por recorrer treinta verstas para llegar a la capital.

Eran las once y media de la noche. La balsa continuaba deslizándose en la sombra por entre los témpanos de hielo, con los cuales se confundía completamente; pero, a veces, llegaban hasta ella grandes ráfagas de luz, por lo que los fugitivos, tendidos sobre la plataforma, apenas se atrevían a moverse, para no delatarse a sí mismos.

La conflagración del pueblecillo efectuábase con extraordinaria violencia. Las casas, que eran de abeto, ardían como resina; las ciento cincuenta de que se componía el lugar, ardían al mismo tiempo, confundiéndose las crepitaciones del incendio con los aullidos de los lobos.

El viejo marino, utilizando como punto de apoyo los témpanos de hielo próximos a la balsa, había conseguido llevarla hacia la orilla derecha, poniendo entre ella y las playas incendiadas de Poshkavsk una distancia de trescientos a cuatrocientos pies.

Sin embargo, los fugitivos, iluminados a veces por los resplandores del incendio, habrían sido vistos seguramente por los incendiarios si éstos no hubiesen estado demasiado ocupados en la destrucción del pueblo, y fácilmente se comprenderá cuáles debían ser entonces los temores de Alcides Jolivet y de Enrique Blount, que sabían que la balsa flotaba sobre un líquido combustible.

En efecto, de las casas, que eran otros tantos hornos ardientes, escapábanse haces de chispas, que, en medio de las volutas de humo, ascendían al espacio hasta quinientos o seiscientos pies de altura.

En la margen derecha del río, expuesta de frente a esta conflagración, los árboles y las piedras parecían como inflamados, y, por consiguiente, bastaba que cayera al agua una sola chispa para que el incendio se propagara por la superficie del Angara y llevara el desastre de una a otra orilla. La destrucción de la balsa y de todos los que iban en ella habría sido en este caso obra de pocos momentos.

Afortunadamente, las débiles brisas de la noche no soplaban de aquella parte, sino que, por el contrario, continuaban viniendo del este y empujaban las llamas hacia la izquierda. Era posible aún que los fugitivos escaparan a este nuevo peligro.

Y así ocurrió efectivamente. La balsa dejó tras de sí el pueblo que las llamas devoraban, el resplandor del incendio disminuyó poco a poco, las crepitaciones se atenuaron y los últimos haces luminosos desaparecieron detrás de las altas rocas que se levantaban en un brusco recodo del río.

Eran las doce de la noche, poco más o menos. La sombra, que había vuelto a espesarse, protegía de nuevo la balsa; a los tártaros, que continuaban yendo y viniendo por las dos orillas, no podía vérselos, pero se los oía, y los fuegos de sus puestos avanzados brillaban de una manera extraordinaria.

Como los témpanos de hielo iban estrechándose en derredor de la balsa, era necesario maniobrar con más precisión, y, con este propósito, el viejo marino se puso de pie y los mujiks empuñaron sus bicheros.

Todos tenían mucho trabajo porque, como el lecho del río se obstruía visiblemente, la conducción de la balsa se hacía cada vez más difícil.

Miguel Strogoff habíase arrastrado hacia proa, y Alcides Jolivet lo había seguido, escuchando ambos lo que decían el viejo marinero y sus hombres.

—Vigila el lado derecho.

—Los témpanos de hielo se condensan a la izquierda.

—¡Defiende la balsa! ¡Defiéndela con el bichero!

—¡Antes de una hora quedaremos detenidos!

—Eso será si Dios quiere —respondió el viejo marinero—. Nada puede hacerse contra su voluntad.

—¿Ha oído usted? —preguntó Alcides Jolivet a Miguel Strogoff.

—Sí —respondió el correo del zar—; pero Dios está de nuestra parte.

Sin embargo, la situación se agravaba por momentos. Si la marcha de la balsa quedaba interrumpida, los fugitivos no sólo no llegarían a Irkutsk, sino que se verían obligados a abandonar su aparato flotante, que, aplastado por los hielos, desaparecería bajo ellos. Las cuerdas de mimbre se romperían entonces; los troncos de pinos, separados violentamente, se incrustarían en los duros témpanos, y los desgraciados náufragos no tendrían otro refugio que el hielo mismo. ¡Al día siguiente serían vistos por los tártaros, que los asesinarían sin piedad!

Miguel Strogoff volvió a popa, donde estaba Nadia esperándolo.

El correo del zar aproximose a la joven, le agarró una mano y le dirigió su invariable pregunta:

—¿Estás dispuesta a todo, Nadia?

—A todo estoy dispuesta.

Durante algunas verstas más, la balsa prosiguió la marcha por entre los témpanos flotantes. Si, más adelante, el Angara se estrechaba, se formaría una barrera de hielo, y, por consiguiente, a la balsa le sería imposible seguir la corriente.

La marcha hacíase ya con suma lentitud. Aquí sufría un choque la balsa, más allá era preciso dar un rodeo, en esta parte había que evitar un abordaje, en la otra se necesitaba pasar por una estrechura, y por doquier surgían dificultades que eran otros tantos retardos que inquietaban en gran manera a los fugitivos.

Sólo faltaban algunas horas para que terminase la noche, y, si no se llegaba a Irkutsk antes de las cinco de la mañana, debía perderse toda esperanza de entrar en la ciudad.

A pesar de cuantos esfuerzos se realizaron, a la una y media chocó la balsa contra una espesa barrera de hielo y se detuvo definitivamente; pero como, a su vez, chocaban contra ella los témpanos que bajaban por el río, quedó inmóvil y como encallada en un arrecife, siéndole imposible avanzar ni retroceder, puesto que era estrechada por una y otra parte.

En aquel sitio la anchura del Angara disminuía tanto, que casi quedaba reducida a la mitad, a cuya circunstancia debíase la acumulación de los témpanos de hielo, que se habían soldado unos con otros, a causa no sólo de la presión, que era considerable, sino también del frío, cuya intensidad había aumentado grandemente.

El lecho del río volvía a ensancharse a quinientos pasos más abajo, y los témpanos, que poco a poco se desprendían del borde inferior de aquel campo de hielo, continuaban derivando hacia Irkutsk.

Sin la estrechez del lecho del Angara en aquel sitio, probablemente no se habría formado la barrera de hielo que había detenido la balsa, y ésta hubiera podido seguir bajando, impulsada por la corriente.

Desgraciadamente, el mal no tenía remedio y los fugitivos tenían que renunciar a la esperanza de dar cima a su empresa de llegar a la ciudad.

Si al menos hubieran dispuesto de los utensilios de que suelen servirse los balleneros para abrir canales a través del hielo, habrían podido franquearse el paso hasta el lugar en que el río vuelve a ensancharse, cortando los témpanos; pero, ¿hubiesen tenido tiempo para efectuar la operación?

De todos modos, los fugitivos no llevaban sierra, ni pico ni herramienta alguna con que romper aquella corteza de hielo, a la que el frío había dado la dureza del granito. ¿Qué partido podía adoptarse en aquellas circunstancias?

En aquel momento sonaron disparos de arma de fuego en la orilla derecha del Angara, desde donde fue dirigida una lluvia de balas contra la balsa.

Los desgraciados fugitivos habían sido vistos seguramente, porque también los dispararon desde la orilla izquierda, y, sorprendidos de este modo entre dos fuegos, quedaron convertidos en blanco de los tártaros.

Aunque en medio de la oscuridad no podían los tiradores fijar la puntería, algunos fugitivos fueron heridos por las balas.

—¡Ven, Nadia! —murmuró Miguel Strogoff al oído de la joven.

Y ésta, sin hacer observación alguna, dispuesta a todo, agarró la mano de su compañero.

—Vamos a cruzar la barrera de hielo —agregó el correo del zar en voz baja—. Sígueme, pero procura que no nos vean salir de la balsa.

Nadia obedeció, y ambos jóvenes se deslizaron rápidamente en dirección al campo de hielo, en medio de la profunda oscuridad que los fogonazos de los disparos de las armas de fuego rompían de vez en cuando.

Nadia iba a rastras delante de Miguel Strogoff. Las balas caían en torno de ellos como violenta granizada y crepitaban sobre los témpanos, cuya superficie, escabrosa y erizada de vivas aristas, ensangrentaba las manos a los dos jóvenes, quienes, a pesar de ello, seguían avanzando.

Diez minutos más tarde llegaban al borde inferior de la barrera de hielo, donde las aguas del Angara estaban ya libres.

Algunos témpanos, desprendidos poco a poco del campo de hielo y arrastrados por la corriente, descendían hacia la ciudad.

Nadia comprendió lo que deseaba intentar Miguel Strogoff, y al ver que uno de aquellos témpanos sólo estaba unido al campo de hielo por una estrecha lengua, dijo:

—Ven.

Y ambos se tendieron sobre aquel témpano, que, merced a un ligero balanceo, no tardó en desprenderse de la barrera en que la balsa había quedado detenida.

El témpano empezó a derivar por el río, cuyo cauce iba ensanchándose.

El camino estaba libre para Miguel Strogoff y Nadia, a cuyos oídos llegaban el ruido de los disparos de las armas de fuego, los gritos de angustia de los rusos y los aullidos de los tártaros.

Luego, aquellos gritos de profunda angustia y de alegría salvaje fueron extinguiéndose poco a poco en la lejanía, hasta que al fin dejaron de oírse.

—¡Pobres compañeros! —murmuró Nadia.

Durante media hora, la corriente arrastró con gran rapidez el témpano de hielo que llevaba a Miguel Strogoff y a Nadia, quienes a cada momento temían que su extraño vehículo se hundiese bajo ellos.

Siguiendo el curso de las aguas, el témpano manteníase en medio del río, y no sería necesario, por consiguiente, imprimirle una dirección oblicua, hasta que no se tratase de atracar en los muelles de Irkutsk.

Miguel Strogoff, con los dientes apretados y el oído atento, no pronunciaba una sola palabra. ¡Jamás había estado tan cerca del objeto que perseguía y abrigaba el presentimiento de que iba a conseguirlo...!

Hacia las dos de la madrugada, una doble hilera de luces iluminó el sombrío horizonte, en el que las dos orillas del Angara se confundían.

Las luces de la derecha eran las de Irkutsk; las de la izquierda eran los fuegos del campamento tártaro.

Miguel Strogoff se encontraba en aquel momento a una distancia de media versta de la ciudad.

—¡Al fin! —murmuró.

Pero, de pronto, Nadia exhaló un grito.

Miguel Strogoff se irguió sobre el témpano de hielo, que vacilaba bajo él; tendió la mano hacia lo alto del Angara; su rostro, iluminado por reflejos azulados, adquirió aspecto siniestro, y, entonces, como si sus ojos se hubiesen abierto nuevamente a la luz, exclamó:

—¡Ah! ¡Hasta Dios está contra nosotros!

CAPÍTULO XII

Irkutsk

Irkutsk, capital de la Siberia oriental, es una ciudad que, en tiempo ordinario, tiene una población de treinta mil habitantes. Una playa bastante elevada, que se levanta a la orilla derecha del río Angara, sirve de asiento a sus iglesias, sobre las que sobresale una alta catedral, y a sus casas, esparcidas en pintoresco desorden.

Vista desde cierta distancia, desde la cima de la montaña que, a unas veinte verstas de allí, levántase sobre la carretera siberiana, ofrece un aspecto algo oriental, con sus cúpulas, sus campanarios, sus chapiteles, esbeltos como alminares, y sus domos, ventrudos como tibores japoneses; pero esta fisonomía desaparece a los ojos del viajero cuando se entra en su recinto.

La ciudad, mitad bizantina, mitad china, contemplada desde lejos, es, no obstante, europea por sus calles macadamizadas, bordeadas de aceras, atravesadas por canales y plantadas de gigantescos abedules; por sus casas de mampostería y de madera, por los numerosos carruajes —tartanas, teliegas, berlinas y carretelas— que por ella circulan, y, en fin, por la categoría de los habitantes, muy versados en los progresos de la civilización y para los que las modas más modernas de París no son desconocidas.

En aquella época, Irkutsk, donde se habían refugiado los siberianos de la provincia, encontrábase atestada de gente, no obstante lo cual, abundaban en ella todas las cosas, por ser el depósito de las innumerables mercancías que se cambian entre China, Asia central y Europa. No se había, por consiguiente, abrigado el temor de que faltaran las subsistencias al admitir en su recinto a los aldeanos del valle del Angara, a los mogoles-kalkas, a los tungusos y a los buretas, dejándoles que pusieran el desierto entre los invasores y la ciudad.

Irkutsk es la residencia del gobernador general de la Siberia oriental, de cuya autoridad dependen el gobernador civil, en cuyas manos está concentrada la administración de la provincia; el jefe de policía, a quien no faltan desterrados, y, en fin, el alcalde, jefe de los comerciantes, que es un personaje de gran importancia no sólo por la inmensa fortuna que posee, sino también por la influencia que ejerce en sus administrados.

La guarnición de Irkutsk formábanla, a la sazón, un regimiento de cosacos de infantería, que estaba compuesto por unos dos mil hombres, y un cuerpo de gendarmes sedentarios, que usaban casco y uniforme azul, galoneado de plata.

Como ya se sabe, el hermano del zar encontrábase encerrado en la ciudad desde el principio de la invasión, a consecuencia de circunstancias particulares que vamos a explicar.

El gran duque había tenido que hacer un viaje de importancia política a las lejanas provincias del Asia oriental, y, después de recorrer las principales ciudades de Siberia, más como militar que como príncipe, sin el boato propio de su jerarquía, pues sólo iba acompañado por sus oficiales y no llevaba otra escolta que un destacamento de cosacos, habíase trasladado hasta los países del otro lado del lago Baikal.

Nikolaievsk, último pueblo ruso situado en el litoral del mar de Ojotsk, tuvo entonces el honor de recibir su visita.

En este viaje había llegado a los confines del imperio moscovita, y ya regresaba a Irkutsk, desde donde pensaba volver a Europa, cuando recibió las primeras noticias de la invasión tártara, tan repentinamente amenazadora. Se apresuró a entrar en la capital, y, al llegar a ella, estaban a punto de interrumpirse las comunicaciones con Rusia.

Recibió, sin embargo, de Petersburgo y de Moscú algunos telegramas; pero no pudo contestar a ellos, por haber quedado cortada la línea telegráfica, como ya se ha dicho.

Con esta interrupción de comunicaciones, la ciudad de Irkutsk quedó aislada del resto del mundo.

No tenía, por consiguiente, el gran duque otra cosa que hacer que organizar las resistencias, y esto hizo, con la energía y tranquilidad de que ya había dado innumerables pruebas en otras ocasiones.

A Irkutsk llegaron, una tras otra, las noticias de la toma de Ichim, de Omsk y de Tomsk, y era preciso salvar a todo trance la capital de Siberia, para lo que no había de esperar próximos socorros, porque las pocas tropas que había diseminadas en las provincias del Amur y en el Gobierno de Irkutsk, no podían llegar en número suficiente para contener el avance de las columnas tártaras.

Siendo, por tanto, inevitable el sitio de Irkutsk, importaba, ante todo, ponerla en situación de resistirlo, aunque fuera de larga duración.

A este propósito, el día en que Tomsk cayó en poder de los tártaros, comenzaron las obras de fortificación de la capital de Siberia.

El gran duque había sabido también, al mismo tiempo, que el emir de Bukara y los kanes, aliados suyos, dirigían personalmente los movimientos de las tropas invasoras; pero ignoraba que el lugarteniente de aquel jefe bárbaro fuera Iván Ogareff, oficial ruso a quien él había destituido y a quien no conocía.

Como ya se ha dicho, los habitantes de la provincia de Irkutsk habían recibido, al principio de la invasión, la orden de abandonar sus respectivas localidades, y esta orden había sido ejecutada saliendo todos de las ciudades y aldeas, para ir a refugiarse unos en la capital, y trasladándose los otros a la parte opuesta del lago Baikal, adonde no era probable que llegaran los estragos de los bárbaros.

Recogiéronse la cosecha de trigo y los forrajes, de los que se hizo requisa en la ciudad, y este último baluarte del poderío moscovita en el Extremo Oriente fue puesto en estado de resistir el sitio durante largo tiempo.

Irkutsk, que fue fundada en 1611, encuéntrase en la margen derecha del Angara, cerca de la confluencia de este río con el Irkut.

La ciudad comunícase con sus arrabales, situados en la orilla izquierda del río, por medio de dos puentes de madera, asentados sobre estacas y dispuestos para abrirse en toda la extensión del canal según las necesidades de la navegación.

Era fácil, por consiguiente, la defensa por este lado, a cuyo efecto se abandonaron los arrabales y se destruyeron los puentes. Bajo el fuego de los sitiados, los invasores no podrían pasar el Angara, que en aquella parte era muy ancho.

Sin embargo, el río podía atravesarse más arriba y más abajo de la ciudad, y era de temer, por consiguiente, que ésta fuese atacada por la parte oriental, que no estaba defendida por muralla alguna.

En fortificar esta parte ocupáronse inmediatamente, durante noche y día todos los brazos, y el gran duque tuvo la suerte de que toda la población trabajara con tanto ardor en estas obras, como coraje había de demostrar luego en la defensa contra el enemigo. Soldados, comerciantes, desterrados, labradores, todos rivalizaron en celo para procurar la salvación común.

Ocho días antes de que los tártaros llegaran a las orillas del Angara, habíanse levantado murallas de tierra y abierto un foso, entre la escarpa y la contraescarpa. Las aguas del río sirvieron para llenar el foso.

No podría ya tomarse la ciudad por medio de un golpe de mano, sino que era preciso atacarla y ponerle sitio en toda regla.

El día 24 de septiembre llegó a la vista de Irkutsk la tercera columna tártara, que había subido por el valle de Yenisei, e inmediatamente ocupó los arrabales abandonados, cuyas casas habían sido demolidas, con el fin de que no dificultaran la acción de la artillería del gran duque, insuficiente por desgracia.

Los tártaros se apresuraron a organizarse, esperando que llegaran las otras columnas invasoras que mandaban el emir y sus aliados.

El 25 de septiembre reuniéronse en el campamento del Angara estos diversos cuerpos tártaros, todos los cuales, excepto las tropas que quedaron guarneciendo las ciudades conquistadas, se concentraron bajo las órdenes de Féofar-Kan.

Considerando Iván Ogareff impracticable el paso del río frente a Irkutsk, una fuerte partida de tropas lo atravesó por medio de un puente de barcas tendido al efecto pocas verstas más abajo.

Ni siquiera intentó el gran duque oponerse a este paso, convencido como estaba de que con los medios de que disponía no le era posible impedirlo y de que lo único que podía hacer era hostilizarlo, puesto que carecía de artillería de campaña, por cuya razón permaneció, a la expectativa, encerrado en Irkutsk.

Los tártaros, pues, se situaron en la orilla del Angara, y, al subir luego hacia la ciudad, incendiaron de paso la residencia veraniega del gobernador general, que estaba situada en los bosques que dominan el alto curso del río.

Después rodearon por completo a Irkutsk y tomaron definitivamente posiciones para sitiarla.

Iván Ogareff, hábil ingeniero, poseía aptitudes suficientes para dirigir las operaciones de un sitio regular; pero carecía de los materiales necesarios para operar con rapidez. Ésta es la razón que le había inducido a desear y esperar sorprender a Irkutsk, objeto de todas sus ansias.

Pero las cosas se habían realizado de modo distinto al que esperaba Iván Ogareff, porque, por una parte, la batalla de Tomsk había retrasado la marcha del ejército tártaro; por otra, el gran duque había efectuado rápidamente las obras de defensa, y estas dos cosas habían desconcertado los proyectos del traidor, obligándolo a sitiar la ciudad en toda regla.

Sin embargo, el emir, siguiendo los consejos de Iván, intentó apoderarse de Irkutsk a costa de un gran sacrificio de hombres, a cuyo fin los lanzó contra los puntos más débiles de las fortificaciones de tierra; pero fueron rechazados muy valerosamente los dos asaltos que dieron.

El gran duque y sus oficiales acudieron a todas partes, siendo los primeros en tomar la defensa y arrastrando tras de sí a la población civil a los parapetos: caballeros y campesinos, todos cumplieron su deber admirablemente.

En el segundo asalto, los tártaros había llegado a forzar una de las puertas del recinto, y se libró combate a la entrada de la calle principal, que lleva el nombre de Bolchaia, tiene una longitud de dos verstas y termina en las orillas del Angara; pero los cosacos, los gendarmes y los ciudadanos todos opusieron tan viva resistencia a los invasores, que éstos viéronse obligados a retirarse a sus posiciones.

Iván Ogareff pensó entonces pedir a la traición lo que la fuerza no podía darle.

Ya se sabe que su proyecto era entrar en la ciudad, presentarse al gran duque, captarse su confianza y, en el momento oportuno, abrir una de las puertas a los sitiadores; después, hecho esto, saciar su sed de venganza en el hermano del zar.

La gitana Sangarra, que lo había acompañado al campamento de Angara, lo impulsaba a poner su proyecto en ejecución.

En efecto, convenía obrar inmediatamente, porque las tropas rusas del Gobierno de Iakutsk marchaban ya hacia Irkutsk, y se habían concentrado en los territorios regados por el curso superior del río Lena, por cuyo valle subían, debiendo llegar antes de seis días. Por consiguiente, era preciso que antes de que transcurrieran esos seis días, la traición entregara la ciudad de Irkutsk a los tártaros.

Iván Ogareff no vaciló ya.

Una tarde, el 2 de octubre, celebrose consejo de guerra en el gran salón del palacio del gobernador general, residencia del gran duque.

Dicho palacio, situado en el extremo de la calle de Bolchaia, dominaba en largo trecho el curso del río, y a través de las ventanas de su fachada principal veíase el campamento tártaro. Una artillería de mayor alcance de la de que los tártaros disponían, habría hecho inhabitable este palacio.

El gran duque, el general Voranzoff, gobernador de la ciudad, y el jefe de los mercaderes, juntamente con algunos oficiales superiores, acababan de adoptar diversas resoluciones.

—Señores —dijo el gran duque—, conocen ustedes perfectamente nuestra situación y tengo la firme esperanza de que podremos resistir hasta que lleguen las tropas de Iakutsk. Ese día sabremos rechazar las hordas bárbaras y no dependerá de mí si no pagan cara esta invasión del territorio moscovita.

—Vuestra Alteza sabe que puede contar con toda la población de Irkutsk —respondió el general Voranzoff.

—Sí, general —asintió el gran duque—, yo rindo homenaje a su patriotismo. Gracias a Dios, no tiene que sufrir aún los horrores de la epidemia o del hambre, y tengo la esperanza de que se librará de ellos; pero no he podido menos que admirar su valor en las fortificaciones. Señor jefe de los mercaderes, oiga bien mis palabras, que ruego a usted transmita a sus subordinados literalmente.

—En nombre de la ciudad doy las gracias a Vuestra Alteza —respondió el jefe de los mercaderes—. ¿Me atreveré a preguntar qué plazo máximo señala Vuestra Alteza a la llegada del ejército que viene en nuestro socorro?

—Seis días, a lo sumo —contestó el gran duque—. Esta mañana ha logrado entrar en la ciudad un emisario hábil y valeroso y me ha comunicado que cincuenta mil rusos, a las órdenes del general Kisseleff, se dirigen hacia aquí a marchas forzadas. Hace dos días se encontraban a orillas del Lena, en Kirensk, y ahora ni el frío ni las nieves le impedirán llegar. Cincuenta mil hombres con excelente espíritu militar, acometiendo a los tártaros por el flanco, nos librarán bien pronto de ellos.

—Agregaré —dijo el jefe de los mercaderes— que el día en que Vuestra Alteza ordene una salida, estaremos dispuestos a obedecer sus órdenes.

—Bien, señor —respondió el gran duque—. Esperemos que las cabezas de nuestra columna aparezcan en las alturas, y, cuando esto suceda, nos lanzaremos contra los invasores.

Luego, volviéndose al general Voranzoff, agregó:

—Mañana visitaremos las obras de fortificación de la orilla derecha del Angara, en cuyas aguas flotan ya muchos témpanos de hielo. El río se helará pronto completamente, y, cuando esto ocurra, los tártaros podrán quizá pasarlo.

—Si Vuestra Alteza me lo permite, le haré una observación —dijo el jefe de los mercaderes.

—Hágala.

—He visto más de una vez descender la temperatura a treinta y cuarenta grados bajo cero, y sobre el Angara han flotado siempre témpanos de hielo sin que sus aguas hayan llegado a congelarse completamente. Sin duda, esto depende de la rapidez de su curso, y, por consiguiente, si no tienen los tártaros otros medios de pasar el río, puedo garantizar a Vuestra Alteza que, de este modo, no entrarán en Irkutsk.

El gobernador general confirmó la aserción del jefe de los mercaderes.

—Es una circunstancia feliz —respondió el gran duque—. Sin embargo, debemos prever todos los acontecimientos.

Y, volviéndose hacia el jefe de policía, le preguntó:

—¿No tiene usted nada que decirme, señor?

—Tengo que notificar a Vuestra Alteza —respondió el interpelado— una súplica que se le dirige por mi mediación.

—¿Quién me la dirige?

—Los desterrados de Siberia, quienes, como sabe Vuestra Alteza, suman quinientos, los que se encuentran en la ciudad.

Efectivamente, los desterrados políticos que estaban diseminados por la provincia habíanse concentrado en Irkutsk desde el principio de la invasión, obedeciendo las órdenes de refugiarse en la capital y abandonar los pueblos en que ejercían diversas profesiones, los unos de médicos, y los otros de profesores del Gimnasio, de la Escuela japonesa o de la de Navegación. El gran duque, confiado, lo mismo que el zar, en su patriotismo, les había entregado armas, y ellos habían demostrado ser valerosos defensores de la ciudad.

—¿Qué solicitan los desterrados? —preguntó el gran duque.

—Solicitan —respondió el jefe de policía— que Vuestra Alteza les permita formar un cuerpo especial e ir a la vanguardia cuando se haga la primera salida.

—Sí —respondió el gran duque con una emoción que no intentó disimular—, los desterrados son rusos y tienen derecho a batirse en defensa de su patria.

—Creo poder afirmar a Vuestra Alteza —dijo el gobernador general— que no tendrá mejores soldados que ellos.

—Sin embargo, necesitan un jefe —repuso el gran duque—. ¿Quién será ese jefe?

—Les agradaría que Vuestra Alteza —dijo el jefe de policía— nombrara a uno de ellos, que se ha distinguido en muchas ocasiones.

—¿Es ruso?

—Sí, ruso de las provincias bálticas.

—¿Cómo se llama?

—Basilio Fedor.

El desterrado de quien se hablaba era el padre de Nadia.

Basilio Fedor, como se sabe, ejercía en Irkutsk la profesión de médico.

Era un hombre instruido y caritativo y poseía gran valor y sincero patriotismo. El tiempo que le dejaba libre el cuidado de sus enfermos, dedicábalo a organizar la resistencia, siendo él quien había reunido a sus compañeros de destierro bajo una acción común.

Los desterrados, confundidos hasta entonces entre los demás habitantes de la ciudad, habíanse portado de manera tan brillante que habían llegado a llamar sobre sí la atención del gran duque. En algunas salidas que habían hecho habían pagado no pocos de ellos con su sangre su deuda a la santa Rusia, ¡santa, realmente, y adorada por sus hijos!

Basilio Fedor habíase conducido siempre con heroísmo, y su nombre había sido citado con elogio en varias ocasiones, pero él no había solicitado jamás gracias ni favores, y, cuando a los desterrados en Irkutsk se les ocurrió la idea de formar un cuerpo especial, hasta ignoraba que tuvieran el firme propósito de elegirlo su jefe.

Cuando el jefe de policía pronunció su nombre en presencia del gran duque, éste manifestó que no le era desconocido.

—Efectivamente —asintió el general Voranzoff—, Basilio Fedor es un hombre de mérito y de valor, que ha ejercido siempre grandísima influencia entre sus compañeros.

—¿Desde cuándo se encuentra en Irkutsk? —preguntó el gran duque.

—Desde hace dos años.

—¿Y su conducta...?

—Su conducta —respondió el jefe de policía— es la de un hombre sometido a las leyes especiales que lo rigen.

—General —dijo el gran duque—, general, preséntemelo inmediatamente.

Ejecutadas las órdenes del gran duque, apenas había transcurrido media hora cuando Basilio Fedor era conducido a su presencia.

Basilio Fedor, que tendría cuarenta años a lo sumo, era alto y de aspecto severo y triste. Advertíase que toda su vida estaba resumida en esta palabra: lucha, y que había luchado y sufrido.

Sus rasgos fisonómicos semejábanse notablemente a los de su hija Nadia Fedor.

Más que a otro cualquiera, la invasión tártara lo había herido en su más cara afección y destruido su más grata esperanza de padre, desterrado a ocho mil verstas de su ciudad natal. Una carta le había informado de la muerte de la esposa y del viaje de su hija, que había obtenido autorización del Gobierno para ir a Irkutsk a reunirse con él.

Nadia había debido salir de Riga el 16 de julio, y como la invasión tártara había empezado el 15, si la joven había pasado ya la frontera en aquella fecha, ¿cuál había sido su suerte en medio de los invasores? Se comprende, pues, que al desventurado padre lo devorase la inquietud con tanta mayor razón, cuanto que desde la época dicha no había vuelto a tener noticia alguna de su hija.

Basilio Fedor, al llegar a la presencia de gran duque, se inclinó, y esperó que lo interrogase.

—Basilio Fedor —dijo el gran duque—, tus compañeros de destierro han solicitado autorización para formar un cuerpo especial. ¿Saben que los que pertenecen a esos cuerpos tienen que luchar hasta lo último o morir?

—No lo ignoran —respondió Basilio Fedor.

—Quieren que su jefe seas tú.

—¿Yo, Alteza?

—¿Consientes en ponerte al frente de ellos?

—Sí, si lo exige el bien de Rusia.

—Comandante Fedor —dijo el gran duque—, ya no eres un desterrado.

—Gracias, Alteza; pero, ¿puedo mandar a los que todavía lo son?

—Ya han dejado de serlo.

Era el perdón a todos los desterrados, a quienes de este modo convertía en compañeros de armas, lo que acababa de otorgar el hermano del zar.

Basilio Fedor estrechó, emocionado, la mano que le tendió el gran duque, y salió de la estancia.

Éste, volviéndose luego hacia sus oficiales, les dijo sonriéndose:

—El zar no dejará de aceptar esta letra de perdón que giro a su cargo. Necesitamos héroes que defiendan la capital de Siberia y acabo de hacerlos.

Era, efectivamente, un acto de buena política y de buena justicia aquel perdón tan generosamente otorgado a los desterrados en Irkutsk.

En aquellos momentos, era ya de noche.

A través de las ventanas del palacio veíanse brillar las hogueras del campamento tártaro, que iluminaban el Angara hasta la orilla opuesta.

Las aguas del río arrastraban en su corriente numerosos témpanos de hielo, algunos de los cuales quedaban detenidos en los primeros pilotes de los antiguos puentes de madera.

Los que la corriente mantenía en el canal, seguían el curso de las aguas con suma rapidez, lo que evidenciaba que era difícil que se congelara el río en toda su superficie, como había hecho observar el jefe de los mercaderes.

Por consiguiente, los defensores de Irkutsk no debían temer ser atacados por aquella parte.

Acababan de sonar las diez de la noche, y ya iba el gran duque a despedir a sus oficiales y a retirarse a sus habitaciones, cuando se promovió cierto tumulto en el exterior del palacio.

Casi inmediatamente se abrió la puerta del salón, presentose un ayudante de campo, avanzó hacia el gran duque y dijo:

—¡Alteza, un correo del zar!

CAPÍTULO XIII

Un correo del zar

Todos los miembros del Consejo encamináronse, por un movimiento simultáneo, hacia la puerta del salón, que había quedado entreabierta.

¡Un correo del zar que había llegado a Irkutsk!

Si aquellos oficiales se hubieran detenido un momento a reflexionar en la improbabilidad de tal suceso, seguramente lo habrían creído imposible.

El gran duque habíase adelantado vivamente hacia su ayudante de campo, preguntándole:

—¿Dónde está ese correo del zar?

Casi inmediatamente entró en el salón un hombre que tenía aspecto de hallarse bajo los efectos de una abrumadora fatiga.

El recién llegado vestía un traje de campesino siberiano, usado y hasta hecho jirones, en el que se veían algunos agujeros hechos por balas; llevaba cubierta la cabeza por un gorro moscovita, y una herida, mal cicatrizada, le surcaba el rostro.

Aquel hombre, evidentemente, había hecho un largo y penoso camino. Su calzado, completamente destrozado, probaba que había debido hacer a pie una parte de su viaje.

—¿Su Alteza el gran duque? —inquirió al entrar.

El gran duque se aproximó a él.

—¿Eres correo del zar? —le preguntó.

—Sí, Alteza.

—¿De dónde vienes?

—De Moscú.

—¿Cuándo saliste de Moscú?

—El 15 de julio.

—¿Cómo te llamas?

—Miguel Strogoff.

Era Iván Ogareff, que había usurpado el nombre y la calidad de aquel a quien creía haber reducido a la impotencia. Como ni el gran duque ni persona alguna lo conocían en Irkutsk, no había tenido necesidad de desfigurarse el rostro, y, puesto que podía probar su pretendida personalidad, nadie dudaría de él.

Sostenido por una voluntad de hierro, iba pues, a precipitar el desenlace del drama de la invasión, por medio de la traición y del asesinato.

Después de la respuesta de Iván Ogareff, hizo una seña el gran duque y todos sus oficiales se retiraron de la sala.

El falso Miguel Strogoff y Su Alteza quedaron solos en el salón.

El gran duque contempló durante algunos instantes a Iván Ogareff con gran atención.

—¿Estabas en Moscú el 15 de julio? —le preguntó luego.

—Sí, Alteza, y en la noche del 14 al 15 vi en el Palacio Nuevo a Su Majestad el zar.

—¿Tienes alguna carta del zar?

—Hela aquí.

Y, al decir esto, Iván Ogareff presentó al gran duque la carta imperial, reducida, por medio de dobleces, a dimensiones casi microscópicas.

—Esta carta, ¿te fue entregada en esta forma? —preguntó el gran duque.

—No, Alteza; pero he tenido que romper el sobre, a fin de ocultarla mejor a los soldados del emir.

—¿Has sido hecho entonces prisionero por los tártaros?

—Sí, Alteza; he estado en su poder durante algunos días —respondió Iván Ogareff—. Por este motivo, aunque salí de Moscú el 15 de julio, como indica la fecha de esta carta, no he llegado a esta ciudad de Irkutsk hasta el 2 de octubre, después de setenta y nueve días de viaje.

El gran duque tomó la carta, la desdobló y reconoció la firma del zar, precedida de la fórmula sacramental escrita por su mano. No era posible, por consiguiente, poner en duda la autenticidad de la carta ni tampoco la identidad del correo.

Si la feroz fisonomía de éste había inspirado al principio alguna desconfianza, que el gran duque no dejó ver, esta desconfianza había desaparecido por completo.

El gran duque permaneció algunos instantes sin hablar. Leía atentamente la carta, con objeto de penetrar bien su sentido.

Luego, volviendo a tomar la palabra, preguntó:

—Miguel Strogoff, ¿conoces el contenido de esta carta?

—Sí, Alteza. Podía haberme visto obligado a destruirla para evitar que cayera en manos de los tártaros y quise, si este caso llegaba, conocer el texto para decirlo a Vuestra Alteza con toda exactitud.

—¿Sabes que esta carta nos impone el deber de morir en Irkutsk antes que entregar la ciudad?

—Lo sé.

—¿Sabes también que indica los movimientos de las tropas, que han sido combinados para contener la invasión?

—Sí, Alteza; pero esos movimientos no han salido bien.

—¿Qué quieres decir?

—Quiero decir que Ichim, Omsk y Tomsk, para hablar solamente de las ciudades importantes de las dos Siberias, han sido sucesivamente ocupadas por los soldados de Féofar-Kan.

—Pero, ¿ha habido combate? ¿Han luchado nuestros cosacos con los tártaros?

—Varias veces, Alteza.

—¿Y han sido rechazados?

—No tenían fuerzas suficientes.

—¿Dónde han tenido lugar los encuentros de que hablas?

—En Kolivan, en Tomsk...

Hasta aquí, Iván Ogareff no había dicho más que la verdad; pero con el fin de intimidar a los defensores de Irkutsk, exagerando las ventajas obtenidas por las tropas del emir, agregó:

—Y por tercera vez delante de Krasnoiarsk.

—¿Pero en este último encuentro...? —preguntó el gran duque, cuyos labios entrecerrados dejaban apenas pasar las palabras.

—Fue más que un encuentro, Alteza —respondió Iván Ogareff—. Fue una batalla.

—¿Una batalla?

—Veinte mil rusos, procedentes de las provincias de la frontera y del Gobierno de Tobolsk, lucharon contra ciento cincuenta mil tártaros, y, a pesar de su valor, fueron derrotados.

—¡Mientes! —gritó el gran duque, que en vano trató de reprimir su cólera.

—He dicho la verdad, Alteza —respondió fríamente Iván Ogareff—. Presencié la batalla de Krasnoiarsk y allí fui hecho prisionero.

El gran duque se apaciguó, y, con un signo, hizo comprender a Iván Ogareff que no dudaba de su veracidad.

—¿Qué día se libró la batalla de Krasnoiarsk? —preguntó.

—El 2 de septiembre.

—¿Y ahora todas las tropas tártaras se encuentran alrededor de Irkutsk?

—Todas.

—¿A qué número calculas que ascienden esas fuerzas tártaras?

—A cuatrocientos mil hombres.

Este cálculo de los ejércitos tártaros era otra exageración de Iván Ogareff, hecha conscientemente con el mismo objeto que la anterior.

—¿Y no debo esperar socorro alguno de las provincias del oeste? —preguntó el gran duque.

—Ninguno, Alteza, por lo menos antes que acabe el invierno.

—Pues bien, oye esto, Miguel Strogoff: ¡aunque no llegara jamás auxilio alguno del oeste ni del este, y esos bárbaros fuesen seiscientos mil, no entregaré a Irkutsk!

Iván Ogareff guiñó ligeramente uno de sus ojos perversos, como si quisiera decir que el hermano del zar no contaba con la traición.

Al gran duque, que era de temperamento nervioso, le costaba gran trabajo permanecer tranquilo oyendo aquellas noticias desastrosas, y no hacía más que ir y venir por el salón, en presencia de Iván Ogareff, que lo contemplaba como una presa reservada a su venganza.

De cuando en cuando deteníase ante las ventanas, miraba las hogueras del campamento tártaro y trataba de percibir los ruidos, la mayor parte de los cuales procedía del choque de los témpanos de hielo que la corriente del Angara arrastraba.

En esta forma dejó transcurrir un cuarto de hora, sin hacer ninguna otra pregunta. Luego, volviendo nuevamente a la carta, releyó uno de los párrafos y dijo:

—¿Sabes, Miguel Strogoff, que en esta carta se me habla de un traidor, de quien tendré que desconfiar?

—Sí, Alteza.

—Debe intentar entrar en Irkutsk bajo un disfraz, captarse mi confianza y, luego, llegada la ocasión, entregar la ciudad a los tártaros.

—Sé todo esto, Alteza, y sé también que Iván Ogareff ha jurado vengarse personalmente del hermano del zar.

—¿Por qué?

—Se dice que ese oficial fue condenado por el gran duque a una degradación humillante.

—Sí... Lo recuerdo... Pero la merecía ese miserable, que debía más tarde servir contra su país y provocar una invasión de los tártaros.

—Su Majestad el zar —respondió Iván Ogareff— tenía, sobre todo, interés especial en notificaros los proyectos criminales de ese traidor contra vuestra persona.

—Sí... La carta me informa...

—Y Su Majestad me lo dijo también, advirtiéndome que, durante mi viaje a través de Siberia, me guardara, sobre todo, de ese traidor.

—¿Lo has encontrado?

—Sí, Alteza, después de la batalla de Krasnoiarsk. Si hubiera podido sospechar que yo era portador de una carta dirigida a Vuestra Alteza y en la que se revelaban sus proyectos, no me habría perdonado.

—¡Sí, estabas perdido! —repuso el gran duque—, pero, ¿cómo pudiste escapar?

—Arrojándome al río Irtich.

—¿Y cómo has entrado en Irkutsk?

—A favor de una salida que se ha hecho esta misma tarde para rechazar un destacamento tártaro. Me he mezclado con los defensores de la ciudad, he podido hacerme reconocer y se me ha conducido a la presencia de Vuestra Alteza.

—Bien, Miguel Strogoff —dijo el gran duque—. Has demostrado valor y celo durante esta difícil misión y no te olvidaré jamás. ¿Tienes que pedirme algún favor especial?

—Ninguno, si no es el de luchar al lado de Vuestra Alteza —respondió Iván Ogareff.

—Concedido, Miguel Strogoff. Quedas, desde hoy, agregado a mi persona y te alojarás en este palacio.

—¿Y si, como es su intención, Iván Ogareff se presenta a Vuestra Alteza bajo un nombre falso...?

—Lo desenmascararemos, gracias a ti, que lo conoces, y lo haré morir a fuerza de latigazos. Puedes retirarte.

Iván Ogareff, teniendo en cuenta que era capitán del cuerpo de correos del zar, saludó militarmente al gran duque y se retiró.

Acababa de representar con éxito su indigno papel, y el gran duque le había concedido plena y entera confianza. Podía, por consiguiente, abusar de ella donde y cuando le conviniese.

Habitaría en el mismo palacio, estaría en el secreto de las operaciones militares de la defensa, y sería, por lo tanto, dueño de la situación.

Como en Irkutsk nadie lo conocía, nadie podía desenmascararlo, pero, esto no obstante, resolvía obrar sin demora.

Efectivamente, el tiempo apremiaba. Era necesario que la ciudad se rindiera antes que llegasen los rusos del norte y del este, y esto era cuestión de pocos días.

Una vez dueños los tártaros de Irkutsk ya no sería fácil recobrarla, y, en todo caso, si más tarde se veían los invasores obligados a abandonarla, no lo harían sin haberla antes arruinado hasta los cimientos y sin que la cabeza del gran duque hubiese rodado a los pies de Féofar-Kan.

Pudiendo fácilmente Iván Ogareff ver, observar y disponer, ocupose, desde el siguiente día, en visitar las fortificaciones, siendo en todas partes felicitado cordialmente por los oficiales, por los soldados y por los ciudadanos, para quienes era aquel correo del zar como una especie de lazo que acababa de unirlos al Imperio.

Iván Ogareff refirió, con aplomo jamás desmentido, las falsas peripecias de su viaje, y, luego, hábilmente y sin insistir demasiado al principio, habló de la gravedad de la situación, exagerando, como lo había hecho en la conversación que sostuvo con el gran duque, no sólo los triunfos alcanzados por los tártaros, sino también las fuerzas de que estos bárbaros disponían.

De darle crédito, los socorros que se esperaban, si por fin llegaban, serían insuficientes, y era de temer que una batalla librada bajo los muros de Irkutsk fuese tan funesta para los rusos como lo habían sido las de Kolivan, Tomsk y Krasnoiarsk.

Iván Ogareff no prodigaba estas aviesas insinuaciones, sino que las hacía con cierta circunspección, con el objeto de ir haciéndolas penetrar poco a poco en el ánimo de los defensores de Irkutsk, simulando no responder más que cuando se veía demasiado acosado por las preguntas, y como de mala gana. En todo caso, agregaba que era preciso defenderse hasta que sucumbiera el último hombre y hacer volar la ciudad antes que rendirla.

El mal que el traidor perseguía con esto lo habría seguramente causado si hubiera sido posible, pero la guarnición y el vecindario de Irkutsk eran demasiado patriotas para acobardarse. De todos aquellos militares y paisanos, encerrados en una ciudad aislada en el extremo asiático, no hubo uno siquiera que pensara capitular. El desprecio que a los rusos inspiraban los tártaros no tenía límites.

De todos modos, nadie sospechó el papel odioso que estaba representando Iván Ogareff, sin duda porque nadie podía adivinar que el pretendido correo del zar era un traidor.

Una circunstancia naturalísima hizo, desde su llegada a Irkutsk, que entablaran relaciones frecuentes Iván Ogareff y uno de los más bravos defensores de la ciudad, Basilio Fedor.

Ya se sabe cuáles eran las inquietudes que afligían al desgraciado padre. Si su hija, Nadia Fedor, había salido de Rusia en la fecha señalada en su última carta, que él había recibido de Riga, ¿qué le había ocurrido? ¿Trataba todavía, ahora, de atravesar las provincias invadidas, o hacía ya largo tiempo que estaba prisionera? Basilio Fedor no encontraba lenitivo para su dolor, sino cuando tenía alguna ocasión de luchar contra los tártaros, ocasiones que, a pesar suyo, eran muy raras.

Por lo tanto, cuando se enteró de la llegada tan inesperada de un correo del zar, tuvo como el presentimiento de que este correo podría darle noticias de su hija. No era más que una esperanza, probablemente quimérica; pero la acogió.

Si este correo había estado prisionero, ¿no podría Nadia estarlo todavía?

Animado por esta esperanza buscó a Iván Ogareff, quien aprovechó la ocasión para entrar en relaciones diarias con el comandante. ¿Aquel renegado pensaba, pues, explotar esta circunstancia? ¿Juzgaba que un ruso, aun tratándose de un desterrado político, podría ser tan miserable, que traicionara a su patria?

De cualquier modo que fuese, Iván Ogareff respondió con cortesía hábilmente fingida a las demostraciones amistosas del padre de Nadia, quien, sin perder tiempo, al día siguiente de haber llegado el supuesto correo del zar, se apresuró a acudir al palacio del gobernador general.

Allí manifestó a Iván Ogareff las circunstancias en que su hija había debido salir de la Rusia europea, y le expuso cuáles eran ahora sus inquietudes respecto a su suerte.

Iván Ogareff no conocía a Nadia, aunque la había encontrado en la casa de postas de Ichim el día en que él tropezó con Miguel Strogoff; pero, entonces, no había prestado la menor atención a la joven como tampoco a los dos periodistas, que también estaban allí. No pudo, por lo tanto, dar a Basilio Fedor ninguna noticia de su hija.

—Pero, ¿en qué época —preguntó, sin embargo— debió salir su hija del territorio ruso?

—Casi al mismo tiempo que usted —respondió Basilio Fedor.

—Yo salí de Moscú el 15 de julio.

—Nadia debió salir también de Moscú en aquella época. Su carta me lo decía formalmente.

—¿Se encontraba en Moscú el 15 de julio? —preguntó Iván Ogareff.

—En aquella fecha, seguramente, sí.

—Pues bien... —replicó Iván Ogareff; y, luego, como recapacitando, agregó—: Pero no... Me equivoco... Iba a confundir las fechas. Desgraciadamente es demasiado probable que su hija haya pasado la frontera, y usted no puede tener más que una sola esperanza: la de que se haya detenido al tener noticia de la invasión tártara.

Basilio Fedor inclinó la cabeza. Conocía a Nadia y sabía bien que nada la hubiera podido impedir que continuara su viaje.

Iván Ogareff acababa de cometer, innecesariamente, un acto de verdadera crueldad, puesto que con una sola palabra podía haber tranquilizado a Basilio Fedor.

Aunque Nadia hubiera atravesado la frontera siberiana en las circunstancias ya sabidas, computando Basilio Fedor la fecha en que su hija se encontraba en Nijni-Novgorod con la del decreto que prohibía salir de Rusia, habría sin duda sacado la consecuencia de que no había podido exponerse a los peligros de la invasión y que, contra su voluntad, se encontraba todavía en el territorio europeo del Imperio.

Iván Ogareff, obedeciendo a su naturaleza cruel, como hombre a quien no logran conmover los sufrimientos ajenos, podía haber desvanecido el error en que se encontraba el desgraciado padre pronunciando una sola palabra, y no lo hizo.

Basilio Fedor se retiró con el corazón herido. Aquella conversación acababa de desvanecer su última esperanza.

Durante los dos días siguientes —3 y 4 de octubre— el gran duque interrogó varias veces al pretendido Miguel Strogoff, haciéndole repetir cuanto había oído en la cámara imperial del Palacio Nuevo de Moscú.

Iván Ogareff, preparado para todas estas preguntas, no vaciló jamás en responder.

Intencionadamente, dijo que al Gobierno del zar lo había sorprendido completamente la invasión; que la sublevación había sido preparada en el mayor secreto; que, cuando la noticia había llegado a Moscú, los tártaros eran ya dueños de la línea del Obi, y, en fin, que todavía no se había hecho nada para enviar a Siberia las tropas necesarias para rechazar la invasión.

Luego, Iván Ogareff, completamente dueño de sus movimientos, comenzó a estudiar a Irkutsk, sus fortificaciones y sus puntos débiles, con objeto de utilizar más tarde sus observaciones, para el caso de que alguna circunstancia le impidiera consumar su traición. Esto lo indujo a examinar con particular atención la puerta de Bolchaia, que él quería franquear a los invasores.

Dos veces, por la noche, llegó al glacis de aquella puerta, y, sin temor a ser descubierto por los sitiadores, cuyos puestos avanzados se hallaban a menos de una versta de distancia de las murallas, se paseó por él. Estaba convencido de que no corría peligro alguno y hasta de que era reconocido por los tártaros, porque había entrevisto una sombra que se deslizaba hasta llegar al pie de los atrincheramientos.

Sangarra, arriesgando su vida, iba a ponerse en comunicación con Iván Ogareff.

Por otra parte, los sitiados disfrutaban, desde hacía dos días, de una tranquilidad a que los tártaros no los tenían acostumbrados desde el principio del sitio.

Iván Ogareff lo había dispuesto así.

El lugarteniente de Féofar-Kan había querido que se suspendiese toda tentativa para apoderarse de la ciudad a viva fuerza, y, por consiguiente, desde su llegada a Irkutsk la artillería guardaba un silencio absoluto. ¿Iba a disminuir por esto la vigilancia de los sitiados? Él, al menos, así lo esperaba. En todo caso, en los puestos avanzados había muchos millares de tártaros dispuestos a lanzarse a la puerta desguarnecida por sus defensores, cuando Iván Ogareff les diera el aviso de que había llegado la hora de obrar.

Sin embargo, esa hora no podía tardar, porque era preciso poner término a la situación antes que los cuerpos rusos llegaran a la vista de Irkutsk.

Iván Ogareff tomó su decisión y, aquella noche, cayó del glacis de la fortificación un billete que recogió Sangarra.

Iván Ogareff había resuelto entregar a los invasores la ciudad de Irkutsk al día siguiente, a las dos de la madrugada de la noche del 5 al 6 de octubre.

CAPÍTULO XIV

La noche del 5 al 6 de octubre

El plan de Iván Ogareff había sido combinado con sumo cuidado, y, de no ocurrir alguna circunstancia improbable, no debía fallar.

Importaba que la puerta de Bolchaia se encontrara libre en el momento de entregarla a los tártaros, para lo cual se necesitaba llamar la atención de los sitiados hacia otro punto de la ciudad, cuando el citado momento llegase. Al efecto, el traidor había convenido con el emir que los sitiadores hicieran una diversión.

Esta diversión debía efectuarse al lado del arrabal de Irkutsk, en la parte superior y en la inferior de la orilla derecha del río. Se atacaría muy seriamente estos dos puntos, al mismo tiempo que se haría una tentativa para pasar el Angara por la orilla izquierda, y era muy probable que, cuando esto se hiciese, fuera abandonada la puerta de Bolchaia, tanto más cuanto que las avanzadas tártaras de este lado se retirarían para dar la sensación de que levantaban de allí el campo.

Corría el día 5 de octubre, y antes de veinticuatro horas la capital de la Siberia oriental debía estar en poder del emir, y el gran duque en el de Iván Ogareff.

Durante aquel día prodújose un movimiento inusitado en el campamento de Angara.

Desde las ventanas del palacio y desde las casas de la orilla derecha del río veíanse claramente los importantes preparativos que los rebeldes hacían en la margen opuesta.

Numerosos destacamentos tártaros acudían al campamento, y de hora en hora iban reforzando las tropas del emir.

Era que se preparaba muy ostensiblemente la diversión convenida.

Además, Iván Ogareff no ocultó al gran duque que era de temer algún ataque por aquel lado, porque él sabía —dijo— que debía darse un asalto a la ciudad por la parte superior y por la inferior, y aconsejó que se reforzaran aquellos dos puntos más seriamente amenazados.

Los preparativos observados en el campamento de los sitiadores apoyaban las recomendaciones hechas por Iván Ogareff, y era urgente tenerlas en cuenta. Por esta razón, después de celebrarse un consejo de guerra en palacio, diose orden de concentrar la defensa en la orilla derecha del Angara y en los dos extremos de la ciudad cuyos atrincheramientos se apoyaban en el río.

Aquello precisamente era lo que el traidor Iván Ogareff deseaba.

No esperaba, sin duda alguna, que la puerta de Bolchaia quedara sin defensores, pero sí que el número de éstos fuese menor.

Además, había dado él a la diversión de los sitiadores tal importancia, que el gran duque se veía obligado a oponerles todas las fuerzas disponibles.

En efecto, un incidente de gravedad excepcional, imaginado por Iván Ogareff, debía contribuir poderosamente a la realización de sus proyectos, y, aunque Irkutsk no fuese atacado por puntos alejados de la puerta Bolchaia y por la orilla derecha del río, el citado incidente habría sido bastante para llevar a todos los defensores al lugar al que el traidor quería llevarlos precisamente. Al mismo tiempo debía provocar una catástrofe espantosa.

Todo contribuía, pues, a que la puerta de Bolchaia, libre a la hora indicada, fuese entregada a los millares de tártaros que esperaban ocultos entre los bosques del este.

Durante aquel día la guarnición y el vecindario de Irkutsk estuvieron constantemente alerta. Se habían adoptado todas las medidas necesarias para rechazar aquel inminente ataque a los puntos que hasta entonces habían sido respetados, y el gran duque y el general Voranzoff visitaron los puestos que ellos mismos habían mandado reforzar.

365

El cuerpo especial, que estaba mandado por Basilio Fedor, ocupaba el norte de la ciudad, pero tenía orden de acudir allí donde el peligro le reclamase; y la orilla derecha del Angara había sido guarnecida con la poca artillería de que se podía disponer.

Con estas medidas tomadas a tiempo, gracias a las recomendaciones tan oportunamente hechas por Iván Ogareff, era de esperar que el ataque preparado por los tártaros no tuviera buen éxito, en cuyo caso, los invasores, momentáneamente descorazonados, dejarían sin duda transcurrir algunos días para hacer una nueva tentativa contra la ciudad, y, mientras tanto, podían llegar de un momento a otro las tropas rusas que esperaba el gran duque. La salvación o la pérdida de Irkutsk estaban, por lo tanto, pendientes de un hilo.

Aquel día, el sol, que había salido a las seis y veinte minutos, se ocultó a las cinco y cuarenta minutos de la tarde, habiendo, por consiguiente, necesitado once horas para trazar su arco diurno por encima del horizonte; pero la luz crepuscular debía luchar durante dos horas todavía con la sombra de la noche. Luego, el espacio se poblaría de espesas tinieblas, porque gruesas nubes se inmovilizaban en el aire, y la luna, en conjunción, no debía aparecer.

Aquella profunda oscuridad iba a favorecer de un modo más completo los proyectos de Iván Ogareff.

Desde algunos días antes, un frío extremadamente vivo preludiaba los rigores del invierno siberiano, y aquella noche era más intenso aún. Los soldados que acampaban a la orilla derecha del Angara, obligados a disimular su presencia, no habían encendido una sola hoguera y sufrían horriblemente a causa del insoportable descenso de la temperatura. Algunos pies bajo ellos pasaban los témpanos de hielo que eran impulsados por la corriente del río, y durante todo aquel día habíaselos visto en filas apretadas derivar rápidamente entre las dos orillas.

Esto, observado por el gran duque y por sus oficiales, había sido considerado como una feliz circunstancia, porque era evidente que si el lecho del Angara llegaba a obstruirse, el paso sería absolutamente impracticable. Los tártaros no podrían maniobrar con balsas ni con barcas, y en cuanto a admitir que pudieran atravesar el río sobre los témpanos de hielo, en el caso de que el frío los soldase unos a otros, no era posible, porque no tendrían la consistencia suficiente para soportar el paso de una columna de ataque.

Pero esta circunstancia, por lo mismo que parecía ser favorable a los defensores de Irkutsk, Iván Ogareff debió temer que se produjera. No ocurrió así, sin embargo. El traidor sabía bien que los tártaros no habían de intentar el paso del Angara, y, por aquella parte a lo menos, su tentativa sería simulada.

Esto no obstante, el estado del río sufrió una gran modificación hacia las diez de la noche, con gran sorpresa de los sitiados y en perjuicio suyo. El paso, que hasta entonces había sido impracticable, se hizo posible de pronto, porque el lecho del Angara quedó libre de hielos.

Los témpanos de hielo, que, desde hacía algunos días, pasaban en gran número, desaparecieron más allá de la ciudad, y apenas, quedaron cinco o seis en el espacio comprendido entre las dos orillas; pero éstos no tenían ya la estructura de los que se forman en las condiciones ordinarias y bajo la influencia de un frío regular, sino que eran simples trozos, arrancados de algún *icefield,* y cuyas aristas, limpiamente cortadas, no mostraban rugosidades.

Los oficiales rusos que advirtieron esta modificación en el estado del río, la notificaron al gran duque, y la explicaron, además, diciendo que en alguna parte estrecha del Angara habían debido acumularse los témpanos de hielo de tal modo que habían llegado a formar una barrera.

Ya se sabe que, efectivamente, había ocurrido así.

El paso del Angara había, por consiguiente, quedado abierto para los sitiadores, y de aquí la necesidad de que los rusos vigilaran con más atención que nunca.

Hasta medianoche no ocurrió incidente alguno, digno de mención. Del lado del este, hacia la puerta de Bolchaia, la tranquilidad era completa. No había una sola hoguera en aquellos bosques, que, en las sombras, se confundían con las nubes del cielo, que estaban muy bajas.

En cambio, reinaba grandísima agitación en el campamento del Angara, como lo demostraba el continuo cambio de lugar de las luces que brillaban en él.

A una versta de distancia, por encima y por debajo del sitio en que la escarpa se apoyaba en las orillas del río, percibíase un sordo murmullo que demostraba que los tártaros estaban en pie, esperando una señal cualquiera.

Transcurrió una hora más sin que ocurriese novedad alguna.

Las dos de la madrugada iban ya a sonar en el campanario de la catedral de Irkutsk, y los sitiadores no habían hecho aún movimiento alguno que revelara sus propósitos.

El gran duque y sus oficiales preguntábanse si no habían sido inducidos a error, y si entraba realmente en el plan de los tártaros tratar de sorprender a la ciudad. Las noches precedentes no habían sido, ni mucho menos, tan tranquilas, porque en los puestos avanzados habíanse hecho disparos de fusilería y los obuses habían surcado el aire. Aquella noche no ocurría nada de esto.

El gran duque, el general Voranzoff y sus ayudantes de campo esperaban, pues, dispuestos a dar sus órdenes con arreglo a las circunstancias.

Como ya se sabe, Iván Ogareff ocupaba en palacio una habitación, que era una sala amplia situada en el piso bajo, y cuyas ventanas se abrían a una terraza lateral, en la que bastaba dar algunos pasos para dominar el curso del Angara.

En aquella sala reinaba una profunda oscuridad.

Iván Ogareff, de pie cerca de una ventana, esperaba que llegase la hora de obrar.

Evidentemente, era él quien tenía que dar la señal, y, dada ésta, cuando la mayor parte de los defensores de Irkutsk acudiesen a los puntos francamente atacados, su proyecto era el de salir del palacio a realizar su obra.

Esperaba, pues, en las sombras como una fiera preparada para lanzarse sobre su presa.

Algunos minutos antes de las dos, el gran duque mandó que se le presentara Miguel Strogoff —era el único nombre que podía dar a Iván Ogareff—, y un ayudante de campo fue a la habitación de éste, cuya puerta estaba cerrada.

El ayudante de campo llamó; pero Iván Ogareff, inmóvil cerca de la ventana e invisible en la sombra, se guardó bien de responder.

Se le dijo, pues, al gran duque que el correo del zar no se encontraba en aquel momento en las habitaciones de palacio.

Sonaron las dos. Era llegado el momento de provocar la diversión convenida con los tártaros, dispuestos para el ataque.

Iván Ogareff abrió la ventana de su habitación, y fue a situarse en el ángulo norte de la terraza lateral.

Por debajo de él, en la sombra, pasaban las aguas del Angara, que mugían al chocar en las aristas de los pilares.

Iván Ogareff sacó de su bolsillo un fósforo, lo encendió, prendió fuego a un puñado de estopa impregnada de azufre, y arrojó ésta al río.

¡Los torrentes de aceite mineral que flotaban sobre el Angara, habían sido arrojados al río por orden de Iván Ogareff!

Encima de Irkutsk, en la orilla derecha, entre el pueblecillo de Poshkavs y la ciudad, había en explotación varios manantiales de nafta. Iván Ogareff había resuelto utilizarlos para llevar, por este medio terrible, el incendio a la población sitiada.

Al efecto, habíase apoderado de los inmensos depósitos que contenían el líquido combustible y, con sólo el derribo de una pared, lo había hecho salir en grandes oleadas.

Esta operación había sido hecha aquella misma noche, algunas horas antes, y por esto la balsa en que iban el verdadero correo del zar, Nadia y los fugitivos flotaba sobre una corriente de aceite mineral.

A través de las brechas abiertas en los depósitos, que contenían millones de metros cúbicos, habíase precipitado la nafta como un torrente y, siguiendo las pendientes naturales del suelo, habíase extendido sobre la superficie del río, donde su densidad la hacía sobrenadar.

¡He aquí cómo Iván Ogareff entendía la guerra.

Aliado de los tártaros, como un tártaro se portaba... ¡y contra sus propios compatriotas!

La estopa encendida había sido arrojada a las aguas del Angara, e inmediatamente, como si la corriente hubiera sido de alcohol, se inflamó todo el río, hacia arriba y hacia abajo, con rapidez eléctrica. Volutas de llamas azuladas corrían entre las dos orillas, y gruesos vapores fuliginosos se retorcían por encima de aquéllas. Algunos témpanos de hielo que flotaban a la deriva, atacados por el líquido incendiado, fundíanse como la cera sobre la superficie de un horno, y el agua vaporizada escapábase en el aire con silbidos ensordecedores.

En aquel momento estalló el fuego de fusilería al norte y al sur de la ciudad; las baterías del campamento de Angara empezaron a hacer descargas; muchos millares de tártaros se precipitaron al asalto de los terraplenes; las casas de las orillas del río que eran de madera, ardieron por todas partes y una inmensa claridad disipó las sombras de la noche.

—¡Al fin! —exclamó Iván Ogareff.

Tenía motivo para aplaudirse a sí mismo. La diversión que había imaginado era terrible. Los defensores de Irkutsk veíanse obligados a luchar contra los tártaros, que los atacaban, y contra el incendio, que ocasionaba grandes desastres.

Sonaron las campanas, y cuanta persona útil había en la ciudad acudió a los puntos atacados y a las casas devoradas por el fuego, que amenazaba comunicarse a toda la población.

La puerta de Bolchaia se encontraba casi libre, porque apenas se habían dejado en ella algunos defensores, y aun éstos, por consejo del traidor y para que los acontecimientos pudieran explicarse como realizados sin su intervención y ser atribuidos a los odios políticos, habían sido escogidos entre el cuerpo especial formado por los desterrados.

Iván Ogareff entró de nuevo en su habitación, entonces brillantemente iluminada por las llamas, que, procedentes del Angara, subían por encima de la balaustrada de la terraza.

Luego, se dispuso a salir; pero, apenas había abierto la puerta, precipitose en la estancia una mujer, que llevaba los vestidos empapados en agua y los cabellos en desorden.

—¡Sangarra! —exclamó Iván Ogareff, en el primer momento de sorpresa y suponiendo que no podía ser otra que la gitana.

Pero no era Sangarra; era Nadia.

En el momento en que, refugiada en el témpano de hielo, la joven había gritado al ver que el incendio se propagaba por la corriente del Angara, habíala tomado en sus brazos Miguel Strogoff y sumergiose con ella para buscar en las profundidades del río un abrigo contra las llamas.

Como ya se sabe, el témpano que los conducía sólo se encontraba en aquellos momentos a treinta brazas del primer muelle, más arriba de Irkutsk.

Nadando entre dos aguas, consiguió Miguel Strogoff llegar con Nadia a tierra.

¡Al fin, había terminado su viaje! ¡Se encontraba en Irkutsk!

—¡Al palacio del gobernador! —dijo a Nadia.

Y en menos de diez minutos llegaron los dos jóvenes a la entrada de aquel palacio, cuyas primeras hiladas de piedra eran lamidas por las largas llamas del Angara, que, sin embargo, no lo podían incendiar.

Más allá, ardían todas las casas situadas a la orilla del río.

Miguel Strogoff y Nadia entraron sin dificultad en el palacio, que estaba abierto para todos, y, aunque llevaban los vestidos empapados en agua, nadie se fijó en ellos, a causa de la general confusión que reinaba allí.

Una multitud de oficiales acudían a buscar órdenes e infinidad de soldados corrían a ejecutarlas, llenando entre unos y otros la gran sala del piso bajo. Allí, Miguel Strogoff y Nadia, a consecuencia de un brusco remolino de aquella multitud enloquecida, encontráronse separados.

Nadia corrió, perdida, a través de las salas bajas, llamando a su compañero y pidiendo ser conducida a la presencia del gran duque.

Abriose ante ella la puerta de una habitación que estaba inundada de luz, y entró, encontrándose inopinadamente en presencia del hombre a quien había visto en Ichim, había vuelto a ver en Tomsk, y cuya mano criminal iba a entregar un momento después la ciudad a los sitiadores.

—¡Iván Ogareff! —exclamó Nadia.

El miserable, al oír pronunciar su nombre, tembló, porque el reconocimiento de su verdadera personalidad era el fracaso de todos sus planes.

No le quedaba que hacer más que una cosa: matar a la persona, quienquiera que fuera, que acababa de pronunciarlo.

Iván Ogareff avanzó hacia Nadia; pero ésta, con un cuchillo en la mano, se arrimó a la pared, decidida a defenderse.

—¡Iván Ogareff! —gritó la joven, sabiendo que este odioso nombre atraería a quien lo oyese en socorro suyo.

—¡Ah! ¡Tú callarás! —dijo el traidor.

—¡Iván Ogareff! —gritó por tercera vez la joven, con voz cuya fuerza era duplicada por el odio.

Ebrio de furor, sacose de la cintura Iván Ogareff un puñal y se abalanzó sobre Nadia arrinconándola en un ángulo de la habitación.

Iba ya a asesinarla, cuando el miserable, levantado en vilo de pronto por una fuerza irresistible, fue arrojado a tierra.

—¡Miguel! —exclamó Nadia.

Era, efectivamente, Miguel Strogoff, que había oído el llamamiento de Nadia y, guiado por su voz, había llegado a la habitación de Iván Ogareff, donde, al encontrar la puerta abierta, había entrado.

—No temas, Nadia —dijo, interponiéndose entre ella e Iván Ogareff.

—¡Ah! —exclamó la joven—. ¡Ten cuidado, hermano! ¡El traidor está armado...! ¡Ve claramente...!

Iván Ogareff habíase levantado y, creyendo poder dar buena cuenta del ciego, se precipitó sobre Miguel Strogoff.

Pero el ciego agarró con una mano el brazo del clarividente, y, desviándole con la otra el arma, lo arrojó a tierra por segunda vez.

Iván Ogareff, pálido de furor y de vergüenza, recordó que tenía espada, la desenvainó y volvió nuevamente a la carga.

También él había reconocido a Miguel Strogoff. ¡Un ciego! ¡No tenía, en suma, que habérselas más que con un ciego! ¡La ventaja de la partida estaba de su parte!

Espantada Nadia ante el peligro que amenazaba a su compañero en una lucha tan desigual, precipitose hacia la puerta pidiendo socorro a voces.

—¡Cierra esa puerta, Nadia! —dijo Miguel Strogoff—. ¡No llames a nadie y déjame hacer! El correo del zar nada tiene hoy que temer de este miserable. ¡Qué venga a mí, si se atreve! Le espero.

Mientras tanto, Iván Ogareff, replegado sobre sí mismo, como un tigre, permanecía en silencio, pareciendo como que quería sustraer el ruido de sus pasos y hasta el de su respiración al oído del ciego. Deseaba herirlo sin que advirtiera que se le aproximaba, dar un golpe seguro. El traidor no pensaba batirse, sino asesinar a aquel a quien había usurpado el nombre.

Nadia, espantada y confiada al mismo tiempo, contemplaba con una especie de admiración aquella terrible escena, como si de pronto se le hubiese comunicado la tranquilidad de Miguel Strogoff.

Éste no tenía otra arma que su cuchillo siberiano, ni veía a su adversario que estaba armado de una espada; pero, ¿por qué gracia del Cielo parecía dominarlo tan completamente? ¿Cómo, casi sin moverse, hacía siempre frente a la espada de Iván Ogareff, que le espiaba con visible ansiedad?

Esta tranquilidad sobrehumana de su extraño adversario intimidaba al traidor, quien, haciendo un llamamiento a su razón, decíase en vano que, en aquel combate tan desigual, toda la ventaja estaba de su parte. Aquella inmovilidad del ciego le helaba de espanto. Había buscado con la vista el lugar en que debía herirlo... Ya lo había encontrado... ¿Qué lo contenía?

Al fin, dio un salto y dirigió una estocada al pecho de Miguel Strogoff; pero un movimiento imperceptible del cuchillo del ciego desvió el golpe.

Miguel Strogoff, que no había sido tocado, pareció esperar fríamente, y sin gesto de desafío, ser atacado de nuevo.

Un sudor helado corrió por la frente de Iván Ogareff, que retrocedió un paso, y, después, tendiose nuevamente a fondo; pero, lo mismo que la primera vez, esta segunda tampoco consiguió herir. Un simple movimiento del ancho cuchillo había bastado para desviar la inútil espada del traidor.

Éste, loco de rabia y de terror en presencia de aquella estatua viviente, fijó sus ojos espantados en los ojos completamente abiertos del ciego.

Estos ojos, que parecían leer hasta el fondo de su alma, que no veían, que no podían ver, ejercían sobre el traidor una especie de fascinación espantosa.

De repente, el traidor Iván Ogareff exhaló un grito; en su cerebro acababa de hacerse inesperadamente la luz.

—¡Ve! —exclamó—. ¡No está ciego!

Y, como una fiera que trata de volver a su antro, paso a paso, aterrado, retrocedió hasta el centro de la sala.

Entonces, la estatua se animó, el ciego marchó derecho hacia Iván Ogareff, y, poniéndose frente a él le dijo:

—¡Sí, veo! ¡Veo el golpe del *knut* con que te señalé el rostro traidor y cobarde! ¡Veo el sitio en que voy a herirte! ¡Defiende tu vida! ¡Es un duelo lo que me digno ofrecerte! ¡Mi cuchillo me bastará para luchar contra tu espada!

—¡Ve! —se dijo Nadia—. ¡Dios misericordioso, es esto posible!

Entonces comprendió Iván Ogareff que estaba perdido; pero, por un esfuerzo de su voluntad, recobró valor y se precipitó, con la espada ante sí, contra su impasible adversario.

Cruzáronse los dos aceros; pero la espada de Iván Ogareff, al chocar con el cuchillo de Miguel Strogoff, manejado por la férrea mano del cazador siberiano, voló hecha añicos, y el miserable traidor, herido en el corazón, rodó sin vida sobre el suelo.

En aquel momento, abriose la puerta de la estancia, empujada desde fuera, y entró el gran duque, seguido por algunos oficiales.

Avanzó, vio en tierra el cadáver de quien creía que era el correo del zar, y preguntó con voz amenazadora:

—¿Quién ha matado a este hombre?

—Yo —respondió Miguel Strogoff.

Uno de los oficiales le apoyó el cañón de su revólver en la frente, dispuesto a hacer fuego.

—¿Cómo te llamas? —preguntó el gran duque, antes de dar orden de que le volaran la cabeza.

—Preguntadme primero —contestó Miguel Strogoff— cómo se llama el hombre que está tendido a los pies de Vuestra Alteza.

—A este hombre lo conozco yo. ¡Es un servidor de mi hermano! ¡Es el correo del zar!

—¡Este hombre no es un correo del zar, sino Iván Ogareff!

—¡Iván Ogareff! —exclamó el gran duque.

—Sí, ¡Iván el traidor!

—Pero, ¿quién eres tú?

—Miguel Strogoff.

CAPÍTULO XV

Conclusión

Miguel Strogoff no estaba ni había estado ciego nunca. Un fenómeno, puramente humano, físico y moral al mismo tiempo, había neutralizado la acción de la hoja del sable incandescente que el ejecutor de la justicia de Féofar-Kan le había pasado por los ojos.

Se recordará que, en el momento del suplicio, se encontraba allí Marfa Strogoff con las manos tendidas hacia su hijo, que la miraba como un hijo puede mirar a su madre por última vez.

Subiéndole del corazón a los ojos, las lágrimas que su valor trataba en vano de reprimir, habíanse acumulado bajo sus párpados y, al volatilizarse sobre su córnea, le habían salvado la vista. La capa de vapor formada por las lágrimas, habíase interpuesto entre el sable incandescente y las pupilas y había aniquilado la acción del calor. Idéntico efecto se produce cuando un obrero fundidor, después de haber metido su mano en el agua, la hace atravesar impunemente un chorro de metal en efusión.

Comprendiendo inmediatamente Miguel Strogoff el peligro a que se habría expuesto si revelaba su secreto a quienquiera que fuese, y no ocultándose el partido que, por el contrario, podría sacar de su situación para el cumplimiento de la misión que se le había confiado, dejó que se le creyera ciego para que lo pusieran en libertad.

Necesitaba, pues, ser ciego y lo fue para todos, hasta para Nadia; lo fue en todas partes, y de tal modo que ni una sola palabra, ni un solo gesto hicieron dudar en momento alguno de la sinceridad del papel que desempeñaba.

Adoptada su resolución, debía arriesgar hasta la vida para dar a todos la prueba de su ceguera, y ya se sabe cómo la arriesgó.

Solamente su madre conocía la verdad, porque él se la había revelado al oído cuando, en la plaza misma de Tomsk, en medio de la oscuridad de la noche, se inclinó sobre ella para besarle el rostro.

Se comprende, pues, que cuando Iván Ogareff, con irónica crueldad, le puso la carta imperial ante los ojos, que creía apagados, Miguel Strogoff pudiese leerla y conocer de este modo los odiosos designios del traidor. De aquí la energía que desplegó durante la segunda parte de su viaje y su indestructible voluntad de llegar a Irkutsk y cumplir de viva voz su misión. ¡Sabía que estaba amenazada la vida del gran duque y que la salvación de éste y de Siberia se encontraba en sus manos!

Miguel Strogoff refirió toda la historia en pocas palabras al gran duque, a quien dijo también, ¡y con cuánta emoción!, la parte que Nadia había tomado en los acontecimientos.

—¿Quién es esa joven? —preguntó el gran duque.

—La hija del desterrado Basilio Fedor —respondió Miguel Strogoff.

—La hija del comandante Fedor —repuso el gran duque... —ha dejado de ser la hija de un desterrado. ¡Ya no hay desterrados en Irkutsk!

Nadia, menos fuerte para la alegría que lo había sido para el dolor, cayó de rodillas ante el gran duque, que la levantó con una mano mientras tendía la otra a Miguel Strogoff.

Una hora después, se encontraba entre los brazos de su padre.

Miguel Strogoff, Nadia y Basilio Fedor habíanse reunido al fin, y, de una parte y de otra, la expansión de felicidad no tuvo límites.

Los tártaros habían sido rechazados en los dos ataques que dieron a la ciudad.

Basilio Fedor, al frente del reducido cuerpo formado por los desterrados, había derrotado a los primeros asaltantes que se presentaron en la puerta de Bolchaia, confiados en que ésta les iba a ser abierta, pues, por un instintivo presentimiento, el comandante del pequeño cuerpo especial se había obstinado en defenderla.

Al mismo tiempo que los tártaros eran rechazados, los sitiados dominaban el incendio. La nafta líquida, que había ardido rápidamente sobre la superficie del Angara, concentrando sus llamas en las casas de la orilla, había respetado los otros barrios de la ciudad.

No había amanecido aún cuando las tropas de Féofar-Kan volvían nuevamente a sus campamentos, dejando gran número de muertos alrededor de las trincheras.

Entre estos muertos estaba la gitana Sangarra, que en vano había tratado de reunirse con Iván Ogareff. Durante los dos días siguientes, los sitiadores no intentaron dar ningún nuevo asalto; la muerte de Iván Ogareff los había desanimado por completo.

Este hombre había sido el alma de la invasión, y sólo él, por medio de tramas, desde largo tiempo urdidas, había ejercido influencia suficiente sobre los kanes y sobre las hordas de éstos para inducirlos a la conquista de la Rusia asiática.

Sin embargo, los defensores de Irkutsk no abandonaron un momento la vigilancia, porque el sitio continuaba aún.

Al fin, el 7 de octubre, apenas empezaban a brillar los primeros resplandores de la aurora, retumbó el cañón en las alturas que rodean a Irkutsk.

Era que llegaba el ejército que, bajo el mando del general Kisselef, iba a socorrer a los sitiados y anunciaba así su presencia al gran duque.

Los tártaros no esperaron más tiempo. No queriendo correr el peligro de una batalla sostenida bajo los muros de la ciudad, se apresuraron a levantar el campamento del Angara. Irkutsk estaba, al fin, libre.

Con los primeros soldados rusos, entraron en la ciudad dos amigos de Miguel Strogoff. Eran los inseparables Blount y Jolivet, quienes, habiendo podido llegar a la orilla derecha del Angara, por medio de la barrera formada por los témpanos de hielo, habían conseguido escapar, lo mismo que los otros fugitivos, antes que la balsa fuese pasto de las llamas que recorrían la superficie del río.

Esta aventura fue anotada por Alcides Jolivet en su *carnet,* del siguiente modo:

«¡Nos faltó poco para acabar como un limón en un bol de ponche!»

La alegría de los periodistas fue grande cuando volvieron a encontrar, sanos y salvos, a Nadia y Miguel Strogoff, sobre todo cuando se enteraron de que su valiente compañero no había estado nunca ciego.

Este suceso indujo a Enrique Blount a escribir en su libro de notas la observación siguiente:

«¡El hierro enrojecido puede ser insuficiente para destruir la sensibilidad del nervio óptico! Hay que modificar el sistema.»

Luego, los dos corresponsales, bien instalados en Irkutsk, se ocuparon en poner en orden sus impresiones de viaje, que les sirvieron para enviar a Londres y París dos interesantísimas crónicas acerca de la invasión tártara, y, ¡*rara avis!*, no se contradecían apenas más que en los puntos menos importantes.

Por lo demás, la campaña fue desastrosa para el emir y sus aliados, para quienes esta invasión, inútil como todas las que tienen por objeto atacar al coloso ruso, tuvo fatales consecuencias.

Cortados pronto los invasores por las tropas del zar, éstas les fueron arrebatando sucesivamente todas las ciudades conquistadas, y como, por otra parte, el invierno fue terrible, de las hordas, diezmadas por el frío, sólo una pequeña parte pudo volver a pisar las estepas de Tartaria.

El camino de Irkutsk a los montes Urales se encontraba, por consiguiente, libre.

El gran duque tenía vivos deseos de volver a Moscú, pero demoró el viaje para asistir a una tierna ceremonia que se celebró algunos días después de haber entrado las tropas rusas en la ciudad.

Miguel Strogoff había ido al encuentro de Nadia, y, en presencia del padre de ésta, le había dicho:

—Nadia, mi hermana aún, cuando saliste de Riga para venir a Irkutsk, ¿dejaste tras de ti alguna otra pena que la de tu madre?

—No —respondió Nadia—, ninguna y de ninguna clase.

—Así, ¿no te has dejado nada de tu corazón allá abajo?

—Nada, hermano.

—Entonces, Nadia —dijo Miguel Strogoff—, no creo que Dios, al ponernos al uno en presencia del otro y hacernos pasar juntos tan rudas penalidades, haya querido reunirnos de otro modo que para siempre.

—¡Ah! —exclamó Nadia cayendo en los brazos de Miguel Strogoff.

Y, volviéndose luego hacia Basilio Fedor, agregó, ruborizado:

—¡Padre mío!

—Nadia —dijo Basilio Fedor—, tendré gran alegría pudiéndoos llamar a los dos mis hijos.

La ceremonia nupcial se celebró en la catedral de Irkutsk.

Fue muy sencilla en los detalles, pero muy bella porque a ella concurrió toda la población militar y civil que quiso testimoniar de este modo su profunda gratitud a los dos jóvenes, cuya odisea se había hecho ya legendaria.

Naturalmente, Alcides Jolivet y Enrique Blount asistieron también a esta boda, porque querían notificarla a sus lectores.

—¿No experimenta usted deseos de imitarlos? —preguntó Alcides Jolivet a su colega.

—¡Pchs! —repuso Enrique Blount— ¡Si yo tuviera una prima como usted...!

—Mi prima no está en disposición de contraer matrimonio —replicó, riéndose, Alcides Jolivet.

—Tanto mejor —agregó Enrique Blount—, porque se dice que van a surgir dificultades entre Londres y Pekín. ¿No tiene usted ganas de ir a ver lo que pasa allá?

—¡Eh, diablo, mi querido Blount —exclamó Alcides Jolivet—, iba a proponérselo a usted!

Y he aquí cómo los dos periodistas inseparables partieron para China.

Algunos días después de haber contraído matrimonio, Miguel y Nadia Strogoff, acompañados por Basilio Fedor, emprendieron el viaje de regreso a Europa. Aquel camino, que había sido de dolor al venir, fue de felicidad al volver.

Viajaron con extremada ligereza, en uno de los trineos que se deslizan sobre las heladas estepas siberianas con la velocidad de un tren expreso.

Sin embargo, cuando, al llegar a las orillas del Dinka, pasaron por Biskoe, se detuvieron un día.

Miguel Strogoff encontró el sitio en que había enterrado al pobre Nicolás y puso una cruz sobre su sepultura, en la que se arrodilló Nadia para rezar por última vez por el eterno reposo del humilde y heroico amigo, a quien ni el uno ni la otra debían olvidar jamás.

En Omsk, la anciana Marfa los esperaba en la casita de los Strogoff, en donde estrechó entre sus brazos, con gran ternura, a la joven a quien ya había dado cien veces en su corazón el nombre de hija.

La valerosa siberiana tuvo, por fin, aquel día, el derecho de reconocer a su querido hijo y de mostrarse orgullosa de él.

Después de pasar algunos días en Omsk, Miguel y Nadia Strogoff entraron nuevamente en Europa, y, como Basilio Fedor fijó su residencia en San Petersburgo, ni su hijo ni su hija lo volvieron a abandonar más que cuando iban a ver a su anciana madre.

El joven correo fue recibido por el zar, quien le agregó al servicio especial de su persona y le otorgó la cruz de San Jorge.

Miguel Strogoff llegó, más adelante, a tener una elevada posición en el Imperio; pero no es la historia de sus éxitos, sino la de sus sufrimientos, la que merecía ser referida.

ÍNDICE

CLÁSICOS DE LA LITERATURA